情融北京

刘儒 著

作家出版社

图书在版编目（CIP）数据

情融北京 / 刘儒著 . -- 北京：作家出版社，2024.6

ISBN 978-7-5212-2864-9

Ⅰ.①情… Ⅱ.①刘… Ⅲ.①长篇小说 – 中国 – 当代 Ⅳ.① I247.5

中国国家版本馆 CIP 数据核字（2024）第 095225 号

情融北京

作　　者：刘　儒
责任编辑：丁文梅
装帧设计：意匠文化·丁奔亮
出版发行：作家出版社有限公司
社　　址：北京农展馆南里 10 号　　邮　　编：100125
电话传真：86-10-65067186（发行中心及邮购部）
　　　　　86-10-65004079（总编室）
E-mail:zuojia @ zuojia.net.cn
http://www.zuojiachubanshe.com
印　　刷：唐山嘉德印刷有限公司
成品尺寸：152×230
字　　数：360 千
印　　张：31.5
版　　次：2024 年 6 月第 1 版
印　　次：2024 年 6 月第 1 次印刷
ISBN 978-7-5212-2864-9
定　　价：68.00 元

作家版图书，版权所有，侵权必究。
作家版图书，印装错误可随时退换。

一

陕西凤翔县北山区，高山绵延，沟壑纵横。时值深冬，寒风呼啸，雪花纷飞。群山之间的成家山村，有二十几户人家，家家都依山崖掘窑洞而居，门前多用石头或树枝围成小院。那些柴门和围墙在风雪中摇晃着，不时发出哐哐、当当、沙沙的响声。沟底和山腰间，散落着开掘出来的一块块贫瘠的田地。

孔玉爱站在她家的崖台上。二十八岁的她，身材高挑，凹凸有致。她穿了一件拆洗染过的秋香色小棉袄，一条拆洗染过的青色棉裤，一块花头巾拢起长发扎在耳后。脸庞洁白，一双明亮的大眼睛，长长的眼睫毛，俊俏的鼻子，红红的嘴唇，右眉左侧的末端处长了颗鲜红的痣。

孔玉爱迎风眺望着对面那条出山而去的羊肠小道。寒风撕扯着她的衣服、头巾和头发，呼啦啦作响。雪花时不时地模糊了她的视线，使她眼前的那条盘旋而去的羊肠小道时隐时现。

她在期待着自己两个孩子的归来。

孔玉爱在等待的同时，也在回忆着过去。纷飞的思绪把她拉回了十年前。

那是1988年的夏天。十八岁的孔玉爱就要从三岔沟中学毕业了。这一天，他们初三班教室的黑板上，用粉笔写着"毕业典礼"四个工整的大字。全班同学整整齐齐地坐在教室里，在听张校长讲话。

张校长讲，在座的大部分同学虽然上不了高中和大学，但绝不意味着学习的结束和未来的无所作为。改革开放的大潮一浪高过一浪，为所有的人搭建起了学习本领、成就事业的广阔舞台。只要同学们解放思想，勇敢地走出大山，投入到改革开放的洪流中去，不但一样可以学到很多的知识，而且也一定能够成就一番事业的。"三岔沟中学的老师和同学们，期待着你们的好消息！"

同学们听得心潮澎湃，热血沸腾。

孔玉爱神情激动，热泪盈眶。她和同学们长时间地热烈鼓掌，并情不自禁地看看坐在旁边的成跃山。成跃山的心情跟孔玉爱一样地激动。他们的两对饱含着激情的目光，碰到了一起。

他们俩是定了亲的恋人。

到了离校的时间，同学们相互告别，难分难舍，彼此说了鼓励，亦流下了伤心的泪水。

孔玉爱和成跃山把同学们一个个送走后，又一次去跟老师们告别。

他们俩是毕业班最后离校的。两个人站在校门口，对着可爱的母校，深情地看了很长时间。

三岔沟中学里，坐北朝南有三排房子：第一排是老师们住宿和备课的地方，第二排是三间教室和一个图书室，第三排是学生宿舍。学生宿舍后边是操场，操场上有两个篮球架，还有一座用土石垒夯而成的台子,那是同学们集中开会或演节目时的讲台、舞台。操场东边是灶房和食堂,西边是厕所,周围是半人多高的土夯围墙。这所初级中学是三年前建起来的,是这个深山里唯一一个中等教育场所。它的建成,圆了深山里很多孩子上中学的梦。孔玉爱、成跃山就是第一批实现了梦想,来到这里上学的山里孩子。

孔玉爱、成跃山看着这个让他们实现了中学梦想的可爱的母校,感慨万千。因为他们在这里不但学到了很多知识,懂得了很多道理,而且认识了很多老师和同学。愉快的学习生活似乎没有多久,就这样快地结束了。他们非常留恋在这里的学生生活。要依着愿望,他们还想继续上学。可是有高中的学校离这里很远,家里的经济条件也不允许他们继续去很远的地方上学,所以他们只能就此结束学生生活。

张校长在毕业典礼上的讲话,不时在孔玉爱和成跃山的耳边响起。他们想,张校长讲得对,他们虽不能继续上学了,但他们可以走出大山,到改革开放的洪流中去经风雨,见世面,增长知识才干,成就一番事业,为山区的脱贫致富做出自己的贡献。

盛夏的群山,绿装新姿,天高云淡,一派如梦如画的迷人景象。

孔玉爱、成跃山背着铺盖卷,行走在回成家山的山间小道上。路边野草丛生,鲜花盛开,蝴蝶和蜜蜂飞舞。孔玉爱穿了一件白色短袖衫,一条蓝色裤子,一双红色塑料凉鞋。浓密黝黑的短发下,露出她那修长的脖子和如花般的脸庞。因为天热,她的脸颊、脖子和胳膊上沁出晶莹的汗珠,更映衬得肤色洁白,俊美明丽。

走在她后边的成跃山迷恋地看着她,几乎忍不住一阵又一阵地心头冲动。

他忽然有了一个想法,跑到路边的花丛中,摘下了一朵玫瑰。

成跃山拿着摘下来的玫瑰,追上孔玉爱叫道:"玉爱!你知道这是什么花吗?"

孔玉爱闻言站住,看着成跃山手里的玫瑰说:"不就是朵玫瑰花吗?谁不认识呢。"

"这玫瑰美不美?"成跃山问。

"美。"孔玉爱回道。

"还有比这玫瑰美一万倍的花呢。"

"还有比玫瑰美一万倍的花?是什么花?在哪里?"孔玉爱说着,一边好奇地在花丛中扫视。但她猛然想到了什么,很快就醒悟过来。当她转过头时,果然见成跃山正得意地站在那里冲她笑,孔玉爱的脸一下子变得绯红。

"你真坏。又在想什么了?"孔玉爱说着,朝前面跑去。

成跃山追上了孔玉爱,对她说:"我想把这朵玫瑰送给你,行吗?"

"你要干什么?是要向我求婚吗?"

"就算是吧。不行吗?"

"不行,刚刚毕了业,怎么能说这个话呢?难道忘了我们立下的誓言,一定要走出大山,闯出个名堂来以后,才能提结婚的事吗?"

成跃山只好说:"没有忘。不是求婚。我要把这朵玫瑰花送给你,行吗?"

孔玉爱点头表示同意,让成跃山把玫瑰花插到她鬓边。成跃山把玫瑰花插好,还想借势亲她一下,却被早有防备的她及时躲开,又像小鹿一样跑到前边去了。

成跃山失望地站在那里。

孔玉爱回头见成跃山郁闷地呆站在那里，便向他大声地解释说："不是我不近人情。我是怕那样一来，我们谁也控制不住自己了，会毁了我们的前程！"

成跃山被孔玉爱说服了。他按捺住内心的激动，向孔玉爱点点头，笑了笑说："我没有怪你。"

孔玉爱又跑回成跃山跟前，边走边商量他们出山去的打算。成跃山问孔玉爱，她爸的身体不好，能同意她离开家出去吗。孔玉爱说，她爸是特别支持她出去的。还说她爸一定是从她娘身上想明白的。她娘生她的时候难产，要是在城市里，肯定要不了命。失去她娘，是她爸一生中最伤心的事。

成跃山叹口气说："没有任何别的事能比上这事对你爸的打击大了。我听我娘说，你娘特别漂亮，是方圆山沟沟里无人不知的金凤凰。那么年轻，就因为离医院太远，生你时流血不止，一个活人硬是那样流血死了。大叔这么多年心无旁骛，含辛茹苦地养育你，真是太不容易了。"

孔玉爱流泪了。她说她之所以下决心出去闯，就是想叫她爸过上好日子。

他们说着话，就到了成家山了。

孔玉爱的家，是两孔窑洞，还有一个用树枝围起来的小院子。

老孔住的窑洞里，就一个土炕连着锅灶，其贫穷程度一目了然。窑墙上贴着一张用铅笔画的孔玉爱母亲的画像。这画像还是孔玉爱根据她爸的描述画出来的。从这张画像看得出来，孔玉爱的娘的确特别漂亮，从这张像上也能看到孔玉爱的影子。

这会儿，老孔正站在画像前端详着，时而欣喜，时而感伤。他每天都这样看妻子的画像多次,回想着那曾经的幸福和悲伤。这是他每日生活里一项重要的内容。

大概是第六感知神经告诉老孔,女儿快回来了。他离开画像,出了家门,来到门前的高台上,朝对面山上的那条羊肠小道望过去。果然,那里出现了两个身影。

两个身影中,背着两个铺盖卷儿的那个自然就是成跃山了。成跃山手搭凉棚,朝孔玉爱家眺望了一下,对孔玉爱说:"看到了吧?你爸又在那里等着你了。"

孔玉爱有些无奈地说:"我每次回来,都会看见我爸站在那里等着我。很多次我根本没有告诉他我要回来,但他像也能知道似的。"

成跃山说:"这说明你爸和你的心是相通的,你做什么想什么,你爸都是知道的。"

老孔看着孔玉爱他们越走越近了。

"爸爸!"孔玉爱忍不住喊起来,朝爸爸奔跑了过去。跑到跟前,她抱着老孔的胳膊说:"爸,怎么又在这里等着我呢?"

老孔疼爱地看着女儿,乐呵呵地说:"我知道你回来了,就来这里等着了。"

这时成跃山走过来,有礼貌地向孔叔问好。他特别询问了孔叔近来的身体情况。老孔说,他的身体好着呢。成跃山要送他父女到家里,老孔不让,反倒叫成跃山快回家去,说成跃山的爸和娘在家里等着呢。老孔说着,就从成跃山肩上拿下了孔玉爱的铺盖卷。成跃山不再客套,目送着孔玉爱父女到了家门口,直到老孔转身喊话叫他快回去,这才向自己家里走去。

老孔一进家门就要点火烧锅。孔玉爱不想让她爸操劳,说她不饿，叫她爸快起来歇着，多会儿她饿了，她自己做。

老孔慈祥地说："走那么远的山路，哪有不饿的？你快上炕歇着腿脚，我已经擀好面了，锅烧开，一下就行了。"

孔玉爱知道，这时候只有顺从，她爸才会高兴，所以她听话地坐到炕边儿上，柔情地看着她爸给她做饭。

老孔烧开了水，下好了面，把一疙瘩存放的臊子肉放到碗里，端给女儿吃。

孔玉爱一边吃面，一边问老孔最近身体怎么样，头还晕没晕，心口还疼没疼。

老孔说都没有，身体一直感觉很好。他叫女儿放心，又问她出去的事，和成跃山商量好了没有，打算多会儿出去，去哪里。

孔玉爱充满憧憬地说："商量好了。如果没啥问题，打算尽快出去，准备准备，过几天就走。去的地方定的是北京。我考虑北京是首都，各方面的情况应该很好，去了不至于受欺负。去北京的交通也方便，到宝鸡坐上火车，不用换车，一天一夜就到了。爸还没有去外边转悠过呢，等我在北京干好了，安顿好了，就接爸去北京游玩，咱要把那北京的好景致看个遍。"

老孔慈爱地说："好，去北京好。先不要考虑接我去游玩，先要把找的事情干好了。"

孔玉爱有些不放心地说："我是先要把找的事情干好了。你女不会给你丢脸。现在我就是担心爸的身体。"

老孔坚持说："我身体没啥问题，你就放心吧。以前晕过难受过，过去了，也就好了。出去的事宜早不宜迟，趁着刚从学校毕业，心里有热劲，出去找事干起来。"

几天后的夜里，孔玉爱在她窑里的炕上，翻来覆去睡不着,明天天不亮就要离家出发,她怕睡过了时间,也担心她爸的身体。她不时地看看放在炕头上的行李,听听她爸那边窑里的动静。就在她刚要睡着的时候,忽然听到她爸那边窑里好像有响动,于是跑过去看。只见她爸圪蹴在脚地①呻唤,吐物一地。

"爸!你怎么了?"孔玉爱吃惊地问。

老孔见她过来,忍住了呻唤说:"没啥大事,肚里有点难受,已经好了。"

他说着就想站起来,却未能如愿。

孔玉爱看出她爸病得不轻,赶快把他扶到炕上说:"我去叫跃山找大夫来。"她说着就跑出了家门。

成跃山家离孔玉爱家不远,也是两孔窑洞,一个用石头围成的小院子。成跃山在睡梦里被砸门声惊醒,跑了出来。

孔玉爱上气不接下气地告诉成跃山说:"我爸病得很厉害,你快去叫个大夫来。"她说完,扭头就往她家跑,急着回去照看她爸。

成跃山的父母从他们的窑里出来,问儿子,玉爱她爸怎么不好?

成跃山解释说:"她没说她爸怎么不好,只说病得很厉害,要我去叫大夫。我该去哪里叫大夫呢?"

成跃山他娘说:"还能去哪里叫?最近的是后山的马大夫,来回还得两个时辰呢。就去叫马大夫吧。"她说着,把手电筒塞到儿子手里,叫儿子跑快点。

在儿子跑去叫大夫以后,她赶紧嘱咐丈夫说:"快去看看咱家采的草药还有没有,带上点快过去。马大夫得到天亮才

---

① 屋里或屋外空余的地方或建筑物内部的地面。

能来呢。"

孔玉爱跑回家里,见她爸在炕上难受得蜷曲着身子,就安慰他说:"我告诉跃山去叫大夫了。爸你哪里难受?是不是肚子疼?我给你揉揉。"

老孔抬起头来,艰难地说:"不用,不该惊动跃山他们。叫什么大夫,一会儿就好了。"

这时,成跃山的父母赶到了。成跃山的父亲上到炕上,抱起老孔说:"他叔,这是怎么了?昨天不是还好好的吗?你哪里难受?"他说着,就给孔玉爱的爸按揉起来。

老孔喘着气,指了下胸口、肚子和头。成跃山的父亲一边给他捏弄,一边说:"准是受了热,又为娃们的事操心着急,上火了。跃山他娘,快熬熬拿来的草药,先喝上。"

成跃山的娘和孔玉爱找出药锅,熬上了草药。

老孔捶打着自己的胸部,痛恨地说:"我怎么这样不争气呀我!"

黎明时分,成跃山带着马大夫赶来了。马大夫摸完老孔的脉,说:"他是脾胃不和,吃几服汤药看看吧。"说完,写了个方子。

成跃山拿起方子就往三岔沟跑。

几天后,老孔的病情好像好转了一些。他从炕上下来,有意做出好了的样子给女儿看,说他好了,没事了,叫他们该走就走。

孔玉爱像看表演一样看着她爸说:"是真好了吗?我看不像。爸的病不好,我是绝不走的。我想拉爸去三岔沟看看。"

老孔赶紧解释说:"去三岔沟干什么?不是白花钱吗?我已经好了,为啥还要花那钱呢?你外出总得有点盘缠的。"

孔玉爱坚持说:"你别管盘缠的事,再没钱,也得治病。

我去找跃山商量商量。"她说完，出门去了。

老孔在女儿离开后，顿时就泄了气，拍打着炕边大哭道："我为什么就这么不争气啊！为什么要在娃临走前闹病啊！难道真的撑不下去了吗？不能啊！"

他哭喊到这里，鼓起勇气，挺起腰杆打算走出门去，但却在门口处栽倒了。剧烈的疼痛使他脸色苍白，大汗淋漓。

孔玉爱来到成跃山家，对成跃山说："我想拉我爸去三岔沟卫生院看看。我爸总说好了，我看不像。马大夫说是脾胃不和，我看不准确，汤药吃了好几服了，效果不明显。所以，必须得去看看。"

成跃山闻言道："行，明天就去吧。我家里还有点钱，我再去找亲戚借几个。"

孔玉爱说："好，我也去找人借借看。"

这时，老孔扶着门框挣扎着站了起来，定定神，看看妻子的那张画像，泪水涌流不止，他想到自己大概是不行了。于是他擦擦眼泪，做出了一个重要的决定，出了门，跌跌撞撞地往成跃山家走去。

成跃山的父母见老孔来了，赶紧扶他进屋里坐下。成跃山的爸说："他叔，你怎么跑出来了？玉爱刚来过，和跃山出去借钱了，说明天要拉你去三岔沟卫生院看看呢。"

老孔装作不以为然的样子说："看什么看？我没事，不过遭回磨难罢了。我是来跟你们商量一下这两个娃的婚事，我想在他们出去以前，把他们的婚事办了。这样两家的长辈放心，娃们出去也方便。"

成跃山的父母本来就想让他们结了婚再出去，只是拗不过孔玉爱才不得不放弃这一念想的，所以听了老孔这话，非常赞成。成跃山的爸就说："我们也曾这样想过，可听跃山说，玉爱不同意，所以没有提。既然你是这个意见，你就得做通了玉爱的工作。"

老孔点点头说："我会叫玉爱听我话的。"

不久，孔玉爱借了钱回到家里，对她爸说："我和跃山又借了点钱，明天我们就拉你去三岔沟卫生院看病。"

老孔赶紧表示反对，坚持说："我都好了，还去三岔沟卫生院干什么？为什么不把我说的话当真呢？"

孔玉爱有些意外，注意地看了看她爸，真觉得她爸好像跟她离开家时不一样了，显得很有精神的样子。

老孔叫她到跟前，说要跟她说件重要的事儿。

见孔玉爱靠近炕边坐下，老孔有些百感交集，缓缓地说："我跟跃山他爸他娘商量了，要在你们出去前，把你们的婚事办了。"

孔玉爱闻言，感到很突然，忙问是不是成跃山和他家里人的意见。老孔连说不是，又分辩说是自己找的他们。玉爱娘给他托梦了，要他一定在他们出去前把他们的婚事办了。他想这是有道理的，一来了却了长辈的心愿，二来他们出去也方便。

老孔耐心解释说："你娘给我托梦，说得恳切，我不能不答应。我已经答应你娘了，这事必须得办，不然我对不起你娘，你也对不起你娘。你一定要听你娘的话！"

在老孔的一再劝说和坚持下，孔玉爱只好答应了。

孔玉爱找到成跃山，非常认真地说："我同意结婚，是看在我爸有病，不愿让我爸生气才答应的。但结婚，你和你家得答应四件事：第一不办婚礼，不买新衣，不添置任何东西，要把准备用来结婚的钱，用在给我爸治病上；第二我爸的病不好，我们不能外出，不能离开我爸；第三你得到我家里去住；第四晚上睡觉得听我的话，绝不能怀了孕。"

成跃山和他家里人同意了。

几天后，孔玉爱和成跃山到三岔沟乡政府领了结婚证。孔玉爱在沟里挖了点白垩土刷了刷她那窑洞的墙，在炕墙上贴了个大红喜字，把两个人从三岔沟中学里背回来的铺盖放到一起，就算收拾完他们的新婚洞房了。

结婚的第二天，孔玉爱和成跃山就要拉她爸去三岔沟卫生院看病，老孔死活不肯去，连连说他的病已经完全好了，哪里都不难受了，绝不能去花那冤枉钱。

为了证明自己的病真好了，他一连几天在沟里上上下下地走，让女儿和女婿看。他之所以要这样，是因为他认为他的病治不好了，他不能临死再花冤枉钱。他知道成跃山手里的那点钱是借的，女儿不愿用在结婚上，想为他治病。如果把这钱花在自己身上，女儿和女婿出门还拿啥做盘缠呢？所以他硬装得病好了。

过了几天，老孔见他们还不出发，就冲他们笑笑说："是你们结婚给我冲了喜，我现在不但不觉得哪里难受，还很有力气了呢。"

孔玉爱和成跃山终于相信了他。两人商量后，决定出发。

这天晚上，他们看着爸爸睡下以后，回到自己的窑洞里，收拾完行李就睡了。

第二天天还没有亮，孔玉爱和成跃山就起来了。孔玉爱想，先去给她爸打个招呼，叫她爸不要起来送他们了。她轻敲她爸的窑门，没有听到任何响动。孔玉爱有些疑惑，因为她爸睡觉向来不实，这个时候也该醒了，于是她推开了窑门。但她定睛一看，她爸已经在炕上咽气多时了。

二

孔玉爱一看父亲已经咽气，悲痛欲绝地哭道："爸呀！你为什么要这样啊？你一定是硬撑着的呀！你的病根本就没有好，你是不愿花那点钱吗？可你这样走了，叫你女怎么活呀？我们还真以为你好了呢，我真是傻呀我！"她一边哭，一边狠命地抽打自己。

成跃山要拉住她，她连成跃山一起狠命地打。

安葬完父亲后，孔玉爱又用铅笔画了一张她爸的像，和她娘的像贴到一起，在像前设了个灵堂。她跪在灵堂前，坚持为她爸守了七七四十九天的孝。

在家里人和村里人的安慰和劝说下，孔玉爱才算从痛苦中走了出来。她和成跃山商量说，该是他们出去的时候了。

这天晚上，孔玉爱躺在炕上，突然想起什么坐了起来说："我不是怀了孕吧？！"

成跃山大惑不解，说："一直照你说的做，怎么会怀孕呢？"

孔玉爱有些懊恼地说："可我忽然想到，好像有很长时间没有来月经了。"

第二天，成跃山陪孔玉爱来到三岔沟卫生院。经化验检查，医生告诉她说："你怀孕了。"

孔玉爱听后，如雷轰顶，问医生有没有弄错。

医生说："化验的结果就是这样，怎么会弄错呢？"

成跃山扶孔玉爱从医生诊室里出来以后，问孔玉爱怎么办。

孔玉爱咬咬牙说:"必须做掉,不然我们还怎么出去呢?"

就在要做流产手术的时候,孔玉爱又突然改变了主意。她从手术室里跑出来,对成跃山说:"不做了,回去吧。这大概是我们的命。我爸说过,人不能违命,只能顺从命的安排。我们不能毁了要来到这个世上的娃,不然多少年以后会后悔的。"

就这样,一晃十年过去了。他们的儿子改庭已经九岁了,女儿杏花已经七岁了。

回想到这里时,孔玉爱看到弟妹杨桂淑、白文侠来到她跟前。

白文侠爽朗地笑着,问孔玉爱:"大嫂看着对面山上的路,是又回想起过去的事了吧?"

孔玉爱感慨地说:"是啊,又回想起过去的事了。一眨眼都过去十年了。"

白文侠劝她说:"光回想没啥用,该下决心出去了。"

孔玉爱喃喃自语般,重复着她的话说:"是该下决心出去了。"

杨桂淑扇了扇眼前的雪花,注意看着对面山上的路说:"是娃娃牵着我们的心啊。"

白文侠心直口快,说:"不下狠心,多会儿也出不去。"她歪头看看天空,接着又抱怨说,"瞧这鬼天气,也不晚下一天,偏偏在娃娃放假的这天下大雪。"

杨桂淑比较了解情况,问孔玉爱:"大嫂的决心下定了吗?"

孔玉爱点点头说:"决心早就下定了,今年必须出去。"

杨桂淑又问："大哥和家里人都同意了吗？"

孔玉爱说："跃山比我还急。家里的长辈和娃们的工作，一直都在做着。娃娃放了假，要再给他们好好地说说。我想的出发时间是过了年，正月初六，不管是什么天气，都要走。你们两家的工作做好了吗？"

白文侠有些愤愤地说："要等说通他们，早着呢。初六我一定跟大嫂走。他们要拦我，我就跟王虎驯离婚。"

孔玉爱吓了一跳，赶紧劝道："文侠你可不要胡来，还是要做通他们的工作，闹别扭走了，心里不踏实，出去也干不好。"

杨桂淑也跟着说："大嫂说得对。我们家麦霞她爷她奶的工作，我们也要再做做。只有这样，在外边心里才踏实，娃娃以后还要靠他们带。"

"娃娃是他们的孙子，他们难道还会虐待自己的孙子不成吗？"白文侠反问道。

"你这个女张飞，还听不听人劝呢？"孔玉爱忍不住笑骂道。

白文侠笑了，语气缓下来道："大嫂别生气，我是说着玩呢，我一定按大嫂说的继续做工作。大嫂还有什么指示，尽管说，我保证执行不走样。"

孔玉爱笑笑说："我知道文侠说的和做的不会一样。但我们既然是一起出去，就得把话说明了，谁家里也不能存下隐患。不但要做通长辈们的工作，也要做通娃娃的工作，使家里的大小人都跟我们的想法一致，支持我们出外打拼。只有这样，我们才能成功。"

这时，眼尖的白文侠忽然发现了羊肠小道上的人影，高兴地指着前方说："快看，他们回来了！"

落雪已经把那条羊肠小道完全遮盖了。成跃山一手拉着儿子改庭，一手拉着女儿杏花，小心翼翼地走在前面。他们的后边，是成富山拉着女儿麦霞，王虎驯拉着儿子立业。

孔玉爱、杨桂淑和白文侠迎到了他们跟前，抱起自己的孩子，回各自的家里去了。

成跃山、孔玉爱抱着改庭、杏花进了爷爷奶奶的窑洞。爷爷奶奶接过孙子孙女，先给他们焐手，随后把他们放到热炕上。

奶奶从锅里给他们拿出留的饭：拌汤、黑馍和腌萝卜条。

改庭、杏花两个娃，狼吞虎咽地吃了起来。

吃完了饭，成跃山一家回到他们窑里，上了炕，围着被子坐下来。

孔玉爱正色对两个孩子说："今天你们放假了，娘要给你们说点重要的事。这事虽说已经说过多次了，可还得再好好地说说。为啥咪？为了叫你们牢牢地记住了——爸和娘过了年就要出去闯世界了。为啥要出去闯世界呢？留家里和你们在一起不好吗？好是好，可咱们的日子过得太穷了。这么冷的天，有个暖和的屋子住不好吗？有件厚厚的棉衣穿上不好吗？为什么每天只能喝拌汤就咸菜呢？每天吃臊子面、吃大肉不好吗？为什么？因为咱家穷，没有钱。爸和娘要出去闯，就是要改变家里的这种穷日子，要让爷爷奶奶和你们过上好生活，有暖和的屋子住，有暖和漂亮的衣服穿，天天有肉吃。

"还有，你们不想去县城上中学吗？不想上大学吗？要想过上好日子，要想去县城里上中学，以后上大学，就得支持爸和娘出外挣钱。而且要尽快地出去，不能再往后拖了。爸和娘想让你们小学毕业以后，就去县城上中学。改庭上中学还有四年，杏花上中学还有五年。如果爸和娘现在不出去挣钱，到时候就没有办法送你们去县城上中学了。

"去不了县城上中学，上大学就没有多大的希望了。娘说的这些话，你们俩懂得了吗？记住了吗？"

改庭、杏花都回答说，懂得了，记住了。

孔玉爱松了口气，整个人都放松下来了。她转过头对儿子说："好。改庭，你是哥哥，你给妹妹说说，娘刚才都说了些什么。"

改庭将他娘刚才说的话，给杏花复述了一遍。

孔玉爱听后，点头称赞说："改庭说得好，以后要牢牢记在心里，落实在行动上。爸和娘一外出，家里就少了两个主要劳力，爷爷奶奶要种地，还要看护你们，会很累。你们要懂事，不要给爷爷奶奶增加太多的麻烦。遇上有人欺负你们，要能忍尽量忍，不要和人家打架，实在不能忍时，告诉老师和爷爷奶奶。一定要把功夫用在学习上，听爷爷奶奶的话，这些记住了吗？"

改庭、杏花异口同声回答说："记住了！"

这天晚上，他们窑里的灯一直亮到了深夜。

春节到了。孔玉爱、成跃山、杨桂淑、成富山、白文侠和王虎驯利用过年家家户户的人都在村里的有利时机，带着孩子挨家挨户拜年，同时告知村里的人，他们要外出务工去，恳请村里人多多关照他们的家人。

正月初三，孔玉爱和成跃山把要同他们一起出去的另外两家人请到他们家里，三家人开了个会。

孔玉爱对着三家的老老小小，摆事实讲道理地开导道："我们三家的六个主要劳力，初六就要去外边闯世界了。这是三家的大事，所以我们六个人商量决定，必须开这样一个会。为啥咪？因为我们出去闯，是想让三个家庭摆脱贫穷，走向富裕。是想叫我们的长辈们不再为钱犯愁,能像城市人那样,住暖暖和和的房子,穿暖暖和和的衣服,想吃什么就买点什么,闲暇时能出去转悠转悠,看看外边的大世界,享受享受人生的快乐。是想叫我们的娃娃能到城里去上中学,然后上大学,出国留洋,成为国家的栋梁。我们出去闯,就是为了这个,我们只能成功,不能失败。但成功不能光靠我们,有一半要靠家里的人,要靠长辈们起早贪黑忙碌,要靠长辈们多辛苦,打理好家里,照看好娃娃。要靠娃娃们好好学习听话,为家里争气,让爷爷奶奶省心,让我们在外边放心。只有这样,我们才能在外边一心一意地打拼。这就是我们要开这个会的目的。不知长辈们和娃娃们听明白了没有?"

成跃山的父亲表态说:"改庭和杏花的娘,在家里给我们多次说过出去的道理了。我们觉得她说得很对,完全支持他们出去。"

成富山和王虎驯的父亲也说他们完全支持儿子儿媳出去闯。

这时候,孩子们中年龄最大的改庭站起来说:"我和杏花、麦霞、立业一起商量过了,我们保证好好学习,不打架,不惹事,听爷爷奶奶和老师们的话,用实际行动支持爸妈去外边打拼。我说的话,也代表他们三个。"

开完会,在另外两家人离开以后,孔玉爱把她和成跃山结婚时的合照从墙上摘了下来,挂在了改庭、杏花做作业的桌子对面的墙上。

孔玉爱把改庭、杏花叫到桌前,嘱咐道:"以后你们看到爸妈的照片,就跟看到爸妈一样。爸妈每天都看着你们学习,看着你们做作业。你们每天要好好地复习当天学过的功课,好好完成老师布置的作业。记住了吗?"

改庭、杏花异口同声地回答："记住了！"

孔玉爱摸摸孩子们的头，鼓励说："好，你们现在就演习一下，看看记住没有，做得好不好。你们现在就背上书包到大门外边去，演习一下你们从学校回来以后，要怎么做。"

两个孩子很认真地演练起来，只见他们背上书包，跑到大门外，再假装放学归来，走进院门，先问爷爷奶奶好，帮爷爷奶奶打扫了院里的卫生，然后到窑里书桌前坐下，看着爸妈的照片，向爸妈汇报这一天的学习情况，随后就坐下来学习，做作业。每一个环节都做得很到位。

孔玉爱和成跃山被感动了，忍不住将两个孩子抱在了怀里。孔玉爱柔声嘱咐说："爸妈到了北京以后，每个星期都会给家里写一封信。你们也要每个星期回爸妈一封信，向爸妈汇报这一个星期的学习情况，以及家里的事，你们记住了吗？"

"记住了！"改庭、杏花响亮地回答。

随后，成跃山和孔玉爱带着孩子们来到他们外公外婆的坟地，化烧纸钱，一起给已故的老人磕头。孔玉爱跪在坟前，心里默默地说了许多话。

孔玉爱又来到她爸的窑里，从墙上揭下父母的画像。当她把画像装进要带走的提包时，不由想起她曾在这窑里对她爸说要带他去北京游玩的那一幕，一下子伤心得泪如泉涌，哽咽不止。

初六的早晨，孔玉爱他们出发了。他们全穿上了早就准备好的新衣服，新衣服春节时都没有舍得穿，就是要等外出时才穿。

孔玉爱是一身深蓝色传统农家女衣，圆领、盘扣，领口处和沿纽扣处有暗红色的边儿，裤子两旁有两道黄色的夹条。

这身衣服是孔玉爱自己做的，她说这衣服既是外出时穿的，也是去了以后干活时穿的。

杨桂淑的衣服和孔玉爱的衣服大同小异，只是上衣是蓝色的，裤子是黑色的。白文侠与她俩不同，她从三岔沟买了一身便宜的印花衣服，她说她要一到外边，就叫人认不出她是从山沟里出来的。

三个女人全剪了短发。

三个男人的新衣是一样的，都出自杨桂淑之手。他们穿上新衣以后，显出齐刷刷精神干练的样子。

家里的老人和孩子们送他们到山口。

孔玉爱、杨桂淑和白文侠与孩子依依不舍。最后还是孔玉爱说："我们是出去创事业的，都要高高兴兴的。走吧，家里的人就等着我们的好消息吧。"

六个外出的人，随即与家里人分手，大步走远。

麦霞忍不住喊了声："娘——！"

杨桂淑当即就想跑回去，孔玉爱赶紧拉住了她，用力握了一下她的手说："走！不许再回头看了！"

她说着，带领几个人狠心地走远，谁也没有再回头。

六个人走出家人的视线后，全是满脸的泪水。他们到了三岔沟，挤上长途汽车，一路颠簸行进。

到宝鸡火车站的时候，根本买不上票，上不了车。因为这时正值春运高峰期，车站内外到处都挤满了人。

后来总算上了车。别说座位，连站的空隙几乎都没有。孔玉爱对他们几个人喊话说："大家先散开吧，车上都是返回工作岗位的人，趁机会打问打问到北京找工作的信息。"

成跃山等人便分别向车厢里挤去，寻找机会向车上的人打问到北京后怎么找工作。

火车开动了。随着火车的开动，车厢里似乎变得不那么拥挤了。这时有人唱起了一支歌《城市也是我们家》，许多人跟着唱起来，气氛顿时活跃起来。

春雷一声震天地响啦！
泥腿子进城弄春潮啦！
从来城乡天地间，
泥腿子成了改天的人。
盖高楼，建大厦，
架桥梁，搞美化，
吃喝拉撒也少不了咱，
泥腿子的汗水浇开城市绚丽的花，
城市也是泥腿子的家。

春雷一声震天地响啦！
泥腿子进城弄春潮啦！
莫说泥腿子笨，
莫说泥腿子傻，
诚实善良城市需要它。
泥腿子跟着城市走，
泥腿子跟着城市学，
泥腿子与城市一起在长大，
城市也是泥腿子的家。

春雷一声震天地响啦！
泥腿子进城弄春潮啦！
一年三百六十五，

泥腿子天天生活在城市里。
春潮冲去了腿上的泥，
一身洋装穿身上。
在城市里吃，在城市里睡，
城市也是我们的家，
城市也是我们的家！

三

列车到了北京西客站。

听到列车广播的播报，孔玉爱、成跃山他们按捺不住心中的激动。虽说都站了一路，但从他们的脸上看不出丝毫的疲倦，几个人都面色红润，目光明亮。孔玉爱招呼他们几个人，往车厢门口移动，他们都想早一点踏上首都北京的土地。

白文侠的身后紧跟着一个穿着时尚的男人，他叫胡东。在列车行进的过程中，他曾有意踩踏了白文侠的脚，借此跟白文侠相识。一路上，胡东跟白文侠说了许多北京的情况，他告诉白文侠，自己是益民生物科技有限公司驻京的总代理，白文侠要想去他们公司工作，他欢迎。

因为车里人多，王虎驯和白文侠被隔开，王虎驯早就注意到了跟白文侠搭讪的胡东，觉得他不像是个好人。

白文侠走到车厢门口时，胡东在后边问白文侠，晚上住哪里，需不需要他帮忙。白文侠说，他们有住的地方，不麻烦他。胡东又对白文侠说以后要找他，可以打他名片上的电话。

王虎驯终于挤到胡东身后，这时，孔玉爱、成跃山、杨桂淑和成富山已经下车了，在站台上等着白文侠和王虎驯。

胡东紧随着白文侠下车，看见白文侠跑过去和孔玉爱他们站到一起，兴奋地看着周围的环境，他轻蔑地笑了笑，朝站外走了。

孔玉爱见他们的人齐了，说声走，她在前，成跃山殿后，相互照看着。六个人呈一字形随着出站的人群离开了站台。

他们在候车室找了个角落停下。

孔玉爱说："天快黑了，今晚就在站里歇脚吧。你们先坐下歇歇，我去找找看能不能打个电话。来之前，我去三岔沟邮政所找了常跑咱们那儿的邮差老王，老王答应有事可以往邮政所给他打电话，他在去成家山送信时帮咱们传话。正好明天就是他去成家山送信的日子，我现在就去找电话，让他转告家里人，我们已经平安到达北京了。"

孔玉爱在站里寻找着。她找到了插卡打电话的地方，但她没有卡，打不了。她想求个人，就站在旁边看着别人打，想在他们打完之后，求助用一下他们的卡。但打电话的人个个都十分匆忙，没有人多看她一眼，都不给她开口说话的机会。她不灰心，继续等待机会，这时她看到一个人正用手机打电话，便赶紧走过去，恭敬地站到他前边，笑盈盈地看着他，等待机会。

用手机打电话的人叫刘幼诚，是华兴投资公司的董事长，他注意到了孔玉爱，从她的神态举止上明白了她的意思，他打完电话就把手机递了过去，对她说："要打电话吗？给你打吧。"

孔玉爱见刘幼诚主动给她手机让她打，非常感动，连给刘幼诚鞠了几个躬表示感谢。

刘幼诚对孔玉爱的印象很好，说不必那么客气，拿上打吧。孔玉爱这才接住了他递过来的手机。刘幼诚注意看着她问："知道怎么打吗？"

孔玉爱有些害羞地说："没有打过，但见人打过，应该会。"

刘幼诚说："如果说的是保密的事，可以走远些打。"

孔玉爱连连摇头说："不不不，没有什么保密的。我是在想电话号码，想起来了。"她一边拨号，一边又说，"就几句话，用不了一分钟就打完了。"

刘幼诚说："不用着急，有话慢慢说，没事。"

孔玉爱等电话拨通后说："您好，您是三岔沟邮政所吗？麻烦您给我找下王邮差王师傅好吗？"那边接电话的人让她等等。

在等人的过程中，孔玉爱几次向刘幼诚表示歉意地说："对不起，给您添麻烦了。接电话的人给我找王师傅去了，来了我说一句话就完了。"

刘幼诚被孔玉爱的纯朴、善良和知恩感恩的表现深深地打动了。他欣喜地看着这个从农村来的姑娘（他认为她是姑娘）说："不用怕打的时间长，找来人慢慢地说，把想说的话都说完了。"

孔玉爱听到话筒里传来了王师傅的声音，她赶紧提高了声调快速说："王师傅您好！我是成家山的孔玉爱，麻烦您去成家山送信时告诉我家里，就说我们已经平安到达北京了。就这些，谢谢您王师傅！"

她随即挂断了电话，双手捧着手机，身体前倾，把手机还给刘幼诚，真诚地说："太感谢您了！谢谢您！谢谢您！"

刘幼诚接过手机，正想和孔玉爱说话，恰巧有电话打进来，只好先接听电话。

孔玉爱又向刘幼诚深深鞠了三躬，离开了。

刘幼诚接完电话，再想去寻找孔玉爱，发现她已经不见了，他有些失望地出了站，上了来接他的车。

孔玉爱回到歇脚的地方，对那几个人说："电话打过去了，明天下午家里就知道我们已经平安到达北京了。"

白文侠好奇地问："这么远打电话，要花很多钱吧？"

孔玉爱解释说："没有花钱，是一个恩人帮的忙。我见那个恩人拿着手机打电话，就想等他打完了求他用一下电话，没想到他打完电话主动把手机给我让我打，真把我感动得呀！这说明什么？说明北京好，北京的好人多得很呢。"

白文侠也颇为感慨地说："就是，真是不出来不知道，一出来才知道过去窝在山沟沟里真是白活了。瞧这一路看了多少好风景，再看看这北京，光一个火车站就这样大、这样漂亮，整个北京该有多大多美啊！我们以后干脆就住在这里算了，又宽敞、又热闹、又暖和，又有开水免费供应，比咱们家那破窑该强多少、多少万倍呢。"

杨桂淑见她越说越来劲，泼冷水说："尽胡说，这火车站是供大家用的，可不是供我们来这里住的。"

孔玉爱也说："是啊，火车站不是旅店，怎么能打主意在这里住呢。不过，在没有挣到钱，找到住处以前，临时来这里歇歇脚，打个盹还是可以的。但绝不能妨碍站里的工作。"她接着又催促大家说，"快说说一路上打听到的信息吧，明天找工作好用。"

成跃山闻言道："我在车上听到最多的信息是，北京用人最多的行业是服务业，酒店、商场、超市等，就像那歌里唱的，吃喝拉撒，都需要大量的人。"

成富山也说:"建筑行业用人也很多,车上有不少人是搞建筑的,他们说泥瓦工、木匠最抢手,如果没有技术就是运沙搬砖等,用人也很多。"

王虎驯接着说道:"我想打听个学手艺的地方,没有打听到。有个四川人告诉了我一个招人的服装公司,我看这地方正适合二嫂。"他把手里的条子递给了杨桂淑。

杨桂淑接过王虎驯给她的条子,看了看说:"我明天就去这家服装公司看看。我手里也有好几个人写的招工信息,有招货场搬运工的,有招旅店清洁工的,还有招小区保安的。"

白文侠说:"我在火车上认识了益民生物科技有限公司驻京的总代理,在车上就想聘用我,说只要跟着他干,每月挣个万儿八千的不成问题。我没有答应,打算明天转转看看再说。"

王虎驯赶紧接茬说:"那个胡东一定是个骗子。"

白文侠立刻瞪了王虎驯一眼,训斥他说:"不要看到有人亲近我了,就胡说八道。再胡说八道,我就踢了你!"

孔玉爱赶紧劝阻白文侠说:"你就不能给王虎驯留点面子吗?在火车上听到你吱啦一声叫,以为你准要和人干架了,可是没有,是怎么回事?"

白文侠解释说:"那时胡东踩疼了我的脚,我当然要叫了。可我记着大嫂嘱咐过的话,离开成家山到了外边的大世界,要讲文明讲礼貌,与人为善,吃亏是福。胡东当时就向我道歉了,我自然不能得理不饶人,结果还和他交上了朋友。"

杨桂淑揪住一点不放,说:"既然知道出来了要讲文明礼貌,为啥还骂王虎驯呢?"

白文侠一本正经地说:"对王虎驯到哪儿都一样,不讲文明礼貌,就要骂他。"

她的话惹得几个人都笑了。

孔玉爱见大家心气都很足，一路上也都有收获，就适时总结道："行了，说笑归说笑，该注意的也要注意，外边的大世界，好人是绝大多数，但也免不了有个把坏人。关于找工作的事，我这里也有几个条子，其中有家政服务的，我明天就想去看看。我想我们总的原则是，不挑肥拣瘦，有工作就做，先站住脚，挣上吃饭的钱。"

成跃山点头道："都要记住，不管干什么，给我们活儿干的人，都是我们的恩人。要怀着感恩干活儿，要把活儿当自己家的活儿干。通过干活儿，让人家认识我们。"

孔玉爱接上说："还有，要学着说北京话。老人们讲，入乡随俗，咱来了北京了，不能还说家乡话，人家听着会觉得不亲切。不知你们注意到了没有，火车上凡是有文化，或在北京工作久了的人，是怎么称呼年长的或值得尊重的人的？人家都说'您'，就是'你'字下面一个'心'字的'您'。不要总说你你你的，听起来生硬，没礼貌。话说好了也值钱，说话是拉近人跟人之间关系的重要方面。总之，在北京该学的东西很多很多，从明天起一定要处处留心学习，把一切该了解该知道的知识都尽快地学会了，这是我们在北京站住脚，走好路，成就事业的重要保证。"

北京的夜空，上弦月如同半轮神秘的宝镜，镶嵌在西边的天上。繁星闪烁，苍穹高远莫测。

城区里灯光辉煌，流光溢彩的环路、立交桥上车辆川流不息，一片繁荣昌盛的勃勃生机。

西客站内，孔玉爱等六个人挤在一起睡得正酣，周边川流不息的脚步和喧嚣声，对他们毫无影响。

成家山村里，传出雄鸡报晓的嘹亮鸣声。

白文侠从睡梦里笑醒了，翻了下身，其他五个人这时也纷纷醒来。

成跃山看了看表，凌晨五点钟，建议道："现在出发吧，赶早不赶晚。"

孔玉爱再次嘱咐大家："记着晚上回不来时，往那个电话上打电话，号码都记住了吗？"

几个人都说记住了。他们随即出站，来到北广场上，搭乘不同路线的公交车，各奔东西。

街面上车辆奔驰，行人匆匆。

孔玉爱沿街打听要去的地方，一个晨练的老太太详细地告诉了她该怎么走。她谢过老人，按照老人指示的路线，找到了金牌家政服务公司。没到上班的时间，公司还没有开门，孔玉爱便站在门口等候。

金牌家政服务公司的人陆续来上班了，孔玉爱走进公司大门，接待的人问她，是来找家政活儿的吗？孔玉爱说是。接待的人问她，有没有做过家政？她说没有，刚从农村来。

接待的人说："你这样的情况，得先培训半个月，培训合格后才能上岗。培训需交二百元培训费。"

孔玉爱听说要培训半个月，还要交二百元，便退缩了。她正在那里考虑该怎么办时，刘幼诚走了进来。

刘幼诚看了孔玉爱一眼，觉得似曾相识。

孔玉爱一眼认出了刘幼诚，惊喜地说："先生您好！昨天晚上在火车站借我手机用的是您吗？"

刘幼诚也认出了孔玉爱，很高兴地说："是啊，真巧。你怎么在这里？"

孔玉爱答道："我刚从村里到北京，来这里是想找份家政工作。"

"找到了没有？"刘幼诚问。

"家政服务公司说，像我这样的情况，需要培训半个月，要交二百元培训费，所以……"孔玉爱不好意思往下说了。

刘幼诚惊喜地说："是吗？那就太好了。走，我们到外边去说。"他把孔玉爱叫到门外，对孔玉爱说，"我来这里就是为我父母请保姆的，你正好也要找工作，请你到我父母家做保姆好吗？"

孔玉爱看着刘幼诚，心想他家肯定不是一般的家庭，就说："好当然很好，就怕我不行。请问先生，您父母是做什么工作的？"

"我父母原先都是在大学里教书的。"

"都是教授吧？"孔玉爱按捺住内心的激动问。

"是。父亲是教历史的，母亲教音乐。"刘幼诚说。

孔玉爱听了，心里特别高兴，心想如果能在教授身边做保姆，一定能提高自己的文化知识水平。可又怕自己不合格，所以她犹豫地说："去老师身边做保姆，我当然是特别愿意的。只是像我这样的，能行吗？"

刘幼诚笑着说："怎么不行？我爸妈一定喜欢你。他们刚退休不久，身体都还很好，家里的活儿不会都叫你做，你给他们当当帮手，陪他们聊聊天就可以了。"

孔玉爱赶紧解释说："我不是怕活儿多，我是担心我刚从农村出来，什么都不懂，怕自己胜任不了，让老师们为难。其实我心里是特别高兴特别愿意的。昨天在火车站遇到先生帮了我的忙，今天找工作又在这里遇到了您，我就觉得，您像是老天爷派下来帮我的。好像是在做梦一样，都有点不敢相信呢。"

刘幼诚笑笑说:"那还等什么呢?上车吧。"

孔玉爱上了刘幼诚的豪车后,刘幼诚一边开车一边问她,是陕西人吧?孔玉爱说是。刘幼诚说,他公司里有陕西人,所以听出来了。说话间,刘幼诚驾车来到了西长安街。孔玉爱兴致盎然地看着车外的景致,当经过天安门时,她惊喜地叫出了声。

车在一个高档住宅区停下,刘幼诚领着孔玉爱上楼来到他父母家门前。

钟老师听到门铃声,开门见儿子身后站着个姑娘,有些诧异地说:"幼诚,这姑娘是?"

刘幼诚轻声说:"她是我请来的保姆,进去再跟您细说吧。"

他随即领孔玉爱进了门,嘱咐孔玉爱在客厅里坐坐,他和母亲进到另一个房间里。

钟老师一进房间,就不高兴地说:"说了不要请保姆的嘛,怎么搞的?"

刘幼诚赶紧赔笑说:"我知道爸妈的身体都好,可毕竟年岁大了。再说,这么大的房子,还有那么多花呀草呀的,每天会有不少活儿,有个人帮着干点儿不好吗?腾出时间来,妈可以多弹弹琴,爸可以多写写字画画画,你们还可以多出去遛遛。而且,有个人在跟前,能聊天解闷儿。"

钟老师有些心动,但还是坚持说:"好是好,就怕家里多个生人,如果处不好,反会生烦的。我们又不能请了人家,再辞人家。"

刘幼诚拍拍胸脯说:"我给爸妈请来的这位,绝对能和你们处好了。"

孔玉爱没敢在客厅里坐下,她站在那里,打量着四周。

她觉得她站的这个客厅，比她中学的教室都大，大理石的地面上铺着好大一块华丽的地毯，四周摆放着十几盆她从未见过的花卉，还有一个很大的鱼缸，墙上挂着各种字画。房子有两层，转角处有通往二层的扶梯。孔玉爱边打量边想，她这是一步登天了呀。能在这里上班，为教授服务，是做梦也想不到的。可她行吗？他们能要她吗？

四

刘幼诚说了半天，最后用请求的语气对母亲说："就相信您儿子的眼光吧。这姑娘纯真质朴，也很有灵气。"

钟老师犹豫着说："那就留下她？"

刘幼诚赶紧说："当然是留下了，这是您儿子女儿儿媳的一片孝心嘛。"

"行，你去跟你爸说一下。"

孔玉爱见刘幼诚和他母亲从房间里出来，刘幼诚又进了另一个房间。

钟老师沏了杯茶，送到孔玉爱面前："怎么不坐呢？快坐下喝茶。"

孔玉爱有些慌神，结结巴巴地说："不不不，不能这样……"说着赶紧接住了茶杯。

"不必客气，你是客人，应该的，坐。"

孔玉爱理解钟老师这话的意思是不会要她。她忐忑不安地依着钟老师的话，在沙发的边儿上慢慢地坐了下来。

钟老师看看孔玉爱，猜出了她在想什么，心说，这姑娘还真敏感，从自己一句话里就意识到，她可能不被接纳。钟老师因此反倒来了兴致，问孔玉爱："你乐不乐意来这个家里呢？"

孔玉爱赶紧站起来说："乐意，乐意。若能在老师身边做事，那是我前世修行的结果，只是我水平太低，只有初中文化，就怕说话做事不入耳，不入眼，辜负了老师们。不过，我一定会好好学习，努力提高自己的。"

钟老师心说，还真让她儿子说对了，这个孔玉爱是很灵透的。

这时，刘老师从书房里出来了。他笑盈盈地看着孔玉爱说："欢迎欢迎啊。快坐下，不必客气。"

刘幼诚也跟着出来了，他知趣地对父母说："我去公司了。"然后对孔玉爱点点走，走了。

孔玉爱见状，哪能不明白自己被接纳了，赶紧把刘幼诚送到门外，关上门后回来对刘老师和钟老师说："太感谢老师们了，给了我这个机会。我一定认真学习，好好努力。这里的活儿，我还不知道该怎么做，还得麻烦老师们教我。现在需要干什么活儿，就请老师们指点吧。"

刘老师摆摆手说："不急不急。坐下，我们说说话。"他随即问了孔玉爱的姓名，得到答复后，笑着说，"好，这个名字好。你家里都有什么人？"

孔玉爱答道："家里有公公婆婆，一个儿子和一个女儿。"

钟老师和刘老师听完十分惊讶。

刘老师说："真没有看出来呀，你已经有两个孩子了，又有儿子又有女儿，好啊！"

钟老师对孔玉爱说："我们以为你是个姑娘呢，想不到都是两个孩子的妈妈了。你是怎么舍得扔下孩子出来的？"

孔玉爱叹了口气，回答说："不出来不行啊，家里太穷了。十年前就想出来，没有出成。今年儿子就要上三年级了，女儿就要上二年级了，我都二十八岁了，我男人都三十岁了。我对孩子和孩子的爷爷奶奶说，再不让我们出去，这辈子就出不去了，家里的贫穷面貌也就没法改变了。我们出去既是为了实现自己的理想，也是为了改变全家人的命运。就这样，家里的老人和孩子都支持我们出来了。"

刘老师听了，赞同地说："是这么个理儿。农村还是很穷啊，这是中国最根本的一个问题。纵观历史，从古到今，每朝每代，莫不是农村农民的问题占首位。"

钟老师一听，赶紧打断他说："不会又要讲你的历史吧？"

刘老师说："你莫要打岔，我要说的是，现在中国最根本的问题，还是农村和农民的问题。不解决这个问题，谈不上国家的富强。该怎么办呢？就是玉爱他们走的这条路，走出大山，走出农村，向城市靠拢，实现城乡融合，城乡一体化。唯有如此，才能解决农村和农民的大问题。这既需要城市里的人努力，更需要农村里的人狠下心来，做出一定的牺牲，方能实现。"他说着，情不自禁地站了起来，当意识到自己又进入了讲课的状态时，自嘲地冲钟老师笑笑，又坐下来，接着说，"行了，我是讲得有点远了。玉爱你到这个家里来，是缘分。不必拘束，进了这个家，就是这个家里的人，要快快乐乐的。我们之间不存在谁侍候谁的问题，大家各有其责，做到相互关心，互相照顾就行了。以后我们会有很多时间慢慢地聊，今天就说这几句吧。"

他随即对钟老师说："夫人啊，家里添了新成员，中午是否得有所表示呢？"

"那是当然了，还用得着你说嘛。"

这时，成跃山正从一家商场里出来，在街上急急地走着，他还没有找到工作。

闻到诱人的香气，肚子越发饿了。香气从路边的五洲大酒店传出，成跃山想进去碰碰运气，被门童挡住了。

门童打量着成跃山问："您是要在这里就餐吗？"

成跃山心想，他要说找工作，肯定不会让他进去，便点头说是。门童把他放进去，但并不放心，跟在了他后边。成跃山发现门童跟着自己，就加快脚步往里走，想甩开门童，门童紧跟不舍。成跃山一路躲闪到了二楼，发现门童追上来了，一着急，撞进了餐饮部经理办公室。

餐饮部经理王德正忙着，一抬头看到一个土里土气的乡下人撞了进来，不由生气地问道："你谁啊？要干什么？"

成跃山赶快赔笑脸道歉说："对不起对不起，我太冒失了。我刚从农村来，想找份工作干，但没有认识的人，也不知道该怎么找，就冒冒失失闯进了您的办公室。也许您就是能帮助我的大恩人。"他随即就给王德深深地鞠了一躬。

王德见成跃山很壮实，也很可怜，动了恻隐之心。他问成跃山有没有身份证件。成跃山赶忙把身份证和毕业证递了上去。王德看了看说："这里有个后厨打杂的活儿，你可愿意干？"

成跃山说他愿意干。

王德说："愿意就先试干一星期，一星期后，店里愿意留，你也愿意干，再给薪水。试用期没有薪水，只管饭。"

成跃山欣喜地接受了。

王德把成跃山领到后厨，交给了大师傅班长张师傅。王德走后张师傅问了成跃山的情况后说："王德也太过分了，一个后厨的杂工,还要试用一个星期不给工资,这不是欺负从农村来的人吗?"

其他师傅也纷纷对王德表示不满。

成跃山这才明白怎么回事,但他并不在意,而是劝大家说:"没事,王经理能收留我,就是我的大恩人。请师傅快告诉我,后厨都有什么杂活,我现在就干。"说着他就挽起了袖子。

张师傅介绍说:"打扫卫生,搬运食材,杀鱼杀鸡,择菜洗菜等等,都是后厨的活儿,你先把垃圾清理一下吧。"成跃山马上甩开膀子干了起来。

不一会儿,有个大师傅给成跃山盛了一碗肉菜,拿了两个馒头,要他先吃饭,吃饱了再干。

成跃山已经很饿了,看见饭菜真想一饱口福。但他强忍住饥饿,咽下满嘴的口水,接过那碗肉菜和馒头放到一旁说:"谢谢师傅,干完了活儿我再吃。"说完继续干活儿。

新潮服装公司大门旁挂着明晃晃的新牌子,换下来的国营服装厂的旧牌子被扔在墙角。

公司院子里正在招工,排着两行长队,一队在审查证件,一队在面审。杨桂淑排在审查证件的队伍里,负责审查证件的是缝纫车间的经理张涛,公司总经理任俊杰进行面审。

终于排到杨桂淑了,张涛看了眼她的证件说,她是小学文凭,公司要求最低学历是初中毕业。杨桂淑被刷了下来,她不甘心地在旁边等着,想再争取争取。

等张涛审查完其他人,杨桂淑趁着没人,走到张涛跟前央求说:"张经理,我是从农村深山里出来的,我们那地方很穷,上学很困难,我上到小学毕业就很不容易了。虽然我没有初中文凭，但我有做缝纫活儿的基础，我会用缝纫机，您要是不信，我可以当场展示。"

张涛让杨桂淑等等，等任总那边忙活完了，跟他说说看。

杨桂淑十分感激地说："谢谢张经理！"

任俊杰那边面审结束了，张涛跟他说了杨桂淑的情况，任俊杰就叫杨桂淑上机子做活看看。

张涛领杨桂淑来到车间，把一件未做完的衣服交给了她，让她上缝纫机做做看。这时任俊杰也来了。杨桂淑上到机子上，熟练地做了起来。任俊杰只看了一眼，就对张涛说："要上她吧。"

大街上，胡东把一摞小广告交给白文侠说："你要能在两个小时之内将这些广告散发出去，就通过了加入我们公司的考试，不但会立马成为我公司的正式成员，还能得到一百元的奖金。"

白文侠把一摞小广告接到手里，满不在乎地说："这有什么难的？我肯定能在一个小时之内完成任务。"她说完，抱着小广告向人多的地方跑去。

胡东盯着白文侠的背影，自言自语道："农村妞儿有农村妞儿的味道，很好。"

白文侠一路疯跑着，按约定时间在街上散发完了小广告。

胡东见状，拉起白文侠的手，将一张百元人民币拍到她手上说："这是给你的奖金，你已被公司正式录用了。"

白文侠有些惊讶地说："还真给我一百块钱啊。"

胡东说："当然真给，以后只要好好在公司干，你很快就会发财的。"

王虎驯正在一个名叫百度的汽修铺门前溜达着,他想在这里学修车,但修车的师傅一直在车底下修车没出来。

汽修铺的老板黎百度看见王虎驯一直在门前转悠,从里边出来问他有什么事。王虎驯有点拘谨地问黎百度:"我能在这里学修车吗?我从小手巧,一定能学会的。学习期间只要管我饭就行,铺子里的活儿我都愿意干。"

黎百度看着王虎驯,笑笑说:"是刚从农村出来的吧?这里是修车铺,不是培训修车师傅的地方。想学习修车的技术,得去找专门培训的地方。"

王虎驯还要跟黎百度说点什么,可黎百度已经转身走了。王虎驯不甘心,在周围接着转悠,看到旁边有个洗车的铺子,就走了过去。

他想能在这里洗车也行,先有口饭吃,这里离修车铺很近,还能抽空儿学习修车。

洗车铺地方不大,同时只能洗两辆车。这时正有两个师傅在洗车,外边还有几辆车在等着。王虎驯走过去,蹲在那里看了一会儿,他觉得洗车这活儿好干。他问洗车的大个子师傅:"师傅,我想在这里干洗车,行吗?"

大个子师傅停下手里的活儿,看看王虎驯说:"这里就能用两个人,所以不行了。你是从农村来的吧?要是想挣顿饭吃,就替我干会儿,洗完两辆车,我给你买份盒饭。"

王虎驯想,反正也没事干,挣顿饭吃也好。接过大个子师傅的水枪干了起来。

王虎驯洗车擦车的过程中,洗车铺的老板一直在旁边观察着。老板发现王虎驯干活儿不但特卖力气,而且很仔细。在王虎驯吃饭的时候,老板对他说:"活儿干得不错,明天可以再来。"

听了老板的话，王虎驯很高兴。可他发现给他买盒饭的大个子师傅不高兴了，有点莫名其妙。

成家山村。王邮差来到成跃山家门前喊："成跃山家有人吗？"

改庭、杏花闻声跑了出来。王邮差等两个孩子跑到跟前后，告诉他们说："你们的娘叫我给你们家里带来个口信，说他们在昨天已经平安到达北京了，让家里放心。"

成跃山的父母紧跟着孙子孙女走过来，笑着说："太感谢王邮差了，请到屋里坐吧。"

王邮差说："不了，我还要去别处送信呢。"

杏花问王邮差："邮差伯伯，我娘还说什么咪？"

王邮差见可爱的杏花很期待，随口说："你娘还说，叫你们好好学习，好好听爷爷奶奶的话。记住了？"

杏花高兴地回答说："记住了伯伯，谢谢伯伯！"

在王邮差走远以后，成跃山的父亲对改庭、杏花说："快去告诉麦霞和立业家，就说王邮差捎回话来了，他爸他娘昨天已经平安到达北京了，让他们放心。"

改庭、杏花向两家跑去。

晚上白文侠最先回到了西客站，她在北广场上买了六个肉包子。到了他们歇脚的地方，又接了一缸子开水，随后便坐下来，边吃边喝边回想这一天的收获和快乐，心里感到从来没有过的满足。当她把第六个肉包子拿起来要吃的时候，忽然想起了儿子立业，眼睛湿了，有点吃不下去了。

这时王虎驯回来了，他走到白文侠跟前，见她一脸苦相，赶紧安慰她说："头一天找不上工作很正常。"

白文侠一听他这么说，也不想儿子了，立刻驳斥王虎驯道："狗才找不上工作呢。"

王虎驯有点蒙了，当他看到剩下的一个肉包子时，便明白了，高兴地说："这么说，你找上工作了，是有意装可怜哄人呢？"

他一边说着，一边就要伸手去拿那个肉包子，白文侠把他的手打开。王虎驯没有拿到肉包子，反挨了打，叫道："哎哟！又疯了吗你？"

白文侠伸出手说："狗才疯了呢。拿来！"

王虎驯问："拿什么？"

"装糊涂呢？拿来挣的钱。"

"出去找工作才一天，就能挣到钱吗？我就挣了个盒饭吃。那老板叫我明天去，看样子是要录用我了。"

"找了个什么高级单位？"

"找了个洗车铺。"

"啊哈！我还以为是什么高级单位，一个洗车的工作都搞不定，还要等到明天，不害臊吗你？"

她正说着，见杨桂淑来了，就有意拿起肉包子在王虎驯眼前晃了一下，转手递给了杨桂淑，随即说："这肉包子是留给我儿子的。"

杨桂淑刚高兴地接住肉包子，一听白文侠这话，气道："啊？是给我包子吃，还是存心要骂我呢？"

白文侠赶紧赔笑说："对不起二嫂，包子是给您吃的，那话是骂王虎驯的。我是说，王虎驯不配吃这个肉包子。"

杨桂淑笑着把包子塞给王虎驯，王虎驯又要把肉包子推给杨桂淑，杨桂淑不肯要。王虎驯看着推不过去了，只好吃了。

杨桂淑问王虎驯,是不是没有找上工作,王虎驯点头。杨桂淑问白文侠,找上什么好工作了,买肉包子吃,还损王虎驯。

白文侠开心地说:"我今天不但成了益民生物科技有限公司的正式员工,还得了一百块钱的奖金呢。"

成跃山回来了。白文侠他们问成跃山是否找上了工作。成跃山点头说:"找上了,找了一个酒店后厨的工作,在后厨打杂,经理说干一个星期以后再给工资。这一天虽没挣到钱,但吃了两顿好饭,一天吃的肉比过年吃的还多。"

白文侠问:"大哥在吃肉的时候,是不是想到家里的娃了?"

成跃山点点头说:"不但想到了家里的娃,还想到了我爹我娘,更明白出来是对的,必须要好好地干。"

这时,孔玉爱也回来了。她特意来到昨天晚上在刘幼诚帮助下打电话的地方,站在那里回想着当时的情景。她在心里说,自己真是好福气啊!一定是天在帮她。

几个人听完了孔玉爱的讲述,白文侠忍不住连说大嫂真是太神了,一步登天了!杨桂淑也说怎么会那么巧,这情节简直就像电视上演的戏那样,让人不敢相信。

孔玉爱也极有感触地说:"是啊,我刚才回来,先去了一下昨天晚上求刘先生打电话的那个地方。我在那里站了很久,想了很久。我想这一切一定是天意,如果昨天晚上我不去打电话,就不会认识他;如果今天我不是早早到了金牌家政服务公司,也不会再碰到他,他可能会在我去之前,就请上保姆走了。所有的巧合,才有了这样好的一个结果啊!"

白文侠忽然对大家说:"快看!"

几个人朝她示意的方向看去,只见一个警察冲他们快步走来了。

白文侠悄悄地说:"那警察一定是来赶我们离开的,不让我们在这里过夜了。怎么办?"

五

当警察走到孔玉爱他们跟前,大家这才看清,原来是成富山。

白文侠惊叫道:"啊呀!是二哥啊!二哥在哪里弄了这身衣服穿?吓死人了。"

成富山乐呵呵地说:"这衣服是派出所发给我的工作服。"

原来,成富山在大街上奔走着寻找工作时,突然听到有人喊:"抓小偷!抓小偷!"

他停下脚步,朝喊声看去。只见那边有个姑娘在喊叫,小偷手里抓着个包儿朝这边跑来,街上好多人好奇地观望,却没有人去抓小偷。成富山毫不犹豫地扑向小偷,小偷灵巧地躲开,成富山紧追不舍,追到一个十字路口时,成富山险些被车撞到,他全然不顾,继续追,小偷被追得筋疲力尽,眼看就要被他抓住,这时小偷的同伙出现了,小偷把包扔给了同伙,同伙拿着包飞跑。

成富山盯的目标是包,他又朝拿包的同伙追去,又追了几条街,小偷同伙终于被成富山抓住了。

小偷同伙把包递给成富山,辩说自己只是贪小便宜,拿了别人扔给自己的包,自己并不是小偷,还说他妈在家等着他买面条回去呢,求成富山放了他。

成富山将信将疑。这时远处有两个民警向这里跑来，小偷同伙就又说，请成富山先给民警说说情况，他买了面条就回来。成富山一松手，小偷同伙就跑了。这时民警到了跟前，看他手里拿着包，以为他是小偷的同伙，把他带到了派出所。

派出所明所长检查包的时候，发现里面的证件正是自己妹妹明明的，就在这时明明也赶来了。

明明证实了成富山是抓小偷的人，明所长和带成富山到派出所的民警向成富山赔礼道歉，赞扬了他的见义勇为。闲聊中明所长得知成富山刚从农村出来，还没有找到工作，明所长查看了成富山的证件资料，问他愿不愿意在所里当名协警。

就这样，成富山当上了协警。

新的一天开始了。早晨六点钟，孔玉爱就来到雇主家楼下，边等边回想着钟老师昨天跟她说过的话——

钟老师告诉孔玉爱，他们的作息时间是这样：一般早晨六点半起床，七点下楼晨练，七点半回来吃早点，午饭是十二点钟左右，午休一个钟头，下午有时出去，有时不出去，晚饭时间是六点到六点半之间。因为孔玉爱不在家里住，钟老师让她不必赶他们的时间，八点半九点钟来就成，早饭会给她留着。至于干什么活儿怎么干，不着急，到时候她做孔玉爱跟着看看就知道了。

孔玉爱在楼下等着，快要到七点钟的时候进了楼，到了钟老师家门外，等他们出来晨练。

钟老师和刘老师开门出来了。

孔玉爱躬身向他们问候说："老师早晨好。"

钟老师和刘老师都很意外。钟老师说："怎么这么早就来了呢？不是说了八点半钟以后来吗？"

孔玉爱说："我早晨没有事，就来了。"

钟老师还要说什么，刘老师抢先说："来了好，进去吧，我们去晨练了。"

"我进家里能做点什么活儿吗？"孔玉爱问。

"什么都别做，坐下休息，等我们回来。"钟老师上电梯时，又叮咛孔玉爱，"什么都别做。"

孔玉爱进到屋里，觉得不能坐等，应当做点什么，于是来到卫生间。

她见卫生间里干净得一尘不染，再到客厅、琴房等处看，全都干干净净的，所有的东西都摆放得很整齐。以她的眼光看，这家里的卫生没有什么可以打扫的了。

她进了老师的卧室，见床上的被子没有叠起来，刚要伸手叠，想起钟老师临上电梯时说的那句话，赶快缩回了手。

钟老师和刘老师晨练回来了。一直站在客厅里等候的孔玉爱心想，她可以跟着老师干活儿了。钟老师先去了卫生间，等她从卫生间出来，去往卧室的时候，孔玉爱跟了过去。但钟老师对她说："我们的卧室，以后还由我收拾，你不用管。"

孔玉爱赶快退了回来，偷偷舒了口气。她想，幸亏她没有叠卧室里的被子。

钟老师收拾完卧室出来，见孔玉爱还在客厅里站着，说："你怎么还站着？快坐下歇会儿。"钟老师说完，又进了卫生间。

孔玉爱没有坐，依然站在那里等钟老师。

钟老师从卫生间里出来，见孔玉爱还在那里站着，就让孔玉爱别拘束，就像在自己家里一样，随便一些。

刘老师这时说："叫玉爱什么都别干，玉爱能随便吗？都是你把玉爱弄得这样紧张的。"

钟老师瞪了老伴一眼，反驳说："这么说，是我的错了？我是说家里的活儿不着急干，等我干什么的时候，玉爱跟着看看，就知道有什么活儿，该怎么干了，这难道不对吗？"

刘老师说："玉爱在老家干惯了活儿，来这家里就想干活儿，不叫她干活儿，她会觉得没有尽到责任，你懂不懂？"

钟老师转过头来问孔玉爱，是不是如刘老师所说。

孔玉爱赶紧解释说："刘老师说的倒是符合我的心理，但钟老师说得也对，如果没有老师教我有什么活儿，该怎么做，我肯定不会做，会把家里弄乱的。"

刘老师对孔玉爱说："不要有那么大的压力，觉得这家里必须得怎么怎么干净、怎么怎么整齐。这就是个家，不是皇宫，没有必要搞得那么复杂，那么累人，卫生不用天天打扫，那些花呀草呀的，也没有必要成为负担。过去你钟老师愿意当它们的奴隶，那是她自找的。"

钟老师听了刘老师这话不依了，跟刘老师理论起来说："家里的卫生不用天天打扫，你为什么要天天洗脸刷牙呢？东西也和人一样，如果不天天收拾，能卫生能好看，能让你感觉舒服吗？特别是那些花卉的养护，学问大着呢。亏你还是研究学问的人，知道花卉养护的知识吗？那学问不比历史的学问小。享受了别人的劳动成果，不感谢也就罢了，还说风凉话，有意思吗？"

孔玉爱没见过这阵仗，见两个老师争执起来，不由得着急，一时不知该怎么办好。

刘老师接上钟老师的话："我说的话有意思，不是没有意思。我怕你把自己那样大的负担转嫁到玉爱的身上，她是受不了的。"

孔玉爱觉得自己有了说话的机会，赶紧说："刘老师，我特别愿意做钟老师做的那些活儿，我能承担得起来，请刘老师放心。"

钟老师点点头说："你刘老师说的那些话，不是全针对你的，他也知道，我不会把我做的那些事全推到你身上。你刘老师表达的意思，是他一贯思想的又一次暴露，在他看来，我每天做的都是无关紧要的、费力不讨好的事。"

刘老师反驳道："我是怕你累坏了身体，你应该知道的。"

孔玉爱不安地说："老师，都是因为我，让你们吵嘴了，对不起。"

钟老师摆摆手说："玉爱你别在意，我们经常吵嘴的。"

刘老师点头说："以后有玉爱，可以给我们评评理了。"

钟老师不乐意地说："玉爱肯定站我这边，你就是少数了。"

刘老师不想再争论下去了，就说："行了，该干什么快带着玉爱去干吧。"

钟老师满意地点点头，对孔玉爱说："他是想吃早饭了。走，我们做早饭去。"

五洲大酒店的后厨里，成跃山干得满头大汗。他洗完码好了几大堆菜，又开始收拾一大堆鱼虾。

大师傅们在旁边，又欣赏又怜悯地看着他。

张师傅劝道："成跃山，悠着点劲儿干。每天都要这样干，能受得了吗？"

成跃山憨笑着说："受得了，张师傅。在老家种地比这活儿重得多，都没有事，请张师傅放心。"

张师傅说："在老家种地是给自己干，不干不行。在这里要是累得趴下，王德可是不会管你的。"

成跃山说："在这里也是给自己干，只有拿出给自己干的劲儿，才能对得起给自己活儿干的人。"

张师傅说："好小子，思想够先进的。可你不知道，王德没有权力留下你。"

成跃山听了张师傅这话，赶紧停下手里的活儿问："王经理决定不了留下我吗？"

张师傅说："你以为呢？"

王师傅凑上来说："招人的权力在总经理手里，总经理外出了，王德看你老实，抓你大头，叫你白干一个星期的活儿。"

李师傅也说："那个王德经理，现在一门心思地想往上爬，千方百计给酒店省钱，抓住你这个刚从农村来的老实人，一个星期不给你薪水，到时候就是留下你，也会把工资压得很低。成跃山，你明白师傅们的意思吗？"

成跃山点头说："我明白，谢谢师傅们。"他说完，又干起了活儿。

几个大师傅既不解，又无奈地相互看看。

张师傅有点生气地说："你明白啥了？师傅们都是好心，看你刚从农村来可怜，不愿叫你受王德的剥削。后厨的杂工一直招不上人，没有人愿意干，遇上你这样老实肯干的人，竟然这样对待你，师傅们看着不公。其实后厨有你，师傅们高兴，可为你好还是劝你快走吧，到哪里找个工作，都比在这里强。"

成跃山点了点头说："谢谢师傅们，到北京能遇上师傅们这样好的人，是我成跃山的福气。我是这样想的，王经理能留下我，给我到北京后的第一碗饭吃，就是我的恩人。一个星期不给工资，是我同意了的，我不能不言不语中间走了。

我想人都是有良心的,让王经理、总经理看我干的情况办。我觉得能跟师傅们在一起继续干,少挣点钱,我也愿意。"

大师傅们听了,再无话可说了。

在一个背街的小巷子里,胡东对白文侠说:"从今天起,你就开始为益民生物科技有限公司服务了。你是营销部的人,归我管。我先告诉你营销部的相关规定,营销部人员的工资收入分两部分,一是保底工资,二是销售提成。保底工资低,挣钱主要靠销售提成,销售提成是百分之五。推销一百元的产品,可以得到五元的提成;推销一千元的,就是五十元提成;推销一万元的,就是五百元,依此类推。你听明白了没有?"

"听明白了。"白文侠回答。

胡东接着对白文侠说,他当推销员的时候,创造过一天提成一万元的纪录,他希望白文侠能打破他创造的纪录。

白文侠说她有信心打破纪录。

胡东说:"我的北京销售总代理,就是我打破销售纪录当上的,你要是打破我的纪录,你就是北京总代理了。"

白文侠说:"我要当了北京总代理,您怎么办?"

胡东说:"那我就升到上海总部去了。"他说着,从车上拿下一个折叠小推车打开,搬了几件货放到小推车上,交代白文侠先拿着这几件货去推销。他递给白文侠一部手机,让她需要货时联系他,他会很快送货过来。胡东特别嘱咐白文侠,一定要把报纸上介绍公司和公司产品的那些文字背熟了,以便更好地向顾客介绍,取得更好的销售业绩。

胡东说完,助推一下小推车说:"去吧,祝你成功!"

白文侠推着小车,出了巷子。

新潮服装公司新招进来的女工正在车间里接受培训，张涛讲完话以后，让大家开始练习。

杨桂淑等女工开始在机子上练习，用布条学着走针、缝制。杨桂淑操作得很熟练。

张涛走到杨桂淑跟前看了看，要杨桂淑教那些不会操作的女工，杨桂淑愉快地答应了。

公司大门外边，一些老厂的工人们愤愤不平地议论着。有的说，放着技术熟练的老职工他不用，非要招新工培训，他任俊杰跟老人有仇啊？有人接上说，他知道老职工对他有意见，不好管，招新人对他来说自然好，工资低，又能听他的话。另有人说，任俊杰也忒没良心了，好端端一个厂子，改制来改制去，改成了他自己的，还不让老职工继续上班，给的那点工龄费，够干什么用？又有人说，人家能干呀，人家在当厂长期间，维好了当官的，又能从银行里贷出款来，别人谁能行呢。

这时有个四十多岁的老职工非常生气地说："不要以为他贷的那些款，真够买下咱们的厂子，差远了！咱们厂的那片地皮值很多很多钱呢！"

任俊杰坐车从外边回来，看到了议论纷纷的人群。

白文侠在街上推销她的货，看到街心花园有好些老人在活动，就过去向老人们推销，她大声招呼着："大爷大妈，你们好！我是万福宝的销售员，我叫白文侠，是从陕西山区里来的，我绝不干骗人的事。这万福宝口服液是由一个名叫张慧贤的老中医老专家研制出来的，由二十多种名贵的药材精制而成。能治心脏病、高血压、糖尿病、胃病、气喘、乏力、关节疼等多种疾病，养生延年。许多患者服用后，多年缠身的老病都好了。你们看,这报上有张慧贤专家的照片和他的情况介绍,还有治愈患者的照片和他们的真实感受,来来,大家看看。"她说着,把广告宣传单散发给周围的老人。

在老人们看宣传单的时候,白文侠又说:"大爷大妈,你们不要担心,你们不会上当受骗的。我白文侠以人格担保,我每天都在这一带宣传推销,如果产品有假,可以拿我是问。今天我带来的万福宝口服液已经不多了,需要的请尽快购买。"

老人们听她说得诚恳,很多人都买了。小推车上的货很快卖完了。白文侠给胡东打电话,欢快地说:"快送货过来,车上的已经销完了。胜利万岁!"

成富山在管区里巡逻,走到一个住宅大院时发现院子里围着一群人,走近才看清是白文侠在推销她的万福宝。

他把白文侠叫到一边,对她说:"你怎么跑这里来了?这里是不允许商贩进来的。"

白文侠解释说:"我这是送福送货上门,关心老人们的健康。让他们买些万福宝吃,把身体吃得健健康康的,有什么不好呢?"

成富山不以为然地说:"就你那万福宝啊,不吃出毛病就算幸运,还健健康康呢。"

白文侠这下可不依了,反驳他说:"哎!二哥,怎么说话呢?这报上白纸黑字登得清清楚楚的,是老中医老专家经多年实践研制出来的,救了那么多人,你怎么不相信科学,不尊重实际呢?"

成富山有些恨铁不成钢地说:"你拿的那些广告传单,也叫报纸呀?行了行了,不跟你理论了,你快离开这里吧。"

白文侠不服气地说:"好呀二哥,你当了个协警,不帮我也就罢了,还要砸我的买卖呀?我去了好几个小区都没事儿,偏偏在你这里就不行,就你革命呀?"

成富山认真地说:"别处怎么样我管不着,这里归我管,我就得管。希望你支持我的工作。"

白文侠越听越不是滋味,忍不住嘲讽地说:"要叫你这么说,我只能滚到街上去了。"

成富山还是认真地说:"街上也不行。归我管的地方,哪里都不行。你再不走,我要劝那些老人不要上当受骗了。"

白文侠气得只好拿起她的万福宝走了。

在洗车铺里,王虎驯一边洗车,一边跟大个子师傅悄悄地说:"师傅,别生气。我已经知道老板的用心了,他是想用上我,待我死心塌地给他干以后,再把师傅辞退了。放心吧师傅,小王不会抢师傅的饭碗,不干那缺德的事。什么时候老板只要说辞师傅,我就不干了,那时老板会求师傅留下来的。"

大个子师傅听了王虎驯这话,阴沉的脸立马有了喜色。他问王虎驯:"你这话当真?"

王虎驯赌咒发誓说:"我绝不骗师傅,我知道师傅也是从农村出来的老实人,我们来城市里干事,都是为了改变家里的贫穷面貌。城市里谁给我们活儿干,谁就是我们的恩人,我们会踏实认真地干。可谁要不把我们当人看,想利用我们互相争,那是想错了,我们不会让他的黑心得逞。"

大个子师傅不由得对王虎驯刮目相看,拍着他的肩膀说:"没看出来,你是义士啊!你这朋友我交定了。我叫辛毅,山东枣庄的。"

"我叫王虎驯,陕西成家山的。我们是朋友了,我不隐瞒自己的想法，我根本没有打算在这里长干，我的目标是那边的修车铺，我想学习修车。"

辛毅点点头说："在那里修车的师傅是个高手，内蒙古人，叫图勒格尔，修车铺门前停的那辆越野车就是他的。要学修车，必须找他，老板怕是管不了的。"

中午休息时，王虎驯提起一桶水，要去给图师傅擦车。辛毅提醒他说："图师傅现在正睡午觉，给他擦车，他也看不见呀。"

王虎驯笑着说："没关系，他会看见的。"王虎驯说完就提水过去，把图师傅的车擦得干干净净。

图师傅午休出来，看到自己的车，十分吃惊。

王虎驯这时走过去微笑着说："图师傅，您好！我是洗车铺的小王，您的车是我擦的。以后您的车我来擦，不必占用图师傅宝贵的时间。"

图师傅看看王虎驯，高兴地说："好啊，原来是小王做的好事。好小子，好心眼，以后有事说话。"

钟老师把孔玉爱领进了刘老师的书房，书房很大。书架占了一面墙的空间，上边放满了大部头的线装书。挨着书架，除了一张很大的书桌，还有一张更大的供写字画画用的案子，上边摆着文房四宝、颜料、镇尺等。书房另一边靠墙的地方放着一排摆放古玩的架子，上边放有陶俑、古瓷瓶、铜马等。另一面墙上挂着两幅放大的照片，其中一幅是刘老师父母的遗像，另一幅是刘老师的挚友、郭晓岚父亲郭熙亭的遗像。

孔玉爱十分惊叹，她爱书，可从来没有见过这样多的书，这样大的书架。那个写字画画的大案子尤其让她羡慕。

钟老师开始示范如何打扫书房的卫生，她有条不紊地跟孔玉爱讲述着注意事项："打扫书房跟打扫客厅和其他房间差不多，地还是用这个带把的抹巾先擦，可以在这个抹巾上缠上一条湿毛巾，但必须拧干水，这是木地板，不能让地板发潮，每隔一段时间还要给地板上油打蜡。这里最需要用心的，是清理书架上和古玩上的尘埃，要用吸尘器先吸一遍，然后再一个一个地擦拭。这是吸尘器，插上电源，开这里的开关就可以这样吸了。"

孔玉爱非常认真地听着，看着。过了一会儿，她说："老师，我会了，让我做，老师歇会儿。"

钟老师不让她动手，说："你先跟着看，不要着急上手。"

这时传来门铃声。钟老师让孔玉爱去开门，看是谁来了。

孔玉爱离开书房，跑过去开门一看，门外站着一位高挑俊美的女人。她是郭晓岚。

郭晓岚把孔玉爱从头至脚看了一遍，心里说，果然是个很不一般的乡间美女啊。

六

孔玉爱从郭晓岚的衣着、气度和眼光看出她不是一般的人，客气地问："您好！请问您是？"

"我是这家里的人。"郭晓岚说着，进门叫了一声，"妈！"

孔玉爱已经猜出她是谁了，赶快给郭晓岚让座，沏茶。

钟老师从书房里出来了："是晓岚啊，你怎么这时候来了？"

"想妈了，就来了。"郭晓岚说着，跑过去和钟老师拥抱在一起。

钟老师放开郭晓岚,对孔玉爱说:"玉爱,给你介绍一下,这是我的女儿儿媳郭晓岚。"

孔玉爱听钟老师把郭晓岚称为女儿儿媳,心想钟老师把儿媳当女儿看,可见她们之间有多么亲密。

钟老师对孔玉爱说:"你休息一会儿吧,我跟晓岚说说话儿。"

郭晓岚陪着钟老师到琴房去了。

孔玉爱不知道该干什么,想送茶过去,又怕妨碍了她们说话。她离开客厅,到了书房,想按照钟老师示范过的清理书房的卫生,但想起钟老师说过的话,又不敢动手,只好站在那里耐心地等候着。

钟老师在琴房里问郭晓岚:"真是想我来看我的吗?我看未必吧?"

"怎么就未必了,难道女儿不爱您,不会想您吗?"

"爱我想我,不至于在上班的时间跑来。告诉我,有什么事?"

郭晓岚撒娇说:"那妈猜猜我是因为什么,要在这个时间跑来呢?"

钟老师盯着郭晓岚的眼睛说:"是来看保姆的,对吧?"

郭晓岚笑了:"就算是吧,幼诚给妈找的这个人,妈觉得怎么样?"

"这不刚来嘛,得我手把手地教。"

"我看她不但长得很漂亮,而且很灵透,准是一教就会。妈肯定特别满意,对吧?"

"现在还难说满意不满意。我本不愿意请保姆的,你们非要给请,幼诚一下就把人领来了,我总不能把人家推出去吧。"

"这样好的人选，怎么能舍得推出去呢。妈，幼诚没有说，他是怎么找来这样好的一个人的吗？"

"幼诚说是在火车站借他手机用偶遇的，第二天他去家政服务公司又碰上了，所以就请来了。"

"妈您信吗？"

"你什么意思？有什么怀疑吗？"

"没有，没有。我是说，幼诚这次出门，能带回这样一个年轻漂亮的女人，值得庆幸。"

钟老师用手指点点郭晓岚的额头，说："这里边又在胡思乱想什么了？"

郭晓岚直截了当地说："妈，我看这女的各方面条件都很好，能担当起为刘家传宗接代的任务。"

钟老师轻轻打了郭晓岚一下，轻嗔道："胡说什么呢？人家是有夫之妇，已经是两个孩子的妈妈了。"

郭晓岚没有想到孔玉爱已是两个孩子的妈妈了。她思索了一下，低声说："妈，她结过婚也没有关系，已经生过两个孩子，说明她生育能力很强，这是最重要的。不一定非要给幼诚找个黄花闺女。"

钟老师嗔道："怎么越说越不像话了，又要翻老账不成？"

"妈，我不是翻老账。这些年，我的愿望一直都没有灭。我不能做到的事，为什么非要挡着道，让爸的愿望不能实现呢？"

"你爸早就说过了，这是命，是天意的安排。他都已经认命了，你不要再提这事了。"

"爸是心疼我。可我不能不为疼爱我的亲人着想。妈您想想，这么大的事，我爸他真能放下吗？"

钟老师听了郭晓岚这话，回想起当孔玉爱说她有一儿一女的时候，刘老师的表情。钟老师的心一紧，没错，他是没有放下，他心里还有那个心结。

钟老师若无其事地对郭晓岚说："管他放下放不下，反正这事就这样了。"

"妈，我们也不用问幼诚这个那个的了，顺其自然吧。只要她能给刘家生个男孩子，问题就解决了。"

钟老师生气地说："别再胡说了，人家孔玉爱有男人。"

"有男人怎么了？离婚啊。"

"别以为孔玉爱会像有些女人一样，见钱眼开，把离婚当儿戏。别的我还不了解，这一点我敢肯定，孔玉爱绝不是那样的人。"说到这里，钟老师突然意识到什么，忍不住骂道，"哦呀呀！我上了你的圈套了，你个坏东西！"

"您上了我的什么圈套？"

"那还不明摆着？就好像如果孔玉爱没有结婚，或者愿意离婚，我就愿意让孔玉爱做儿媳妇似的。连幼诚都被你绕进去了，幼诚是那样的人吗？晓岚你个坏东西！"

"我不是坏东西，是好东西，妈不能再把我的好心当……当成驴肝肺了。"郭晓岚说到这里不由得心里发酸，眼泪就下来了。她一下抱住了钟老师。钟老师也紧紧地抱住了她。

郭晓岚离开了钟老师的家，把车开出小区，一边无奈地想着心事，一边信马由缰地在街上行驶，不知不觉中，她回到了老宅门前。当她发现自己下意识地来到这里时，不由得叹了口气，停好车，在车上待了一会儿后，才下车进了老宅的门。

院里一片荒废凄凉的景象，郭晓岚迈着沉重的脚步走过小院，进了老屋。老屋里四壁灰暗，中堂挂着父母的遗像。

她走到父母遗像前，先鞠了三躬，然后抬起头来，长时间凝视着遗像。与以往一样，她先看到父母在向她微笑，而后就看到那微笑里包含着悲哀。往事在她脑海中浮现。

那是郭晓岚四岁的时候，就在这个屋里，病危的父亲把她托付给了刘云瑞。

父亲挣扎着从床上爬起来，拉起晓岚的手交到刘云瑞的手中："云瑞兄，我只能把这孩子托付给您了。这孩子命苦啊，来到这世上没多久，就失去了母亲。我原想给她足够的爱，把她抚养成人，可天不作美，我怕是没有几天了，您现在就把她带走吧。"父亲说着，泪如泉涌。

"熙亭老弟，你放心，我们会像对待自己的亲生女儿一样对待她。你不要太过悲观，会好起来的。"

父亲只是摇头，晓岚失声大哭，不肯离开父亲。

还是在这个屋里，晓岚穿上了孝服。刘云瑞和钟老师领着她向父母的遗像磕头，烧纸。

刘云瑞和钟老师把晓岚领回家里，叫来了刘幼诚，钟老师说："从今天起，我们四口人，就是一家人了。晓岚比幼诚大一岁，晓岚是姐姐，幼诚是弟弟，幼诚叫姐姐。"

刘幼诚在妈妈的催促下叫了声"姐姐"。

妈妈又对刘幼诚说："以后你一定要听姐姐的话，照顾好姐姐，记住了吗？"刘幼诚点点头，说他记住了。

从此，郭晓岚成了家里最受宠爱的人。她和刘幼诚自小相亲相爱，一起玩耍，长大。

大学毕业后，当妈妈问他们俩，愿不愿意结婚的时候，他们都说愿意。

然而，结婚以后，郭晓岚才慢慢地感觉到，这并不是她所希望的爱情。刘幼诚一切都依着她、尊重她，但她感受不到爱情的幸福。她在苦闷中迎来了女儿彩虹的降生，分娩时因病被医生告知，她以后不能再生孩子了。

知道这个消息后，受打击最大的是刘云瑞，几天时间瘦了一圈。对晓岚来说，这个消息除了是打击，也是希望。她想这样一来，她和刘幼诚的婚姻就可以解体了。然而，刘云瑞经过一番痛苦挣扎之后，接受了这个现实，他说："这是天意，不能怪任何人，尤其不能怪晓岚。"他要全家人更加爱护晓岚，鼓励晓岚要像从前一样愉快地生活，工作。

郭晓岚回想到这里，面对着父母的遗像默默地说："我原以为幼诚以给爸妈请保姆为名，找到了他心爱的女人，可按照妈妈所说的，似乎并非如此。以后会怎么样？我又该怎么办呢？"泪水从她的脸上滑下。

钟老师领着孔玉爱收拾完了书房的卫生后，说："今天就干到这里吧。走，上街去。"

孔玉爱跟着钟老师到了楼下，钟老师开车带她来到街上，在一个服装店门前停下。

钟老师和孔玉爱进了服装店，来到女装区。钟老师问孔玉爱，喜欢什么样式什么颜色的衣服？孔玉爱担心钟老师给她买衣服，就说没有她喜欢的。钟老师说："那就由我了。"说着，就开始给孔玉爱挑衣服。

孔玉爱急得连连摆手，央求说："钟老师，我不需要，千万别给我买。"

钟老师不以为然地说："给你买衣服，是要你穿着给我看的。"

孔玉爱听了这话，知道钟老师是要她把从老家穿来的衣服换下来，这让她不敢再说不需要了。

钟老师给孔玉爱买了好几身衣服，还买了内衣、袜子和鞋等。孔玉爱心里非常不安。

从服装店出来，钟老师又带着孔玉爱到了一家洗浴中心，钟老师把全套新衣服递给孔玉爱说："进去吧，进去洗个澡，换上新衣服。"

孔玉爱还没有进浴室洗过澡，她进到更衣室，看到许多女人在里边，有正脱衣服的，有正穿衣服的，她站在那里，有点不知所措。过了会儿，她才硬着头皮脱了衣服，遮遮掩掩进到了浴区。

浴区里的情景更叫孔玉爱惊讶不已，水雾朦胧中，众多赤身女子在洗浴，有在水池里的，有在淋浴喷头下的。她们有说有笑，毫无顾忌。这使孔玉爱大为震惊，也大开眼界。她不敢走近她们，也不敢下到浴池里去。她看到角落处的淋浴喷头下没有人，就慢慢地移步过去。在拧开水龙头时，一股凉水猛然浇到她头上，激得她打了个寒战。还好，旁边没有人注意她。她看了看才明白，水龙头可左右调节，一边是凉水，一边是热水。就这样，她一边偷偷地观察着那些赤裸的女人，一边小心地清洗着自己。

"156号，156号！"耳边传来一个女人的叫声。

孔玉爱不知道在叫什么。这时有人走到她身边，问她是不是156号？孔玉爱说她不知道。那女子拉起她的手腕看了看她戴的手牌说："就是你，快过来搓澡。"

孔玉爱这才知道是怎么回事，跟着那女子走到搓澡区。女子叫她躺到床上，她羞羞答答地上了床。那女子边给她搓澡，边跟她聊天，让她不用害羞，到这里都一样，都是赤条条一丝不挂，这时看不出谁钱多，但能看出谁最漂亮。像她这身段，这皮肤，是顶尖的大美女，接着又问她结婚了没有。

孔玉爱闭着眼睛回答说："结，结了。"

那女子说："您老公肯定是个大老板，您看要给您用的这些护肤品，一般人是不买的。"

孔玉爱躺在搓床上，从拘束到放开，从紧闭双眼到慢慢地睁开眼睛。从接受搓澡到接受按摩，到上护肤品。她开始觉得别扭，后来就感到舒服受用了。她在心里感叹："还是城市里人会活，活得好啊。"

那女子给她打理完，问她怎么样，有什么意见？

她说没意见，谢谢。那女子说，不用客气，有什么意见就说，她会认真地改进。希望下次来还找她，她是18号，姓秦。孔玉爱觉得这女人很关心她，记住了这女人是18号姓秦。孔玉爱以为完事了，到更衣室刚穿好衣服，又有一个女子到她跟前问她是不是156号，确定后又把她领到理发室里给她捯饬头发。

当她做完了这一切，穿着新衣服，站到大镜子前时，简直有些认不出自己了。

钟老师看到从浴室里出来的孔玉爱，脸上露出了满意的笑容。

成富山在街上巡逻，擦肩而过的一个人让他觉得似曾相识，犹豫了一下，他追过去，想看个明白。那人见成富山追上来，撒腿就跑。

成富山见他跑，便紧追不放。追了几条街，终于把他追上拉住，成富山认出来了，这人就是那天跑掉的小偷同伙。成富山连拉带拽地把他带到了派出所，经明所长盘问，得知这人叫索萌，一个多月前从保定来北京找工作，工作没有找上，被胁迫入了小偷团伙。明所长批评教育完，让索萌写了检讨和保证，把他交由成富山帮教。

王虎驯这天中午正给图师傅擦车，图师傅从屋里出来，说他睡不着，要和王虎驯聊聊天。聊了一会儿后，图师傅问："你是不是想跟我学习修车？"

王虎驯立刻跪到地上，给图师傅磕头说："谢谢图师傅收王虎驯为徒。王虎驯一定听师傅的话，永远孝敬师傅，海枯石烂，师傅的恩情永生不忘！"

图师傅说："好你个机灵的小子，我还没有说要收你为徒，你倒抓住我的话拜上师了。好了，起来吧，现在不兴过去的那套了。"图师傅扶起王虎驯，接着说，"不过这事还得跟黎老板说说，他是谋大事的人，心思不在这个小小的修车铺子上，但他毕竟是这儿的老板，放心吧，他会同意的。"

新潮服装公司的会议室里挂着"振兴服装业，跑步登上名牌高地"的标语，公司的誓师大会进行到了尾声，任俊杰在做总结发言："振兴服装业，跑步登上名牌高地！同志们，让我们大家团结起来，向着我们的奋斗目标跑步前进吧！"

全场热烈鼓掌。杨桂淑等新职工们的掌声最为响亮，情绪也最为激动。

散会后，任俊杰叫张涛、王峰、屈跃三个中层领导到他办公室谈话。任俊杰开门见山地说："刚才我在大会上讲了，新潮服装公司要跻身到全国著名服装企业的行列中去，为实现这个宏伟的目标，全体职工的团结努力很重要，但关键是在座的三位。市场营销、生产管理和设计研发，必须有新的突破，要解放思想，创新求变，互相促进。你们三位有什么打算，说说看。"

张涛说:"生产管理这一块,我打算就按任总所讲的,继续深化收益改革,体现多劳多得,调动职工们的生产积极性,做到生产能力最大化。只要营销顺畅,我们可以加班加点,保证供求。"

王峰说:"营销的压力很大,既要想办法留住老客户,又要开辟新客户,市场竞争残酷,我们只能竭尽全力。希望屈跃那里,能够尽快设计研发出新的产品。"

屈跃说:"我们的人现在正在做市场调查,我们会加倍努力,尽快拿出适应市场的新产品设计。"

任俊杰听了说:"好,大家下去再好好地想一想。不要有畏难情绪和依赖思想,不要总觉得市场竞争激烈,就失去了勇气。要相信只要拿出实际行动,就有占领先机的可能,同时也不要认为希望都在设计研发上,大家都是希望,都有创造希望的责任。"

张涛和王峰知道任俊杰是在说他们俩,低头不语。

任俊杰接着说:"我最后再说一件事,现在有个别老厂的职工,不断散布一些影响公司形象和人员思想的言论。按说他们与公司已经毫无关系了,该给他们的,我也全给他们了。他们完全可以自行创业,或另找单位就业。公司用什么人,不用什么人,是公司的事。我实际也用了一些老厂的人,在座的三位,张涛和王峰两位都是老厂的人嘛。我招新人进来,是要打破过去的老一套,创造一个崭新的环境,使新潮服装公司有一个全新的面貌。希望你们三人以身作则,先把自己的思想搞端正,然后影响大家,教育大家,不受外界的传言和舆论的影响,一心一意走好往后奋斗的路。"

离开任俊杰的办公室后,张涛、王峰和屈跃三人面面相觑,各有各的难处。

张涛进了缝纫车间。女工王莹停下机子对旁边的女工李宝珠说:"宝珠,你姐夫来检查了。"

李宝珠不以为然地说:"检查也不检查咱俩,管他干什么。我还以为是屈跃来了呢。"

王莹说:"他才不来这里呢,他在研发新产品。"

张涛走到杨桂淑跟前,注意看了看杨桂淑和她做的活儿,满意地点了点头。

白文侠来到"迷您"美容美发店门口,朝店里看去,只见有个高挑靓丽的女子坐在里边,断定那一定就是明明,推门走了进去。

明明见有人进来,起身迎上去说:"欢迎光临!请问您要做什么项目?"

白文侠说:"我不是来美容美发的,我是来认人的,我找明老板,明老板在吗?"

"我就是,请问您有什么指教?"

"您就是明老板呀!您好,我叫白文侠,成富山是我二哥。"

明明听说成富山是白文侠二哥,请她快坐下说话。

白文侠坐下说:"我们是一起出来做事的,我二哥因为抓小偷,当上了协警,是托明老板的福呢。"

明明说:"他是见义勇为的英雄,当上协警靠的是他自己。请问您今天来,还有别的什么事吗?"

白文侠说:"没有别的事,我就是来认识认识明老板。"

"好,以后有事,尽管说话。"明明说。

白文侠想要的,就是明明的这句话。她达到了目的,说声谢谢,走了。

七

晚上，白文侠回到了西客站，摸了摸兜里的钱，想拿出来数一数，又怕人多眼杂不安全，就去了厕所。

她正蹲在厕所里边数钱，门突然被人拽开了，吓得她手忙脚乱地藏钱。

拽门的人是孔玉爱，她问白文侠："你在里边怎么不插门呢？"

白文侠看清是孔玉爱，松了口气："是大嫂啊，吓死我了。我忘记插了。大嫂您，您怎么穿了这样一身漂亮的衣服呢？"

孔玉爱没有回答，问她刚才在里边干什么呢。

白文侠小声地说："数钱呢。"

孔玉爱叫她插上门快数，自己在外边帮她看着。不一会儿，白文侠数完了钱出来，让孔玉爱进去解手。

孔玉爱连忙说："我不是来解手的，是来换衣服的。"

"干吗换呢？这衣服多漂亮呀，穿着吧。"白文侠羡慕地看着孔玉爱身上的衣服说。

"有穿着这样好的衣服，在火车站过夜的吗？"

孔玉爱一边换衣服，一边告诉白文侠，这身衣服是雇主家钟老师非给她买的，为此她心里很不安。

白文侠艳羡地说："大嫂真是运气好。"接着笑了笑说，"我的运气也不差。"

两人出了厕所，孔玉爱问白文侠，那些钱是怎么挣来的，并询问了益民生物科技有限公司的情况，提醒白文侠小心上当受骗。

五洲大酒店里，餐厅服务员崔小蕊来到王德办公室门前，看看左右没有人，她快速闪进办公室。王德和她见面后，两人急不可耐地拥抱，亲吻。

片刻后，崔小蕊推开王德，说有事和他说。王德问她什么事。崔小蕊说："我舅的那两间破房子还没租出去，你问问你留下的那个杂工成跃山，他刚从农村来，没准没地儿住，看能不能把那两间破房子租给他。"

崔小蕊离开后，王德打电话把成跃山叫来。王德先对成跃山的工作表示了肯定，意思是会留下他。接着就问成跃山住哪里，有没有需要他帮忙的。

成跃山自然说到了和村里的几个人一起出来，现在还没有找房子。

王德故作热心地说："我马上就找朋友打听打听，你先回去干活，有消息我就告诉你。"

成跃山回到后厨不一会儿，王德就打电话告诉他："房子找好了，是两居室的两套房，我通过朋友狠狠压了价钱。明天你们就可以去看看。"

第二天下班后，孔玉爱他们六个人一起去看了房子。这是一座二十世纪六七十年代盖的六层小楼，房子在六层，两套房子格局都是一样的，里边是半间卧室，外边是一个通间。厨房和厕所都在楼道里，住户共用。

孔玉爱看完说："里外可以住两家，我们是三家，要是再有一家就好了。"

成跃山说："我下去找找，刚才来的时候，看到楼下有人转悠，或许是找房子的。"他说完，就跑下楼找人去了。

孔玉爱对另外几个人说："动手收拾吧。如果找不上搭伙的人，我们就先住着，无非多花点钱而已。"

成跃山还真在楼下找到了一个要租房的人，这人叫高大。他随成跃山到楼上看了房后说："我想要个里间的，行吗？"

孔玉爱说："行，我们家和你家搭伙，我们住外边。"

杨桂淑和白文侠家分住另一套房子的里外间。

成跃山找了些稻草和纸箱板，在外屋暂搭起了个地铺。孔玉爱拿出父母的画像，挂在了墙上。

孔玉爱看到杨桂淑和白文侠他们那边收拾完了，就把他们叫到一起，笑着说："说来也巧，今天是出来后的第七天，是该给家里写信的日子了。正好在北京有了住处，歇会儿，快给家里写信吧。"

周末，钟老师悉心教孔玉爱如何给花卉浇水施肥，干完这活儿以后，她让孔玉爱去超市买菜，她把钱和列好的购物单交给孔玉爱。

孔玉爱买完东西，认真地将小票收好。

回到钟老师家，孔玉爱跟着钟老师一起准备午饭。今天郭晓岚他们要来，钟老师很重视这顿饭。

任俊杰坐在家中客厅里，抽着烟，凝神想着事，想得很专注。老婆季月琴化好妆，站在穿衣镜前端详着自己。边端详边问任俊杰："现在走吗？"

任俊杰好像没有听见她说话，还是那样专注凝神地在想自己的心事。

季月琴看着任俊杰："想什么呢？又在想你那宏伟的计划吗？"

任俊杰还是没有搭腔。

季月琴走到任俊杰跟前说:"既然谋的是房地产,就快点转房地产得了,有什么可犹豫不决的?新潮服装公司,新潮不出什么名堂来。弄不好,每年的收益连交银行的利息都不够。"

任俊杰这才开口道:"你说什么呢?不要乱说话。"

季月琴笑笑:"你也太那个了吧,我们在家里也不能说真话吗?"

"隔墙有耳。我刚开了誓师大会。"

"不要把老厂那些人的议论当回事,我们是按政策办的事,有手续,有什么可害怕的。"

任俊杰面色凝重地说:"不像你想得那么简单,况且,搞房地产是需要一大笔资金的。"

季月琴不假思索地说:"银行不给贷款,可以找投资公司,索性就找刘幼诚和郭晓岚他们。"

"别以为找他们就一定能行的。就凭我们大发和他们家彩虹在一起上学,我们跟他们认识,就能办成这样大的事吗?"

"为什么办不成?事在人为。赶明儿说不定他们华兴投资公司还要姓任,成为任家的呢。"

"别随便胡乱说话!"任俊杰厉声道。

"我不是随便乱说,功夫不负有心人。我从幼儿园就开始做的这篇大文章,到时候一定会画上圆满的句号。咱大发被我教得可灵了,把他们家彩虹哄得滴溜溜转。到时候他们家彩虹不哭着喊着要嫁给咱们大发才怪呢。"季月琴很得意地说。

"你别再做美梦了。"

"世间没有做不到的事,只有想不到的事。这事我想到了，就一定能做成。"

"即便能做成，我也不愿得那个便宜。我要靠自己奋斗，超过华兴，有朝一日收购了华兴投资公司才好呢。"

季月琴伸出大拇指来，称赞任俊杰说："我当初看上你，就是看上你有雄心大志。但你要实现自己的目标，必须尽快转行房地产。你应当能屈能伸，该求人时要求人。"季月琴说到这里，看看手表接着说，"快走吧，争取赶在前头，跟他们好好聊聊，把你的事提出来。"

任俊杰摁灭烟头，离开沙发，一边往外走一边说："千万不要向他们提我的事，我办事是有周密计划的。我懂得能屈能伸，但不到屈的时候，我要站得直直的。"

钟老师和孔玉爱正在厨房里择菜，这时传来门铃声。钟老师叫孔玉爱去开门。孔玉爱跑过去开门一看，是刘幼诚。

刘幼诚发现孔玉爱穿了一身漂亮的新衣服，变了个样儿，十分惊喜地看着她。

孔玉爱很不好意思地说："是钟老师非要买新衣服叫我换上的。"

刘幼诚意识到自己不该大惊小怪，忙解释说："对不起，我是发现你一下子变了样儿，所以有点吃惊，很好的。"

孔玉爱问他，郭总和彩虹怎么没有一起来？刘幼诚说，晓岚去接彩虹了，他是从家里来的。孔玉爱请刘幼诚快进屋里坐，忙着给他沏茶。

这时，钟老师在厨房里叫彩虹。

孔玉爱赶紧回复钟老师说："彩虹和她妈还没有来呢，是刘董事长先来了。"

钟老师从厨房里出来，嘱咐孔玉爱说："以后在家里不要称呼董事长、总经理什么的，听着别扭。就叫他们的名字，或者就称呼先生、夫人。"

孔玉爱说她记住了。她随即把沏好的茶端给刘幼诚，要他待会儿再喝，现在还烫。

刘幼诚说声谢谢。他见母亲过来了，赶快站起来，叫了声妈。

钟老师问刘幼诚，怎么没有和晓岚一起去接彩虹，刘幼诚说他起床晚了。钟老师说，睡懒觉这习惯可不好，又问他还没吃早饭吧？刘幼诚说他不饿。钟老师就叫孔玉爱给刘幼诚拿早饭吃，她随即催促刘幼诚快去餐厅。刘幼诚听话地去了餐厅。

任俊杰驾车来到了儿子大发的学校。大发早就等着了，看到他们的车，喊着爸爸妈妈奔跑过来。

季月琴抱住儿子，环顾了一圈就问："你怎么一个人在这里？彩虹呢？"

大发满不在乎地说："我不知道彩虹在哪里。"

季月琴沉下脸来，批评儿子说："忘记妈妈给你说的话了吗？要你经常跟彩虹一起学习一起玩，保护她，讨她开心。今天为什么一个人在这里，没有彩虹呢？"

大发挠挠头说："今天没有课，所以我没看到彩虹。"

"没有课，没有看见彩虹，为什么不去找她？看到彩虹爸妈的车来接彩虹了吗？"

"没，没有。"大发知错般地低下头回答。

"走，我们现在去找彩虹。"季月琴拉起大发的手就走。

任俊杰不大情愿地跟在了后边。

没大会儿，他们就找到了彩虹。

季月琴亲昵地抱抱彩虹说:"彩虹真是一天比一天长得漂亮了,阿姨一看见彩虹就特别地高兴。走,跟阿姨去那边坐,阿姨要和可爱的彩虹说说话。"

彩虹不大愿意地说:"我怕去了那边,爸爸妈妈的车来了看不见我。"

"去那边坐,来了车才看得清楚呢。彩虹要是不信,今天咱们试试看。"季月琴一边亲切地说着,一边拉着彩虹到了那边坐下,随即拿出糖果来给彩虹吃。

季月琴问彩虹,这一个星期学习一切都好吗?彩虹回答说都好。季月琴又问,大发有没有惹彩虹生气?彩虹说,大发没惹过她生气,大发对她很好。

季月琴和蔼地说:"彩虹和大发从幼儿园起就是好朋友,一定要把你们的友谊保持下去,一起好好学习,互相帮助。大发要有什么不好,彩虹要及时告诉阿姨,阿姨来收拾他。"

这时,郭晓岚的车到了学校。

彩虹看到妈妈的车,要跑过去,季月琴忙一把拉住她的手说:"走,咱们一起过去。"

郭晓岚下了车,看到季月琴牵着女儿的手,心里很不高兴,脸色一沉,叫了声彩虹。

彩虹忙挣开季月琴的手,奔向妈妈。

季月琴来到郭晓岚跟前,主动问好。郭晓岚回了季月琴的问候,问他们是不是早就来了。季月琴说,刚来一会儿,他们跟彩虹坐那边说了会儿话。她请郭晓岚去那边坐会儿。

郭晓岚拒绝说:"不了,我们先走了。"

季月琴才不会轻易放弃呢,还是满面笑容地说:"急什么呀,时候还早,过去坐坐,说会儿话不好吗?"

任俊杰这时走过来,跟郭晓岚打招呼。

郭晓岚一看这阵仗，赶紧说："谢谢了，我还有别的事，我们先走了。"她一边说着，一边忙着拉彩虹上了车，扬长而去。

季月琴很是不忿，避开儿子对任俊杰悄声说："瞧她那傲气的样儿！有能耐生出个儿子来看看。"

任俊杰也不开心，挥挥手说："行了，是你非自找没趣的，走吧。"

车上，郭晓岚边开车边问彩虹："怎么跟大发他们到一起的？"

彩虹如实说："是大发和他妈去找的我。"

郭晓岚继续追问："大发他妈又跟你说什么了？"

彩虹不以为然地说："还是老一套，要我和大发好好学习，互相帮助，保持友谊，等等。"

"以后少跟大发在一起。"

"为什么？大发对我挺好的。"

"为什么，等你长大了就知道了。"

彩虹看看她妈严肃的脸，不敢再说什么了。

孔玉爱在家里干着活儿，特别留意听着门铃声，因为她知道郭晓岚和彩虹也该来了。门铃一响，她立刻跑去开了门，迎接郭晓岚母女，敬重而热情地问了夫人好，彩虹好。

郭晓岚十分惊讶地看着孔玉爱的衣着变化，对彩虹说："这是孔阿姨，问孔阿姨好。"

彩虹很听话地问了孔阿姨好。

孔玉爱说："好好，彩虹好，谢谢彩虹。"她随即跑到客厅，张罗着给她们沏茶。

钟老师和刘老师闻声来到客厅，他们把彩虹拉到身边，慈祥地问着话，和孙女亲近。郭晓岚在钟老师旁边坐下，一家三代五口人显出一派和睦亲密的氛围。

孔玉爱给他们沏好茶水后，就去了厨房。

郭晓岚和爸妈说了一会儿话之后，到厨房去找孔玉爱，对孔玉爱说："怎么待在这里呢？去客厅坐吧。"

孔玉爱说不了，让郭晓岚去和家里人说话，她要在厨房干点活儿。郭晓岚说，厨房的活儿不着急，离吃饭还早呢，去客厅一起坐，说说话吧。她亲切地说："你也是这家里的成员，要注意融合在一起。"

孔玉爱只好答应过去。郭晓岚随即问孔玉爱多大了？孔玉爱回说她今年二十八岁了。郭晓岚便说她比孔玉爱大，以后孔玉爱要愿意叫她姐姐，就叫她姐姐。孔玉爱高兴地说："那我以后就不叫夫人，叫姐姐了。姐姐快到客厅里坐。"

她跟随郭晓岚到了客厅，但并没有坐下，而是给各人的茶杯里续水。

郭晓岚有意要把家里人的目光引到孔玉爱身上。她问钟老师说："妈，玉爱这身衣服，一定是您给选的吧？"

钟老师说是，问郭晓岚觉得这身衣服怎么样？

郭晓岚拍手赞道："好啊，妈的眼光还能差了？玉爱穿上这身衣服很合适，显得更年轻漂亮了。"她随即要刘老师和刘幼诚也看看，并问他们说，"你们说，玉爱穿上这身衣服好看吗？"

刘老师这时候不合时宜地说："其实玉爱原来的衣服也挺好看的，你妈非要换，会让人觉得好像嫌弃农村人的衣服似的。"

钟老师分辩说："我不是嫌弃玉爱原来的衣服，我是觉得入乡随俗，到了北京了，就该随着北京人穿衣服。如果还穿农村的衣服，在外边会受歹人欺负的。况且，我们家又不是买不起几身衣服穿。"

郭晓岚赶紧打圆场说："妈说得对。爸该认可了吧？"

刘老师也知道不宜在这种场合继续跟老伴争辩，只好无奈地说："你妈说的话还能错了吗？我没有说这衣服不好，这衣服很好。我是说，只要玉爱没有什么想法就好。其实玉爱穿什么衣服都好看。"

郭晓岚这下子终于达到目的了，刘老师话一出，她立刻眼波流转，转头似笑非笑地问刘幼诚说："爸说得很对，关键是人好看。幼诚，你好好看看，觉得怎么样？"

刘幼诚如避蛇蝎般，躲开郭晓岚的目光说："是，都好看。"

孔玉爱一下子成了众人的焦点，很是不安，不好意思地说："是老师非要给买的。我刚来没几天，就花家里很多钱，心里很不安。可又想，只要老师看着高兴就好。"

郭晓岚安慰她说："别心里不安，不就买几件衣服吗？这家里不差钱。只要能让家里人高兴就好。玉爱，你怎么还站着呢？快坐下。"

刘幼诚见郭晓岚的眼光不时地扫他，感觉不自在，干脆起身走了。

孔玉爱刚坐下，又站起来说："我去再烧点水。"说着提起暖壶又去了厨房。

刘老师看着孔玉爱一副拘束的样子，对郭晓岚说："她一下子到了咱们这样的家里，是很不习惯的。所以，不要太勉强她什么，随着她，愿意在哪里待着就在哪里待着。"

郭晓岚赶紧随着老人的话头说："爸说得对，我知道了。

我特别喜欢这孔玉爱，真是个难得的人选，既老实纯朴，又有灵气，也懂得礼数。如果不是缘分，到哪里去找这样好的人呢。"

钟老师盯着郭晓岚，见她还要再说下去，忙抢在前边说："行了晓岚，带彩虹到楼上去玩吧，让你爸也歇会儿。"

郭晓岚是聪明人，怎能不明白钟老师的意思？依言带彩虹去了楼上。来到了楼上他们的房间，发现刘幼诚也在里边，就嗔怪刘幼诚说他不陪着爸妈说话，躲到这里来干什么。

刘幼诚便又到楼下父母跟前去了。

郭晓岚见他下楼，蹑手蹑脚地从房间里出来，注视着楼下。而刘幼诚到了楼下，也不由自主地回头朝楼上看去，正和郭晓岚的目光相遇，脸上顿时浮现出一副很不自在的神情。郭晓岚看到刘幼诚到父母跟前去了，心情复杂地叹了口气，径自回房间了。

钟老师来到厨房，对孔玉爱说："该做饭了。"

孔玉爱要钟老师教她做法，由她来做。钟老师想了想说："还是我做吧，你看着。今天有几个菜，你还没有看过我是怎么做的呢。"她说着，就做起了饭。

孔玉爱一边给钟老师打着下手，一边认真学着。

刘老师和刘幼诚在客厅里说着话。每次刘幼诚来，刘老师都要跟刘幼诚说说公司的事。刘老师对华兴投资公司抱着很大的希望，希望祖上留下来的这份产业能在振兴中华的征程中做出应有的贡献。他知道郭晓岚的能力优于刘幼诚，对外刘幼诚是董事长，是掌管大事的；郭晓岚是总经理，是主持日常业务的。但在家里，他给刘幼诚规定，大事决策要听郭晓岚的意见。

为防止刘幼诚闹情绪，或郭晓岚不按他规定的负起责任来，刘老师经常向刘幼诚询问公司情况，以便及时发现问题。今天自然也是这样。刘老师先问刘幼诚最近公司的运作情况怎么样，刘幼诚告诉父亲，总体情况不错，国内改革开放的势头很猛，但世界金融危机的影响还很大，资金短缺是个普遍问题，这对投资公司来说既是机遇也是挑战。找他们寻求资金支持的项目很多，但很难判断哪朵云彩能下雨。

听了刘幼诚所说的挑战，刘老师就问他，他和郭晓岚是什么意见。刘幼诚说，他主张从现实出发，尽可能选有把握的项目投资，郭晓岚主张从长远出发，选择高科技项目投资。

刘老师听了说："应当把现实和长远结合起来，高科技项目应该是发展的方向。"他提醒刘幼诚，一定要注意倾听晓岚的意见。

刘幼诚自嘲地说："我本来就是个名义上的决策者嘛。"

刘老师问他是不是不高兴，闹情绪？刘幼诚说没有，他一直是按父亲的要求行事的。刘老师说他能这样想这样做是很好的，一家人不要分彼此，关键是把公司打理好。他说自己是个书呆子，对实业一窍不通。当年幼诚的爷爷要把公司交给他管，他死活不干，他也干不了。爷爷去世后，只好找人打理。如今交到了刘幼诚和郭晓岚的手上，都是自家人，有事好商量。刘老师认为现在是中国经济大发展的时期，是好机遇，应该让祖业有个大发展，助推中华民族的伟大复兴。

郭晓岚又一次从楼上的屋里出来，她看到刘幼诚跟刘老师说得很投机似的，便下楼来到客厅，问刘老师说："爸又给儿子传授什么秘籍呢？我可以听吗？"

刘老师说："没有什么秘籍。就是有，也不对你保密。我在跟幼诚探讨，如何抓住机遇，把华兴好好地发展发展。"

郭晓岚说:"我知道爸没有忘记爷爷的遗愿,这很好。我时常想的也是这个问题。有什么需要我做的,爸尽管跟我说。"

八

刘老师听了郭晓岚的话,明白她说此话的深层含意。每当郭晓岚说此类话的时候,他都觉得郭晓岚知理、懂他、爱他,因而对她怀着感激和怜惜。刘老师用疼爱的眼光看看郭晓岚说:"你已经做得很好了。不过,还要再加把劲,关键是两个人要团结配合好。"他示意要郭晓岚在他跟前坐下。

郭晓岚在刘老师跟前坐下说:"其实幼诚的智力和体力都是够用的,爸总是小看他,非要让我在那里制约他,限制了他的发挥。爸要是明智,就放了我。这样才是对爷爷的最大尊重。"

刘老师摆摆手说:"不要扯那些老话了。今天我把话撂在你们俩跟前,华兴搞不好,你们谁也脱不了干系。"

这时,钟老师做好了最后一道菜,要孔玉爱去叫刘老师他们上桌。

孔玉爱请刘老师、刘幼诚、郭晓岚和彩虹上桌后,正要退出去,郭晓岚要孔玉爱也坐下,并指了指刘幼诚旁边的椅子。孔玉爱说不了,厨房里还有事。

郭晓岚说:"厨房里还能有什么事?快坐下吧。"

钟老师明白郭晓岚的用意,但当着孔玉爱不便说什么,就要孔玉爱坐下,说厨房没有什么事了。

刘老师也对孔玉爱说:"坐吧坐吧。这是头一次在一起吃饭,已经说过了,来这家里,就是这家里的成员,没有谁侍候谁一说,相互关照就是了,来的时间短,拘束难免。以后要放开来,一家人就得一起吃饭。"

孔玉爱只好把椅子挪一挪,离刘幼诚远一些,然后小心翼翼地坐下了。

郭晓岚给孔玉爱倒上了酒。她端起酒杯说:"我已经和玉爱认姐妹了,我是姐,玉爱是妹,我们是第一次在一起吃饭,我要敬玉爱妹妹一杯酒。"

孔玉爱赶紧站起来说:"不行不行,我还没有敬姐姐,怎么能让姐姐敬我呢?我要敬二位老师,敬刘先生,敬晓岚姐,还有彩虹。"

刘老师打圆场说:"这样吧,咱们共同举杯,这是玉爱来这个家里头一次吃团圆饭,庆贺一下。"

胡东请白文侠在一家饭店吃饭。吃完了饭,胡东很自然地招呼白文侠说:"走吧,去房间里休息休息。"

白文侠赶紧摆手说:"开房间要花钱,别了。"

胡东继续邀请说:"我在这里有包房,不用花钱的,去吧。"

白文侠跟着胡东一进房间,就被胡东抱住了。白文侠吃惊地甩开他说:"你这是干什么?"

胡东色欲熏心,肉麻地说:"你特别漂亮,我爱你!你就跟我交流交流感情吧。"

白文侠这下子全明白过来了。她气愤地说:"你请我吃饭的目的,就是要耍流氓吗?你什么人啊!"

胡东觍着脸说:"莫要封建嘛,玩玩嘛,求你了。"

白文侠更恼怒了,指着他的鼻子说:"玩玩?我马上叫我二哥来抓你!"

胡东见难以得逞,赶快见风使舵,装模作样地说:"对不起对不起,我喝酒喝多了,失控了,请你原谅。"

白文侠对这个二皮脸也无可奈何,只得出门走了。

房间里,胡东又生气又后悔地自言自语:"他妈的!这个农村娘儿们还挺正经的。我是太急了点。"

出了酒店,白文侠来到街上,坐到路旁的台阶上,狠狠地朝自己的嘴打了两巴掌,哭了。

五洲大酒店王德的办公室里。王德正在跟崔小蕊亲热,桌子上的电话响了。王德看了看显示的号码说,是明明。崔小蕊要王德接,当着她的面回绝明明,叫明明以后不要再找他了。王德说,在电话上说不好。崔小蕊说,有什么不好?不行就叫她来这里说。

王德犹豫着。崔小蕊拿起电话来交给王德,逼他说话。王德只好对着电话说:"是,是明明啊,你在哪里呢?"

明明说:"我就在五洲大酒店外边,你为什么总不接我的电话,是怎么回事?"

王德在崔小蕊的催逼下,叫明明到他办公室里来。

崔小蕊临离开王德办公室,对王德说:"我就在门外听着,你要不按我说的办,我不干。"

明明进门后,王德请她坐下说话。明明说她不坐,她来就问问是怎么回事,为什么不理她了。

王德说:"明明,原谅我,我们结束吧。"

明明听后大吃一惊,问他为什么,是不是勾上了别的女人。王德说没有,是他们不合适。明明听后更加难以接受,忍不住大嚷起来，要王德说出是哪个女人勾引了他。

崔小蕊这时推门进来说："我是王德的女朋友，是王德爱我，不是我勾引的他。王德，你当着我们俩的面，把话说清楚，到底谁是你的女朋友。"

王德站到了崔小蕊一边，求明明原谅他，快离开，千万不要在这里闹。

明明哪里能忍得住，气愤地一边骂着狗男女，一边扑打他们。

崔小蕊一边还击，一边还口说："姓明的，你没有能力留住男人，就该知趣。要敢仗着你哥是派出所所长在这里撒野，我会连你和你哥一起告官，叫你们吃不了兜着走！"

明明气愤不过，顺手操起桌上的一个花瓶朝他俩砸过去，没有砸着他俩，瓶子落地摔得粉碎。这一声巨响也警醒了明明，她明白没必要再纠缠下去了，扭头就走。一出门，意外地撞到了闻声赶来的成跃山身上。

成跃山不知发生了什么事情，就问跟着明明出来的崔小蕊，是怎么回事？

崔小蕊说："来了个疯子，被我赶跑了。"

派出所里。明所长正在办公室里和成富山等人说事，明明突然跑进来叫道："哥！我没法活了。"

明所长知道是明明的私事，叫成富山他们出去后，问明明怎么回事，叫她慢慢说。

明明愤怒地控诉说："是王德，他没有良心了！我多次给他打电话，他不接。我刚才找到他们酒店时，他和另一个女人在一起，还对我说和我结束了。哥，你要给我做主啊！"她说着说着，哭倒在地上。

明所长扶妹妹起来，劝她说："王德既然是那样的人，还留恋他干什么呢？"

明明哭着说："我已经是他的人了。"

明所长听后很震惊，他抱怨妹妹太过轻率，但也答应妹妹要找王德谈谈。

新潮服装公司一个闲置的车间里正在举办舞会，装在房梁上的五彩灯不停在转动，投射下斑斓的光影。灯下很多人在跳交际舞，女多男少，女的大多是缝纫车间的。

杨桂淑从缝纫车间里出来，正要回家，听到音乐声不由自主地朝那边走去。到了门口，看到里边跳舞的场面，感到很新奇。可当一个男子要请她进去跳舞时，她吓得连连后退，赶紧摇头拒绝。

这时任俊杰开着车，拉着牛秘书，到舞场门前停下了。任俊杰对牛秘书说："请等会儿，我去叫两个人来。"说着下了车，见杨桂淑站在那里，就要杨桂淑等着，待会儿跟他一起出去。他说完就到舞场里去了。

杨桂淑不知任俊杰要她干什么，就在那里等着。

牛秘书在车上，注意地打量着杨桂淑。

任俊杰带着李宝珠和王莹从舞场里出来了，招呼杨桂淑一起上车，杨桂淑问干什么去，任俊杰说出去玩。杨桂淑听说是出去玩，就说她不去了，她该回家了。李宝珠和王莹讥笑地看看杨桂淑，上了车。

车上，牛秘书问任俊杰，杨桂淑怎么不去？任俊杰随口说道："她刚从农村来，还不懂得娱乐呢。我们走。"牛秘书有些惋惜地看着杨桂淑。车很快离开，走远了。

任俊杰把车开到五洲大酒店门前，领着牛秘书他们进了酒店的夜总会。

高大开着摩托车，来到一处建筑工地。他把摩托车开到工地的一个小窝棚前停下来，进了窝棚，要坐在里边的赵玉华拿上衣服跟他走。

赵玉华有点不愿意，说："去跟他们住在一起，不好吧？会露了馅儿的。"

高大宽慰她说："不会，记住按我说的说就行了，彼此都是晚上回去住一宿，没有多少时间在一起，没有什么话要说，没有人会注意和管我们的事。"

赵玉华有些不安地说："光听我们两个人说话的口音，人家就能猜出来的。"

高大不以为然地说："不是说了吗，我们是出来以后认识的，然后结的婚。走吧走吧，不要想那么多了，都定下的事了，怎么能不去呢？再说，在这里总不是长久之计。"

赵玉华只好拿上衣服，出了窝棚，坐上高大的摩托车离开了。

孔玉爱回到筒子楼家里，她看到住里屋的高大他们还没有搬来，就又把里屋的地面给拖了一遍，等着迎接他们的到来。

这时，高大带着赵玉华来了。

孔玉爱表示欢迎他们，说以后和他们住一起了，就是一家人了。她说着接过赵玉华手里的行李，就帮他们安顿。

赵玉华一看孔玉爱是在外屋睡地铺，觉得不合适，就要孔玉爱他们住里屋。孔玉爱说，里屋外屋是一样的，睡地铺也很好。以后想要睡床，可以再买床。赵玉华觉得孔玉爱人很好。

白文侠低垂着头,情绪低落地在楼下徘徊。杨桂淑回来了,她远远地就看到那边有个人在转悠,像是白文侠,过去一看,果然是她。就问她怎么不上去?

白文侠臊眉耷眼地说:"我想在下边转一会儿。"

杨桂淑注意地看看白文侠,觉得白文侠有些反常。她忍不住问道:"离开成家山,头一回看到你蔫了。快说,出了什么事。"

白文侠在杨桂淑的追问下,把她今天遇到的事说了。

孔玉爱本想跟赵玉华和高大他们拉拉话,但看到他们进里屋后就把门关上了,又知道他们是干建筑的,一定是很累了,就在铺上坐下来,看看父母的画像,开始回想这一天的工作,检查有没有哪里做得不好的地方。忽然听到轻轻的敲门声,随即就看到杨桂淑拉开了道门缝,冲她招手,要她出去。她心领神会,马上就出去了。

在楼下,白文侠又把自己今天遇到的事,跟孔玉爱说了一遍。孔玉爱听后深感震惊。

孔玉爱想了想说:"我们刚出来几天就遇上这样的事,这是给我们敲了警钟啊。城市里和我们山沟里是大不一样啊。城市里的人思想先进,但也复杂。我们既要学习好的,也要抵制坏的。我想,我们犯什么错,也不能犯这方面的错。因为这方面一犯错,家就完了。家完了,就等于我们出来失败了。"

杨桂淑有些紧张地说:"大嫂说得对,我们绝不能犯这方面的错误。现在是文侠遇上了,以后我们也许也会遇上的。

我们遇上了该怎么办呢？我听了文侠遇到的事，心里好害怕啊。"

白文侠恨恨地说："我不害怕。再有人敢向我动手，我就把他的手剁了。明天我就找胡东算账！"

孔玉爱摆摆手，阻止她说："要冷静，不要胡来，不能因为这样的事，把我们出来干事业的大事搅黄了。这事要处理不好，会弄得满城风雨，我们还怎么在这里待下去，好好地工作呢？这是我们女人的大难题啊。"

杨桂淑和白文侠都静静地看着孔玉爱，等她出主意。

孔玉爱想了想说："这样吧，再要遇上这样的事，记住，要拒绝，但不要伤对方，不要出口骂人，动手打人。文侠一定要特别注意做到。"

杨桂淑赶紧说："大嫂说得对，只能用这样的办法了。"

白文侠咬咬牙说："我觉得这样太窝囊太窝火了！"

孔玉爱平静地说："窝囊窝火也得这样，不然就回成家山去。今后一定要记住，遇上这样的事，千万别给自己的男人说。我们三个一起商量对策。"

白文侠问孔玉爱："那我还跟着胡东干吗？"

孔玉爱说："要不要跟着胡东干，主要要看他叫干的事靠得住靠不住。如果做的事靠得住，还可以跟着他干，但绝不能让他那个企图得逞。"

杨桂淑也说："我觉得大嫂说得很对，城市里是跟我们山沟里大不一样。就说我工作的那个服装公司吧，好多人下了班不是去跳舞，就是一起去吃饭、唱歌、玩耍。他们说，那才是现代人的开放生活，也是交友联络感情的重要活动。你不加入就显得你土，也不了解人家想什么，你加入说不定就会遇上胡东那样的人。就按大嫂说的，咱不怕，一定要积极地工作,不能有点事就嚷嚷,闹得满城风雨,但必须始终牢记,不能失身,不能毁了家,不能落个失败的结果。"

白文侠寻思了会儿,说:"我觉得胡东叫我做的事,还是靠得住的,那些产品是货真价实的,不然怎么会治好那么多人的病呢?我不该跟胡东吃饭喝酒,今天胡东是喝酒喝多了,如果我不跟着他去房间,也不会有那事儿。"

孔玉爱宽慰她说:"你能从自己身上找毛病,是对的。但我看胡东那个人,还是让人不放心,你要多加小心。"

深夜,郭晓岚的家里。郭晓岚和刘幼诚背对背躺在床上。郭晓岚没有入睡,睁着眼在想心事。

明明的家里,明明也睁着眼躺在床上。白天在王德办公室里发生的那一幕在她的眼前闪现,她气愤得腾地一下坐了起来。

白文侠看看身旁睡得正酣的王虎驯,轻轻地吁了口气。

东方破晓,新的一天降临,都市又显繁忙景象。

孔玉爱已在钟老师家门外等候着,钟老师和刘老师开门出来了,孔玉爱问过好后,钟老师把门钥匙交给孔玉爱,要她拿着钥匙,以后出入方便。孔玉爱谢过钟老师,问她可不可以收拾家里,钟老师说行,让她收拾。

王德和崔小蕊在去上班的路上。王德对崔小蕊说,明明她哥昨天晚上给他打了电话,约他见面。崔小蕊问他答应了没有,王德说答应了。

崔小蕊说:"明明她哥一定是想吓唬你,你害怕了是不是?打算跟他怎么谈?"

王德不以为然地说:"我自然是坚持结束了。谁知明明的哥会怎么样。"

崔小蕊说:"你一定是害怕了,她哥不就是个派出所所长吗,有什么可怕的?恋爱自由,他总不能把他妹妹硬塞给不愿意要的人吧?"崔小蕊又说了些给王德壮胆的话,她最后问王德,明明她哥约他什么时间见面。

王德回答说:"今天下班以后。"

崔小蕊说:"有一天的时间,好好地想想,怎么对付他。"

五洲大酒店门前,王德、崔小蕊和员工们纷纷入店上班。

这时,成跃山在后厨已干完了头一轮的活儿,把后厨收拾得干干净净。来上班的大师傅们看了,纷纷向他竖起大拇指。

白文侠又在那条小巷里跟胡东见面了,她故意显出轻松的样子,似乎不曾发生过什么似的,还主动跟胡东打了招呼。胡东小心地看看白文侠,向她抱歉地点了点头。白文侠郑重地对胡东说:"以后要再动手动脚,我就不客气了。还有,叫我推销的产品,是不是货真价实?"

胡东笑笑说:"干吗那么严肃呢?昨天我是喝多了酒,一时冲动,不要计较嘛。至于叫你推销的这些产品,当然是货真价实的。"他一边给白文侠拿货,一边又说,"我这人,时间长了你就了解了,我是个热心肠重感情的人。"

图师傅来到洗车铺,叫了一声正在干活的王虎驯,对他说:"你明天就可以到修车铺上班了。"

王虎驯听后很高兴地说:"太好了,谢谢图师傅!"

站在旁边的洗车铺老板吃惊地问王虎驯:"怎么,要跳槽啊?"

王虎驯解释说:"我本来就没打算在这里长干,这里就需要两个师傅,我要在这里长干下去,这俩师傅就得有一个被辞了，与其辞他们谁，还不如我早早走了的好。"他说着，看看旁边的辛毅师傅，两个人会心地笑了。

傍晚，王德走进茶馆看到坐在桌边的明所长后，把手伸进衣兜里鼓捣着，然后深吸一口气振作一下精神，走了过去。

明所长站起来迎接王德，跟他握了握手，请他坐下，并给他倒了一杯茶递过去，问他酒店里的工作是否很忙。王德点头说是，客气地问明所长是否等了很久了。明所长说没有，他到了不多会儿。

两人客套了几句后，明所长开门见山地说："你和我妹妹明明是朋友对吧？"

王德说："曾经是，但我们早就结束了。"

"听明明说，也就是这两天的事。为什么要结束呢？"

"因为合不来。"

"可明明说你们俩一直都很好。"

"那是你妹胡说。"

"是因为你另有所爱吧？"

王德激动地说："我是一个很正派的人，怎么会拿恋爱当儿戏呢？明明昨天突然跑到我们酒店，说要跟我恢复关系，可我已经有了女朋友，怎么可能呢？明明在我办公室里大吵大闹，严重影响了我的工作和声誉。希望您这做哥哥的，好好管管她。"

明所长强忍住愤怒，让自己平静下来后才说："王德，你是一个很有前途的年轻人，这般年纪就做上了部门经理，是很不容易的，希望你能够珍惜。明明所以能爱上你，有这方面的原因。作为她的哥哥，我比你大几岁，只希望你们都好。我想说的是，过去不管彼此有什么地方做得不对，要相互谅解，过去的就过去了，谁也不要计较，希望你们还能重归于好。"

"这是绝对不可能的。搞对象不是儿戏，不能谁说散就散，谁说好又好了，这是两个成年人的事，我跟明明无法重归于好了。"

明所长还是耐心地说："我知道，明明脾气不好，这是我这个当哥哥的没有带好她，要怪就怪我吧。明明很在乎你，她愿意跟你继续好下去，请你给她一次机会，行吗？算我求你了。"

王德冷漠地说："请明所长不要这样说，什么求我，这不是逼我吗？有这样给妹妹找对象的吗？"

明所长很生气地说："王德，你怎么说话呢？我是在规劝你，要你珍惜别人，也是珍惜你自己，什么逼不逼，难道你就不该好好地想一想，你曾有什么事做得不对吗？"

王德很冲动地站起来说："我没有做过任何亏心的事，请不要用这话来吓唬我。我知道你是派出所所长，有点小权，但我要警告你，你要敢用你的权力威胁我，暗害我，我会让你丢官，让你不得好过！"他说着，从衣兜里掏出一个录音机，接着说，"我录下了你今天找我说的话，以后有什么事，这就是证据！"说完，扬长而去。

明所长被气得脸色发紫。

九

成家山。成跃山的家里，改庭在给爷爷奶奶和杏花念成跃山和孔玉爱的来信。爷爷奶奶和杏花认真地听着。

爹、娘、改庭、杏花：你们好！

　　我们离开家已经一个星期了，我们无时无刻不在想着你们！我们来北京以后一切都好。北京的高楼大厦、好风景看不完。北京的人很多，人很好，他们对我们都很照顾，我们每天都认真地工作着，只想着能让咱们家的生活早一天好起来。虽然有困难，但我们不怕。

　　爹、娘，我们最挂念的是你们二老。我们不在你们身边，你们要种家里的地，还要照看孙子孙女，你们辛苦了！希望你们多保重自个儿的身体。有困难时多想想我们正在外边打拼，日子会一天天好起来的。你们把身体搞好，把家管好，把孙子孙女照看好，是对我们最大的支持。我们在北京感谢你们！我们在这里给你们磕头了！

爷爷奶奶听到这里，泪水都要下来了。

　　改庭、杏花，叫你们预习下学期的功课，你们预习了没有？叫你们把寒假作业中的难题再做一遍，你们做了没有？这些天有没有惹爷爷奶奶着急生气？还有，你们都帮爷爷奶奶做过哪些事情？这些都请你们在回信中如实说明。希望你们每天都要想一下你们跟爸妈发过的誓言，一定要照做。爸妈每天都在想着你们！你们俩是爷爷奶奶和爸爸妈妈的希望啊！孩子！！！

改庭念到这里，停下了。他想想自己，看看杏花。杏花低下了头。改庭继续念信。

顺便说一下，月底发工资后，我们就会给家里寄钱回去。你们就可以买些生活用品和学习用具，买几件衣服，再割上二斤肉，吃顿臊子面，好好体会一下支持我们出外打拼的收获。

见字如面，下次再说。

成跃山、孔玉爱

爷爷听完了信，感慨地说："他们多不容易啊，一下子去了那么远那么大的地方，人生地不熟，肯定是很艰难的，他们是一心想让家里人过上好日子啊。"

奶奶抹着泪水说："他们说，他们在那里给我们磕头，我这心里呀，真是不忍，太难为他们了。"

改庭、杏花看着爷爷和奶奶，不知该说什么。

爷爷抚摸着孙子和孙女的头，问他们："你们爹娘在信上说的话，你们都记住了吗？"

改庭、杏花同时点头，异口同声说："记住了。"

爷爷说："记住就好。爷爷奶奶不识字，帮不了你们的学习，但你们的用功，我们都看在眼里。你们还经常帮爷爷奶奶干活，我就觉得呀，你们比爹娘在家的时候还乖，还懂事。"

奶奶点头说："是啊，这两个娃好像一下子就长了几岁。"

爷爷说："改庭，你现在就给他们回信，告诉他们，家里一切都好，爷爷和奶奶的身体都很健康，也告诉他们，你们两个乖娃学习都很用功，没有惹爷爷奶奶着急生气，叫他们放心。"

奶奶接上说："学习的事，要按照他们信上问的，照实写，写仔细，告诉他们下学期的功课都预习了，寒假作业里的难题，也都做了一遍了。"

改庭说："杏花还有几道难题没有做呢。"

杏花马上说："我明天就做完了。"

改庭不依，说："明天是明天，今天是今天，今天写信，就得写没有做完。"

杏花气鼓鼓地说："不能等明天再写回信吗？"

改庭认真地说："爷爷叫现在写回信，为什么要等你等到明天呢？早一天寄信，爸妈就能早一天看到。"

杏花眼珠一转，说："今天写好信，今天也寄不走，得等王大伯再来送信时，才能交给王大伯邮寄呢。"

爷爷和奶奶看着两个较劲的孩子，都笑了。爷爷对杏花说："好了杏花，不要争这个了。哥哥要按今天的写，就让他写去。你爹你娘不会因为你还有几道题没有做，就说你不好的，记着以后往前赶就是了。"

杏花没有再说什么，但她的眼泪都要流出来了。

奶奶看着心疼了，说："我看杏花说得有道理，为啥非要今天写信呢？等明天杏花做完了题再写吧。"

改庭看看爷爷，又看看杏花，好像同意奶奶的意见，但他没有作声。

爷爷于是对改庭说："就按奶奶说的，明天再写信吧。"

杏花看看改庭，见他没有明确表示态度，生气地扭头出了窑门，到了他们窑里，坐到做作业的桌子前，看着爸爸和妈妈的照片，哭了。

北京。百度汽修铺。图师傅领着来这里上班的王虎驯，到黎百度的办公室，对黎百度说："黎老板，王虎驯来了。您有什么需要跟他说的，您说。"

黎百度看着王虎驯，风趣地说："还真是个想干什么就能干成什么的人，几天前我刚拒绝了你，今天你就又站在我面前了。王虎驯，有什么感想吗？"

王虎驯想想说："感想就是图师傅是好人，黎老板也是好人，我遇上了两个好人，我的愿望实现了。"

黎百度笑笑说："你很会说话，也很会办事，几天工夫能把图师傅拿下的人，是不多的。"

图师傅赶紧解释说："老板您这是在夸我，还是在贬我呢？都说我这人冷漠，其实我的内心也有柔软的地方，王虎驯的纯朴实诚，一下就把我感动了。我知道，王虎驯那一套，要放在黎老板身上，肯定是不起作用的。"

黎百度也笑着说："谁说不起作用？照样起作用。行了，别的不说了，我不按徒工对待王虎驯，给王虎驯发普工工资。教修车技术是图师傅的事，我不管。我只要求王虎驯每天把这汽修铺里里外外打扫得干干净净的，好让咱这修车铺有生气有活力。"

图师傅赶紧说："老板放心，王虎驯一定会叫老板满意的。"接着图师傅对王虎驯说："黎老板交代的事最重要，黎老板是海归大知识分子，是要干大事的人，开这修车铺只是为了在北京有个立脚的地儿，所以必须把这立脚的地儿弄得干干净净，漂漂亮亮，教它有生气有活力，好给黎老板招来好运，让黎老板从这里起飞。以前是我懒，也太忙，以后你要把这事作为头等的大事。至于学修车，黎老板高兴了，我就传真招，用不了多长的时间。"

郭晓岚驾着车，闷闷不乐地在街上行驶。她本想出来散散心，可路上总是在堵车，让她更加心烦。到了一个商场附近，她干脆下了主路，来到商场前面停下了车。

商场里的人不是很多，郭晓岚进来以后，感觉心情好了一些。她随意地看着，并无购物的打算。

奢侈品柜台的售货员认识她，马上笑脸迎到她跟前，向她介绍到店新品，郭晓岚的心情因此变得很好，一连买了好几件高档奢侈品。

在返回的路上，郭晓岚临时改道，前往五洲大酒店，并拨通了酒店总经理冰岩的电话。

冰岩放下电话，马上和秘书乔芙蓉到楼下迎接。

郭晓岚的车刚停下，乔芙蓉就及时上去开了车门。冰岩随即上前，开玩笑地欠身给郭晓岚福了一礼说："老佛爷万福。"

郭晓岚下了车，打了冰岩一下说："别随便开玩笑，小心让人抓了典型。"

冰岩笑着说："谁想抓典型快来抓，我正想出出名呢。"

郭晓岚被接进酒店，在去冰岩办公室的路上，郭晓岚问冰岩这次到南方参观学习，长了很多见识吧。冰岩说，长见识不少，正等着她召见跟她汇报呢。郭晓岚说，还用召见，我这不是主动来了嘛。

冰岩话锋一转，说："我知道你今天不是来听我汇报的。"

郭晓岚问："你是怎么知道的？"

冰岩说："我要是不知道这个，还算是你的闺蜜吗？"

郭晓岚笑说："你都成我肚子里的蛔虫了。"

她们说着话，到了冰岩的办公室。乔芙蓉给她俩沏上茶后,退了出去。

冰岩在乔芙蓉离开后,移坐到郭晓岚跟前,亲昵地问她:"是不是心里又不痛快了?"

郭晓岚反问她:"能看出我像不痛快的样子吗?"

"现在不像。去购物了,对吧?"

"你跟着我了?"

"不用跟着,我早就摸透您的规律了。心烦购物,是您排忧的一大办法。今天又是哪家商场的哪个售货员得了益?都买了些什么宝贝?"

"你到车上去看,喜欢什么拿什么。"

"不着急,我得先陪您说说话。"

"那就说说,你这次去南方的主要收获吧。"

"这就开始汇报吗?"冰岩佯装不明白郭晓岚的意思。

郭晓岚干脆一扭头,拉下脸来,不理她了。

冰岩赶紧说:"对不起,如实向您汇报,没有任何收获。大概适合我的男人,还没有出生呢。"

郭晓岚说:"那就还是耐心地等着吧,等到八十多岁的时候,找个二三十岁的小伙子吧。"

冰岩鼓掌说:"行。他们男人能找小媳妇,我们女人也应该能找小丈夫。"

郭晓岚恶狠狠地说:"那时你找的就不会是小丈夫了,只会是死了老婆的,比你还大的糟老头。"

两个人大笑不止。

笑完之后,冰岩说:"我知道,您为我着急得很,我哪能不着急呢?可着急是着急,顾虑还是蛮大的。或许让您把我影响怕了,总担心哪个小白脸都靠不住,心想一旦嫁过去,别人看着很美满,自己要觉得完全不是那回事,可就惨了呀。"

郭晓岚打一把冰岩说："说你说得好好的，扯我干什么？"

冰岩笑眯眯地说："我实际是想给您减减压，劝解劝解您。不管怎么说，您有一个实实在在的家，还有彩虹，该知足就知足吧，不要总是烦心郁闷了。"

郭晓岚摇摇头说："我也常对自己这样说。可不知为什么，总也不能彻底说服自己，好几天，赖几天，唉！"

冰岩看着郭晓岚，心里着急，很想劝她开心。她想想又说："您以后心烦了，就想我，想想我都能过去，您是又有家，又有女儿，又有华兴投资公司的大权在握，还有什么不开心，还有什么过不去的呢？"

郭晓岚说："我可比不上你。你是自由的，比上不足，比我有余。"

冰岩故作吃惊地说："啊！您这样跟我比呀？那我没有办法劝解您了。可我不能不管您，我看着您不开心，就难受。干脆这样，权当我们俩是一样的，我们一起好好地找，哪天找到了中意的人，就是能让自己触电的人，就什么也不顾了。我当然没有问题。您就实话实说，告诉爸妈，告诉刘幼诚，跟刘幼诚离婚，跟触电的人结婚。在没有找到触电的人以前，不要再烦心了，快快乐乐的，这样总行了吧？"

郭晓岚笑骂着说："你个鬼东西，就会想鬼主意。可我能像你一样，睁大眼睛到处去找吗？"

冰岩反问说："为什么不能？难道还有人整天管着你的眼睛不成？从明天起，我们一样了，都睁大眼睛去找。找上了，我们一起结婚。找不上，就都得快快乐乐的。我愿意跟着您快快乐乐做一辈子老姑娘。"

郭晓岚又打一把冰岩说："你找不上对象，还要赖在我身上不成吗？"

冰岩认真地说："我就要赖在您身上。我的意思是催促您快找。您要找不上，就把我也耽误了。别以为找个中意的对象是很容易的。人家说，中国一半以上的夫妻是不幸福的，是凑合的。这个说法，或者说这个现实，影响了无数的人，这是现在大龄独身男女多的重要原因。大龄男人还好点，大龄女人过一年就掉一次价。有时我就想，我没有成为你这样的女人，到底是幸运还是悲哀呢？不瞒你说，我更多觉得是悲哀。我确实是不如你，你就知足吧。"

郭晓岚不知说什么好了，一把把冰岩抱在了怀里。

午餐的时间到了，来餐厅就餐的顾客络绎不绝。服务员开始忙碌地接待顾客。

成跃山干完了后厨的活儿，来到餐厅帮助服务员收拾碗筷，清理卫生。他无意中听到有个就餐的顾客说，饭菜的质量味道是一个方面，更重要的是卫生。听说有的餐馆用地沟油，做饭的地方卫生很差，连生熟案板都不分。另有个顾客说，到酒店吃饭，睁一眼闭一眼吧，酒店后厨要给那么多人做饭，不可能像家里那样干净。

听了顾客的议论，成跃山便对他们说："我是在这里后厨干活儿的，这里后厨特别干净。如果不信，可以去看看。"

那顾客说："是吗？那太好了，只要这里后厨的卫生好，我们以后会常来的。"

顾客的议论使成跃山有了一个想法，他想把这个想法告诉王德经理。正好王德手里拿着个单子往餐厅里来了，他就擦擦手，迎着王德走过去。

王德没有理他，直往后厨去了。王德是来给郭晓岚她们安排饭菜的。

乔芙蓉见后厨把给郭晓岚她们的饭菜准备好了，就来到冰岩办公室，问郭晓岚和冰岩在哪里吃饭。

冰岩征求了郭晓岚的意见后，叫把饭菜送到她办公室里来。

王德领着几个服务员，端着饭菜来到冰岩的办公室。王德让服务员把饭菜在冰岩办公室的餐桌上布好后，向郭晓岚和冰岩请示还需要什么。冰岩挥挥手说，不需要什么了，叫他们下去。

乔芙蓉在王德和服务员退出后，请郭晓岚和冰岩在餐桌前坐下，给她们斟上酒以后，也退了出去。

这天下午的时候，明所长来公安分局开会，临进会场，不放心明明，给明明的店里打电话，电话无人接。他又打明明的手机，手机是关机状态。这让明所长很不安，就把电话打到派出所，告诉成富山说，他不放心明明，叫成富山去明明店里和她家里找找，有什么情况及时告诉他。

成富山很快来到明明的美容美发店门前，看到店门关着，白文侠却站在店门外边，就问她怎么也来这里了。

白文侠说："我正要问二哥慌慌张张来这里干什么呢。我是来找明明老板的，有事要办。"

成富山有点着急地说："这么说，你没有见到明明？那我得快去她家里找她。"说完转身就走。

白文侠一听，知道有事情，追着成富山问："明明她怎么了？有什么事吗？"

成富山边走边告诉了她明明的事。

白文侠来找明明，是想给她推销美容产品的，听了成富山说的事，就和成富山一起去明明家里找她。

他们来到明明住的地方。这是栋六层楼，他们来到四层明明家门前，敲门却无人应。成富山见家里没有人，更加着急了，马上跑下楼。

白文侠在离开那栋楼时，无意中回头看了一下。这一看不要紧，惊得她差点叫出声来。

她发现，明明就坐在楼顶上。

白文侠立刻叫住成富山，指给他看。

成富山和白文侠很快商量好了应对办法。他俩悄悄来到楼顶上，清楚地看到了明明的背身。在白文侠绕到楼顶另一侧后，成富山开始跟明明说话。

成富山对明明说："明明你好，是你哥叫我来找你的，你哥去分局开会了。你快跟我下去，你哥找你，有事要跟你商量。"

明明回头看着成富山，擦了把眼泪说："成富山你来得正好，我正想给我哥留下一句话呢，请你告诉我哥，明明对不起他，明明感谢他这么多年来对我的照料和关心。是我不争气。我对不起我哥。我要走了。"

成富山赶紧劝明明说："请你不要尽往坏处想。既然知道对不起你哥，就应当以后做好了，让你哥满意才对啊。"

"我的伤口太大太疼，我受不了，我只有死了才舒服。记着告诉我哥，我对不起他，我走了。"

就在明明纵身要跳楼的时候，白文侠一个箭步扑到了明明跟前，把明明抱住了。

傍晚。郭晓岚开车回到了她家楼下。她下车时，看看车上买的奢侈品，犹豫片刻后，随便拿了几个下了车。到了家里，她把那几个奢侈品扔到一个壁橱里——那壁橱里边已然堆着好些奢侈品了。

屋子没有开灯，黑洞洞的。郭晓岚就像黑暗中的一个幽灵，在屋子里绕了几圈，坐进客厅的沙发里。

刘幼诚驾车回来了。他探头看看楼上，见家里窗户黑着，叹了口气，在车上发了会儿呆，这才下车。

他回到家里，开了灯，忽然看见沙发上坐着个人，吓了一跳。当看清是郭晓岚时，问道："你怎么回家不开灯呢？"

郭晓岚幽幽地说："吓着你了吧？以为看见鬼了是吗？我要真变成鬼，你就好了，刘家也就得救了。"

刘幼诚不愿接郭晓岚这话，没有搭腔，在另一张沙发上坐下了。

郭晓岚问："你为什么不接我的话？"

"我接你的话，能说什么呢？"

"我不想变成鬼，我想离开这个家。幼诚，你就放了我吧。放了我，刘家就得救了。"

"你不要再说老话了。刘家不用你救，不要忘了爸妈说的话。"

"不要把爸妈的话当真了，我们两个当事的人，应当做出正确的决定，这事不能再拖了。"郭晓岚说得很认真，语气很重。

刘幼诚不愿和郭晓岚继续这个话题，沉默了一下，转换话题，问她一天没有在办公室，干什么去了。

郭晓岚说："去逛街了，怎么了？"

刘幼诚说不怎么，办公室的人有事找她找不到。

郭晓岚有气无力地说："公司里的事，你该怎么处理就怎么处理，找我干什么？我给你说过多少次了，为什么非要依靠我呢？"

刘幼诚想说什么没有说出口，暗暗叹了口气。

郭晓岚看看刘幼诚，接着说："为什么非要让自己窝囊呢？你是男子汉，没有必要受我的气。"

刘幼诚欲言又止，低下了头。

郭晓岚又说："我知道你想说什么，想说爸是怎么说的。你现在不是孩子了，自己的事要自己做主，你就做一回主好吗？"

"就不要再想那么多了，行吗？"刘幼诚用央求的口气说。他说着就站起来，去了书房。

郭晓岚似要叫回刘幼诚，但看着刘幼诚怯懦的背影，没有叫出声来。

十

大街上。孔玉爱和杨桂淑在约定的地方会面了。孔玉爱问杨桂淑到底是怎么回事，说她接电话的时候，老师们都在跟前，她不便细问。

杨桂淑详详细细地描述道："是明所长的妹妹明明，差点出了大事。明明跟大哥那个酒店的王德经理原来是对象，据说都发生过关系了。王德现在又跟酒店里的一个服务员搞上了，不要明明了。明明还想跟他好。她哥明所长做王德的工作，没有做通。明明接受不了，不想活了。今天明所长有会，托富山寻找他妹妹。结果发现明明坐在她家的楼顶上要跳楼。当时文侠也去了。两个人总算把她救下来了。现在明所长和富山都在明明家里看着明明，不敢离开。是明所长让富山给我打电话，求咱们抽时间去劝劝他妹妹。明明很小的时候，父母就去世了，一直是她哥把她带大的。明所长说，他一个男的，劝妹妹，说深了说浅了不好把握，希望咱们能把他妹妹劝回头。"

孔玉爱一边听杨桂淑说着，一边来到了公交汽车站。正好有车开来，她们挤上了车。

明明家里。明明面壁而坐，面无表情，一副心如死灰的样子。明所长、成富山和白文侠围在旁边，他们已经说了很多劝解明明的话，但明明不为所动。

孔玉爱和杨桂淑来了。孔玉爱一看明明的情形，就让明所长和成富山去外屋里坐，他们出去以后，孔玉爱给明明倒了一杯水，放到她跟前，要她喝点水。

明明理也不理孔玉爱。

孔玉爱在明明旁边坐下，开门见山地说："现在这屋里就我们四个女人了，女人们的难事比男人们多得多。所以，女人们遇事必须比男人想得开才行。听说你父母在你很小的时候就去世了，是你哥把你拉扯大的，他该有多么不容易啊。你要是想不开走了，那罪过就大得没法说了。我和你差不多，我妈是生我的时候去世的。是我爸带大了我。"

明明听到这里转脸看了孔玉爱一眼。

孔玉爱看到明明转脸看了她，知道明明跟她的心有点相通了，接着又说："说来也巧，我来北京时间不长就遇到了两个与我有相似童年的人，你是第二个。第一个是我雇主家的儿媳妇郭晓岚，她也是出生不久，母亲就去世了，四岁时，她父亲也不行了。她父亲临死前把她托付给了我雇主夫妇，刘老师夫妇对她特别好，当亲生女儿一样看待。刘老师他们有个儿子比郭晓岚小,叫刘幼诚。两个人从小青梅竹马,后来他们结了婚。现在一个是华兴投资公司的董事长,一个是总经理。他们有个女儿叫彩虹,一家人特别地幸福。明明你的情况也不差,你有亲哥哥,肯定能像郭晓岚一样幸福的。郭晓岚比我大两岁,已经认我为妹妹了。明明你多大了?"

明明这时转过身来,面对孔玉爱说她二十三岁了。

孔玉爱说:"我比你大五岁,如果你愿意跟我做姐妹,我是姐姐,你是妹妹,愿意吗?"

明明叫了声姐姐,情不自禁地扑到孔玉爱怀里,失声痛哭起来。

坐在外屋的明所长和成富山听到明明的哭声,开门探视,看到明明是在孔玉爱的怀里哭,放心地又关上了门。

孔玉爱拍着明明的背对她说:"不必太伤心,王德是不错,他年纪轻轻就当上了经理,说明他有一定的能力。可他再好,见异思迁,对你变心,就是不好。这样的男人,女人不应当稀罕。女人找对象,需要找能够跟自己过一辈子的男人,需要找真把你当宝贝一样的男人。像王德那样的男人,早断比晚断好,这不一定就是坏事。有句老话说,留得青山在,不怕没柴烧。像你这样年轻又美貌的姑娘,还怕找不到好对象吗?你放心,以后我们三个一起帮你找,一定给你找个比王德强的男人。"

白文侠接上说:"明老板您放心吧,找对象的事包在我身上,我一定给明老板找个强王德十倍的男人。"

杨桂淑也说,她也能帮明明,把王德那样不珍惜明明的人,彻底地忘了吧。

孔玉爱她们陪明明陪了一夜。

第二天,孔玉爱还是和往常一样的时间,到了钟老师家里。吃过早饭,她开始擦拭家具,打扫卫生。

钟老师弹完琴,离开琴房,来到客厅。她叫住孔玉爱说:"玉爱,该休息了。"

孔玉爱答应说:"好的老师。"她放下手里的抹布,先到卫生间洗了洗手,后到琴房把钟老师的茶杯端出来,续好了水,送到钟老师面前。

钟老师慈祥地说:"坐下吧。其实那些家具,几天擦拭一次就行了,用不着擦拭那么勤。"

孔玉爱微笑着说:"我看上边有灰尘了,还是擦擦的好。"

钟老师环顾四周,感慨地说:"你现在已经很内行了,侍候它们比我侍候得好。"她接着说,"对了,昨天你们一起来的人,火急火燎地打电话找你,是什么事?可以聊聊吗?"

孔玉爱不紧不慢地说:"我正打算趁老师休息时,给老师说说呢。是遇到了一个很急的事。同我们一起来的一个叫成富山的,是孩子的同族叔叔,在派出所当协警。他们派出所明所长的妹妹明明,因为搞对象,那男的移情别恋,不要明明了,明明想不开要跳楼。成富山和我们一起来的白文侠救下她以后,给她做工作,她还是想不开。她父母在她很小的时候就去世了,是她哥哥把她带大的,她哥哥劝不过来妹妹,知道我们一起来的有女的,就求成富山,叫我们去帮帮忙,劝劝他妹妹明明。我们一起来的三个女的,昨天晚上都去了。"

钟老师很是关心,问:"怎么样,你们把明明劝过来了吗?"

孔玉爱说:"劝过来了,明明已经没事了。昨天晚上,我们跟明明过的夜,差不多跟她说了一晚上的话。"

钟老师听了,忍不住拍手说:"好啊,你们利用休息的时间,做了一件大好事。你今天早晨应当打电话告诉我,晚上忙了一夜没有睡觉,早晨怎么还要来那么早干活呢,应当好好休息休息才对。"

孔玉爱毫不在意地说:"没事,我一点都不觉得困。"

钟老师说:"那是因为你想着明明的事,脑子兴奋。你们来城市时间不长,已经看到城市里的新鲜事儿了吧,现在城市里的年轻人,搞对象随便得很,今天跟这个好,明天又跟那个好,受伤害的多是女孩子。我最看不惯这种对爱情轻率的风气了。有人说这是思想解放,完全是一派胡言!"

孔玉爱赞同地说:"老师说得对,思想再解放,也不能拿搞对象当儿戏。"

钟老师接着问孔玉爱:"那个抛弃明明的是什么人?"

孔玉爱想了想说:"是五洲大酒店一个叫王德的人,还是餐饮部的经理呢。"孔玉爱还告诉钟老师自己的丈夫成跃山就在王德的手下工作。

钟老师听后,吃惊地说:"你说的是五洲大酒店?是餐饮部的王德?你爱人成跃山就在那里上班?"

孔玉爱说是,问老师知道那个酒店?

钟老师缓缓地说:"五洲大酒店是华兴投资公司的酒店,是这个家的酒店,我怎么会不知道呢?"

孔玉爱听了高兴地说:"这么说,我们两口子都是华兴的人了?"

钟老师也恍然道:"是啊,你没有跟我说过你爱人在哪里上班,我也没有问过你。今天才知道了。"钟老师接着说,

"王德这事是个大事，我要过问。以前我只知道王德是个老实能干的年轻人，他怎么能做出这样的事情呢？"

孔玉爱说："听说他和酒店一个叫崔小蕊的服务员搞在一起了，所以就不要明明了。"

钟老师想了想，说："崔小蕊是哪个姑娘，我没有印象。王德移情别恋，差点送了明明的命，我一定要管！"

孔玉爱想起昨晚上明明说的一些情况，继续说道："老师，有个情况虽然难以启齿，但我也不能瞒您，我和明明聊到深夜才得知，明明之所以那样痛苦，不想活了，是因为她和王德在搞对象期间，已经有过……那事儿了。"

钟老师捶了一下沙发说："哼！被我猜中了。现在的年轻人，完全把爱情当儿戏。这有王德的责任，也有明明的责任。"

刘老师一直在书房注意倾听着，听到这里，他从书房出来了。

五洲大酒店王德的办公室里，王德听完了成跃山的建议，觉得很好，就问他说："这建议你跟别的人说过没有？"

成跃山说没有跟别人说过。

王德心想要把成跃山的这个建议变成自己的，于是他对成跃山说："心里想的，要变成具体执行的办法，需要做很多工作。比如大师傅们肯定不乐意，因为这等于把他们的工作放在了众多顾客的监督之下，我得好好考虑考虑，想出个完善的方案向总经理汇报，她同意后，再公布实施。这样也可以避免有意见的人针对你，我这也是为你考虑，你明白我的意思吗？"

成跃山说他明白，感谢王经理为他着想。

王德要成跃山记住，不管到什么时候，都不要说这建议是他提出来的，成跃山点头答应。

　　成跃山临离开王德办公室前跟王德说了明明差点跳楼的事，以及救下明明的过程。还说到明所长怕明明想不开，再出事，找他们一起来的女人们，去帮他劝了一番明明，最后总算把明明劝回头了。他们一起来的女人们要他给王经理捎个话，告诉他明明没事了，希望王经理以后好好对待小蕊姑娘。

　　王德听后，瞬间感到一些羞愧，勉强谢过成跃山。

　　冰岩听完王德向顾客开放后厨以打消顾客对餐饮卫生的担忧，以此提高上座率的建议，赞扬王德这个脑子动得好，问他是怎么想到这个建议的。

　　王德大言不惭地说："我是听了就餐顾客们的议论以后想到的，顾客们对后厨的卫生普遍有担忧，我们后厨的卫生很好，为什么不可以向顾客开放呢？这不但能提高顾客上座率，而且能提升服务质量。"

　　冰岩赞同地说："很好，快去准备，明天就实行。"

　　在王德走了以后，乔芙蓉对冰岩说，这个建议是后厨的那个杂工成跃山提出来的。冰岩问她是怎么知道的，乔芙蓉说："那个杂工跟王德说的时候，我正从王德办公室门口经过，我亲耳听到的。王德真够精的，一转眼就成了他的建议。"

　　冰岩想了想说："不管那些了，一个农村来的人不会争这个的，就算在王德头上吧。"

　　第二天，五洲大酒店大门外便树立起了一个醒目的牌子，牌子上书大字"餐厅后厨对顾客开放"，牌子上还列有数条后厨清洁卫生的标准。很多人围观，不少人出于好奇进了酒店。

钟老师家里。钟老师正在给郭晓岚打电话,她说完了王德的事,叮咛郭晓岚说:"你必须好好地管管,一个部门经理,得有点思想素质吧?他是搞对象还是乱搞男女关系?逼得那个姑娘差点跳了楼。在华兴,这是不允许的!"

郭晓岚听完,就问这事是听谁说的。

钟老师说:"是玉爱告诉我的,玉爱的爱人就在酒店里上班,这事错不了的。"

郭晓岚有些吃惊地确认:"玉爱的丈夫是在五洲大酒店里上班吗?"

钟老师加重语气说:"对。"

郭晓岚马上说:"妈您放心,这事我一定管。"郭晓岚放下电话,自言自语地说:"好啊好啊,有办法了,我知道该怎么做了。"

冰岩在办公室里埋头看材料,门突然被推开了,她正要训斥来人,一看是郭晓岚,急忙起立迎过去说:"是你啊?你怎么来了?"说着招呼郭晓岚到沙发上坐下。

郭晓岚开门见山地问冰岩最近有没有招新人,冰岩想了一会儿说,就后厨招了个临时的杂工,体贴地问郭晓岚是要安排人来吗?郭晓岚说不是,说她今天就是为后厨的那个人来的,接着她问那人的具体情况。

冰岩想了想说:"那人叫成跃山,是从陕西来的。"

成跃山在后厨忙活着。他眼里特别有活儿,后厨里自有了他,变得更加整洁有序。

餐厅里的餐桌上都摆放着欢迎参观后厨的标牌,从餐厅去后厨的过道上摆放着醒目的指示标识，顾客可以在服务人员的引领下，有序进入后厨参观。

冰岩听完郭晓岚的话，小心翼翼地问："您想好了没有，真要让那个保姆做刘幼诚的太太吗？"

郭晓岚说她想好了，孔玉爱是刘幼诚请来的，各方面条件都很好，刘幼诚一定会喜欢她，家里的老人也很喜欢她。只要拿下成跃山，就水到渠成了，她就可以脱身了。

冰岩盯着郭晓岚的眼睛说："你要是真想好了，我就知道该怎么做了，我先提拔重用成跃山，然后再想办法让他出轨。"

郭晓岚摆摆手说："你看着办吧，不要太着急，要循序渐进，不留痕迹。"

冰岩说她知道。

郭晓岚这时才又说："听说王德搞对象不慎重，原先跟外边一个姑娘搞，现在又跟酒店里的一个姑娘搞，有这事吗？"

"我不知道，我管人家搞对象干什么，您问这个是有啥想法？"

"是我妈叫我管的，我也是听她说这事的时候，才知道孔玉爱的男人在酒店工作，王德的事是孔玉爱告诉我妈的。"

冰岩听后，想想说："需要怎么处理王德？"

"我就跟你说一声，我妈问的时候我有个交代，不必把王德怎么样。"

"我明白了。"

在酒店职工大会上，冰岩郑重地宣布："为加强餐饮部的领导力量，特提拔成跃山任餐饮部副经理。"

台下的人听到这个任命，无一例外地感到特别意外，尤其是王德和崔小蕊。大家立时纷纷议论起来。

冰岩敲了敲桌子，下边立时鸦雀无声。

冰岩严肃地说："怎么了？觉得意外是不是啊？五洲大酒店用人从来不是论资排辈的。成跃山虽然来酒店工作的时间不长，但他改变了后厨的面貌，他提出的向顾客开放后厨的建议实施以来，餐饮部的营业额提高了三成还多。仅凭这两条，他任餐饮部副经理就当之无愧！"

王德和崔小蕊听到冰岩把开放后厨的建议安到了成跃山的头上，更加地吃惊。

冰岩看了看台下，问："成跃山来了吗？"

王德站起来回答说："他没来，后厨就来了个代表，其他人都有活儿。"

冰岩冷冷地对王德说："告诉成跃山，即日起，他开始履行副经理的职责，散会。"

王德来到后厨，对成跃山说："冰总宣布你为餐饮部副经理了，要你现在就履行副经理的职责。"

后厨的大师傅们听说成跃山当了副经理，都很惊讶，全不相信，纷纷说，真的吗？成跃山一步登天了？当官儿了？

成跃山也是非常疑惑。他看看王德，又看看惊讶的大师傅们，问王德说："王经理，是在开玩笑吧？"

王德憋住内心的气愤说："谁敢开这样的玩笑？是冰总刚在会上宣布的。"说完转身走了。

去参加职工会议的张师傅回来了。他对成跃山说："还愣在这里干什么？冰总已经宣布你为餐饮部的副经理了，还不快当你的官儿去。"

成跃山面对大师傅们起哄般的祝贺，不得不放下手里的活儿，去追王德。

崔小蕊在王德办公室门前转悠，见王德来了，想要和他说话，但见成跃山从后边追来，只好转身走了。王德在成跃山跟进他办公室后，关上门意味深长地说："成跃山，你行啊，如愿以偿了，高兴了吧？"

成跃山问王德："这到底是怎么回事呢？"

"你说呢？"王德反问他。

成跃山刚才听了张师傅的话，才确认这事是真的。他想这一定是王德向总经理建议的，当初是王德留下了他，现在又推荐提拔了他。想到这里，他非常感激地对王德说："一定是王经理推荐的吧？"

王德听了成跃山这话，脑子马上转了一个弯。他笑一笑说："你还挺会猜的。成跃山，你该不会不愿意干这个副经理吧？"

成跃山说："王经理是我的大恩人，我一切听王经理的，王经理叫我干什么，我干就是了，没有必要挂个什么头衔的。那个副经理头衔，王经理给去掉了行吗？"

王德看着成跃山心想，我怕是小看这个成跃山了，他还要跟我玩这套把戏吗？

成跃山以为王德在犹豫，赶快进一步说："我知道王经理是好意，我非常感谢王经理。可给我安个副经理的头衔，确实不合适。从我自身讲，我来的时间不长，什么都还不懂，没有资格和能耐当副经理。从酒店里讲，比我资格老比我能耐大的人多的是，副经理怎么说也轮不到我的。别说餐饮部的其他人，就后厨的大师傅们也不会服气的。所以，这副经理我绝对不能当，王经理就别犹豫了，快给我去掉这头衔吧，您的好意我领了,我永远都不会忘记您的恩德的!"

王德看着成跃山,想探探成跃山的虚实,就说成跃山说的也是有些道理的,成跃山连连点头。王德说:"那我找找冰总,把你的想法跟她说说,看能不能撤回这个任命。"

成跃山赶紧说:"只要您好好跟冰总说,一定能成的,拜托您了。"

王德审视着成跃山说:"那好,你先回后厨干活儿去吧。"

成跃山向王德鞠了个躬,转身要走。

十一

王德在成跃山拉开门时,又叫住了他:"我考虑了,我不能去跟冰总说这些话,人事任命哪能出尔反尔,要尊重冰总的决定,你还是走马上任吧。"他接着又敲打成跃山说,"希望你以后老实做事,诚实做人。"他似乎还有什么话要说,但桌子上的电话响了,他接起一听,是冰岩叫他过去,他挥手让成跃山离开。

王德刚进冰岩办公室,冰岩劈头就问他:"王德,你个人生活可有什么问题?"

王德先是被问得愣住了,很快他就想到,一定是成跃山在冰岩跟前告了自己的状,连忙否认道:"我个人生活没有问题。"

冰岩不紧不慢地说:"都要闹出人命了,还说没有问题?"

王德只得硬着头皮说:"冰总说的,是我和明明的事吧,我们处过朋友,但早就结束了。明明在我有了新女朋友后,又来找我，要和我恢复关系，我当然不能够接受。"

冰岩加重语气说："本来搞对象是你个人的事，我不应该管，但闹出这样的事来，我就不能不管了。你是华兴的人，是酒店中层领导，要注意自己的形象和影响。"

王德点头称是。

冰岩便没有再说什么，叫他去忙工作。王德出了冰岩办公室的门，又被冰岩叫回去。

冰岩对王德说："你要好好对待成跃山，充分发挥他的作用，记住了吗？"

王德说他记住了，一定。

在下班回家的路上，王德和崔小蕊探讨成跃山被提拔的事。王德说，一定是成跃山不守诺言，背着他找冰岩，说开放后厨的建议是他提出来的，同时还把他和明明的事也告诉了冰岩，得到了冰岩的赏识。崔小蕊说，这事敲响了警钟，说明成跃山很狡猾，提醒王德千万要防备着成跃山，成跃山如今被提拔为副经理，有朝一日可能会顶替了王德。她这话一出，顿时让王德感到了恐慌。

王德又寻思道："这事会不会是明所长在后边搞的阴谋？"

崔小蕊说："这也有可能。"

王德担忧地说："那该怎么办呢？"

崔小蕊不高兴地说："很简单，我们散了，你还去找明明吧。"说完，快步就走。

王德赶紧追赶。

成跃山回到家里，把他被提拔成副经理的事跟孔玉爱说了。孔玉爱说这是好事，可你怎么好像不高兴？成跃山说他去的时间不长，又只是后厨的杂工，怎么能一下子当副经理呢？自己的能力不行，也难以服众。

孔玉爱想想说："提拔是有些快，可冰总说得也是有道理的。你虽然去的时间短，可你把后厨的面貌改变了，你提的参观后厨的建议实施后，营业额提高了三成多，所以酒店破格提拔了你。你应当不辜负酒店领导的期望，好好地干，当好王经理的助手才是对的。至于能力差，可以抓紧时间学习。要让大家服，也取决于自己的工作，只要自己好好向大家学习、请教，加倍努力工作，相信大家会支持的。"

这时杨桂淑、成富山、白文侠和王虎驯回来了，大家说说笑笑间，孔玉爱告诉他们，成跃山当上了餐饮部的副经理，白文侠等人立刻欢呼起来。

成跃山赶紧制止大家说："这个副经理，我还不知能不能当好，心里没有喜悦，只有忧愁。"

白文侠开心地说："为什么当不好？大哥不要太谦虚，我们都要向大哥学习。特别是王虎驯，要以大哥为榜样，当然还有二哥，都要当大官干大事，为咱们成家山争气争光。"

成富山说："文侠的话是说大了，但意思是对的。大哥给人伙带了头，其他人都要紧紧跟上，把各人手上的事干好了，要给成家山争光，绝不给成家山丢脸。"

这时，高大和赵玉华正坐在距离筒子楼不远的地方，看着楼上的灯光。

高大说："别着急，等他们熄了灯再回去。"

赵玉华说："我真想跟那个大嫂好好说说话。"

"有什么可说的，回去就睡觉最好。"

"我看他们几个人都挺好的，我们不要总像防贼似的躲着人家，那样反而不好。"

"有什么不好，我怕你跟他们聊起天来说漏了嘴。"

房间内，孔玉爱打断正在说个不停的白文侠："时候不早了，今天就说到这里，回去睡吧，赵玉华他们该回来了。"

白文侠不以为然地说："今天晚上有高兴的事，多说会儿话吧，里屋的那两位每天都回来得很晚，我看……"

孔玉爱用眼神制止白文侠，不让她继续说下去。成富山打开门，四处看看，转身示意孔玉爱外面没人。

孔玉爱小声对白文侠说："以后一定要记着，千万不能随便说话。"

白文侠也小声说："他们肯定不是真夫妻。"

"不要管人家是不是真夫妻，大家住在一起一定要友好相处。都是从农村里出来的人，都不容易，要理解他们。你们都记住了没有？"

几个人都点头说记住了，大家走后，孔玉爱拉灭了灯。

高大和赵玉华看到屋里灭了灯，起身上楼。

五洲大酒店的门卫在困倦中忽然看到有人进门，忙问："是谁！？"

成跃山站住说："是我，成跃山。"

门卫看清是成跃山，挥了挥手。他回头看屋里墙上的挂钟，凌晨四点钟。

成跃山进了后厨，挽起袖子就开始干活。

大师傅们来的时候，后厨已被成跃山打扫得整齐干净。看着汗流浃背的成跃山，张师傅好奇地问："都当副经理了，你怎么还干这些活儿呢？"

成跃山笑着说："当不当副经理，成跃山都是成跃山。后厨这些杂活儿以后还归我干，我会利用早来晚走还有中间没事的时间，把它干完了。"

张师傅说："成跃山你真能当了官，不拿自己当官看吗？依我看，当官就要像个当官的样儿，不是有了办公室嘛，快去办公室坐着喝茶水吧，不要再跟我们这些粗人在一起混了。"

成跃山说："我本来就是粗人，官样儿我是没有的，办公室我也坐不住，我就愿意跟师傅们在一起。副经理是王经理和冰总要我干的，我不能推了他们的好意，希望师傅们还和从前一样对我。"成跃山说完向师傅们深深鞠了一躬。

大师傅们既感动又疑惑地看着成跃山。

张师傅问："你说的这些话当真吗？"

"张师傅，成跃山说的话句句是真话，师傅们永远都是我的师傅。刚才张师傅说，在这里干活的都是粗人，我觉得师傅们不是粗人，你们都有高超的手艺，是酒店里的精英，是应当受尊敬的人。"

张师傅点头说："就冲成跃山说的这几句话，我拥护他当副经理，一定大力支持他的工作。"他说完就给成跃山鼓掌，其他几个大师傅也纷纷鼓掌。

采购部办公室里，几个工作人员懒洋洋的，没个正形儿。他们看到成跃山进来，也不理会，就像没有看见他似的。

成跃山主动打招呼："大家好，我是来向大家请教的。王经理和冰总叫我当餐饮部的副经理，王经理又把后厨这块交给我具体管，我什么都不懂，是强赶鸭子上架，但我不能不好好干，希望大家支持我。拜托了！"随即向几个人鞠躬。

几个人像看热闹似的看着成跃山，片刻后有一个人问：

"成副经理有什么吩咐？"

成跃山说："我对你们干的事一窍不通，能有什么吩咐呢？我是来看看，如果你们一会儿出去，请带上我，让我了解了解采购这块的工作情况，学习学习好吗？"

王德到了办公室，刚坐下，又站起来。他到成跃山办公室前探视，发现门是锁着的，正寻思间，成跃山从外面过来。成跃山主动向王德汇报，他上班后，先干了后厨的那些杂活儿，他请求王德同意后厨的那些杂活儿以后还归他干，不用再增加人手了。接着说到刚才他去找了采购部的人，想跟他们一起出去学习熟悉采购的业务。

王德听着成跃山的汇报，脑子里想，这成跃山还真是够厉害的，头一天当副经理，就要插手采购的事。自己还以为他不知道怎么当副经理呢，想到这里，他不由得忧心忡忡。

傍晚。街上的车辆如潮，行人匆匆。孔玉爱正在往地铁站赶，忽然听到有人叫她，扭头一看，原来是刘幼诚。

刘幼诚驾着车到孔玉爱跟前停下说："玉爱，快上车来。"

孔玉爱客气地问："刘董事长，您要我做什么事吗？"

刘幼诚没多想，开口说："不是要你做什么事，我送你回家。"

孔玉爱婉言道："不了董事长，快到地铁站了，我坐地铁回家，谢谢您了。"

"我要去你住的那边办事，顺路送你回家。"刘幼诚说。

"不了董事长，您快去办事吧。我坐地铁很方便的，不麻烦您了。"孔玉爱说着，向刘幼诚挥挥手，继续往前走了。

刘幼诚执意要她上车，说："只是顺路，不会影响我的事。

有顺路车为什么不坐,非要去挤地铁呢?"他说着打开了车门,要孔玉爱上车。

孔玉爱见状心想恭敬不如从命,便上了车。

刘幼诚边开车边问孔玉爱,在他父母家里习惯了没有?孔玉爱说,渐渐习惯了,一开始特别紧张,估计那段时间她不是给两位老师减轻了负担,而是给他们增加了负担。两位老师对她特别宽容耐心,钟老师手把手地教她,现在家里包括做饭等家务活,她都知道怎么做了。但她还是经常心里发虚,总是担心哪里没有做好。刘幼诚要她不用那样在意,也不用那样认真,家里那点活儿,做得差不多就行了。

孔玉爱诚恳地说:"两位老师也是这样说的,可我觉得,哪里要是做得不好,心里就不踏实,感到对不起老师们对我的好。"

两人闲聊中,刘幼诚得知孔玉爱只念到了初中毕业,非常渴望学习,就建议她可以走成人学习深造的路子。刘幼诚告诉她,现在知识更新特别快,城市里的人,包括大学教授在内,都在抓紧时间学习。她可以先看成人大专的学习资料,不但能增加知识,而且可以通过参加成人考试,获得大学文凭。

孔玉爱听了非常高兴,她说上大学是她的梦想,她要把梦想变成现实。刘幼诚说他可以给孔玉爱找些学习资料。

孔玉爱高兴地说:"太感谢董事长了,到了两位老师跟前我就曾想,过去想上大学没有上成,却能有机会到两个教授的身边,我一定要抓住机会好好地学习。今天您又让我知道,我还有机会拿到大学文凭呢。刚才还不肯上您的车,没有想到坐您的车,又有一个大的收获啊!"

刘幼诚顺路送孔玉爱只是托词,他送孔玉爱到家后就又原路返回了。

十二

筒子楼孔玉爱家。凌晨四点钟，成跃山轻轻地起床，生怕惊醒了孔玉爱和里屋的人。但孔玉爱已经醒了，她小声对成跃山说："去单位洗漱吧，出门轻点。"

成跃山也小声说："我知道，你再睡会儿。"

孔玉爱点点头，看着成跃山蹑手蹑脚地出门，过了一会儿，她也起来了。她动作极轻地叠好了被子，归置好了房间的物品，拿上毛巾和牙具，到楼道里的卫生间里洗漱。洗漱完回到房间后，她把准备好的供品摆放在父母的画像前，点燃了三炷香，向画像磕了三个头，跪在地上心中默念着对父母的思念，做完这一切，她才起身出门，去钟老师家上班。

里间的高大和赵玉华睡醒了，高大注意听着外间的动静。

赵玉华推推他说："别听了，他们肯定早走了。"

高大有些好奇地说："他们总是起得那么早，好像他们没有多少觉似的。"

赵玉华说："人家都有心劲，一个比一个干得上心。才几个月，那大哥就当上副经理了。"

高大问："你是嫌我不够上进吗？"

赵玉华叹了口气说："你就是当了总统，也跟我没啥关系。"

"怎么没啥关系？"

"怎么没啥关系你知道。"赵玉华说着起身出门，一到外屋，她就闻到香火的特殊气味，随即就看到孔玉爱父母画像前摆放的供品。她转头问高大："今天是清明节了吗？"

高大闻声出来，看了一眼说："是清明节了。"

赵玉华很伤感地说："看看人家大嫂，我就觉得自己太差劲了，不但没有祭奠过死去的爷爷奶奶和姥姥姥爷，连给爸妈写信都很少。"

高大不在意地说："心里有就行了，何必在乎那样的形式。"

赵玉华反驳道："连形式都不做，心里能有吗？人人心里有杆秤，你不惦记着亲人，亲人也就和你疏远了。你看大嫂他们，每个星期都和家里人有书信来往。"

"我不说了嘛，你可以给家里写信，叫他们把来信寄到工地上就行。"

"你说得轻松，我怕他们谁找来了，知道了我们的事，就麻烦了，我就没脸见人了。"

"那就别写。行了，别想那么多了。"

赵玉华叹口气，出门去洗漱。高大也叹了口气。

孔玉爱到了钟老师家，她发现钟老师神情凝重地坐在客厅里，没有去晨练，连忙问："老师，今天怎么没有去晨练呢？"

钟老师伤感地说："今天是清明节，每年这一天，都是不晨练的。你先不要干活，坐下来，静静心。"

孔玉爱听话地在客厅里坐下了。

钟老师看到刘老师进了书房，对孔玉爱说："我们要对家里已故的亲人寄予哀思，我去弹首曲子，你也可以随着曲子，缅怀已故的亲人。"

孔玉爱没有想到钟老师对清明节这样在意。钟老师进了琴房，很快弹起哀婉的乐曲。孔玉爱听着，潸然泪下。

书房里刘老师低头站在父母和挚友郭熙亭的遗像前，听着那哀婉的乐曲，两眼含泪。

钟老师沉静地弹着琴，每个音符都是她对亲人哀婉悠长的怀念。

刘幼诚开车带着郭晓岚，来到父母家楼下。郭晓岚穿着一身素服，神情显得很哀伤，刘幼诚想要安慰她，却没有说出话来。

孔玉爱把刘幼诚和郭晓岚迎进了门，刘幼诚去了书房，郭晓岚与客厅里的钟老师抱在了一起，两个人默默地流着眼泪。孔玉爱看着她们，亦默默地流泪。

刘老师和刘幼诚从书房里出来向门外去了，郭晓岚放开钟老师，跟在他们后边，孔玉爱送他们出门后回到客厅，因受氛围感染一时不知自己该干什么。

钟老师对孔玉爱说："待会儿我们去学校接彩虹吧。"

路上的车很多，堵车严重，钟老师开着车走走停停，她怅然道："今天好多都是去扫墓的。"路上她的车几次熄火，引得后车不停按喇叭催促，她伤感地说，"真是老了，眼睛和手都不像以前灵便了。"

孔玉爱听着钟老师这话，若有所思，意识到她应该快点学会开车。

刘幼诚在停车场停下车，郭晓岚扶刘老师下了车，刘老师迈着沉重的步子往墓地走去，郭晓岚和刘幼诚拿着鲜花和供品跟在后边。

他们到了墓地，摆上供品献上鲜花，郭晓岚和刘幼诚跪下来磕头，默哀。刘老师走到墓碑跟前，长时间地抚摸着墓碑，郭晓岚看着刘老师，心情很复杂。

郭晓岚擦了擦眼泪，走到刘老师跟前说："爸，走吧。"

刘老师看看郭晓岚，点下头，抹把泪水，转身向停车场走去。

钟老师终于开车到了彩虹的学校。

彩虹和大发在一起，跟前坐着大发的妈妈季月琴。季月琴首先看到了钟老师的车，她拉起彩虹和大发的手，迎了过去。彩虹喊着奶奶，想挣开季月琴的手，跑过去，季月琴没有撒手，跟着彩虹一起跑到了钟老师面前。

"钟教授您好！"季月琴很亲热地打招呼。

钟老师一边抱住彩虹，一边应着季月琴的问候。

季月琴满面笑容地说："我知道钟教授今天一定会来接彩虹的，所以早早地就等着了，很长时间没有见您了，特别想您。"

季月琴热情地请钟老师到旁边坐会儿，指着孔玉爱好奇地问是谁。

钟老师亲切地说："她是我们家的孔玉爱。"

季月琴立时明白了，孔玉爱是钟老师家的保姆，马上就说："我早跟您说过，该有个保姆的，家里又不差钱。这保姆长得真俊，看上去很灵透，一定会侍候好钟教授和刘教授的。你们两个教授也该好好地享受享受了。"

钟老师赶紧分辩说："我家请人，可不是为了享受的。我们身体尚好，每天都干活儿的。"

季月琴见钟老师不愿听她侍候享受的话，马上就对孔玉爱说:"钟教授是有大学问的人,也是个大好人,在她家能长很多知识呢。"

孔玉爱赶紧得体地迎合着说:"是的,我每天都会从老师那里学习到很多知识。"

季月琴对孔玉爱说:"我和钟教授是老交情了,彩虹上幼儿园那阵总是钟教授接送,我们经常见面,跟钟教授交往我提高不少呢。"

钟老师不愿与季月琴多攀谈,坐了一会儿,就对季月琴说:"我还有点事,得告辞了。"

季月琴热情地挽留说:"钟教授再坐会儿嘛,我们很久没见面了,再坐会儿,聊聊天吧。"

钟老师很客气地说:"改天吧,今天就先失陪了。"

季月琴送钟老师上了车,看着她的车开远以后,恨恨地说:"这个老妖婆!"

大发问他妈谁是老妖婆,季月琴对儿子说:"我说彩虹的奶奶是个好老婆。"

刘幼诚又开车来到他爷爷奶奶的墓地,三人祭奠完毕,返回途中一路无话。到了刘老师家楼下,刘老师下了车,让郭晓岚他们回去,自己上了楼。

刘幼诚开车带郭晓岚回了老宅,刘幼诚要下车一起进去,郭晓岚不让,要刘幼诚在车上等她,刘幼诚只好留在了车上。

郭晓岚进了老屋,面对父母的遗像,喃喃地说:"爸,妈,我已经有办法脱身了,幼诚爸爸的愿望可以实现了。求你们保佑女儿,也保佑刘家。"

"迷您"美容美发店。店里几个客人正在做美容美发,明明和白文侠在一旁聊着天。

白文侠说:"我今天过来就是和明老板聊聊天,顺便了解一下您这里用的美容产品是哪里生产的?其实我们公司也生产美容产品。"

明明拿来几个美容产品给白文侠看厂商,白文侠看后说:"您这里还真有我们公司的产品,以后从我手里进吧,我能够通过胡东把进价压到最低。"

明明同意了。

百度汽修铺焕然一新,不但店铺的门脸粉刷一新,还立了块十条承诺的招牌,包括保证修车质量和不乱收费等。

王虎驯和图师傅刚修完了一辆车,王虎驯看图师傅坐下来休息,赶快端来图师傅的茶缸,续满水送到图师傅手上说:"我大嫂叫我给师傅带个话,她想请师傅下班以后教她学开车,问师傅行不行?要行的话,她明天上门来拜师。"

图师傅听了说:"告诉你大嫂,不用拜,明天下了班,我就去她上班的地方接她去学。"

第二天傍晚,孔玉爱一出钟老师家的楼,就看见图师傅的车停在那里。图师傅在车上招呼说:"上来吧。"

孔玉爱上了车,非常感激地说:"太感谢图师傅了。真不好意思,我说过一定要去铺子拜师的,图师傅怎么来接我了呢?"

图师傅边开车边说:"不用拜,也不用谢,我们都是从乡下来的,理应相互帮助。你叫王虎驯捎话给我,问我行不行,我说了行,还拜什么拜呢,那不就是我摆谱了吗?别的忙帮不了,帮这忙没有问题。"

孔玉爱感激地说:"您是我到北京遇上的又一个大好人,

您教我学车,既占用您的休息时间,又让您费心费力,帮了我的大忙,这对我可是件大事呢。"

图师傅笑了,爽朗地说:"这算什么大事,不过是下了班玩玩车罢了。放心吧,我很快就能教会你。对了,是不是雇主家需要你学会开车呢?"

孔玉爱顿了顿,轻声说:"老师没说,是我坐在老师车上想到的。"

图师傅没再说什么,车开到郊外空旷的地方后,开始手把手教孔玉爱学车。

这天的正午时分,来五洲大酒店就餐的顾客特别多,餐厅内座无虚席,服务人员忙碌着为顾客服务。成跃山把后厨的活儿干完了,来到餐厅帮忙。

在餐厅里等待机会的崔小蕊,看到收银员去卫生间了,就以极快的速度从收银员的抽屉里抽出一捆钞票,随即去了更衣室。

收银员从卫生间回来,发现钞票少了一捆,大惊。她连忙追问其他服务员,谁到过收银台,大家都摇头。收银员赶快将情况报告了成跃山,成跃山叫收银员再仔细查找一下,结果还是没有找到。

崔小蕊这时从后厨端菜出来,听了后就说:"谁偷了这会儿也拿不走,干脆搜身。"

服务员都认为崔小蕊的办法好,同意搜身。成跃山觉得搜身不是办法,要大家回忆一下,刚才有谁到过收银台,提供线索。服务员们为了洗清嫌疑,没听成跃山的话,开始相互搜身,结果什么也没有搜出来。

崔小蕊便嘀咕说,没有从服务员身上搜出来,也许在就餐的顾客身上。她的话被几个客人听见,客人一下极为不满,纷纷抗议,餐厅里的秩序大乱。

成跃山第一次遇上这样的事,急得满头大汗。但他知道,顾客是最不能得罪的。他大声说:"请大家静一下,收银台出了点事,是酒店管理的问题,与就餐的顾客没有关系。因为这件事,影响了大家就餐的心情,我代表酒店向大家道歉。"

有顾客不依不饶地问,还搜不搜我们的身?

成跃山肃然道:"随便搜身是违法的,刚才我们服务员的做法是错误的,我没能制止住她们,是我的责任。如果有人说要搜顾客的身,那是胡说,绝对不代表酒店的立场。我是餐饮部的副经理,请大家相信我,顾客永远是我们的上帝。"他说完面对顾客连鞠三躬,这才把顾客的不满情绪压下来。

一直躲在办公室里喝茶水的王德,觉得这会儿是他该出场的时候了。他放下茶壶,离开了办公室。

此时,餐厅里只剩下酒店的工作人员了,成跃山很生气地对大家说:"大家知道不知道,丢一万块钱事小,惹顾客不高兴是最大的损失啊!实行开放后厨以来,营业额不断增长,但今天这事以后,还能否保持继续增长,可就难说了呀!"

"成副经理,被偷的钱怎么办?在场的除了成副经理,都搜身了。还有更衣室是不是也应该查一查?"一个服务员在崔小蕊的暗示下追问。

成跃山不解地说:"难道怀疑我吗?"边说边把兜里的东西翻出来。

那服务员又说:"我不是怀疑成副经理,我是想当着大伙的面,弄个清楚。既然大家身上都搜了,再查一下更衣室不是更好吗?省得大家都背着嫌疑,心里不痛快。行不行,成副经理?"

成跃山斩钉截铁地说:"不行!职工的人身权利也是受法律保护的,怎么能随便去翻查职工的更衣室呢?"

王德这时来到了餐厅,他问成跃山怎么回事,吵吵嚷嚷的。成跃山把事情的经过跟王德说了一遍。王德听后说:"怎么会发生这样的事呢?光天化日之下,一万块钱不翼而飞了。更加严重的是,还得罪了顾客,给酒店造成难以估量的损失。钱还没有找到,如果不是在场的服务员拿了,那就是收银员监守自盗。"

收银员一听王德这话,马上不干了。她说:"王经理,我可没有监守自盗,我刚才也被搜过身,既然有人提出去更衣室查找,我赞成。"

王德给崔小蕊递了个眼色,崔小蕊便和几个服务员跟着收银员去了更衣室。

成跃山对王德说:"这样做不好吧?"

王德说:"那是她们自己的行动,不是领导指示的,睁一眼闭一眼,看看最后的结果吧。"

崔小蕊几人不多会儿就出来了,收银员手里拿着成跃山的衣服问:"成副经理,这是你的衣服吧?我们不敢检查成副经理的衣服,你自己看吧。"她说着把衣服交给了成跃山。

成跃山接过衣服,一摸口袋就愣住了。

在场的其他人惊讶地看着成跃山的神情变化,以及他那伸进口袋里却迟迟不拿出来的手。

王德佯装不解地问:"成跃山,怎么了?"

成跃山把那捆钞票掏出来,惊讶而又无奈地说:"这,这,这是怎么回事呢?"

全场一片哗然。

十三

　　成跃山拿着钞票愣在原地，王德立刻打圆场说："行了行了，大家不要乱说，这可能是个误会。散了散了，不许外传，记住了！"

　　成跃山跟着王德，到了王德的办公室。

　　王德让成跃山坐下后说："真没有想到。我原来是想，既然大家自发要检查，检查检查也好。早知道是这样，我是绝对不会允许他们去更衣室里翻的。"

　　成跃山的脑子里一片空白。他被这突如其来的事情搞蒙了，没有理会王德所说的话。

　　王德看看成跃山又说："我知道你刚从农村出来，家里肯定有过不去的难事，有难事你应当告诉我，我会想办法帮你解决的。"

　　成跃山这时听清了王德的话，他吃惊地看着王德说："王经理，我家里没有困难。就是有天大的困难，我成跃山也不会做违法犯罪的事。"

　　王德说："我也没有说你违法犯罪，我刚才已经跟大家说了，这可能就是个误会。我在维护你，你难道还不明白吗？"

　　成跃山说："我知道王经理在维护我，可这事……"

　　王德打断他的话说："放心吧，这事我会帮你遮过去的。只要你别再说什么，我有办法在下边做工作，压下来就行了。"

　　成跃山说："这样不行，我要不明不白背上这么个黑锅，以后还怎么做人？还怎么当这个副经理呢？"

王德问他:"那你要怎么样?"

成跃山说:"我要求弄个清楚,一定是有人栽赃陷害。"

"有人栽赃陷害?谁?"

"我怎么会知道。"

"你来酒店时间不长,没有得罪谁吧?怎么能怀疑是有人栽赃陷害你呢?不能随便说这样的话。"

"我也觉得我不应该怀疑酒店里的任何人,可那钱怎么会到我的口袋里去呢?"

"这事就按我的想法处理吧,我对你是一片诚心,你要不听我的话,我也就没有办法了。"

"王经理是我的大恩人,感谢王经理能为我着想。可这事太大了,这事要是弄不清楚,我就没法做人了。"

"那你想怎么办?"

"我想找公安报案,叫他们来人调查。"

"你是打算找明所长是吗?我告诉你,因为明明的事,我跟明所长闹翻了。如果明所长来酒店无事生非,挟嫌报复,我和你之间的交情,就算完了。"

傍晚。郊外。图师傅还在教孔玉爱学开车。

成跃山下了班离开了酒店,不知该上哪里去,非常焦躁非常郁闷地在街上走着。酒店里发生的离奇事件像放电影一样,一幕一幕在他的眼前闪过:

他从自己衣服口袋里掏出一捆钞票来。

在场的人全看着他,一片哗然。

成跃山这时忍无可忍地怒吼:"我没有!"

街上过往的行人,吃惊地看向他,以为他是个精神失常的人。成跃山努力控制住自己的情绪,躲闪着路人惊讶的眼神,快步朝僻静处走去。

他一口气走到了郊外,看到路旁边有一个大坑,便跳了下去,放声大哭起来。

图师傅教孔玉爱学完车,往回返,路过此地时,孔玉爱忽然让图师傅停下车。图师傅停了车,问她怎么了。

孔玉爱说:"我看见那边坑里好像有个人,我过去看看。"她说着下了车,跑过去看,见坑里确实有个人在哭,就赶紧问怎么了。

成跃山抬起头来,彼此都看清了对方。

孔玉爱极为吃惊地问:"跃山,你这是怎么了?"

成跃山擦了把眼泪,告诉了她酒店里发生的事情。

图师傅等了一会儿不见孔玉爱回来,便下了车去查看。

孔玉爱对走过来的图师傅说:"真巧,是我家的成跃山,他来这边看他们酒店的蔬菜基地,正等他们酒店的车来接他。我说这不是正好吗,让图师傅捎上你吧。"

图师傅打量了一下成跃山,点头同意。

孔玉爱捅了一下成跃山,意思叫成跃山快说感谢图师傅的话。成跃山勉强挤出来一个笑脸,说谢谢图师傅。到了车上,他又感谢图师傅不辞辛苦教孔玉爱学车。

图师傅说:"不辛苦,应该的。"图师傅跟他们说着话,把他们送到了家。

图师傅开车走了以后,成跃山对孔玉爱说:"我想现在就去找明所长。"

孔玉爱很惊讶,问他:"明天不行吗?都这么晚了。"

成跃山心情沉重,说:"我回去也睡不着觉,索性去派出所看看,兴许明所长还在所里呢。"

孔玉爱理解地说:"那好吧。不知富山回来了没有?"

成跃山叮嘱她说:"富山要回来了,这事先不要跟他说,也不要跟其他人说。虽然我问心无愧,但我们不能见人就解释。我们心里有数就行了。"

孔玉爱则嘱咐成跃山千万要想开了,挺住了。

成跃山语气沉重地说:"经过今天这番惊心动魄的事,我已经想开了,咱们来北京这段时间,是太过顺利了,挫折可能刚刚开始,咱不怕。只要自己行得端,走得正,就不怕有人暗地里的算计。该来的考验,就让它来吧!"他说完,就向派出所方向跑去了。

孔玉爱看着成跃山的身影在远处消失后,心情沉重地上了楼。

赵玉华听到门外的声音,赶快跑过去给孔玉爱开了门。孔玉爱见是赵玉华,问她今天怎么回来得这样早?赵玉华说她是特意早回来的,想跟孔玉爱说说话。孔玉爱问她高大怎么没有回来,赵玉华说高大晚上加班,今天不回来了,她想趁高大不在,和孔玉爱说说他们的事。

孔玉爱虽然惦记着成跃山的事,但她知道赵玉华要跟她说的事很重要。所以赶快关好门,拉赵玉华坐下来,听赵玉华讲。

"大嫂和大哥一起出来特别好,两口子相互有个照应。你们和家里的孩子老人也经常有书信联系,我非常羡慕大嫂你们。"赵玉华说着,就哽咽了起来。

孔玉爱劝赵玉华不要难过,有话慢慢地说。孔玉爱说她知道赵玉华和高大都不容易,她理解他们,其他几个人也都理解他们。

成跃山来到派出所时，成富山和明所长正要回家。成富山问成跃山怎么来这里了？成跃山说，他是有事要找明所长，问明所长能否晚走一会儿。明所长客气地将成跃山请进办公室。

　　这个时候，王德正和崔小蕊躺在王德的家里，说着白天的事。崔小蕊兴奋地说："今天这出戏演得太好了，成跃山有口难辩，瞧他当时那个狼狈不堪的样子，他的名誉在五洲大酒店算是扫地了，看他以后还怎么面对大家，怎么当他的副经理。"

　　王德有些忧虑地说："成跃山说他要找公安，一定要给他弄清楚。"

　　崔小蕊不以为然，轻蔑地说："这事公安能给他弄清楚吗？他做梦。"

　　王德提醒她说："别忘了他和明所长有关系。不过，我也跟成跃山说了，他要是把明所长叫到酒店来，挟嫌报复，我和他的交情就算完了。"

　　崔小蕊抱怨王德说："怎么跟他说这样的话呢？听起来好像自己有嫌疑似的。"

　　王德也察觉出自己这话说得不好，他宽慰崔小蕊说："放心吧，没什么事，谁也怀疑不到你头上的。"

　　崔小蕊说："就看冰总回来后怎么看这个事了。"

　　王德阴笑着说："她还能怎么看，成跃山当着众人的面，从自己口袋里掏出来的钱，她冰岩还能护着他吗？"

　　明所长听完了成跃山的叙述，沉吟片刻后说："这事还不好办呢，就算我答应你，派人到五洲大酒店去查，结果肯定是不了了之，因为经过了那么一番折腾，就算有犯罪嫌疑人留下的痕迹，也早已破坏得荡然无存了。单位内部发生这样的案子，我们经见的多了，多数都是难以查实的。除非有明显的仇怨对象，有证据，单位领导又能大力协助的，才有希望搞清楚。所以，我们还是不去人的好。"

成跃山听后非常失望，说他可背不起这个黑锅。

明所长同情地看着他，安慰说："我相信这件事不是你干的，你没有干，就问心无愧，只要想得开，挺胸昂首，做自己该做的事，别在意别人的眼光，也就行了。或许有一天，真相会大白的。"

乔芙蓉驾着车，拉着冰岩回到了五洲大酒店。冰岩在去办公室的过程中，看到酒店里的职工在几处扎堆议论，便对乔芙蓉说，店里一定出了什么事，去看看吧，乔芙蓉应声去了。

成跃山在后厨干着活儿，比往日干活儿的劲头还要大。大师傅们不时看看他，又相互对视一下，谁也不说话，各人有各人的看法。成跃山也不看师傅们，只干他的活儿。后厨里全然没了往日的欢快气氛。

王德及时来向冰岩汇报。

冰岩听完王德的汇报以后，沉下脸来说："我两天不在店里，就弄出了这么大的动静，丢钱、搜身，还差点要搜顾客的身。王德，你这经理是怎么当的？"

王德马上解释说他当时不在店里。

冰岩立刻训斥："上班时间不在岗位上，干什么去了？！"

王德低下头说："我是临时有点事。"

冰岩厉声问他："临时有什么事？"

王德现编不出来，想起崔小蕊曾托他出租房子的事，就说是帮朋友租房子去了。

冰岩批评他因私事在餐厅上座的高峰时段脱岗，是严重的失职。王德只好频频点头认错。

冰岩又问："成跃山承认了吗？"

王德回答说："没有，但钱是当众从他口袋里掏出来的。"

"也就是说，是成跃山偷了那一万块钱？你是这样认为的吗？"

"成跃山来酒店时间不长，不可能有人想栽赃陷害他。"

冰岩看了王德一眼："换你是成跃山，你会这样干吗？"

王德被问得语塞，不知该怎么回答。

冰岩又问："成跃山现在在干什么？"

"在后厨干活儿。"

"他还有心思干活儿？去把他叫来。"

在王德去叫成跃山以后，乔芙蓉向冰岩汇报说，她了解到的情况，跟王德说得差不多。

王德出了冰岩的办公室，长长地出了一口气。他万万没有想到，他会成为这件事的挨批者。到了后厨，他对成跃山说："冰总叫你去她办公室。"

成跃山放下手里的活儿，擦了擦汗，随王德就走。

冰岩看着成跃山走进门来，打量着成跃山，问他说："瞧你还挺精神的，没有压力是吧？"

成跃山如实回答："不是的，冰总，我压力很大。为了不让压力压垮，我只能咬紧牙关打起精神来。"

"你说说，是怎么回事？"

"事情的经过王经理肯定已经跟冰总汇报过了，我想跟您说的是，我成跃山没有做那样的事，我就是穷到死，也不会偷别人的一分钱！"

"你认为会是谁干的？"

"是谁我不知道，但我认为那人一定是看我来到酒店后太顺利了，心里不服气，所以栽赃陷害我。"

"成跃山，你还有什么话想说，都说出来。"

成跃山感激地说："谢谢冰总，我还想说的是，如果您信不过我，我立马走人。但我保留要求查清事件真相的权利。"

"你认为这件事的真相能查清吗？"

"可能现在还不能，我问过公安上的人，他们说，像这样的情况，店里没有明显的嫌疑人，现场也已经破坏了，是很难查得清楚的。"

冰岩听他讲得头头是道，就问："既然如此，你要求保留查清事件真相的权利还有意义吗？"

成跃山急切地说："有意义！我的意思是，如果您信不过我，要我离开五洲大酒店的话，我必须保留这个权利，否则我背着这样一个黑锅，怎么去别的地方找工作呢？"

"如果酒店让你继续干，你不照样背着黑锅吗？"

"那就不一样了，冰总要还信任我，等于给了我又一次机会。虽然还背着这个黑锅，但我知道，领导还是信任我的，我不能计较个人的得失，我不能经受不住考验，我会加倍努力工作。本来我就打算要在酒店好好干一番事业的，因为我在这里遇到了两位恩人，一个是王经理收留了我，一个是冰总提拔重用了我。我觉得我要不好好地干，就对不起两位大恩人。可事有难料，遇到了这个事，在考验我的意志，也在考验我的运气。"

冰岩对成跃山的精神状态和他说的这些话很欣赏，她让乔芙蓉通知下去，下班以后，召开全体职工大会。

在大会上，冰岩讲："发生在餐厅收银台的案子，大家都知道了，也都议论够了吧？现在我来讲一下这件事，以后就不要私下再议论了。五洲大酒店发生这样的事，是全店人员的耻辱！在餐厅就餐高峰期，店里丢了一万块钱，那么多工作人员，竟然都不知情。尤其不能允许的是，个别人知法犯法，进行搜身，甚至波及顾客，引起顾客强烈不满，给酒店造成了严重的损失！一些人不以为耻，反以为荣，还在津津乐道地议论！我先不说这个案子是谁做的，我要先说说我们这里的华兴人，还有没有法律观念？还有没有维护企业形象的意识？！"

会场一时鸦雀无声。

冰岩接着说："这件事，首先是餐饮部的领导有责任，王德经理脱岗，事发后不但没有制止错误的行动，还助长了错误的行动，成跃山倒是制止了，但他的制止被认为是他作案的一个证据。其次是提出和鼓动搜身的人有责任。再次是大家都没有积极地制止，跟着一些人随波逐流！"

王德低头品味着冰岩的话，觉得冰岩把批评的矛头直接指向了他，对成跃山有明显的袒护。

崔小蕊的心里有些害怕了。

许多人相互看看，又不约而同地将目光投到成跃山的身上，只见成跃山挺胸昂首坐在那里，显得很自信。

冰岩接着说："在座的每个人都长着一个脑袋，大家都想想，这事该怎么办？"

全场一片哑然。大家都在想，该怎么办？

冰岩看着全场的人，过了好一会儿才又说："看来大家还没有想出办法来，那我就先说说。如果我说得不对，有好办法的人可以随时打断我，提出自己的好办法。我们要发扬民主，把这个难题当下解决了，我们不能因为这件事，影响酒店的大好局面，更不能因为这件事，给华兴的脸上抹黑！"

全体职工屏气凝神地看着冰岩，等着听她的解决办法。

"解决这件事最好的办法是查个一清二楚，但这一时很难查清。为什么？因为现场已经严重地破坏了，无法找到证据，还有就是直到现在，没人能提供任何的线索。鉴于此，我认为这件事只能把它挂起来了。"

挂起来？大家的脸上似乎都画了一个问号。

"是否有人觉得不该挂起来？如果有人觉得不该挂起来，那就请站起来说说，不挂起来怎么办？有人会说，钱是从成跃山衣兜里掏出来的，不是他偷的，还能是谁呢？能这样说吗？他本人不承认，也没有人看见他偷，钱在他衣兜里，就能肯定是他偷的吗？会不会是栽赃陷害呢？我听到有人议论，成跃山是从农村来的，家里一定很穷，所以他有偷钱的动机。这是什么逻辑？难道穷人就一定要偷吗？为什么要那样贬损从农村来的人呢？还有人说，成跃山来店里的时间不长，不可能有仇人，不会有人栽赃陷害他。是这样吗？他来的时间不长，就当上了副经理，难道不会让某些人嫉妒吗？"

台下有人开始点头，认为冰岩讲得很有道理。

"所以，这件事只能挂起来。挂起来的意思就是不要受这件事的干扰，大家该干什么，还干什么，一切照旧，成跃山还是副经理。大家要一如既往地尊重他、支持他、服从他。成跃山也要大胆地负起责任来，把餐饮部的工作做得更好。这样解决，大家觉得怎么样，同意不同意呢？"

全场响起热烈的掌声，成跃山感动得热泪盈眶。

冰岩最后总结道："看来大家同意我的办法，那就这样办了。还要强调一下，挂起来不等于不管了，我还要管的，大家如果有线索可以直接向我报告，也希望始作俑者反省自己，主动坦白，只要自首，不管是谁，我都将既往不咎。就这样，散会。"

十四

乔芙蓉敲门进了冰岩的办公室,汇报道:"任俊杰和牛秘书来我们酒店吃饭了。"

任俊杰和牛秘书,带着李宝珠、王莹,还有杨桂淑进了一个豪华的单间,酒店的服务员立刻热情为他们服务。

张涛在任俊杰他们来之前就到了,他走近任俊杰耳语道:"冰岩把事挂起来了。"

冰岩在乔芙蓉的陪同下来到任俊杰他们就餐的单间,冰岩含笑打招呼说:"不知任总和牛秘书驾到,有失远迎。"

任俊杰见状也开玩笑地说:"我们不敢惊动冰总的大驾。"

冰岩笑道:"任总不要损我,我一个酒店负责的,哪来的大驾,任总点菜了没有?"

任俊杰招呼她坐下,正色说:"菜我点了,你快坐下,我们听说酒店里发生了盗窃案,是怎么回事?"

"任总的消息真够灵通的,连我这里发生了个小案子都知道,没多大事,就是收银台丢了一万块钱。"

任俊杰关切地说:"破案了吗?"

冰岩说没有,任俊杰笑着说:"要不要让牛秘书请个高手来帮忙,这种事准是内部人员干的,一定得把罪犯挖出来,杀一儆百,绝不能允许这样的人在冰总手下存在。"

冰岩微笑着说:"谢谢任总的关心,还是我自己解决吧。"

任俊杰故作恍然道:"我明白了,冰总是家丑不外扬啊。"

正说着,菜上来了。冰岩便举杯敬任俊杰和牛秘书,欢迎他们光临。

任俊杰也举杯恭维道:"只要牛秘书在这里吃喝得高兴,玩得痛快,我会常陪牛秘书来的。牛秘书是我心目中的大领导,冰总要敬酒,就先敬大领导吧。"

冰岩说好,她先敬了牛秘书。

任俊杰觉得冰岩没有吹捧牛秘书,心里有些不高兴。他在冰岩与牛秘书碰杯后说:"我不是挑冰总的礼,我总觉得每次到冰总这里来有种感觉,不是不热情,是……怎么说呢,打个比方,比方敬酒,中国的酒文化,是很讲究说辞的,没有恰当的说辞,就会感到很平淡,让人喝酒喝不出兴致来。"

冰岩明白任俊杰这话里的意思。她说:"我知道任总是给我提意见,但我的嘴太笨,不知道敬酒该说什么词儿,任总就教教我好吗?"

牛秘书听得不耐烦了,冲任俊杰说:"干吗那么多事呢,喝酒就喝酒嘛,讲究什么说辞呢。"他说着,端起酒来,跟冰岩碰了下杯,一口干了。

王德和崔小蕊在回家的路上,边走边聊。

王德懊恼地说:"我根本没有想到,冰岩会这样处理这件事,把责任几乎全推到了我身上,袒护成跃山。"

崔小蕊想着自己的事,心虚地说:"你说会不会怀疑到我呢?"

王德安慰她说:"不至于的,你一定要在大家面前稳住神,千万别露出心虚来。"

"冰岩叫大家提供线索,大有抓住不放的势头。"

"冰岩不过说说而已,又没有人看见。"

崔小蕊心跳加速,不太确定地说:"应该没有人看见。"

王德提醒道:"冰岩要找你谈话,你千万要镇定,要一问三不知。"

崔小蕊点头说:"我早想好了,打死我都不会承认的。"

两个人的话都说得很硬,实际心里都很不轻松。

任俊杰和牛秘书他们吃完饭,冰岩又过来送他们。任俊杰说,他们还要去夜总会,冰岩便又陪他们到了夜总会,把他们安排好后,冰岩告辞要走,任俊杰让她留下来陪陪牛秘书。冰岩推说店里确实有事,失陪了,然后赶紧溜之大吉。

牛秘书目送冰岩离开,一直色眯眯地盯着冰岩的臀部。任俊杰悄声问牛秘书,是否对冰岩有兴趣?牛秘书不置可否。

任俊杰又悄声对牛秘书说:"冰岩的背后是郭晓岚,要想叫冰岩服服帖帖,必须制住姓郭的。"

牛秘书听后,不屑地笑了笑。

音乐响起,任俊杰叫杨桂淑陪牛秘书,他牵起王莹的手步入舞池。

杨桂淑非常紧张,不知该怎么办才好。牛秘书站起来,礼貌地向杨桂淑躬身,示意请她跳舞。杨桂淑说她不会,牛秘书说他可以教她,杨桂淑只得随他进了舞池。牛秘书教她教得很耐心,杨桂淑接连几次都踩着了牛秘书的脚,牛秘书不以为意。

图师傅教孔玉爱学完了车,送她到家。孔玉爱下车后,要图师傅快回,图师傅坚持看着孔玉爱进了楼,才离开。

孔玉爱看着图师傅的车开走后,又从楼里出来了。因为她从窗户看见家里的灯没有亮,知道成跃山还没有回来,她需要避开其他人询问成跃山,那件事冰岩是怎么处理的。

她在院子里转悠着等成跃山，结果没有等到成跃山，却等来了杨桂淑。她想避开杨桂淑，可杨桂淑已经看见她了。

杨桂淑来到孔玉爱跟前，问她怎么不上楼。孔玉爱说，她看家里没有亮灯，知道都没有回来，就想在院里转转，等等他们。杨桂淑并没有多问，而是高兴地说："大嫂猜我今天回来这么晚，干什么去了？"

孔玉爱看看杨桂淑，说她猜不出来，问杨桂淑干什么去了，快告诉她。

杨桂淑开心地说："我去吃高级饭了，还学习了跳舞。知道吃的都是什么吗？我从来都没有见过，说是什么海参、鱼翅、燕窝，多得很，满满一大桌子，剩了一半还多，真是可惜啊！"

孔玉爱问："是跟任总去的吧？"

杨桂淑点头说："是。那一次人家叫我去玩，我没有去，这次人家又叫我，我想不能臊人家的脸，鼓起勇气就去了。"

孔玉爱笑着问："感觉怎么样？"

"感觉是挺好的，就是剩那么多饭菜，太浪费了，真心疼。"

孔玉爱深有同感地说："是啊，浪费粮食是咱农村人最不能接受的。对了，你不还学跳舞了吗，怎么样？"

"吃完饭又去了夜总会，那个牛秘书请我跳舞，我说不会，他说他教我，我再拒绝就太不礼貌了，牛秘书教得特别地认真和耐心，我踩了他的脚好几次，他也不在乎。"

"费这么大劲，学会跳舞了吗？"

"马马虎虎吧，其实跳舞也不难，没多神秘，踩着音乐的节拍走就行了。"

孔玉爱做出不经意的样子问："那牛秘书没有怎么你吧？"

"没有。他很正经，很有礼貌。"

"小心些，不要遇上第二个胡东。"

"不会的，那些人都很有素质，不会有胡东那样的流氓。"

孔玉爱提醒她，还是要注意，防患于未然。

杨桂淑点头说："那是当然，一旦发现他们有坏企图，我宁可不要那份工作，也绝不失身。"

这一天，成富山刚从派出所出来正要去巡察，在门口碰上了火急火燎跑来的明明。

明明看到他一迭声地说："坏了坏了，白文侠给我惹了祸了，我用了她推销的美容产品，把几个顾客给毁容了！"

成富山听后大吃一惊，问她："白文侠知不知道这个事啊？"

明明叹了口气说："白文侠已经知道了，她去找她的上级了，我猜她八成是找不到人了。我已经把店关了，我是来找我哥商量的，我哥在所里吗？"

成富山赶紧说："你哥在，你快去找他，我去找白文侠。"

白文侠来到"迷您"美容美发店附近观察情况，只见三个戴口罩的女人在门前又是砸门，又是破口大骂。她看了一会儿，怕明明的店被她们砸坏了，就走过去劝她们："不要胡来，毁坏了店，是要负法律责任的。"

三个女人正愁找不到人，看到白文侠为店主说话，立刻把她围起来，七嘴八舌地质问她，是不是明明的同伙。白文侠说她不是同伙，她也在找推销制造假货的人，三个女人根本不听她解释，就要动手打她，白文侠一看不好，撒腿就跑，三个女人紧追不舍。

成富山正焦急地在街上寻找着白文侠，忽然看见她被人追着跑过来,他赶紧拦住了追在白文侠身后的三个女人,白文侠趁机逃脱了。

三个女人认为白文侠是成富山有意放跑的,扭住成富山不放。成富山解释道:"白文侠不是美容美发店的主人,她正在找制造假货的人。你们生气、愤怒,我完全能够理解。但问题的解决,需要通过有关部门,得按程序来办。"三个女人依然吵闹不休,成富山无奈,只好把她们带到了派出所,交给明所长处理。他脱身后,又去找白文侠。

白文侠摆脱那三个女人后,狠命地抽打自己的脸,怒骂着:"胡东!你个王八蛋!你躲得了初一,躲不过十五,我一定能抓住你,扒了你的皮!王八蛋!"

成富山没有找到白文侠,眼看天已黑下来了,只得往家里打电话试试,电话是王虎驯接的,他说白文侠还没有回来,成富山在电话里把大概情况告诉了王虎驯。

王虎驯听后说:"我早知道她要出事,说过她,她不听。二哥,她现在在哪里?"

成富山说:"我也在找她,还没有找到,你也一起找找吧。"

王虎驯扔下电话,就往楼下跑。

高大和赵玉华回来了,在楼梯上碰见王虎驯,见他慌里慌张地往楼下跑,就问出了什么事。王虎驯说了句没事,就噔噔噔跑下楼去了。高大不愿袖手旁观,就对赵玉华说:"一定是有急事,你先回去,我去看看。"说完就紧随王虎驯跑了下去。

赵玉华想了想,也跟着跑下了楼。

孔玉爱、成跃山、王虎驯、高大、赵玉华和成富山等多人到处寻找着白文侠。

此时的白文侠正在西客站里寻找胡东,披头散发的她一脸的汗水和污垢，她从站外北广场找到站内的售票处、候车室，来回反复地找。好几次认错了人，受到讥笑或痛斥。她不在乎，好像完全麻木了。

火车站搜寻无果，白文侠又来到了首都机场，这时已是凌晨三点十五分。白文侠的形象和怪异的举止，引起了机场民警的警惕，将她带离了大厅进行询问，在询问室里，民警问白文侠："你叫什么名字？哪里的人？到机场干什么来了？"

白文侠情绪激动，高声道："我叫白文侠，是陕西省凤翔县三岔沟乡成家山村的人。我是来寻找犯罪分子胡东的，希望公安兄弟帮帮我，把胡东抓……"她说着激动地站起来，然后身子突然摇晃两下晕倒了。

孔玉爱、成跃山等人寻找了一夜白文侠，都没有找到。天快亮的时候，他们在筒子楼下会合了。

王虎驯急得呜呜地哭。

孔玉爱劝王虎驯说："不要这样，文侠心眼儿大不会有事的，她一定是去哪里寻找胡东了。"

王虎驯哭着说："她是最要面子的人，这回的事闹大了，人丢尽了，她准是不愿意回来见我们了，她说不定已经……"

高大赶紧转移话题，问成富山："是不是该报警呢？"

成富山沉声道："已经跟明所长报告了。"

那边明所长经过长时间的劝导，三个女人的情绪缓和多了。明所长对她们说："这事无论从派出所所长的职责，还是从我是明明哥哥的角度，我都会管到底。退一万步说，就是找不到制假销假者，明明该承担什么责任、该怎么赔偿，我们都认。请你们相信事情一定会妥善解决的。"三个女人表示相信明所长的话，但要求必须抓紧时间解决问题。

接到机场民警电话时，王虎驯、孔玉爱等人急忙赶过去，看到昏迷不醒、身上插着输液和吸氧的管子的白文侠，王虎驯哭喊着扑过去，医生安慰说病人只是虚脱，并无大碍，很快就会醒过来。

白文侠醒过来后，大家把她扶到图师傅的车上，带回家里休养调理。为防止白文侠再跑出去，孔玉爱叫王虎驯留在家里，看着她。

白文侠不肯在家里待着，几次要跑出去找胡东，都被王虎驯死死拦住，白文侠气恼地骂："这回你得意了是不是？比我强了是不是？"

王虎驯苦笑着说："我得意什么？我哭还哭不过来呢。这是大嫂大哥交给我的任务，希望你安静休息，不要再闹了好不好？"

白文侠嚷道："大哥大嫂他们是怕我想不开，可我是那样的人吗？我会去寻死吗？我不会！我要死了，就便宜胡东了，就便宜了那些制造假货的王八蛋了。我不会去死，我一定要活得好好的，我要把这些骗我的人全部揪出来，洗清我的冤屈。"

王虎驯看白文侠又愤怒得跳了起来，赶快求她说："小祖宗，就不要再折腾了好不好？医生让你回来休息，你记着没有啊？"

白文侠不由分说道："别拿医生的话吓唬我，我的身体我知道，昨天我一天一夜没吃没喝，跑了那么多路，能不晕倒吗？现在我吃饱喝足了，我要去找那些王八蛋，我不能待在家里，让他们逍遥法外！"

王虎驯一把抱住了往外跑的白文侠，情急之下，他大声喊道："白文侠！你要不听劝还往外跑，我就从这楼上跳下去！"

听了王虎驯的这话，白文侠停止了挣扎。

十五

明所长在所里主持召开会议，传达消息："搜寻胡东等人的工作，局里已经做了全面部署，相关省市也发了协查通报。但我分析，胡东应该没有离开本市，我们要发动群众，寻找线索，一竿子插到底，尽快把这个制造推销假货的团伙挖出来。分组还按原来的分组。大家还有什么意见没有？如果没有，就分头行动吧。"与会人员纷纷走出会场，去执行任务。

晚上。孔玉爱、成跃山、杨桂淑、成富山、白文侠、王虎驯、赵玉华和高大都聚在孔玉爱的房间里。

成富山对白文侠说："追寻胡东的工作，公安局已经做了全面周密的安排，相信抓住胡东及其同伙，只是个时间问题，所以你不用着急，安心在家里休息，等身体恢复了，再去找份新工作。现在有我们几个参与寻找就行了。"

白文侠不干，她说她知道大家都关心她，她之所以丢了这么大的人，惹下这么大的祸，都是不听大嫂大哥和大家伙儿的话造成的，现在说后悔的话已经没有用了。她激动地说："我只想用自己的实际行动来改过，我不能看着大家和公安同志为我日夜奔忙，我自己反倒是躺在家里躲清闲。我要从哪里跌倒，从哪里爬起来啊！"

孔玉爱知道白文侠的性格，温和地说："我看文侠的身体没有什么大问题了，她说的话，有一定的道理，请富山跟明所长说说，让文侠也参与，她对胡东毕竟比别的人熟悉。多一个人，多一份力量。这样，她心里也好受些。"

听了孔玉爱的话，白文侠频频点头，大家也都觉得孔玉爱的意见可行。

成富山说："行，明天我就跟明所长说。"

百度汽修铺门前，王虎驯一边修车，一边注意看着街上的行人和车辆。图师傅是知情的，见状就对王虎驯说："你不要修车了，去街上找人吧，修车有我，误不了活儿。"

孔玉爱去超市买菜时，也在注意观察寻找胡东。

成跃山等人站在五洲大酒店门前，迎接前来就餐的顾客，并向行人发放酒店的宣传材料，在工作之余成跃山时不时留意是否有胡东的踪影。

在公安人员和孔玉爱他们连续找寻了五天后，到第六天晚上，终于发现了胡东的踪迹。

这天傍晚，孔玉爱等人在"美廉"超市附近寻找胡东，不远处有一个人从背影上看很像胡东，王虎驯连忙跟上去，追到一幢大楼前，那人不见了。王虎驯赶紧联系成富山，让他带人尽快赶过来，自己继续在附近寻找，恰在此时，胡东出现了，胡东看见王虎驯撒腿就跑，王虎驯连忙去追，很快两人便缠斗在一起，胡东掏出刀，胡乱划向王虎驯，瞬间有鲜血涌出，王虎驯不顾负伤流血，死死缠住胡东，明所长等人赶到制服了胡东。

医院里，医生给王虎驯包扎好伤口以后，对白文侠等人说："划伤不严重，回去休息几天，注意别感染。"

孔玉爱后怕地说："多悬啊，得亏没伤到内脏。"

王虎驯逞强地说："胡东已经被我吓破胆了，哪里还敢伤我的内脏呢。"

白文侠见胡东被抓，王虎驯也没大事，一时心情大好，闻言笑骂道："瞧把你美的，当了一回英雄是不是？你这英雄当得也太窝囊了，要换了我，早把胡东的刀踢飞了。"这话惹得众人大笑。

钟老师家里。钟老师坐在客厅里看报，报上一篇题为《打假寻源正气歌》的报道引起了她的兴趣，她看完以后，叫孔玉爱过来。

孔玉爱应声的同时，刘老师也拿着报纸，从书房里出来了。刘老师见钟老师也在看报纸，就问："你看《打假寻源正气歌》那篇报道了吗？那篇文章写得太好了。"

钟老师深有同感地说："不是文章写得好，是他们的事做得好。"

刘老师点头赞同道："自然是事做得好，文章也写得好。"

孔玉爱来到客厅，先给老师们端茶杯，续茶水。

钟老师抬头问孔玉爱："你们做了这样大的好事，怎么没有听你说起呢？"

孔玉爱有些不好意思地说："还真登报了呀？这是我们白文侠惹的事，我们都不好意思跟别人说呢。"

钟老师表扬说："是她惹的事不假，可她受害觉醒以后，寻找假货源头的那种拼命的精神还是十分可贵的。你们不懈努力最终将胡东找到了，把那个制假的窝点捣毁了，白文侠的丈夫王虎驯为这事还流了血。真是一曲打假寻源的正气歌啊。"

刘老师也感慨说："现在假货已经成了一大毒瘤，防不胜防。我看报上说，那个受了假货之害的白文侠，立志要成为打假的模范，这很好啊。"

孔玉爱说:"我们这个白文侠倒是个说到做到的人,她说从哪里跌倒就要从哪里爬起来,假货害了她,她要让假货无藏身之地。她已经加盟到明明的美容美发店里了,她发下誓言,要把那个美容美发店打造成京城打假的模范店。"

钟老师听了说:"是吗?她真要把那个店打造成打假的模范店,我就去给他们祝贺。"

"迷您"美容美发店重新开业了,店门口新立起的广告牌上写着对顾客的十条承诺,其中包括绝对不用假冒伪劣产品,努力打造京城打假模范店等内容,吸引着路人驻足观看。

一辆豪华汽车停在了美容美发店门前,孔玉爱扶钟老师下了车,明明和白文侠迎上前去,热烈欢迎钟老师的光临。钟老师走到门口,对门前围观的人说:"我是从报上看到消息以后特地赶来的,大家可能已经知道,这个美容美发店不久前出了点事,因为误用了假冒美容产品,伤害了几个顾客的容颜。为了找到假冒产品的制造者和经营者,这位白文侠女士和许多人,连续几天几夜寻找,终于和公安同志一起,找到了假货的源头,捣毁了一个很大的制造假冒产品的窝点。白文侠女士是假冒产品的受害者,她为了继续打假,与明明老板联手,重开美容美发店,决心把这个店打造成打假的模范店,这是难能可贵的。她们能从这件事中吸取教训,决心把打假把安全放在首位,大家应当用实际行动给予支持。不要因为过去出过事,就不放心。其实有过教训,又有措施防假,才更放心一些。所以,我今天要在这里美容美发。"

不少人给钟老师鼓掌,钟老师进到店里,开始做美容项目。她对孔玉爱说:"去办张卡,以后我们会常来的。"在钟老师的带动下,很多人拥入店中。

傍晚。郊外。图师傅在教孔玉爱学车，图师傅的手在触碰到孔玉爱的手时有了感觉，导致他脸色发红，气息不匀。

孔玉爱感觉到了图师傅的变化，但她装作不知："师傅，让我再过一回杆子好不好？"

图师傅紧张地缩了一下手，问孔玉爱在说什么。

孔玉爱缓缓地说："我想再过一回杆子，请师傅看看我掌握的程度。"

图师傅这回听明白了。他说行，把车交给了孔玉爱。

孔玉爱让图师傅下车给她看着。图师傅下了车，看着孔玉爱过杆子。

孔玉爱练习了过杆、倒车、拐弯等等，练了一会儿，她下了车说："我觉得差不多了，图师傅，您看怎么样？"

图师傅摇头说："不行，还需要再练练。"

孔玉爱坚持说："我觉得差不多了，今天就练到这里吧。"

图师傅把孔玉爱送到筒子楼下，孔玉爱一边下车一边对图师傅说："图师傅别下来了，时候不早了，快回去休息吧。"

图师傅还是下了车，说他不急回去，回去也是一个人待着。

孔玉爱对他说："明天您就不要再去接我了，我觉得我能行了。"

图师傅不同意，坚持说："不行，必须再学一段时间。"

孔玉爱解释说："我可以用雇主的车，在他们家院里再练练，以后就不再占用图师傅的时间了，非常感谢图师傅教我学会了开车。"

图师傅有些失望地看着孔玉爱，嗫嚅着，但终究没说出什么来。

孔玉爱走到楼门跟前,向还站在那里的图师傅挥了下手,就赶快进去了。她上到二楼,从窗户朝外看,看见图师傅还站在那里,就在心里想,男人啊是不能一个人长期在外的,我一定要把图师母给图师傅请到北京来。

快临近春节了,成跃山想,春节是一年里头的大节日,是人们团聚休闲娱乐的好日子。从前人们都是一家一户在家里过,好是好,但缺少了大家之间的相互沟通和联谊。如果酒店搞个年夜饭大沙龙,把大家从家里请出来,到酒店吃年夜饭,一起过大年岂不是更好吗?没有回家过年的人,也可以凑到一起,来这里过年。各单位也可以请他们的职员来这里聚会,欢乐畅叙。这样既满足了社会各方面的需要,他们酒店也能赚上一把。想好了这个建议,他去找王德,要跟他说说。

王德一听成跃山又要提建议,马上就来气了。

他和崔小蕊设计的收银台丢款事件,不但没有把成跃山打下去,反使成跃山越来越得势。成跃山每天都是凌晨四五点钟到酒店,晚上十二点钟以后才回去,不但继续干着后厨的杂活儿,而且非常积极主动地协助王德的工作,不断给王德提出工作上的建议,替王德管这管那,似乎有使不完的劲、操不完的心,他成了酒店职工们心目中的劳模。王德感到他有被成跃山取代的重大危险。

在这样的情形之下,王德一听成跃山又要提建议,就虎着个脸,很不客气地问成跃山又要提什么建议。成跃山刚说了个头,他就打断道:"你去跟冰总说你的建议吧。"

成跃山辩解说:"王经理是我的直接领导,我不能越过了王经理去找冰总啊。如果王经理认为我的建议可行,还是王经理去跟冰总汇报更合适。"

王德不满地说："我知道了，你去忙吧。"

成跃山想，他还没有把建议的全部内容跟王经理说完，王经理怎么跟冰总汇报呢？可他见王德一副很不高兴的样子，根本不愿听他说，也就只好离开了。

成跃山离开后，王德生了好一会儿闷气后想，成跃山会不会已经跟冰岩说了，又来耍弄他呢？他索性去试探一下冰岩是否知情，于是他去找冰岩汇报。

冰岩听了王德的汇报，就问春节年夜饭沙龙的建议是谁想出来的，王德说是成跃山，冰岩又问王德觉得这建议好不好。

王德说："好是好，就怕到时候没有多少人来，成不了沙龙。"

冰岩又问："那该怎么办呢？"

王德看一下冰岩说："冰总定吧。"

冰岩猛拍了一下桌子，吓了王德一跳。

王德又怕又莫名其妙地问："冰总，我错了吗？"

冰岩反问他："你跟我汇报完建议，你就没事了是吗？"

王德赶紧分辩说："我知道冰总是要我拿出解决的办法，我的意思是，如果冰总决定采纳建议，我再想办法，会有办法的。"

冰岩生气地说："如果我决定这么干，你再想办法？你这当经理的，就这样给总经理当参谋吗？我能在不知道建议有多少可行性的情况下，决策餐饮部的事吗？你是打算毁了你这个经理，同时也毁了我这个总经理吗？"

王德觉察到自己只顾跟成跃山生气了，把半截建议提交上去，实在是太欠考虑了，于是向冰岩检讨说："对不起冰总，是我欠考虑。听了成跃山的话，我一高兴就来跟冰总汇报了。"

"听了成跃山的话，你一高兴就来跟我汇报了？那你是不是也想毁了成跃山呢？"

"不不不，我怎么会那样想呢。"

"我知道提拔成跃山当副经理，你心里不高兴。丢款事件你对我的处理方式也不服，是不是这样？"

"不是，没有，我真的没有不高兴不服。成跃山很能干，已经是我得力的助手了。"

冰岩冷着脸说："但愿如此。王德你应当明白，成跃山当副经理，对你只会有好处，不会有坏处。今天这事不是我要冲你发脾气，是你不能这样办事。既然你觉得成跃山提的建议好，又想到了到时候能来多少人是关键问题，那就应当想想怎么解决关键问题，有了解决办法，建议才有可行性。当然，这也不是说我这个当总经理的就可以不动脑筋，一定要你考虑周到才行，但你不能一点办法都不想，直接就把问题上交了事。"

王德面红耳赤，连连检讨说："对不起冰总，是我欠考虑，是我太匆忙，我下去一定好好想想，想好了再跟冰总汇报。"

冰岩挥挥手让王德离开。王德出了冰岩的办公室，气得直咬牙。

冰岩拿起电话拨通后厨，叫成跃山到她办公室来。

成跃山听说冰岩叫他，赶快放下手里的活去了。

冰岩看了看成跃山，和颜悦色地说："听王德说，你提了个春节搞年夜饭沙龙的建议，你具体说说。"

成跃山把他的建议说了一遍。

冰岩问："到时如果没有多少人来怎么办？你对此考虑过

没有呢？"

成跃山认真地说："我考虑过，这是首要的问题。解决方案我是这样想的，从现在起，就要进行广泛的宣传，一要吸引老客户，让他们能够首选我们酒店；二要给店里的职工做工作，让他们宣传动员亲戚朋友来，甚至可以提出指标，要每个职工至少动员多少人来；三要通过报纸等新闻媒体向社会广泛宣传，尽可能让更多的人了解这个活动。这样，顾客数量就有一定的把握了。"

冰岩问："这些具体方法你跟王德说过吗？"

成跃山实话实说："我正要跟王经理汇报这些，他就打断了我的话，没有让我说下去，所以还没有汇报呢。"

"除了保证客源，还有什么？"冰岩又问成跃山。

"还有个重要的方面，就是年夜饭都吃些什么，大家在一起需要准备些什么文艺节目，怎样相互交流，等等。如果顾客特别多，还有如何组织轮班，比方几点到几点一拨，可以从除夕晚上一直排到正月十五去。这些都很重要，如果搞得好，大家每年都会来的。我们现在的宣传也应当有这些方面的内容，我昨天晚上考虑了大半夜，列出了个单子，本来想跟王经理汇报时交给他，但没机会。"

"把单子给我。"

成跃山犹豫着，掏出单子来，交给了冰岩。

冰岩仔仔细细看后，觉得这个方案很好。

成跃山从冰岩办公室出来，去了王德办公室。

王德正在办公室里生闷气呢，见成跃山来了，低头不理成跃山。

成跃山对王德说："冰总找我了。"

王德听了这话，赶紧抬头问："找你什么事？"

"冰总问了我那个建议的事。"

王德生气地盯着成跃山说:"我早说叫你去跟冰总汇报,你非要拿我做挡箭牌,末了不还是你自己去汇报吗!"

成跃山看出王德很生气,却也不知该怎么跟王德解释。他很无奈地对王德说:"请王经理不要误会,不要生气,是冰总叫我去的,我不能不去。昨天晚上,我还就有些事想了大半夜,列出了个单子,刚才冰总问我的时候,我不得不说,那个单子也交给她了。"

王德越听越生气。他忍不住站起来,拍着桌子吼道:"行了!以后再有什么建议就直接找冰总好了,权当没有我这个经理。"

成跃山见王德很生气,非常着急,也非常苦恼。他不知怎样做才能重新获得王德对他的信任。他想了想,只好从检讨自己开始,就说:"王经理,都是我不好,惹您生气了。请您放心,以后我会特别注意,绝不再惹您生气了。请您相信我,我永远都不会忘记您的恩德,不会做对不起您的事。"

王德不耐烦地挥挥手,叫成跃山走。成跃山本来还想跟王德交交心,见王德极为不耐烦,只好苦恼地叹口气,给王德鞠了个躬,离开了。

十六

这天晚上,王德和崔小蕊又凑到了一起。

王德向崔小蕊诉苦,说了说白天所受的屈辱,说他越来越感到憋气,越来越觉得在五洲大酒店待不下去了。成跃山像疯了似的显示自己，职工们个个拿他当餐饮部的领导看，冰岩也是处处护着成跃山。他实在受不了了，想辞职。

崔小蕊劝说："你不要冲动，要好好想想对付成跃山的办法，你好不容易干到了经理，怎么能甘心败给一个农村汉呢。"

王德有些无奈地说："我们制造的丢款事件后，我发现势头越来越不好，成跃山和冰岩可能怀疑到我们了，再待下去，我怕凶多吉少。"

崔小蕊听了王德这话，虽然心里吃紧，但还是宽慰王德说："是你想多了，不会是那样的。冰岩同意成跃山的建议了吗？"

"冰岩还没有说，但她肯定会同意的。如果成跃山把春节的年夜饭沙龙搞火了，那我就更举步维艰了。"

崔小蕊劝王德不要尽往坏处想，好好地想想办法，别让成跃山的年夜饭沙龙搞成了。

孔玉爱家。孔玉爱对成跃山、成富山、王虎驯、杨桂淑和白文侠他们说："趁赵玉华还没有回来，我说说赵玉华和高大的事，他们俩已经商量好了，要结束他们现在这样的关系，春节他们要回各自的老家去，把自己的男人和老婆带出来。赵玉华信任我们几个人，打算如果她男人来了，还住这里。高大另找地方。我们要理解他们俩，都不容易，我听赵玉华说，她之所以和高大有了这段关系，是因为她来北京后不久，就被坏人控制了，坏人强迫她卖淫，她不答应，偷跑出来，坏人在追她时，遇上了高大，高大拼死保护了她，让她脱离了困境。这些事大家知道了就行了，放在心里不能说出去。"

成跃山等人全都表示，坚决照孔玉爱说的办。

孔玉爱嘱咐大家说:"高大从今天起就不回这里住了,他让我代他向大家表示感谢。他说,他忘不了我们这几个人,以后还会见面的。"

成跃山这时说:"赵玉华的男人如果来了,可以去五洲大酒店上班,冰总现在不允许我继续干后厨的活儿了,他来了正好可以去后厨接我的活儿。"

孔玉爱没想到还有这样的好事,闻言高兴地说:"这很好,赵玉华知道了一定高兴。桂淑你也问问你们公司还招不招人,看能不能让赵玉华去你那上班,她能离开高大的工地是最好的。"

正说着,赵玉华回来了。

孔玉爱拉着赵玉华的手,对她说:"我刚跟大家说了你们俩的事,大家全都理解,支持你们俩的决定。还有,如果你爱人来,可以到跃山他们酒店后厨上班,桂淑也可以帮你联系去他们公司上班的事。"

赵玉华听了非常感动,红着眼圈说:"太感谢大家了,我和高大都觉得能遇上你们几个人,是我们的福气,你们永远都是我最好的朋友。"

成家山山沟里,先是刮了一阵寒风,后来风慢慢地停了,随即飘起了鹅毛大雪。

改庭的爷爷、麦霞的爷爷和立业的爷爷从村里出来,走过大沟,往对面那条出山去的羊肠小道上走去。他们要去前山小学接孩子。

前山小学只有三间房子,一个老师。三间房子的两间是教室,里边坐着三十多个学生,分别属于一到四年级。改庭、杏花、麦霞和立业都在其中。麻老师讲完了课说:"这学期各个年级的课都讲完了,同学们拿出本子来,记记各年级寒假里的作业。"

接学生回家的家长们来到了学校,除了成家山村的几个家长外,还有其他地方来接孩子的家长。他们的头上和身上都落满了雪花。

麻老师送学生从教室里出来,与来接学生的家长们打招呼。麻老师提醒大家说:"天快黑了,快走吧,路上小心。"

家长和学生与麻老师匆匆告别,上了路。

大地这时已被白雪严严实实地覆盖住了,周围白茫茫的一片,根本看不清路。改庭、杏花、麦霞和立业四个孩子和三个爷爷凭着记忆中的路,摸索前行。杏花的爷爷背着杏花,一手牵着改庭,一手拿根棍子走在前面探路。麦霞的爷爷背着麦霞,立业的爷爷背着立业跟在后边。

雪还在下。天黑下来了,又刮起了大风。他们走得越来越艰难,杏花的爷爷滑了好几个趔趄。

杏花在爷爷的背上说:"爷爷,让我下来自己走吧。"

爷爷觉得杏花下来自己走,可能会好一些,答应了杏花的要求,让杏花下来了。

麦霞和立业看着杏花下来了,也要求下来自己走了。

立业的爷爷这时对杏花的爷爷说:"我来领头吧。"他说着,从杏花爷爷的手中拿过了探路的棍子。这样,立业的爷爷一手牵着立业,一手拿着棍子走在前头探路,麦霞的爷爷牵着麦霞紧随其后,改庭的爷爷牵着改庭、杏花走在最后边,大伙继续前行。

天全黑了。雪下得更大了,风也刮得更猛了。改庭的爷爷在后边喊:"注意啊!前边就到老鸦崖了,我们都把手拉起来吧。"

三个大人和四个孩子手拉手形成了一条线。

改庭的爷爷大声说:"千万要小心啊!一步一步踏稳当了再走,不要着急。过了老鸦崖,就快到家了,打起精神来,注意看着脚下,走吧。"

白雪覆盖下的老鸦崖,显得神秘莫测,又高峻,又险要。大风刮着山顶上的雪,滚落下来,把路严严实实地盖住,使他们更加难以辨别那条羊肠小道的位置。

立业的爷爷走到老鸦崖跟前,不由得停下了脚步。他看着面前的老鸦崖,心里有些胆怯。

改庭的爷爷见状说:"不行的话,还是我去前边吧。"

立业的爷爷说:"不用,我是让大家静静气。"他说着,看看前边,凭着多年的经验,分辨出了那路可能的位置和去向以后,小声说了句走吧,大家于是跟着他继续走。这时候,谁也不说话了,大气都不敢出,人人都非常谨慎,迈出去一步踩稳当了,才迈下一步。

就在改庭的爷爷估计快要走过老鸦崖的时候,走在中间的麦霞突然一脚踩空了,眨眼之间,七个人全滚落下了悬崖。

摔下来的七个人几乎全被雪埋住了,杏花和麦霞的红色羽绒服在雪中露出一角。片刻后,雪地里坐起一个人来,是改庭的爷爷。改庭的爷爷清醒了一下,环顾四周,忙爬起来,拽出了杏花和麦霞,接着又拽出了其余的人。

立业的爷爷站起时又摔倒了,他的腿骨折了。杏花的右胳膊摔折了,改庭、麦霞都碰破了头。

改庭的爷爷庆幸地说:"亏得崖下的雪厚啊,要不我们就没命了。快走吧,不然会冻死在这里的。"

立业的爷爷对立业说:"爷的腿摔折了,走不了了,你快跟他们走。"

立业说:"我要和爷爷一起走。"

立业的爷爷说:"傻娃,爷走不了了,爷不能拖累你,拖累大家,快跟他们走吧!"

改庭的爷爷来到立业爷爷跟前,对立业的爷爷说:"一定要一起走。"他说着就背起了立业的爷爷。他同时问改庭:"改庭你能不能背着杏花?"

改庭说能,但杏花不要他背,她要自己走。

这个时间,北京孔玉爱的房间里,除了成跃山,其余六个人都在,他们正商量回老家过年的事。

王虎驯对大家说:"图师傅为了要给我们送站,把回内蒙古的日子往后推了一天,我说不用他送了,他坚持非要送,大嫂您看怎么办?"

孔玉爱微笑着说:"图师傅坚持要送,就让他送吧。不让送,他会不高兴。"

成富山的语气中带着深深的遗憾:"我和成跃山春节回不去了,你们回去的人,要把我俩的心意带回去,问候家里的人和村里的人,感谢家里的人和村里的人一年来对我们的支持。我们过年回不去,可以在七八月的时候,抽空儿回去。这样也好,等于一年里头,我们的人有两次回老家。"

王虎驯有些好奇地问孔玉爱:"大哥的酒店搞年夜饭沙龙,报名参加的人多不多?现在报名的有多少人了?"

孔玉爱略带嗔怪地说:"快有两千人了,这好事要办好,需要做很多工作,他们正准备把节日期间没有住人的客房也收拾出来,做临时包间用。人太多还需要和报名参加的人协商,分批分拨进行,还要准备文艺节目,等等。你大哥忙得几乎连睡觉的时间都没有了。"

杨桂淑说："大哥建议搞的年夜饭沙龙，肯定会大火的。我们公司又有几个人想报名，我明天要找他们说定了，告诉大哥。"

赵玉华很惭愧地说："这家里，就我没有为大哥的年夜饭沙龙做贡献。"

孔玉爱忙开导她说："玉华属于特殊情况，是我不叫她联系的。"

王虎驯一副兴致勃勃的样子，好像又要说什么话。白文侠马上点了他的名，既是在训王虎驯，也是为了叫赵玉华开心。

白文侠摆出一副恨铁不成钢的样子说："王虎驯！你还美滋滋高兴呢？难道你没有发现，从成家山出来的三个男人，就你一个要跟着我们女人回家过年吗？你有点出息没有呢？臊不臊呢？"

这下子，包括赵玉华在内的所有人都笑了。

王虎驯干笑着说："那我也不回了，反正修车铺只要开门，就有活儿干。我现在已经能修车了，我要留下来，继续为北京的顾客服务。"

孔玉爱对王虎驯说："别听文侠那套，她是有意气你的。车票都买好了，怎么能不回呢，我们几个女的，还指靠你在路上保护呢。"

白文侠撇撇嘴说："指靠他保护啊？要真遇上坏人，他早让人家捅破肚子了，哭着叫着，等咱们救他呢。"

她的话又引得大家笑起来。

到了回老家的日子，图师傅开着车，拉着孔玉爱、杨桂淑、白文侠、赵玉华和王虎驯来到西客站北广场。孔玉爱他们下车，与图师傅道别。

五洲大酒店的大门外边搭起了喜迎兔年春节的彩门，兔年年夜饭大沙龙的广告招牌尤其引人注目。

酒店的前厅张灯结彩，布置得十分喜庆。

大餐厅装饰一新，餐厅的东边搭起了一个舞台，各个雅间以及由客房改成的包间，也都收拾装饰停当。服务人员在忙碌，王德和成跃山在进行最后的巡查。

郭晓岚这会儿坐在冰岩的办公室里，听着冰岩的汇报。她听完后，问："这个成跃山是不是特别能干？"

冰岩点头说："他是特别能干，能干好啊，他要是个扶不起的阿斗，怎么提拔重用他呢？也不会有女人爱他呀。"

郭晓岚听后，没有说什么，她心里想怪不得那样俊美的孔玉爱会嫁给他。

冰岩见郭晓岚没有说话，一边猜测她在想什么，一边说："你说过要循序渐进，不留痕迹。怎么？需要加快一些吗？"

郭晓岚摇摇头说："不，你做得很好。你办事，我放心。"她说着随手拿起桌子上参加年夜饭沙龙的名单，翻看起来，看到一个熟悉的名字，她停下来，诧异地问："怎么还有任俊杰？"

冰岩解释说："是他自己报的名，任俊杰为此还专门给我打了电话，他说为了支持咱们特地报了名。"

"为什么不婉拒了他呢？"郭晓岚说。

"为了搞好年夜饭沙龙，我们采取了各种办法宣传，招揽顾客，人家报了名，又专门打电话，我怎么能婉拒人家呢。怎么您和任俊杰有什么过节吗？"冰岩好奇地问。

郭晓岚面无表情地说："我和任俊杰没有什么过节，我就是看不惯靠坑人靠挖国家墙角，一夜暴富起来的暴发户。"

冰岩颇有同感地说:"这个任俊杰是挺叫人讨厌的,店里出了丢款事件后,他带着牛秘书来店里吃饭,一直打听这事,装出一副很关心酒店的样子。"

"他那是幸灾乐祸。"

"任俊杰还说要让牛秘书帮我请破案的高手,还让我杀一儆百。"

"你要听了他的呀,会把酒店弄个底朝天的。我最讨厌任俊杰那种人,年夜饭有他参加,我就不参加了。"

冰岩这下子可不依了,可怜巴巴地说:"您不参加不好吧,这是酒店第一次搞年夜饭沙龙,少了您,那哪儿能行呢。看不惯任俊杰,可以不看他,少看他嘛。"

郭晓岚白了她一眼说:"没法不看他少看他,你倒是说得轻巧,他肯定要蹭到我们那桌子上去,能少看不看吗?他老婆更是讨厌得很,一个晚上面对他们,我还能快乐得了吗?"

孔玉爱一行人坐在火车上,说着话,看着窗外的景致。

白文侠心绪复杂地说:"想家,但还没有回到家里,就又想北京了。"

孔玉爱也感慨地说:"是啊,北京已经有了我们的事业,有了我们的朋友,能不想不牵挂吗?我每天晚上回到家,除了想家里的老人和孩子,还会想刚刚离开,第二天就又会见面的两个老师,我和他们已经难分难舍了。"

白文侠认同地说:"我也特别放不下明明,放不下那个美容美发店。每天在店里上班,和好多人见面,说说笑笑,乐乐呵呵,时间过得特别快,一眨眼就是一天。"

杨桂淑则是另一番心情,她慈爱地说:"我特别想我的麦霞,几乎每天晚上都梦见麦霞。"

白文侠马上说:"我也是,我昨天还梦见我们立业了,梦里成家山下雪了。"

在她们说着家里孩子的时候,坐在旁边的赵玉华默默地落泪了。孔玉爱连忙安慰她:"玉华,不要伤心,你的孩子肯定好好的,在等着你回去呢。"

大年三十的晚上,五洲大酒店里一片喜庆。前来参加年夜饭沙龙的人陆续到达,人人都是一脸的喜色。冰岩、王德和乔芙蓉以及酒店里的服务人员,热情地迎接着大家的到来。

刘老师和钟老师牵着彩虹,与刘幼诚一起来了,冰岩热情地迎上前,一边在钟老师耳旁说着什么,一边把他们领到大厅坐下。

任俊杰和季月琴带着儿子大发来了,服务人员把他们领到他们的桌子旁坐下。

季月琴看到不远处的钟老师他们,与任俊杰咬耳朵商量后,来到钟老师跟前问候。钟老师请任俊杰他们过来一起坐,任俊杰愉快地接受了邀请。季月琴给彩虹送了个大红包,钟老师也笑着给大发送了个大红包。

季月琴问钟老师,郭晓岚怎么没有来,钟老师说她来了,只是肚子不舒服,去房间休息了。季月琴关心地说要去看望郭晓岚,钟老师笑着说,没什么事,不必了。

成跃山与大师傅们正在后厨忙着准备饭菜。

大厅里已经坐满了人,一片欢声笑语。

冰岩神采飞扬地登上舞台,朗声道:"尊敬的嘉宾们,大家除夕好!在这辞旧迎新之际,我们三百多个家庭和一百多个企事业单位的共计三千六百六十八人,将要陆续在这里度过我们的传统节日春节,一起回顾过去一年的成就,一起展望未来一年的辉煌前景，彼此鼓励，相互切磋，用一种新的方式过年，既热闹，又温馨，一定会留下难忘的历史记忆。现在坐在这里的各位，是第一批尊贵的嘉宾，我代表五洲大酒店，也代表华兴投资公司，对各位的到来表示热烈的欢迎和衷心的感谢！"

全场响起了热烈的掌声。

冰岩接着说："五洲大酒店之所以想到用这样的形式请大家走出家门过大年，是基于对改革开放的学习和理解。我们过去都是一家一户关起门来过年，现在时代不同了，我们想，春节是否也应该融入些时代的气息呢？于是我们决定尝试通过年夜饭沙龙这样的方式，把大家从家里请出来，一起在这里共度年尾岁首，这样不但同样可以过得热闹、喜庆、温馨，而且可以过得更有意义，可以从这里开阔眼界，获得智慧，汲取力量，吸纳人气，等等。一句话，它会给我们传统的春节文化增添新的光彩。我们会不断总结经验，把这样的年夜饭沙龙持续地办下去，使它一年更比一年好。酒店为大家准备了丰盛精美的食品和菜肴，请大家边吃、边喝、边聊，我们还为大家准备了精彩的文艺节目，当然现场的朋友有愿意出节目的，可以随时报上来，我们将视情况予以安排。现在我提议：为了在座的各位长辈的幸福长寿，为了各位同辈的事业兴旺，为了各位小字辈的健康成长，为了我们国家的繁荣昌盛，干杯！"

大家纷纷起身响应，欢呼干杯。

此时此刻的成家山村，也披上了节日的盛装。各家的门上都挂着灯笼，贴着春联，大人和孩子们都在门前燃放着鞭炮，迎接新一年的到来。

孔玉爱、杨桂淑、白文侠、王虎驯和各自的家人们在门前燃放完鞭炮以后，聚在了孔玉爱的家里。家里大炕上的饭桌上放着他们从北京带回来的各种肉食糕点。

孔玉爱他们请六位老人上炕坐下，他们几人在炕下整齐站好后，孔玉爱代表晚辈们发言表态："跃山和富山因为工作离不开，春节没有回来，我们四个代表他们俩，向长辈们拜年。这一年来，你们非常辛苦地操持着家里，照管着孩子，才使我们能够安心地在外边打拼，我们心里都非常感激，虽说好多年来已经不兴磕头了，可我们要是不磕个头，心里实在过不去，所以，我们要给长辈们磕头，孩子们，来，一起给爷爷奶奶们磕头。"

杏花的爷爷见杏花胳膊上绑着夹板，也要磕头，赶紧从炕上跳下来说："杏花不要磕了。"

杏花说："爷爷，我能磕。"她坚持磕了头。

杏花的爷爷对杏花说："我都受不起你娘的头，我没有把杏花看管好啊。"

孔玉爱眼圈一红，说："爸别这样说，这不能怪爸。我看杏花通过这件事，倒是变得更加坚强更加懂事了。"

杨桂淑下饺子，白文侠把煮好的饺子端到饭桌上。

孔玉爱要给杏花喂饺子吃，杏花不让，她说自己可以用左手吃饭，孔玉爱看着女儿用左手吃力地夹着饺子，很是感动。

北京五洲大酒店的大厅里，服务员也把香喷喷的饺子送到了各个餐桌上，大家吃得很香。可不多一会儿，就有人感到肚子不适，跑到厕所去了，厕所外边很快排起了长队。

钟老师和刘老师看到，异常惊疑。

这时有人喊道："饺子里有毒！"

十七

冰岩正在台上主持，听到"饺子里有毒"的喊声，一下子吓蒙了。她见成跃山从后厨跑来，这才如梦初醒一般，冲成跃山喊："快打120！"

任俊杰拉了一把季月琴，离开了座位，蹲到了地上。季月琴问他是否难受，真是有人投了毒吗？任俊杰小声对季月琴说："我没事，我们要利用这个事。你快蹲下，一会儿跟难受的人一起去医院。"

季月琴蹲下后，喊叫自己难受。

几辆120急救车开来，拉了中毒的人往医院里送，医生护士忙碌着安排接治。任俊杰、季月琴和儿子大发被安排在一个病房里。

任俊杰、季月琴见他们的儿子没有事，放下心来。

任俊杰在季月琴耳边说："你出去，想办法告诉来医院的人，在没有查清事件，没有个明确的交代以前，都不要急着出院。"

季月琴出去以后，任俊杰立刻躲到卫生间里给牛秘书打了电话。

任俊杰告知牛秘书五洲大酒店刚刚发生的中毒事件，要牛秘书利用这个事件，整治一下冰岩和郭晓岚。他告诉牛秘书，年夜饭开始以后，没有看到郭晓岚，不知她躲到什么地方去了，事件发生后她却突然出现在现场，这里有重大疑点。

牛秘书说他知道了，叫任俊杰好好在医院里休息。

很快，一辆警车开到五洲大酒店门前，几名警察冲进了酒店，来到大厅现场。其中一个黑脸大个子警察冲郭晓岚、冰岩等人问："是谁投的毒？查清了没有？"

冰岩说："我们正在调查，目前还不知是谁投了毒。"

黑脸大个子警察又问："谁是这里的负责人？"

冰岩说她是。成跃山挺身而出说："具体负责是我，晚上的饭菜是我一手经管的，有什么问题，我负责。"

黑脸大个子警察又问："谁是郭晓岚？"

郭晓岚站了出来。

黑脸大个子警察宣布查封五洲大酒店，随即带走了郭晓岚和成跃山。

成跃山被带到一个房间里，令他交代反省。他极其不安，从建议搞年夜饭沙龙，到筹划到实施，一直都很顺利，他不知道怎么会发生这样的事，这不仅完全打破了他的美好愿望，而且惹下了难以想象的大祸。那么多送到医院里去的人，会不会有生命危险？他想一个人把责任担起来，可怎么把郭晓岚也带来了呢？她现在怎么样了？成跃山万分焦急，像一头被锁在笼子里的老虎，在小小的房间里焦虑徘徊，满头满身的大汗。

刘老师、钟老师、刘幼诚和彩虹经医院里的医生检查，没有什么大问题，回到了家里。刘幼诚要父母和彩虹躺下休息，他要马上到医院里去。

刘老师拉住他说："我问过医生，医生说还没有发现有生命危险的。幼诚你先去安抚一下住院的人然后就去酒店，要大力协助公安破案。"

钟老师也叮嘱说："要是有人蓄意投毒制造惨案，罪该当剐！在春节这样的时间，制造这样的案件，是不能容忍的！

就算和华兴有天大的仇，也不能拿那么多人的生命和健康做赌注。幼诚你到医院安抚中毒的顾客时，告诉他们，不管是什么情况，我们都会对受害人负责到底。"

刘幼诚答应父母，匆匆离开了家。他刚出家门，就接到了冰岩的电话，冰岩在电话里说郭晓岚和成跃山被公安带走了。听到这个消息，刘幼诚十分吃惊，想回去告诉父母，又怕惊吓到父母，况且父母知道了也没有什么办法。所以，他决定先到派出所，询问情况。

派出所的人告诉刘幼诚说，郭晓岚和成跃山是被分局的人带去询问情况的，明所长已经带着人去五洲大酒店协助查案了。

刘幼诚听后非常着急，他特别担心郭晓岚，郭晓岚的性子烈，受不得委屈。怎么办？想来想去，他想到了任俊杰，心想任俊杰关系多，或许有办法帮个忙，先让郭晓岚出来。于是，他马上去医院找任俊杰。

任俊杰见刘幼诚来到他的病房，就知道是什么事了。他主动跟刘幼诚打招呼，说不必来他这里慰问了，咱们是啥关系，只要稍好一点，他们就回家了，不会给华兴增加负担。

刘幼诚说发生这样的事，让他们跟着受罪，实在对不起。一定要好好在医院里治疗，治疗好了，完全恢复了，再回去。

任俊杰对刘幼诚的慰问表示感谢，说他刚才还和老婆说，大家本是怀着支持华兴的心愿去参加年夜饭沙龙的，谁也没有想到会发生这样的事，怨恨只能怨恨投毒的犯罪分子，跟刘董事长一家无关。他问刘幼诚查案的进展如何？

刘幼诚说他还不知道，肯定不会那么快破案。任俊杰安慰他不必过分忧虑，相信会查个水落石出。刘幼诚说："我来这里，除了慰问安抚任总及家人，其实还有一事相求。"

任俊杰问他有什么事，请他快说。

刘幼诚把郭晓岚被带走的事跟任俊杰说了。

任俊杰故作震惊地说："啊！有这样的事？他们为什么要带走郭总呢？"

刘幼诚说他不清楚，被带走的除了郭晓岚，还有酒店餐饮部副经理成跃山，他知道酒店发生这样大的案子，他们难辞其咎，可也不至于把郭晓岚带到局子里去吧？

任俊杰附和说："是啊，怎么能把郭总抓起来呢，真是岂有此理！"

刘幼诚这时说："所以我想求任总帮帮忙，您认识的人多，看能不能找人通融通融，把郭晓岚先放出来，她性子烈，受不了委屈，我怕她在里边会出事。"

任俊杰摸摸下巴，故作思索道："这是公安上的事，我公安上没有认识的人。况且现在执法部门都是依法办事，行政上的领导一般是不过问的。"

刘幼诚眼巴巴地求他说："还请任总看在我们两家多年交情的面子上，伸手帮助一下吧。"

任俊杰立刻来了精神，拍着胸脯说："刘董事长这样说，我任俊杰要是坐视不管，那还是人吗？这样，要说熟，我和牛秘书比较熟，就托牛秘书想想办法。"他说着就给牛秘书拨通了电话。

即使是隔空对话，他也面带微笑，用恭敬的语气对牛秘书说："我是任俊杰，大过年的打扰牛秘书了，很不好意思。"

牛秘书问他有什么事。

任俊杰把五洲大酒店的案子说了一遍，接着就故作焦急地说："郭总被公安上的人带走了，现在刘董事长来找我，想通过牛秘书跟领导说说，通融通融，早些把郭总放回家。"

牛秘书听完，打官腔说："这事不行，执法部门依法查办案件，我怎么能揽这样的事呢？领导也不会过问这样的事的。"

任俊杰央求说："牛秘书，求您了，这事您一定得想想办法，帮帮忙。刘董事长说，郭总性子烈，怕她受不了委屈，会出事的。"

牛秘书听后，窃笑一下说："是吗？照你说，我必须得帮这个忙了？"

"牛秘书一定得帮这个忙。"

"大过年的，就叫我空着手去说吗？"

"牛秘书先办事，刘董事长的安排随后就到。"

任俊杰放下电话对刘幼诚说："牛秘书答应了，他答应了的事，肯定没有问题，郭总很快就会回家了。"接着压低声音说，"大过年的，得打点打点。"

华兴投资公司是从来不送礼不行贿的，这让刘幼诚感到很为难。

任俊杰语重心长地开导他说："不是叫你行贿，是赶上过年，意思一下。"他见刘幼诚还在犹豫，就说，"花费我来出，你叫个华兴投资公司的人来找我，我来指挥操办就行了，不要刘董事长具体管办。"

刘幼诚无奈地答应了。

从任俊杰的病房里出来，刘幼诚想，这钱绝不能让任俊杰出，他给公司的人打了个电话，叫带些钱到医院里来找任俊杰。安排完这事后，他赶快去看送到医院里来的其他人都是什么情况。

黑脸大个子警察坐在郭晓岚对面，斥责她老实交代问题，郭晓岚一听他这口气，就气坏了。她有点生气地说公司的酒店出了投毒案,她有领导责任,管理工作没有做好,但案子还没有破,要她交代什么?黑脸大个子警察说,他这样说就有这样说的理由,让郭晓岚端正态度,老实交代。郭晓岚追问他这样说的理由是什么?对方则一言不发。

僵持了一段时间后,黑脸大个子警察说了一番话,郭晓岚听出他话里的意思,是有人举报了她。郭晓岚说,别人举报她,应该拿出证据来,难道她会投毒或指示人投毒,自己给自己制造麻烦?大个子警察不回她的问话,就要她老实交代。

到最后,大个子警察干脆走了,不理她了。

钟老师给冰岩打电话,询问案子的侦破情况。

冰岩说:"明所长等人正在了解案情。"

钟老师嘱咐说:"你们要好好配合公安局,一定要把这个案子查清了,一定要把犯罪分子找出来,绳之以法。"

冰岩说她知道,她正在配合明所长查找线索。冰岩又对钟老师说:"郭总和成跃山被公安的人带走了,我给刘董事长打电话说了,您知道了吧?"

钟老师说她不知道,刘幼诚没有告诉她。钟老师放下冰岩的电话,就打电话问刘幼诚。

刘幼诚告诉母亲,他找了任俊杰,任俊杰通过牛秘书找了领导,说是郭晓岚很快会放出来的。

刘老师听说郭晓岚被公安带走了,很是不安。他有些焦虑地对钟老师说:"酒店发生这样大的事,华兴投资公司肯定负有领导责任,但不至于要把晓岚带走吧?她的性子烈,要说话说不好,冲撞了公安局的人,会造成不好影响的。"

钟老师耐心开导他说:"酒店发生了中毒案,公安局叫她过去询问,她怎么会冲撞人家?幼诚已经找任俊杰帮忙疏通,说是很快会放晓岚回来的。"

可他们一连等了三天，也没有等到郭晓岚回来。

刘幼诚又去找了任俊杰，任俊杰听说郭晓岚还没有回家，假装吃惊，说："怎么搞的，牛秘书说了，领导已经放了话，难道是哪个关节没有打通吗？我马上就给牛秘书打电话。"他说着就拨通了牛秘书的电话。

电话那边，牛秘书也假装吃惊地说："啊！真的吗？我要亲自去查查，你等我电话。"

任俊杰跟刘幼诚说："牛秘书亲自去查了，您就在这里等消息吧。"

孔玉爱他们从老家回来了，一出火车站，就看到图师傅在站外等着接他们，大家亲热地打着招呼。孔玉爱笑着对图师傅说："是不是为了接我们提前回来的？您应该在家多待两天才是嘛。"

图师傅乐呵呵地说："老婆跟来了，多待少待都一样。"

白文侠等人听说图师母跟来了，都替图师傅高兴。

图师傅诚恳地说："要不是孔玉爱几次写信劝她，她是不会离开草原跟我来北京的，谢谢你，孔玉爱。"

孔玉爱微笑着说："那是我应该做的，祝贺师傅师母在北京团圆。我们抽空儿要去拜访师母。"

图师傅已经知道了五洲大酒店发生的中毒案，他不想在这个时候告诉他们，就问他们回老家过年过得好吧。孔玉爱他们都说，回老家过年很好，老家的一切也都很好，还说他们给图师傅带了陕西的小吃面皮，等等。几个人说着，就各自拿出一份来放到了图师傅跟前。

看着他们的笑容，图师傅纠结了一会儿，觉得不能不向他们说实话了,便把自己了解到的五洲大酒店中毒案的情况告诉了他们。

孔玉爱他们听后,非常震惊。

白文侠非常肯定地说:"年夜饭沙龙是大哥提建议搞的,一定是有人想害大哥投了毒,公安不找投毒的坏蛋,为什么把郭总和大哥抓进去?大嫂放心,郭总和大哥绝不会有事的。"

孔玉爱则想得更深远些,她低头琢磨着说:"只要送到医院去的中毒的人,确定没有生命危险,就没有大事。郭总和你大哥自然是要负领导责任的。这个案子发得可真毒啊!"沉默片刻后她又对图师傅说,"您先送我去钟老师家里吧,老师们肯定知道得更具体。"

送了孔玉爱以后,杨桂淑要求送她去派出所,她要找成富山问个明白。白文侠说,她和王虎驯也跟二嫂去派出所。图师傅便把他们送到了派出所。

钟老师和刘老师正抑郁惆怅地坐在客厅里,这时听到了几下轻轻的敲门声,随即听到了开门的声响,他们知道一定是孔玉爱回来了。

孔玉爱轻手轻脚地来到客厅,看见钟老师和刘老师变了个人似的,显得很苍老,心里十分难过。她想她一定要想办法给两个老师减压,千万不能再给他们增加压力。她于是赶紧轻步走到他们跟前说:"老师,我下了火车就听图师傅说了,这些天让老师们受惊受苦了。请老师们放心,制造投毒案的犯罪分子,会很快找到的。"

钟老师和刘老师听了孔玉爱这话,暗叹一声,有些无奈地看看孔玉爱。

孔玉爱接着说:"我想制造这起投毒案的,极有可能是酒店里的人,目标是针对成跃山的。"

钟老师说:"玉爱你说,他会是谁呢?"

孔玉爱明显是深思熟虑过的,她缓缓地说道:"我怀疑是王德。这起投毒案,让我想起了去年八月份的事,当时酒店丢了一万块钱,王德说因朋友托他租房,那天不在酒店,只有成跃山负责。丢钱服务员之间相互搜身,成跃山没有阻止住,后来更离奇的是钱居然从成跃山放在更衣室里的衣服里搜了出来,许多人就认为是成跃山偷的,弄得他很气愤,要求单位查清楚,还他清白。成跃山还找了派出所的明所长,可明所长说,现场已经破坏,这样的案子是很难查出结果的。后来是冰总在大会上为成跃山说了话,认为不可能是他,决定继续信任他。当时,我就反复想过这件事,这事对我们太大了,如果不是冰总信任,成跃山一旦背上盗贼的罪名,这辈子就难翻身了。我无数次地想,到底是谁给成跃山栽的这个赃呢?我想来想去,觉得王德的可能性最大。成跃山到酒店时间不长,就被冰总提拔当上了副经理,又多次在大会上受表扬,我想王德也许是怕成跃山挤了他经理的位子,想要把他撵走。这次成跃山又提出了年夜饭沙龙的建议,他一定是怕年夜饭沙龙搞火了,成跃山对他的威胁就更大了,所以一计不成,又生一计,搞了投毒案。"

钟老师说:"丢钱的事,玉爱你怎么没有跟我说呢?"

孔玉爱解释说:"因为我和成跃山的看法有分歧,成跃山说王德是他的大恩人,绝不会做那样的事,他还多次跟我说,千万不要跟老师们说,他怕影响王德,有违自己的良心。"

钟老师叹息道:"成跃山还是太善良了。这回要是查实是王德,他也该清醒了。"钟老师见刘老师一直没有说话,就转头问他有什么看法。

刘老师说:"玉爱说得有道理,但必须有证据的。"

钟老师催促说:"证据叫查案的人去找,咱们得快些把嫌疑人告知查案的人。"

孔玉爱面色凝重地说:"我一会儿就去找查案的人,告诉他们。在我离开以前,老师们必须先放松放松。我瞧你们就这几天时间,人都瘦了一圈,脸色也不好看了。一定是没有睡好觉、吃好饭。我从老家带来些陕西小吃,老师们先吃点,然后好好睡一觉。老师们放心,这事打不倒我和成跃山,更不能把晓岚姐怎么样,因为我们都是无辜的。"

钟老师和刘老师因孔玉爱的归来,明显地变得轻松了,他们在餐桌旁坐了下来。钟老师微笑着说:"玉爱一回来,我们的心就轻松了许多。"

钟老师吃了几口陕西小吃,忽然想到她应该把对王德的怀疑告诉冰岩,所以她马上给冰岩打了电话。

冰岩接完钟老师的电话,印证了她心中对王德和崔小蕊的怀疑。她放下电话就去找崔小蕊,看到崔小蕊正站在凳子上神不守舍地擦着楼道里的窗户玻璃,就大叫了一声:"崔小蕊!"

崔小蕊顿时惊吓得从凳子上栽了下来。

冰岩一把从地上拎起崔小蕊,揪着她进了自己的办公室,然后一把把她扔到地上,喝令道:"说!你要敢说一句谎,我立刻掐死你!"

十八

崔小蕊被冰岩吓得跪在地上大叫饶命,交代说:"是王德拿来的耗子药,叫我放到饺子馅里的!我不敢,我说出了人命,要坐牢的。王德说,放的量少出不了人命,也查不出来,不能让那个农村汉把他挤走了。王德还说,我要不干,他就跟我断绝关系,所以……我是一时糊涂啊冰总。"

冰岩恶狠狠地问她:"餐厅里的丢钱事件,也是你们干的,对不对?"

崔小蕊点头承认了。

明所长正在派出所里主持会议,成富山接了个电话后走进会议室,悄悄告诉明所长五洲大酒店里发生的中毒案,化验结果出来了,投的毒是耗子药。

孔玉爱这时来到了派出所,她向明所长等人说起她对王德、崔小蕊的怀疑,还没有说完,冰岩就打来电话告诉明所长,崔小蕊已经招认了,投毒案和餐厅收银台丢款案都是她和王德所为。

刘幼诚终于等来任俊杰的电话,说牛秘书已经亲自把问题解决了,让刘幼诚现在就去接郭晓岚。

刘幼诚从看守所里接出了郭晓岚,几天时间她已经憔悴不堪。路上,刘幼诚接到电话,王德和崔小蕊被公安机关抓了。刘幼诚把郭晓岚接回钟老师家里,钟老师抱住郭晓岚,俩人失声痛哭。站在一旁的孔玉爱也流下了眼泪。

郭晓岚愤怒地说:"我一定要出这口气,一定要告他们,一定要叫公理给我一个说法!"

钟老师一手给郭晓岚抚背,一手给她擦眼泪,劝她说:"你就不要再动气伤心了,快坐下来休息休息,恢复一下身体吧。"

刘老师也劝道:"案子破了,你回来了,就是万幸,就不要再想自己受过的委屈了。"

刘幼诚想说什么，却没有说出口，只是长长地叹了口气。

孔玉爱把沏好的茶放到郭晓岚跟前的茶几上，叫着姐姐，抱着劝她，把她扶到沙发上坐了下来。

郭晓岚还是难以平静下来，她喃喃地说："不行！他们凭什么关我好几天？我要去告他们！"她说着，就要跑出去，被孔玉爱和钟老师抱住了。

刘老师劝郭晓岚说："根本的原因是我们的酒店里出了投毒案，如果不出投毒案，就不会有这档子事。不要尽想自己受了什么委屈，要想想是我们的工作没有做好啊。"

钟老师接着说："你爸说得对，是我们酒店不该出这样的事，就不要抱怨公安的人了。家里人听说你被带走了，都是特别着急啊。幼诚还找了任俊杰，任俊杰通过牛秘书，找了上边的领导……"

郭晓岚听到这里，气愤地责问刘幼诚："我何罪之有，你竟然还找任俊杰走关系？你真是糊涂啊！你这是给华兴人的脸上抹黑啊！"

钟老师打圆场说："幼诚是看情况紧急才找的任俊杰，他是怕你受委屈，是为了你好，你不要再说了。"

刘老师也说："现在想来，幼诚是不该找任俊杰走关系，可找就找了吧，晓岚你就不要抱怨了。"

刘幼诚一直沉默着。

刘老师见郭晓岚想要说法的意志很坚定，就说："晓岚，这事你想要个说法，爸能理解。这样吧，把这事交给爸，让爸来办。你的情绪过于激动，由你去找不但达不到目的，还会激化矛盾，对你的身心恢复也是不利的。你说呢？"

钟老师和孔玉爱觉得刘老师的意见很对，都劝郭晓岚依了刘老师的意见。

最后，郭晓岚恨恨地说："好吧，我听爸的话，但爸一定要办，一定要问回个说法来。不然，我还会去找，我一定要找讲理的地方，给我个合理的说法。"

刘老师承诺说："行，你放心，爸一定会把这个事情办好的。"

钟老师见郭晓岚接受了刘老师的意见，长长地出了口气说："好了，好了，晓岚你快休息休息吧。"

刘老师提醒说："现在还不是我们休息的时候，案子是破了，可给华兴造成的不良影响和损失还在那里放着呢，我们需要抓紧时间做工作，首先要把中毒受害者的问题解决好，不管是治疗还是赔偿，我们都要让受害者满意。"

郭晓岚看看刘幼诚，站起来说："这事我去办。我叫上冰岩现在就去医院。"她临走前又对刘老师说："爸揽下的事爸记着做，我是要跟您要结果的。"说完，就气冲冲地出门去了。

任俊杰在病房里，自鸣得意地对季月琴说："我抓住五洲大酒店的投毒案所做的文章，已经有了三个成果：一是整治了郭晓岚，二是叫华兴的人也有了送礼行贿的记录，三是让刘幼诚欠了我一个人情。"

季月琴问："你接下来要做什么？"

"既然案子破了，我就先回厂里办点事，如果华兴的人来医院，记着告诉他们，我们在医院里的花费我们自己出，不给华兴增加负担。"他看到季月琴一脸不解的表情，就低声说，"叫你说话，又不是叫你掏钱。"

季月琴恍然大悟，连说她明白了。

郭晓岚带着冰岩和成跃山来到医院，他们先到院长办公室，了解情况。

院长告诉他们接治的当天，就对入院的所有人进行了全面的检查，随之进行了对症治疗，因为中毒的程度都不深，所以没有危重病人，经过这几天的进一步治疗和补充营养，可以负责任地说，都没有问题了，可以出院了。有些人还不肯出院，说是怕出院后反复，实际是想要些赔偿。

郭晓岚很干脆地说："我们就是来赔偿的，去酒店过年的人，都是抱着支持我们的良好愿望去的，我们不能亏待了支持我们的人。"

随即在院长的陪同下，郭晓岚一行逐一看望慰问因中毒住院的客人，提出了高额的赔偿承诺，并真诚地向受害者道歉。

郭晓岚他们最后来到了任俊杰的病房，季月琴按照任俊杰的嘱咐，说他们的费用不需要郭晓岚负责。郭晓岚坚持说："你们也是这次案件的受害者，我必须一视同仁。"

郭晓岚告辞离开后，季月琴在心里说："这个冷面的女人，这几天的教训还没有把她的威风打下去，还是那样又傲又硬。"

任俊杰觉得他转行房地产的时机到了。他回到新潮服装公司，通过心腹在下边策动，由全公司职工签名，搞了一份集体请求公司转行房地产的请求书。他想有了这份请求书，他就可以视机而为了。

郭晓岚从医院回到家里，向钟老师和刘老师汇报了她的处理结果。她略带沉重地说："虽然我们多花了些钱，但多少为华兴挽回了些名誉上的损失。"

刘老师和钟老师称赞郭晓岚做得好。郭晓岚接着说："我已交代冰岩对酒店进行整顿，待整顿好了，就可以择机重新开业。"

这天晚上，孔玉爱很晚才回到家里。她看到赵玉华带着她的爱人柴永来了，都在等着自己回来。

孔玉爱热烈欢迎柴永的到来，她告诉柴永，这个大家庭里，就成跃山和成富山还没有回来，因为酒店的投毒案，他们俩还在忙，今天晚上肯定回不来了。待过了这几天，大家伙能聚齐时，再举办欢迎柴永的家庭宴会。

柴永是个很朴实的人，说不了几句话，只是反复说感谢感谢。

五洲大酒店里，冰岩在连夜主持召开全店人员的会议，部署店里的整顿工作。她首先宣布了成跃山任餐饮部经理的决定，接着讲了一番关于进行整顿的话。之后她说："投毒案出在餐饮部，餐饮部是整顿的重点，下面就请成跃山说说餐饮部该如何整顿。"

成跃山上到讲台上，还没有张口，眼泪就下来了。大家有些惊讶。成跃山哽咽着说："我对不起大家，对不起冰总，对不起华兴的主人啊！"他哽咽着，擦着眼泪。

会场上的人有些纳闷，心想他这是要干什么呢。

成跃山控制住自己的情绪，沉痛地说："五洲大酒店本来好好的，之所以会出问题，会发生投毒案，是因为我啊！我要不来这里，我要不当副经理，不会是这样啊！"

他的话让大家颇感意外。

成跃山接着说："王德是我的恩人，是他给了我来北京后的第一碗饭，我本该很好地关心他，使他好好的。可我没有，我只顾唯唯诺诺听他的话，干自己的活儿。如果我用心地关心他，我会发现他的变化和异常，一直到他作案，我都没有发现什么。是我这个总说要报他恩的人,把他送进了监牢啊!还搭上了一个崔小蕊,还搭上了华兴多少年来的好声誉啊!"

大家听到这里,既感叹他的善良又对他的思维方式感到惊奇。

成跃山接着又说:"如果我的工作做得好,也许案件不会发生,冰总指定我负责饭菜的质量和安全,我要是盯安全盯得牢,崔小蕊就没有往馅里放药的机会。就是我这样一个人,冰总和华兴投资公司不但没有处分我、惩罚我,还提拔重用我当餐饮部的经理,我真觉得对不起大家。我想,过去的已经过去了,现在我只有一个选择,就是听从冰总和华兴投资公司的安排,硬着头皮,鼓足全身的力气,挑起餐饮部这个担子。我知道我各方面都差得很远很远,我要向餐饮部的每一个人学习,请教。我要向全酒店的每一个人学习,请教。冰总要我说说餐饮部怎么整顿,我还说不上来,我要先从整顿我自己做起。餐饮部怎么整顿,我再和大家商量。"

全场响起了热烈的掌声。

接下来的几天,成跃山就从检查整顿自己做起,带动了餐饮部的所有人,使整顿收到了良好的效果。

在酒店整顿的这几天里,刘老师去找了好几次有关单位和有关的人,想要讨个说法,好完成郭晓岚交给他的任务。但始终未能讨回个说法来。他找的人,不是说不知道此事,就是说些让他不高兴的话。

刘老师最后一次去找完人,回到家里,生气地对钟老师说:"这事不能再找了,再找只能招来气生,不会有别的结果。自己的酒店里出了中毒案,我们有错在先,公安局找酒店上头的负责人询问情况,是应该的嘛,对方态度不好,话说得不合适,在所难免。况且,晓岚也不是善茬,双方言语间难免有不愉快。。"

钟老师觉得刘老师说得有道理。可她转念一想，又提醒道："这样子，晓岚那里肯定过不去。"

刘老师对此有准备，说："我想了，干脆跟晓岚编个假话吧。"

钟老师同意了刘老师的意见。

这天，郭晓岚又来敦促她爸了。

刘老师便对郭晓岚说："正要找你，你来得正好。昨天有个领导接待了我，领导说他们已经对当事人进行了严厉的批评，责令他写了检讨。那领导还对你所受的粗暴待遇，表示很对不起，说他们以后一定加强对办案人员的教育，避免类似事情的再次发生。"

郭晓岚听后不大相信，追问那个领导叫什么，是什么职务，她要去见见他。

刘老师只得说："那个领导叫什么我没有问，是什么职务我更不好问了，看样子是个很负责任的人。他是在接待室里接待的我，对我很客气，很平易近人的。"

郭晓岚狐疑地说："我不大相信，爸在骗我吧？"

刘老师和钟老师反复地跟郭晓岚解释，劝她，慢慢才把郭晓岚劝住了。

五洲大酒店的整顿结束了。

成跃山向冰岩汇报说："我认为餐饮部的整顿达到了预期的目的，正月十五可以重新开业。"他还向冰岩建议，把发生投毒案的真相向顾客公开，连同整顿的情况印成小册子，发给来就餐的顾客，这样能够取信于顾客，重新得到顾客的谅解和支持。

冰岩认同成跃山的意见，在向郭晓岚汇报商议后，定了正月十五重新开业。

这天晚上，孔玉爱他们在家里举行了欢迎赵玉华爱人柴永的聚会，成跃山和成富山都回来了。桌子上摆满了菜肴，八个人围着餐桌坐了下来。

成跃山站起来说："我们欢迎柴永兄弟的聚会办得晚了几天，实在怠慢，是我和富山工作太忙，抽不出身来，今天终于人齐了，是个好日子，我们一起欢迎柴永兄弟的到来。柴永兄弟的到来，是我们这个大家庭里的大喜事，今天晚上一定要好好地庆贺热闹一下。"成跃山说完，端起酒杯敬柴永第一杯酒。

柴永站起来说："大哥，我嘴笨，说不出心里想说的话。感谢大哥，感谢大家！是赵玉华到北京遇上了好人，让我也沾光了。太感谢大家了！"他说完，跟大家碰了杯，一饮而尽。

成跃山喝完酒对柴永说："柴永兄弟的工作，我已经跟店里的冰总说好了，去后厨干我原先干的活儿。酒店定了正月十五重新开业，你明天就可以跟我去上班，先熟悉熟悉酒店里的环境。"

柴永和赵玉华连声表示感谢。

接着是孔玉爱敬酒，她先说了赵玉华工作有多么努力，跟他们相处得有多么融洽，赵玉华曾经怎样地夸过柴永，等等。宴席上，杨桂淑带来一个好消息，赵玉华可以去服装公司工作了，以后就不用在建筑工地上辛苦了。

五洲大酒店门前彩灯高悬，装饰得比春节时还要热闹。成跃山带领服务人员在门前列队欢迎顾客，他们把手中的小册子发给顾客和过往行人，册子里印着中毒案件的详情和酒店整顿的情况。

冰岩在乔芙蓉的陪同下,在店里巡查。她看到餐厅里已坐了不少顾客,心里很高兴。冰岩从餐厅里出来,到后厨视察,见后厨非常干净,新来的柴永正满头大汗地干着活儿,冰岩心想这个柴永倒是跟成跃山一样吃苦耐劳。

十九

夜已经很深了,冰岩还没有入睡。

她躺在床上看着天花板,任由自己的思绪漫游。呈现在她眼前的都是有关成跃山的画面:成跃山在后厨汗流浃背地干活儿,是他改变了后厨的面貌;成跃山听到就餐顾客的议论,提出向顾客开放后厨的建议,被王德窃为己有,他一点都不在乎,只知道干自己的活儿,他的建议实行后,营业额提高了三成还多;王德和崔小蕊制造收银台失窃事件并嫁祸在成跃山头上,成跃山一身正气地向她据理陈述,期望得到她的理解,愿意背负着黑锅留下来继续工作;为了搞好春节年夜饭沙龙,成跃山好多天没有离开酒店,困了就在单位打个盹;出了中毒案后,成跃山主动承担责任,替她去受罪;在餐饮部整顿中,成跃山从检查整顿自己做起,带动了大家,收到了非常好的效果,仅用五天时间就让酒店重新开业,开业的第一天上座率就达到了春节前的八成。

"成跃山呀成跃山,你还真是个讨人喜欢的男子汉呢。"

冰岩刚想到这里,就如同触电一般,猛地从床铺上坐了起来。

"我是不是爱上了成跃山呢?"冰岩问自己。她的回答是确定的——她是爱上成跃山了。

冰岩抑制不住内心的激动，跳下床来，在屋内徘徊，"我该怎么办？"冰岩问自己。

这时，她想起了她曾经跟郭晓岚说过的话。她说："以后我们只要遇到触电动心的人，就要勇敢地去追。"现在她遇到了触电动心的人，该怎么做？

她感到束手无策。成跃山对她特别尊重，这倒让她觉得为难，尤其重要的是，成跃山是有妇之夫。

不过，这些障碍，很快就被冰岩在脑海里拆除了，成跃山特别尊重她，说明成跃山很看得起她，很爱她。成跃山虽然是有妇之夫，可自己比他妻子的文化高、地位高、品位高。他的妻子没有了他，正好可以和刘幼诚在一起，这正好也是郭晓岚想要的结果。这事就算德行有亏，也是她出于真心在帮助郭晓岚。

钟老师家里已经完全恢复了从前那样高雅宜人的气氛，家里响着动听的琴声，刘老师在书房里听着琴声画画，孔玉爱在楼上听着琴声整理家务、打扫卫生。钟老师弹完了一曲，看看钟表，离开琴房，来到客厅。她叫孔玉爱说："玉爱，到你学习的时间了。"

孔玉爱答应着钟老师，赶紧干完手里的活，下楼去了她的房间。房间离客厅不远，里边有床铺桌椅等。书桌上放着许多书籍和资料，孔玉爱进屋后，就坐到书桌前开始学习，为防止看书看得过了时间，她把手表摘下来放到桌上，以便随时注意时间。

冰岩心神不宁地在办公室里徘徊，半晌后她下定决心，大步出了办公室,来到餐厅,又到了后厨。

成跃山正在后厨帮着大师傅们为午餐做准备,他见冰岩来了,赶快跑过去问她有什么事。

冰岩一摆手说:"没事儿。"

成跃山听她说没有事,就又回到大师傅跟前忙活去了。

冰岩假装视察了一会儿,又回了办公室。

时间过得很快,眨眼间就快到晚饭的时间。冰岩对自己一天都没有做成自己想要做的事,很不满意。她想起了常说的一句话"万事开头难",也就释然了。她对自己说:"这是开头啊,能不难,能不耗费时间吗?"她又想到自己这么多年都没有真正谈过恋爱,这不就更难吗?

冰岩想起了她的优势,她是成跃山的领导,她没有必要去找他,她应当叫他来。想到这里,她拿起桌子上的电话,拨通了后厨,对接电话的人说:"叫成跃山来我办公室。"

成跃山听说冰岩叫他,赶快洗了洗手跑来了。

他敲门进了冰岩的办公室就问:"冰总,有什么事?您请说。"

冰岩指指她对面的椅子,叫成跃山坐。

成跃山不习惯这套,挠挠头说:"我不坐,冰总,有什么事,请您吩咐吧。"

冰岩和蔼地说:"坐下吧,坐下来,我们好说话。"

成跃山略带拘谨还没有坐下。冰岩见状不悦地说:"叫你坐,没有听见吗?"

成跃山听出了冰岩的不悦,赶紧在椅子上坐下了。

冰岩本想拉近她和成跃山之间的距离,不料话一出口就像训他似的。为缓解气氛,成跃山坐下后,她开始表扬起成跃山这一年多来在工作上种种突出的表现。

成跃山心里想着餐厅里的事，有一句没一句地听着冰岩对他的表扬，中间他想，莫非冰总要批评他什么事，所以先肯定一下他的成绩？

这样想着，他就不由打断冰岩的话说："冰总，我做错了什么，您就直接批评我好了，我能正确对待。做得对的，是我应该做的。做得不对的，我知错就改。"

听了成跃山这话，冰岩顿时哭笑不得，她正要说什么，成跃山兜里的手机响了，他赶紧掏出手机挂断。

冰岩问："谁来的电话？为什么不接？"

"是我爱人来的电话，这正跟您谈正事呢，不能接。"

"她没准有什么急事，你赶快回过去。"

面对冰岩的催促，成跃山只得掏出手机，把电话拨了过去。

孔玉爱在电话里对他说："我跟家里的几个人商量，今天晚上要去图师傅家里看望他们，希望你能够一块儿去。酒店里如果有事忙，你晚点去也行。"

成跃山回孔玉爱说："我有事，去不了，不要等我，你们把我的问候带过去就是了。"他说完马上把电话挂断了。

冰岩问明是什么事以后，心想她和成跃山的谈话今天不好继续下去了，他们之间的事，以后再找时间谈。冰岩开口说："今天就谈到这里吧，以后再找时间谈，你做完了餐厅的工作就回去吧。"

成跃山回到家时，看到图师傅的车停在楼门前，知道是图师傅来接他们过去。他赶快上楼，看到家里的七个人和图师傅都在屋里等他，见他回来大家便一起出发去图师傅家。

图师母叫娜仁托雅，这时她已经在家门口等候着他们，然后热情地用奶茶等民族食品招待他们，席间，大家欢快地唱起了《祝酒歌》，开心畅谈到了深夜。

冰岩回到家，冥思苦想了半宿，终于想到了突破她和成跃山关系瓶颈的办法。第二天一早，精心打扮一番后她来到酒店，估计成跃山餐厅工作安排得差不多了，就打电话让成跃山到她办公室来。

成跃山进了冰岩的办公室，见冰总明艳光鲜站在桌前，他不敢仔细看，低下头，先问冰总有什么吩咐。

冰岩笑盈盈地说："你低下头干什么？把头抬起来，看着我。"

成跃山抬头看了一下。

冰岩见他唯唯诺诺的样子，薄嗔道："要你看着，你怎么就看一下呢？"她见成跃山一副大气不敢出的样子，放缓语气问，"跃山，你看我这身衣服怎么样，穿起来美不美呢？"

成跃山心里发紧，连忙说："美。"

"都没有抬头认真地看，就说美，是不是在糊弄人家呢？"冰岩背着手说。

"没，没有。"成跃山慌乱地说着，头低得更深了。

"跃山，把头抬起来，好好地看看，仔细地看看，到底美不美，美在哪里？"

成跃山实在搪塞不过去了，就抬起了头，可他哪里敢认真地看，仔细地看呢？他想，这一定是冰总在逗他，要批评他，先用这样的方式缓解他的压力。他想干脆还是直奔主题吧，他鼓起勇气盯着冰岩的眼睛说："冰总，您的衣服特别美。是我不好，对不起您，昨天您找我谈话，因为我没有思想准备，让您白白地浪费了时间，中间又被我们家的那个电话给搅了，没有进行下去。昨天晚上我认真想了，想到了自己的很多问题。现在餐厅那边还有工作没有做完,等工作做完了,我来向冰总好好地检讨行吗?"

听了成跃山的这一席话,冰岩实在不知该说什么好了。她想了想说:"跃山,你误会了,你不用向我检讨,你已经做得特别地好了,我很高兴,我特别看重你,我……我就想和你,和你好好说说话。"

成跃山注意看了一下冰岩,他见冰岩亲切地冲他笑,可他怎么也不会朝着冰岩所期望的方面去想。他说:"我知道冰总对我特别好,正因为这样,我才应当把工作做得好上加好,不能满足,不能骄傲,要严格、高标准地要求自己。"

冰岩见成跃山满脑子工作,很难进入她想要的氛围,无奈地说:"好吧好吧,你先去忙工作,过了午餐的时间,餐厅那边没有什么事了,你再过来,来的时候,带上点酒菜。"

成跃山答应着,回餐厅去了。

冰岩在成跃山走后想,这个成跃山怎么这样木呢?真是个从山沟里出来的木头疙瘩。可她转念又一想,这样的木头疙瘩一旦开了窍,归了她,就会一心一意地爱她。

忙完午餐成跃山叫大师傅给冰岩做了几个好菜,自己给冰岩送去。摆好酒菜正打算离开时,冰岩叫住了他:"你别走,你坐下。"

成跃山还在疑惑,冰岩说:"坐下,我要和你喝酒。"

成跃山听了不由一惊,惶恐地说:"我怎么能跟冰总喝酒呢?还是您自己喝吧,或者我去把乔秘书叫来?"

冰岩见他还是不开窍,薄怒道:"我就要和你喝酒,难道你不答应我吗?"随即做出一副生气的样子。

成跃山心想,可不能让冰总生气,赶紧上前给冰岩倒酒。冰岩把酒瓶从成跃山手里拿过去,不让他倒酒,而是要自己给他斟酒。成跃山口里连说使不得使不得，但他见冰岩执意如此，也不敢从冰岩手里夺酒，只能非常不安地看着。

　　冰岩倒好了酒，摁住成跃山的肩膀，叫他坐了下来。她随即深情地看着成跃山，很动情地柔声说："跃山，我们认识一年多了吧？这还是第一次这样坐在一起。不瞒你说，我见过很多男人，没有一个像你这样善良、诚实、聪明、能干，事事都想的是自己的不足，样样都要做到最好。你是我见过的男人中最好的、最完美的，我一想到你，就忍不住地激动，我很崇拜你啊跃山！"

　　成跃山听了冰岩的这番话，虽然被美女上司夸赞甚至"崇拜"的感觉不错，但还是没敢往那方面想。他想这可能是城市里的人和他们山里的人大不同的地方，城市里的人说话亲切动听，不像他们山里人说话总是硬邦邦的缺乏韵致。

　　他赶紧说："谢谢冰总对我的鼓励，其实您才是我最崇拜的人。"

　　"你崇拜我什么？"

　　成跃山一口气说了很多，聪明能干之类的。

　　冰岩顺着成跃山的话题聊着，看到他还是没有朝那方面想，就觉得光说话不行，应当多喝酒。只有让成跃山多喝些酒，才有达到目的的希望。于是她端起酒杯，要给成跃山敬酒。

　　成跃山慌忙站起来说："冰总敬我是反了，我要先敬您。"

　　冰岩微笑着说："好，你可以先敬我。你敬完我，我再敬你。"就这样，两人互敬，一杯又一杯，成跃山想不能扫了冰总的兴，只能陪着。

　　连喝十几杯后，成跃山想不能再这么喝下去了，要是喝醉了，就出大丑了，所以他毅然地站起来说："冰总，我不能再喝了，再喝我就醉了。对不起，我得走了。"他说着就离开了餐桌。

冰岩伸手要拉成跃山的手，但没有拉住，她便顺势假装滑倒，成跃山看到冰岩倒在地上，又害怕又着急，不知该怎么办。犹豫了片刻，他把冰岩从地上抱起来，放到沙发上，冰岩一把抱住成跃山不放，成跃山惊慌失措地推开她，跑出了办公室。

二十

冰岩没有做成自己想做的事，很是沮丧。不过她想，总算把开头难这一关闯过来了，成跃山应该明白她的意思了。

任俊杰正在办公室里看员工们请求转行房地产的签名信，听到敲门声，把签名信放回到抽屉里。

敲门进来的是王峰，他向任俊杰报告，服装销量下滑得很厉害，问任俊杰什么时候转行房地产。

任俊杰火冒三丈，生气地说："这是怎么了？非要灭了我振兴服装业的宏图大志吗？要都按照我定的目标团结一致搞服装，能是现在的局面吗？"他随即责问王峰，"你的营销工作是怎么搞的？"

王峰无奈地说："我们在营销工作上没少下功夫，可市场就是那样无情，关键是我们……"

任俊杰打断他的话："如果不是受转产舆论的影响，一心一意抓营销，能是现在这样的情况吗？"

王峰心里不服，想反驳，但没有把话说出来，站起来走了。

晚上回家后，孔玉爱、杨桂淑和白文侠都收到了老家孩子们写来的信。她们急不可待地拆信，几个脑袋凑在一起读信。孔玉爱看到信上说，成家山要通电话了，高兴地大声念了出来。

杨桂淑也兴奋地说："麦霞在信上也说了，说他们从学校回家的路上看到，山上已经开始装电线杆子了。"

白文侠着急地在信上找，终于找到了，说："立业这个笨蛋，不知道把好消息写在前边，写到最后了。"她随即念道："爸爸、妈妈，我还要告诉你们一个特大的喜讯，我们村就要通上电话了！再过一个月，咱们家就可以有电话了。有了电话，我每天晚上做完作业，就给你们打电话，向你们汇报我这一天的学习情况，你们也要给我汇报你们这一天的工作情况，好不好啊？"白文侠念完说，"这个兔崽子，还要我们给他汇报工作，还好不好啊？不好！也好！"

她的话惹得大家笑声一片。

孔玉爱说："人家立业说得对，我们和孩子是平等的，孩子跟我们汇报学习，我们也应该跟孩子汇报工作，这样才能建立起平等互信的关系。"

成富山笑眯眯地说："其实我们以前写信哪一回不说我们的工作呢？都说了。只不过没有说跟他们汇报工作罢了。"

孔玉爱点头道："是，以后就说汇报工作也挺好的。老家有了电话，我们每天都可以跟孩子和老人通话，相互汇报，实在是太好了，再不会觉得离得远了。"

王虎驯有些肉疼地说："要每天打电话，那得花多少钱呢？"

白文侠训斥王虎驯说:"就知道钱钱钱!有了电话,我每天都打,你要拿不出钱来,就滚蛋,就离婚!"

这下子又惹得大家哄堂大笑。

赵玉华羡慕地说:"看着你们村装电话我都高兴,可惜我们老家还没有通电话的消息呢。"

孔玉爱安慰她说:"别着急,肯定用不了多久,现在的发展可快了。我们春节回家时,还没有听说要通电话,这没多长时间,就要通电话了。"

成跃山黑着灯把自己关在办公室里,白天的事让他后怕,冰总怎么会对他那样的呢?黑暗中的他,睁着一双茫然的大眼睛。

办公室的门被敲响,成跃山吓了一跳。他马上想到一定是柴永来叫他一起回家的,他不想让柴永看见他现在的样子,于是默不出声。

柴永见无人应门,屋里也没有亮灯,就先行离开了。

赵玉华看到柴永独自回来了,就问:"大哥怎么没有回来?"

"不知大哥上哪里去了,我在酒店里没有找到他。"

"没有找到应该继续找,怎么能不管大哥,一个人回来呢?"

孔玉爱赶紧过来打圆场说:"没事,他可能有事到外边忙去了。时候不早了,你们快去睡吧。"

冰岩在酒店里找了一圈也没找到成跃山,回到办公室,看了看手表,已经是晚上十点多钟了。

成跃山听听外边已经很静了,慢慢站起来,蹑手蹑脚地出了办公室，轻轻锁上门，赶快往楼下走，生怕碰见人。就在他要出一楼大厅的时候，看到冰岩正在外边准备上车，吓得他赶快退了回来。

冰岩在车上仰头看看成跃山办公室的窗户，见那窗户黑着，启动车走了。

成跃山离开酒店，回到了筒子楼下。他看到自家窗户还亮着的灯，下意识地调整了一下自己的情绪后，才进了楼。

成跃山悄悄进了屋，孔玉爱打量他一下，小声说："柴永说他在酒店里没找到你，你是有事外出了吗？"

成跃山只嗯了声，没多说什么。就在他要躺下的时候，一眼看到了老家的来信，忍不住拿起信看了起来。

任俊杰来到华兴投资公司，刘幼诚亲自迎接，热情地将任俊杰请进了办公室，客气地说："酒店的事刚处理完，还没顾上登门致谢，倒让任总来看我了。"

任俊杰装作不在意的样子说："我们之间的交情，用不着客气，区区小事，不足挂齿。只是事情办得有点瑕疵，让郭总多受了几天委屈，这几天她怎么样？还好吧？"

刘幼诚敷衍说："还好，过去的事了，就不说了。"

任俊杰接着说："我今天来，除了问候一下刘董事长和郭总，还有个问题想跟您探讨，不知您对房地产这块怎么看？"

刘幼诚想了想说："房地产华兴投资公司还不曾涉足，任总有什么见解？"

任俊杰踌躇满志地说："根据我的预测，房地产将是未来投资回报最高的领域。因为中国正处于工业化和城市化时期，已有大批乡村人口进入到城市，以后还会逐年增多，未来十年二十年，城市人口将会大幅度增加，这些新增人口都需要有房子住，原来在城市里有房子的人，还要改善居住条件，也得有大量的房子。我预计房价将会成倍甚至十倍地上涨，尤其是北京，房价会是全国最高的。"

"任总的预测有道理。"

"刘董事长可有投资房地产的愿望？"

"有了合适的，会考虑。"

"愿不愿意跟我合作一把？"

"任总不是在做服装吗？"

"我是在做服装，但生意人发财的要领在于灵活，找准机会。我的情况，刘董事长也许知道一些，虽然我有负债，但我服装公司的那块地，抵我三倍五倍的债都绰绰有余。这话我只跟您说。所以，跟我合作，没有风险，只会给华兴赢利。"

刘幼诚有些动心，说："行，我考虑考虑吧。"

任俊杰话里有话地说："您是董事长，是拍板决定的人，您说行就行了。"

刘幼诚不愿意告诉任俊杰，自己虽是董事长，但他做不了主，应付地说："好吧，两天后我给任总回话。"

任俊杰听了刘幼诚这句话，把他拟好的一个协议交给了刘幼诚，起身告辞。

刘幼诚送走任俊杰后，来到郭晓岚办公室门口，见她正在埋头看资料，犹豫了一下，没有进去，转身回了自己的办公室。

任俊杰回到公司，马上就开会跟职工们宣布华兴投资公司即将跟新潮服装公司合作开发房地产，职工们一听，立刻高兴得沸腾了。一段时间以来公司服装销售量大幅下滑，几乎快开不出职工工资了，大家都急切地盼望着转行房地产。

任俊杰把服装厂弄到自己手里，目的就是要搞房地产，只是碍于老厂职工的舆论压力，加之没有足够的资金，所以一直没有动作，还装出要振兴服装业的姿态。资金方面他早就在打华兴的主意，他知道华兴郭晓岚说了算，但郭晓岚对他没有好感，找她只会碰钉子。五洲大酒店的投毒案让他得了个机会，小小整治了下郭晓岚，给华兴人的脸上抹了黑，还让刘幼诚欠了他个人情。

他知道刘幼诚做不了主，今天的事刘幼诚肯定要跟郭晓岚说，郭晓岚肯定不会同意。他之所以在事情没有确定前就宣布，就是想逼刘幼诚逼华兴不得不同意。

晚上。刘幼诚家里。郭晓岚倚在床上看书，刘幼诚坐在沙发上，几次欲言又止。

郭晓岚见状主动问："有什么事？"

"任俊杰今天找我了。"

"找你干什么？"

"他想跟华兴合作开发房地产。"

"你答应了吗？"

"没有。但我觉得房地产这块是值得考虑的，中国正处于工业化和城市化时期……"

郭晓岚打断他的话说："不要转述任俊杰说的话了，觉得他说得对，愿意合作就合作好了。"

"你同意吗？"

"问我同意干什么？你是董事长，你拍板就行了。"

刘幼诚知道郭晓岚这是不同意，便不再说话。

过了一会儿，郭晓岚开口道："我说过多少次了，让我离开华兴多好，没有我，你可以充分发挥作用，有个我，挡着道，你会不痛快，我心里也不舒服，这是何苦呢？"

刘幼诚赌气地说："跟任俊杰合作的事，你不同意就算了，何必又把老话扯出来呢？"

"不是因为与任俊杰合作的事才把老话扯出来，这话这事一直都在你面前放着。"

"不是我想跟任俊杰合作，之前酒店投毒案，我欠他个人情，他登门拜访谈合作……"

郭晓岚一听这话，气得立刻打断刘幼诚的话："说起这事，我的气就不打一处来，我受了欺侮受了折磨，难道还要感谢他任俊杰吗？"

"一码是一码，酒店出事你受了委屈，不能怨恨人家任俊杰……"

郭晓岚再次打断刘幼诚："都是你没事找事，为什么要去求任俊杰？后来我才知道，你竟然还送了礼！"

"那能算送礼吗？不过是大过年有个表示罢了。"

"可你那表示是给华兴的脸上抹了一道黑，懂不懂？一个干干净净的华兴人，去求一个满身脏气的任俊杰，你丢人不丢人呢？我是因为求了任俊杰，送了礼出来的吗？不是！要不是爸妈拦着我，我要告到中央去。他们为什么关我好几天？为什么像对待罪犯一样地对待我？"郭晓岚气得浑身打战。

刘幼诚低下头，自言自语地说："那是他们，不是任俊杰。知道当时家里人有多么着急吗，就算不该求，我求了，我错了，人家也答应了，办了，不管办得怎么样，我们得感人家的恩吧。"

郭晓岚气得再说不出什么话来。她扔下手里的书，只是长长地出气。

刘幼诚沉默了一会儿，觉得他应当把他该说的话说完，

195

所以又说:"也是话赶话,任俊杰跟我探讨投资市场,说到了房地产。我觉得任俊杰对房地产前景的分析是很有道理的。任俊杰问我,有没有投资房地产的打算,我说有了合适的会考虑,任俊杰便问我愿不愿意跟他合作一把。我不能答应,也不能当下就拒绝了人家,所以就说了可以考虑考虑。"

郭晓岚看着刘幼诚像个做错了事的孩子,心里有些不忍,就放缓了声音说:"那是任俊杰设的连环套在套你的话,你还真就入他的套了。"

刘幼诚说:"你怎么总那样想人家呢?人们对任俊杰是有看法,可跟他合作房地产,不是跟他同流合污干坏事。"

郭晓岚一下又气得忍不住了,她把跟前的书打翻到地上说:"不要再给我说任俊杰了!我不评论他的好坏,我可以选择不同他为伍。你快去跟任俊杰合作吧,公司是董事长说了算!"

刘幼诚知道郭晓岚不会同意。他说上边那些话,只是想把这事的缘由跟郭晓岚解释清楚,现在见郭晓岚大发脾气,赶紧检讨自己说:"行了,是我不好,别生气了,我刚才是把这事的过程跟你解释解释,我又没有答应任俊杰,这事就算过去了。"他说着,把郭晓岚打到地上的书拾起来,放到桌上。轻声说,"你睡吧。"

郭晓岚看了看刘幼诚,既同情他,又心里难过,默默地流起了眼泪。

新潮服装公司的院子里,职工们在热烈地议论着转行房地产的事。

任俊杰从办公楼里出来,对大家说:"今天是我跟华兴投资公司刘幼诚董事长签约的日子,我去找刘董事长签约,大家做好准备,回来就开转行房地产挂牌庆祝大会。"

他说完,上车去了华兴投资公司。

刘幼诚在办公室里正想给任俊杰打个电话,解释解释,把与任俊杰合作房地产的事了结了,看到任俊杰来了,赶快招呼他坐下。

任俊杰坐下就说:"今天是签约的日子,刘董事长快拿出协议来签字吧,我那边的职工已经在等着开庆祝大会了。"

刘幼诚惊诧地说:"我那天没有说同意,签什么字?开什么庆祝大会啊?"

任俊杰故作惊讶地说:"哎,刘董事长那天同意了嘛,说了行了好了,答应两天后叫我来签约嘛。现在怎么说这样的话呢?"

刘幼诚诚恳说:"任总您记错了,我是说行,好,考虑考虑嘛,没有说同意的呀。"

任俊杰摆出一副无辜的样子说:"刘董事长说行,好,那还不是同意了嘛。您是董事长,一言九鼎,怎么能说话不算数呢?不会是对协议的条款有什么意见吧?如果我提的条款您不同意,您现在就说,可以修改,我听您的好不好?"

刘幼诚觉得,他不能跟任俊杰争执,诚恳地要任俊杰理解他,他有他的难处,对任俊杰感到非常地抱歉。

这个结果是任俊杰预料到的,他早就想好了应对的办法。他装作退一步的样子说:"既然刘董事长这样说,我还能逼您吗?其实我也不是非要和华兴合作搞房地产,我是看好房地产,想帮刘董事长的忙,好让华兴的资金多增值,才找的刘董事长。那这样,我们两个人都认真地想想这事怎么解决好。那天我回公司后,公司里的人问我情况,我就说刘董事长同意了,大家听了都很高兴,因为转行房地产会让他们得到更多利益。现在我要回去说刘董事长否了那天说的话，对刘董事长对华兴都是不好的。要不我就说，刘董事长外出了，不在公司。这样缓冲一下，我们都想想，怎么了结为好，不能因为这个事，伤了我们多年的友谊，留下叫外人说三道四的话把儿。就这样吧，我走了。"任俊杰说着，站起来走了。

刘幼诚叫任俊杰回来，任俊杰没有回来。刘幼诚一下难为得不知该怎么办了。

他知道，他那天虽没有说同意，但说了同意的意思，他不能跟任俊杰特别较真。从他心里说，他是同意投资房地产的。他不同意郭晓岚的做法，因为对任俊杰有看法，就非要否了他的意见。他想，要是任俊杰那边把他说话不算数的消息传出去，对他对华兴都是没有好处的。他还认为任俊杰在紧急关头是出手帮了他们的，郭晓岚的看法是不对的，可他没有办法说服郭晓岚。

这局面该怎么办呢？刘幼诚想来想去，觉得只能去找他爸妈，他是没有办法了。

然而，他到了他爸妈家的楼下，又没有勇气了。因为他爸说过，公司里的事要他们两个人商量着办，不许他们把矛盾交到家里来。他爸还特别叮嘱他，要他听郭晓岚的意见。他爸实际是把公司的决定权交给了郭晓岚，郭晓岚不同意他的意见，他爸还能同意他的意见吗？

二十一

孔玉爱去超市买菜回来，看到楼门前停着刘幼诚的车，知道刘幼诚来了。坐在车里的刘幼诚看到了孔玉爱，忍不住叫了她一声，孔玉爱赶紧跑了过去。

刘幼诚这时下了车，孔玉爱问他怎么没有上去呢，刘幼诚面带难色，说他不想上去了。

孔玉爱看出刘幼诚心里有难事，就劝他快去家里，有什么事就对父母说，一家人不要有什么顾虑，不要不好意思。

刘幼诚感到孔玉爱很理解他，郭晓岚要是像她该有多好。他一边跟随孔玉爱进楼，一边跟孔玉爱简单说了他遇到的难事。

孔玉爱把刘幼诚迎进家里后，先给刘幼诚沏茶，安抚他在客厅里坐下，接着就到琴房和书房请出来了钟老师和刘老师。

钟老师和刘老师看到刘幼诚来了，就问他有什么事。刘幼诚在孔玉爱目光的鼓励下，说了他遇到的难题。钟老师和刘老师听了以后，很长时间都没有说话。

孔玉爱感到了问题的严重。两天前，杨桂淑和赵玉华在家里说过，他们公司要和华兴投资公司合作转行房地产。她当时听了觉得是好事，看来这好事要办成也不那么简单，郭晓岚不同意，刘幼诚作难了。孔玉爱知道自己不能说任何的话，她为刘幼诚着急。

刘老师终于开口了，他缓缓地说："我们是有过约定的，不在家里评判你们两人的谁是谁非，还有，公司里的事你要听晓岚的。"

钟老师眉头一挑说："可事情都会有特殊的情况，幼诚说了那么多，你没有听进去吗？"

孔玉爱听出了钟老师是倾向于刘幼诚的。

刘老师沉默片刻后说："要单说房地产，是该投。房地产不单能增值资产，它也是民生的重要方面。晓岚不同意的是任俊杰这个人，这点我是同意晓岚观点的。华兴为何非要跟任俊杰合作房地产呢？跟别的人合作房地产也可以嘛。"

孔玉爱觉得刘老师说得对，但又为刘幼诚现在的处境担忧。

钟老师说出了孔玉爱的担忧。钟老师说："理是这个理，但幼诚现在的处境不能不考虑，任俊杰那边会说华兴不守信用，会说幼诚是个说话不算数的董事长。"

刘老师批评儿子说："为什么要跟任俊杰说同意的话呢？家里定的原则难道忘了吗？酒店投毒案也不该找任俊杰走关系，当时是事出突然，你着急我理解，所以我没有说你什么，但这事你做得不妥。"

刘老师看向钟老师说："你说怎么办？是把晓岚叫回来商量商量吗？"

孔玉爱见钟老师同意叫郭晓岚回来商量，赶快拿起电话拨通，交到钟老师手上。

郭晓岚接听了钟老师的电话，知道叫她回去是什么事。她一边开车往爸妈家里走，一边在心里琢磨她该怎么办。

孔玉爱早就在楼下等着郭晓岚了。郭晓岚的车一停下来，孔玉爱就上前开了车门说："晓岚姐好！您这么快就来了。"她说着，扶郭晓岚下了车，随即就跑在前边开楼门，摁电梯，十分热情、殷勤。到了家里，又忙着给郭晓岚沏茶。郭晓岚看着孔玉爱，在心里想，孔玉爱一定是希望她支持刘幼诚的。

刘老师和钟老师看着郭晓岚坐下后，就跟郭晓岚说了关于跟任俊杰合作房地产的事。

郭晓岚耐下性子来听着。她在路上已经想好了，她要利用这件事，把她想办的事办成了。她一边听着爸妈的话，一边看着孔玉爱为刘幼诚担心着急的样子,知道要她同意的事,不光是刘幼诚需要的,也是孔玉爱和她爸妈所需要的。

刘老师和钟老师把想跟郭晓岚说的话说完了。

郭晓岚心平气和地说:"爸妈说的话句句在理,我完全同意。其实我昨天晚上就跟幼诚说了,该跟任俊杰合作。已经答应了人家,能说话不算数吗?"

她随即转问刘幼诚:"你没有跟爸妈说我昨天晚上跟你说的话吗?"

刘幼诚愣了愣,一时不知该怎么回答郭晓岚。

郭晓岚接着说:"那你现在就跟爸妈说吧,我就不听了,我走了。"她说着站起来,走了。

孔玉爱追到外边,也没有留住郭晓岚。

刘老师和钟老师好一阵子没有说话,他们都猜出了郭晓岚说过什么话。钟老师似乎要证实一下,问刘幼诚:"昨天晚上,晓岚跟你都说什么了?"

刘幼诚无奈,便把郭晓岚昨晚提出要离开华兴、离开这个家的话说了一遍。

孔玉爱第一次听到了这个家里的大秘密。

郭晓岚从爸妈家里出来,往五洲大酒店去了。

这会儿,冰岩正坐在办公室里想自己的事。自那天和成跃山喝酒以后,成跃山总是躲着她。她叫他来办公室,每次他都是战战兢兢地进来,战战兢兢地站在那里不肯坐下,也不肯抬头看她。两人说着话时还常有从后厨打来的电话叫他回去,到了晚上,不管多晚,柴永都要等成跃山一起回家。这让冰岩无计可施。

冰岩反反复复地想,这个成跃山怎么是这样的呢?原以为冲破了开头难,接下来会好办了呢,没有想到更加地难办了呀!

郭晓岚来到冰岩办公室门前,见冰岩凝神想着心事,于是轻手轻脚地走到了她跟前。

冰岩不经意看到她,被吓了一跳,尖声叫道:"你什么时候来的,吓死我了。"她一边说着,一边麻利地起身给郭晓岚倒茶。

郭晓岚好奇地问:"瞧你那么专心,想什么呢?"

冰岩不愿透露自己的秘密。敷衍道:"还能想什么,想着您交给我的任务呗。"

"不许用这种话搪塞我,老实交代。"

"千真万确,哪敢骗您呢。"

"好,先说说这件事也行,有什么进展吗?"

"进展还没有,我这不正发愁呢吗。成跃山真像深山沟里的一块顽石,虽说到了都市里,一点都市的气味都不入,每天就知道工作。"

"你没有在他身边安排些漂亮的姑娘?"

"不用我安排,餐厅里全是漂亮的姑娘,可他就是不开窍,急死我了。"

"不能仅靠自发的,应当挑选安排合适的人,要有强烈愿望的人专心攻关,才会有成效的。"

冰岩心想,她还不合适、不专心吗?她不愿继续谈这个,怕不小心露出马脚,所以就转换话题,问郭晓岚今天来这里还有别的什么事。

郭晓岚这才把刘幼诚引出的与任俊杰合作房地产的事说了一遍。她告诉冰岩,她要抓住这个机会把自己的问题解决了。为了达到这个目的,她第一次跟她爸妈甩了脸子,扔下他们出来了。她估计她爸妈要维护自己的儿子，加上生她的气，再加上孔玉爱对刘幼诚的大力支持，最后华兴会跟任俊杰合作的。这样，她就可以不回华兴不回那个家，他们也就没有什么可说的了。

冰岩听完郭晓岚的话非常高兴，如果郭晓岚达到目的，那也帮了她的大忙，刘幼诚和郭晓岚的婚姻一旦解体，孔玉爱肯定会补上郭晓岚留出的空缺，她和成跃山就不会有问题了。

但刘老师夫妇并没有按照郭晓岚所期望的那样，他们听完刘幼诚的话后，态度马上就变了。

刘老师对刘幼诚说："怎么不早说呢？早说还用得着把晓岚叫来吗？"

钟老师也说："是啊，这事是不能办了。"

孔玉爱也觉得这事不能办，虽然她还不清楚郭晓岚要离开华兴离开这个家的深层原因，但她知道郭晓岚和刘幼诚不能分开，郭晓岚绝不能离开华兴离开这个家。

刘老师这时说："幼诚，这事只能由你担起来，你惹下的麻烦你出面去解决。投资什么项目，与谁合作，也不是说句话那么简单，只有签了合同才算数。任俊杰不该在事情还没有定下来的时候，就跟公司里的人宣布。"

两人开导刘幼诚不要怕别人说他什么。毕竟开始考虑不周，说了倾向同意的话，但认真分析考虑后不愿意投资，这很正常，又没有签合同，有什么不可以的呢？父母的话打消了刘幼诚的顾虑，让他有了拒绝任俊杰的勇气。

刘幼诚离开父母家，出了小区没多远就在路边停下车给任俊杰打电话。

任俊杰听了刘幼诚的话，马上就有了新对策。他对刘幼诚说："我理解刘董事长，同意您的意见。为了妥善解决这件事，还请您委屈委屈过来一下，当着我公司职工的面，您说说华兴的难处，比方说，目前资金短缺等等，说什么原因都可以。然后，我说说对您和华兴的理解，合作不成友谊在，以后还会有合作的机会。这样，职工们也就不会有什么说的了。"

刘幼诚觉得任俊杰说得有道理，有利于事情解决，便答应下来。

没承想，刘幼诚一进新潮服装公司的大门，就被满院的职工围住了。他们不是质问刘幼诚，也不是围攻刘幼诚，而是非常热烈地欢迎他，颂扬他。院子里掌声如雷，欢呼声震耳欲聋。职工们此起彼伏地呼喊：热烈欢迎刘董事长！刘董事长是我们的大救星！永远不忘刘董事长的恩德！

围在刘幼诚跟前的人兴奋地说，那天他们任总去找刘董事长签合同，刘董事长出门不在，刘董事长这是过来签合同的吧。

热情围在刘幼诚身边的职工，除了个别人知道真相，大部分是被任俊杰蒙蔽的。任俊杰站在办公室窗口满意地看着自己导演的这出戏。

刘幼诚万万没有想到会遇到这样的情况，面对大家的热情，有一瞬间他甚至想将错就错，可他知道他不能那样做。在大家伙热烈的情绪稍微平复时，他对众人说："你们错爱我了，误会我了，两家公司合作的合同签不成了。"

围在他周边的职工一下子炸了锅，有人问他是在开玩笑吗，有人质问他为什么。现场一片混乱。任俊杰在窗口看着，觉得该是他出场的时候了。他下了楼，来到院里大声喊问："是刘董事长来了吗？快让开道。"他随即来到刘幼诚跟前，拉住刘幼诚的手，请他到办公室说话，职工们七嘴八舌群情激愤地围在外面。

任俊杰请刘幼诚坐下，故作惋惜地说："说好了一起说嘛，您怎么在外边就说了呢？现在成了这局面，该怎么办呢？"任俊杰把难题抛给了刘幼诚。

刘幼诚无奈地说："反正我已经说了，这事办不成了，难为我也没有用。不行，我就和任总现在出去一起再说一说。"

任俊杰马上说："我听刘董事长的，您愿意现在出去跟大家说，我就陪您一起出去说。您要觉得现在的场面不好说，另找时间也行。我听您的。"

刘幼诚说："今天必须把这件事说清楚，不能再拖了。"

任俊杰陪着刘幼诚出了办公室，围在门外楼道里的职工，见二人出来便大声追问合同签了没有。刘幼诚刚开口说签不了，职工们就吵嚷起来。任俊杰小声对刘幼诚说："职工们情绪太激动，我看还是另找个时间吧。我先把他们安抚下来，别出点什么事。"

刘幼诚无奈地点头，任俊杰大声地对围着的职工说："大家安静一下，刘董事长刚才跟我说了，不是他不同意，是另有原因，需要做工作的。大家快让开路，先让刘董事长回去。"

任俊杰在前面开着路，护着刘幼诚从人群中走出去，又殷勤地把他送上了车。整个过程中，刘幼诚整个人都是蒙的，他甚至都没有听清任俊杰说了些什么话。

回到华兴投资公司，刘幼诚在办公室里呆呆地坐了好一阵子后，才慢慢地回想刚刚发生的事，觉得自己好像是做了一个梦。

晚上，刘幼诚很伤感地回到家里，家里没有人，等了很长时间郭晓岚也没回来，他难过地哭了。

孔玉爱惦记着刘幼诚，离开钟老师家前，特意对钟老师说："不知刘先生的事处理得怎么样，老师不打个电话问问吗？"

钟老师不以为意地说："怎么处理都跟他说了，还用问吗？"

孔玉爱这段时间也算是对刘幼诚的优柔寡断有了了解，于是劝钟老师说："我看刘先生挺犯愁的，要不老师问问？"她见钟老师把视线转向电话，知道钟老师同意了，赶快拿起电话拨了号，交给钟老师。

刘幼诚听母亲问起，羞于说自己不体面的经历，就说："按照爸妈的意见，我跟任俊杰说了。"

钟老师关心地问："晓岚在家吗？"

"她还没有回来。"

听说郭晓岚不在家里，孔玉爱又担心了，她对钟老师说："晓岚姐不会有事吧？"

钟老师想当然地说："她不会有事。你回吧。"

孔玉爱只好回家了。

当孔玉爱回到家时，杨桂淑和赵玉华正在跟白文侠、王虎驯说刘幼诚去他们服装公司的事。杨桂淑和赵玉华见孔玉爱回来，就问她，刘幼诚跟他们公司合作房地产的事，为什么出尔反尔？

孔玉爱摇头说："这是他们公司的事，我不知道。"

杨桂淑和赵玉华请孔玉爱做做刘幼诚的工作，说公司的人都盼望着合作成功，如果不转行房地产，他们就要发不出工资了。

孔玉爱听着她们的话，心里很乱。她知道新潮服装公司与华兴公司合作的事，是绝不能做了。她不能把刘幼诚家里的事告诉他们，只能一边说些应付她们的话，一边为刘幼诚担心。

刘幼诚一夜没有睡着觉。郭晓岚彻夜未归，让他感到了问题的严重。他明白和任俊杰之间应该速速决断，绝不能再藕断丝连了。

一早他就赶到公司，进办公室就给任俊杰打电话。他想，这回他一定要把话说死，说狠。他对任俊杰说："这个事，反正是不行了。你公司的职工有什么意见，我管不着。他们要说什么，随便他们去说。我也不打算另找时间去给他们解释了。"他说完这番话，就把电话挂断了。

早晨，孔玉爱到了钟老师家里，一边干活儿，一边想着刘幼诚的事。她没有听到琴声，知道钟老师心里不痛快，没有弹琴。她轻手轻脚走到琴房，看到钟老师正呆坐着，赶紧倒了一杯茶送到她面前。犹豫着说："昨天晚上都那个时候了，晓岚姐还没回家，不知后来回去了没有？"

钟老师不高兴地说："都依了她了，她还要怎么着？给我们甩脸子，还要我们找她不成吗？"

孔玉爱不便再说什么，退出了琴房。她心里很不安，从杨桂淑那儿她知道了昨天刘幼诚并没有把事情解决，刘幼诚也没有把自己被围攻的事情跟父母说。孔玉爱想，这事她不能直接跟两位老师说。刘幼诚和郭晓岚之间的关系现在到底怎样，不得而知，她该怎么办呢？

后来，她想了个法子，到客厅拨通了郭晓岚办公室的电话后，马上挂断。她盘算着，郭晓岚看到家里给她去过电话，肯定会打回来，那时她接起电话，就跟钟老师说是郭晓岚打来的，让钟老师来接，这样就可以把她们拉到一起了。

然而她等了很长时间也没有电话打过来，孔玉爱猜测着，难道郭晓岚没有去公司上班吗？

二十二

一帮新潮服装公司的人突然拥进了华兴投资公司的大门。他们吵着要找刘幼诚和郭晓岚要个说法，说好了和他们公司合作开发房地产，为什么一次一次地变卦？昨天刘董事长在他们公司说，他同意，但今天早上又打电话反悔了，合作关系到他们全公司人的饭碗，为什么这么草率？他们强烈要求按原来说定的办。有些人甚至说，事情不解决他们就住在华兴投资公司不走了。

刘幼诚遇上这样的事，不知道该怎么办。情急之下，只好给父母家里打电话。

正焦急等待电话的孔玉爱听到电话响，马上就跑过去接了起来，她一听是刘幼诚打来的，就问是不是找他母亲。刘幼诚说是。孔玉爱忙叫钟老师接电话。

钟老师听完刘幼诚的话，非常吃惊。她恨恨地说："他任俊杰还要绑架华兴投资公司跟他合作不成吗？晓岚呢？"

刘幼诚告诉母亲说："晓岚昨天晚上没回家，今天也没来公司上班。"

钟老师挂了刘幼诚的电话，马上拨通郭晓岚的手机，但手机处于关机状态。她又给冰岩打电话，问郭晓岚在不在酒店里。

冰岩看着郭晓岚，按照她的指示回答说："郭总没有来酒店，您找她有什么事吗？"

钟老师听说郭晓岚不在酒店，说了句没事，便挂断了电话。

孔玉爱向钟老师请求说："老师，让我去找找晓岚姐吧。"钟老师点了点头。孔玉爱立刻跑出门，去寻找郭晓岚。

任俊杰的打算是如果员工到华兴施压还达不到目的，他就找牛秘书假借领导的指示，迫使郭晓岚答应。所以，在员工到华兴闹起来以后，他就给牛秘书打电话，说了他的打算。

牛秘书也很赞同，说："先叫你的员工好好在华兴闹，闹上两天也许就成了。两天以后还不成的话，我再出马。"

任俊杰放下电话，就赶去华兴投资公司。

孔玉爱先到五洲大酒店寻找郭晓岚，因为她估计郭晓岚很可能是躲在酒店里。

郭晓岚正在安排冰岩派人去了解华兴和任俊杰的合作情况，忽然听到了敲门声，她躲进了里屋。

孔玉爱听到"进来"后，轻轻推开了冰岩办公室的门。她没有见过冰岩，但通过成跃山的事她对冰岩的印象很好。她进了门，向冰岩鞠了个躬说："冰总您好！"

冰岩不知道进来的人是谁，问道："你是谁？有什么事吗？"

孔玉爱微笑着自我介绍说："我叫孔玉爱，和成跃山是一家子。早就知道冰总特别能干，特别好，对我家那口子关心、支持、帮助、提携。我早就该前来向您表示深深的感谢，却一直没有来，实在对不起您！"她说着，又向冰岩鞠了一躬。

冰岩看着孔玉爱，由衷地产生了好感。孔玉爱不但人长得特别好看，而且懂得礼数，知恩感恩，简直无可挑剔。这让她不由想到，成跃山为什么面对她不动心了，她有些气馁又有些不甘。

孔玉爱看着走了神的冰岩，有些茫然。她想是不是自己哪句话说得不妥？于是赶快又说："冰总，我文化水平不高，第一次见您，不知该说些什么话。说得不对的，希望您批评指正。"

冰岩的思绪被拉了回来，她立刻微笑着说："你太客气了。你人长得漂亮，话也说得够水平。只是夸我夸得过头了，我可没有你说的那样好。快请坐下，是我失礼了，才想到请你坐下。"

孔玉爱见冰岩亲切和气，也就不那么拘束紧张了。她开门见山地说："谢谢冰总，我就不坐了。我是来找郭总的。"

冰岩一听，就对她说："刚才钟老师给我打电话问过了，郭总没有来这里。钟老师家里有什么急事吗？"

孔玉爱便把任俊杰公司的人去华兴闹事的事说了。孔玉爱估计郭晓岚即使不在酒店，冰岩也一定知道她在什么地方，所以她特意把事情说得非常紧急："冰总呀，任俊杰公司的人在华兴闹得简直要翻天了，他们说这次的事全是因为郭总从中作梗，他们非要找郭总讨个说法。"

郭晓岚在里屋听到这些话，气得立刻冲出来骂道："这个无耻的任俊杰！太欺负人了！不是找我要个说法吗，走，我现在就去给他们个说法。"

冰岩见郭晓岚愤愤地摔门出去了，赶紧追出去叫住紧紧跟随她的孔玉爱："孔玉爱，你千万不要跟钟老师说郭总在我这儿。"

孔玉爱点头说:"请冰总放心,我知道。"

郭晓岚回到华兴投资公司的时候,任俊杰正站在院子里的台阶上训斥他的员工,说他们是给他添乱,制造麻烦,破坏他和华兴的关系。

他见郭晓岚来了,赶快跑过去向郭晓岚检讨说:"郭总,您放心,我一定会把他们弄回去的。这些人只知道转房地产能拿高工资,简直是疯了,尽给我添乱。"

郭晓岚没有搭理任俊杰,也没有理那些员工。她先打电话报了警。

接到报警电话,明所长带着成富山等民警赶到现场,一边维持秩序,一边劝说任俊杰公司的员工离开,不要影响华兴投资公司的正常工作。

郭晓岚接着就给市政府打电话,找市政府领导反映情况。

任俊杰见民警来了,就想给牛秘书打电话,觉得该牛秘书出场了。他的电话还没有打过去,牛秘书的电话就打来了。

牛秘书在电话里对任俊杰说:"你的戏没法演下去了,郭晓岚告到市政府了,市政府领导已经责成区里尽快解决呢。你快点收场吧。"

任俊杰放下电话,示意手下人把员工撤走。任俊杰上前对郭晓岚说:"我马上把员工带回去,希望郭总不要生气,回去后我会好好整治这些添乱的员工,绝不能让他们破坏了我们之间友好的关系。"

郭晓岚从始至终都没有搭理任俊杰。

刘幼诚看到郭晓岚一回来麻烦事就解决了,既高兴又惭愧。这让他更加认识到,华兴投资公司不能没有郭晓岚,他刘幼诚没用,简直就是个多余的人。

孔玉爱看到事情解决了，赶紧回家向刘老师夫妇报告。孔玉爱见钟老师似乎不怎么高兴，小心地问她是否还在生气，钟老师摇了摇头。孔玉爱知道钟老师还在生郭晓岚的气，解铃还须系铃人，怎么才能让郭晓岚解开钟老师的心结呢？

郭晓岚坐在办公室里闷闷不乐，她本打算利用任俊杰与华兴投资公司合作房地产的事，把她的问题解决了，可未能如愿。一来，家里没有同意刘幼诚跟任俊杰合作。二来，任俊杰欺人太甚，她不得不回来挫败任俊杰的阴谋。这样一来，她的问题又只能搁置起来了。她知道爸妈一定在生她的气，可她心里的气更大，他们为什么就不理解她呢？

刘幼诚知道，虽然令他难堪的问题解决了，但他不但得罪了郭晓岚，给他爸妈找了麻烦找了气生，还让任俊杰公司的那么多人知道了他的窝囊，知道了他是个做不了主的董事长。看看下班的时间到了，他离开办公室，路过郭晓岚办公室门前时，看到她在里边，想进去跟她说话，但拉不下脸来，脚步没有停就走过去了。出了公司大门，听到有人叫他，居然是孔玉爱。

孔玉爱对刘幼诚说："刘先生，二位老师在家里等着您和晓岚姐呢。您先走，我等等晓岚姐，跟她一块儿走。"

刘幼诚感激地向孔玉爱点了点头，开车先走了。

郭晓岚看到刘幼诚下班走了，便想她晚上该到哪里去。回家吗？她不想回家，如果刘幼诚刚才进来向她认错，求她回去，也许她会回去。既然刘幼诚一个人走了，她回去干什么。去她爸妈家吗？她更不想去，他们还在生她的气，等她回去认错。可他们知道她的苦楚吗？他们生气也好，或许到哪天气得不行了，就能放她走了。还去酒店找冰岩吗？她也不大情愿去。想到自己居然无处可去，她的眼泪就下来了。

孔玉爱等了很长时间，等不到郭晓岚出来，就想郭晓岚也许打算要在办公室里过夜了。这不成，刘老师夫妇和刘幼诚还在家里等着她呢，晓岚姐晚上也得吃饭的。正想着，就看见郭晓岚出来了。

孔玉爱亲切地叫着晓岚姐，跑上前说："是两位老师叫我来接您和刘董事长的，刘董事长已经先回去了，他叫我等候您，说您还忙着工作呢。钟老师做了晓岚姐最喜欢吃的，说要好好地表彰您解决了大麻烦。"

听了孔玉爱的这些话，郭晓岚心里的气消了一大半。

孔玉爱把郭晓岚接到钟老师家里，安顿好他们吃饭，就找借口离开了刘家。孔玉爱想她不在场，方便他们一家人说话。

一家人坐到了一起，自然也就相互谅解了。先是刘老师起头说话，称赞郭晓岚事情处理得好。接着，钟老师看着郭晓岚，说："这件事的功劳，顶了你气我们的错。扯平了。"

郭晓岚笑道："妈，您真的生气了吗？我怎么看不出来呢？您这眼睛里充满了笑意啊。"

钟老师忍不住笑了，郭晓岚起身抱住她。

就这样，一家人又亲亲热热的了。

孔玉爱回到家里的时候，杨桂淑和赵玉华正在屋里唉声叹气。孔玉爱知道她们是因为什么，没有说话坐下来听她们说。

杨桂淑和赵玉华告诉孔玉爱，他们公司的人去华兴闹，是不对的，可华兴为什么就不跟他们公司合作了呢？刘董事长同意了的事，他老婆郭晓岚总经理为什么非要不同意呢？合作本是对两个公司都好的事，结果弄得两个公司都不高兴，又伤感情，又伤事业，这到底是为了什么呀？！"

孔玉爱心想刘老师家里的事，她可不能随便说。只能委婉地劝她们："合作不成自然有合作不成的原因，既然是两家公司合作，就得两家公司都同意才成。至于华兴为什么不和你们所在的公司合作了，我也不知道，雇主家的事，我也不能乱插手。"

杨桂淑和赵玉华虽然知道孔玉爱说得有道理，但事关她们的切身利益，心里还是有些不高兴。

孔玉爱敏锐地感到，这个大家庭里有点不和谐了。

两天后，冰岩来到华兴投资公司看望郭晓岚。她问郭晓岚："您的事就这样放下了吗？"

郭晓岚无可奈何地说："不放下还能怎样？一是他们没有同意与任俊杰合作，二是任俊杰找上门来欺负我，我不能不回击。"

其实郭晓岚内心并没有放弃她要做的事。她话锋一转，嘱咐冰岩："成跃山的工作，你要抓紧做。"

冰岩心想你说放下了，又来催我。知道我多么想让你成功了，再过来帮我吗？我是太难了。嘴上应付着："您放心我会抓紧的，但成跃山的情况跟您汇报过了，很困难的。希望我们共同来努力，希望您那里再有了机会，不要放弃。"

"你在抱怨我？是我愿意放弃的吗？"

"没有，是我不会说话，对不起，我向您检讨。"

"我不愿听你的检讨。"

"我又错了，我不再向您检讨了，一定把事做成了给您看。"

"行了，你快回去忙吧。"

冰岩见郭晓岚下了逐客令，只好起身告辞。她们两个人之间，像这样的不欢而散，还是头一回。

钟老师的家里飘扬着悠扬的琴声，孔玉爱一边干家务，一边随着琴声哼唱着。她忽然听到好像有人敲门，停下手来仔细听，又没有了声音。刚要动手继续干活，又传来两下轻轻的敲门声，这下她确定有人敲门，赶快跑过去开了门。

敲门的是刘幼诚，他向孔玉爱嘘了一声，随即指了指琴房和书房。

孔玉爱明白了，刘幼诚怕惊扰了两位老师。低声说："您来了，快里边请。"

"我又给你找了几本书，今天正好从这里路过，顺便给你送上来。"说着从包里掏出几本参考书递给孔玉爱。

孔玉爱赶快接住，连说谢谢，她要给刘幼诚沏茶，刘幼诚摆手说不用，他待不住。他见孔玉爱把书放到了客厅，就让她先把书放到她房里去。

刘幼诚站在客厅里，忽然听到琴声停了，赶快往琴房走去。钟老师看到刘幼诚，就问他怎么这时候来了。刘幼诚说他有事从这里经过，就上来看看。

孔玉爱从她房间出来，见钟老师和刘幼诚往客厅里去，赶快到琴房端上钟老师的茶杯送到客厅，又给刘幼诚沏上了茶。

钟老师提醒孔玉爱，学习的时间到了。孔玉爱便又回她房间里去看书。

刘幼诚和他妈说了几句话后，起身去书房看他爸。刘老师正在书房里看他刚画成的两幅画，父子俩对视一眼，默契地共同观赏。

片刻后,刘幼诚说:"爸画得真好,这幅是玉爱,这幅是晓岚吗?"

刘老师颔首说:"是啊。太熟悉的人,反而认不出来了是吧?画像的功夫在神似,而不是形似。看画的眼力在感觉,在领悟。"

刘幼诚觉得父亲的话很深刻,用心地琢磨着。

这天,成跃山敲门进了冰岩的办公室。好几天了,她不叫成跃山,成跃山就不来。今天他怎么来了呢?

成跃山还是低着头,向冰岩请示说:"冰总,我想去看看王德和崔小蕊。"

冰岩诧异地问:"你为什么要去看这俩人呢?"

成跃山坦然地说:"因为他们犯罪与我有关系,如果我不到这里来,他们肯定不会犯罪。现在他们坐牢,我有责任帮助他们。我去看看他们,跟他们说说话,希望他们好好改造,如果他们家里有什么事,我可以帮他们做。他们改造好了,不仅对他们自己有好处,对酒店对国家也是有好处的。"

冰岩称赞说:"你的想法很好。这事我还得跟郭总报告一下,看看她有什么指示,你可以先做准备。"

二十三

在冰岩去跟郭晓岚汇报的同一天,孔玉爱也跟刘老师夫妇说了她想跟成跃山一起去看王德和崔小蕊的想法。

刘老师夫妇对他们夫妻的这个想法大加赞赏。刘老师说:

"还是玉爱和成跃山心细，记着他们。你们去带个话给他们，让他们好好改造，出狱后如果愿意回华兴，华兴欢迎他们。"刘老师还亲自写了封信，叫孔玉爱带给他们。

冰岩自那天和郭晓岚不欢而散后，就没再联系过郭晓岚。她觉得成跃山提出去看王德和崔小蕊，正是她与郭晓岚沟通的一个由头。

是去郭晓岚办公室还是打电话？冰岩想来想去，还是去见郭晓岚为好。

郭晓岚见冰岩来了，指指椅子，让她坐。

冰岩坐下后，看着郭晓岚不由得笑了。

"你笑什么？"郭晓岚板起脸来问。

"我就觉得今天在您跟前，正规了，太可笑。"冰岩的笑声更大了。

"你个没正经的。"郭晓岚说着，也笑了。

冰岩见郭晓岚笑了，就涎着脸说："您要还记着那天的不愉快，就狠狠打我一顿吧。"说着便凑到郭晓岚面前。

郭晓岚真的就打了冰岩一拳，随即又把她抱住，两个人紧紧地拥抱着，眼睛里都涌出了泪水。

冰岩擦了一下眼泪说："我有事要跟您报告。"

郭晓岚眼圈红红地说："说吧。"

冰岩便把成跃山要求去看王德和崔小蕊的事说了一遍。

郭晓岚听后，若有所思地说："好啊，成跃山提出的这事是件好事。王德和崔小蕊在酒店里制造投毒案，给华兴人的脸上抹了黑，让我经受了人生最大的屈辱。如果能帮助他们改造好了，还可以给华兴挽回来点面子，对我也算是个安慰。你要把这事当回事，叫成跃山好好准备准备，想好去了以后，跟他们说些什么话。还要带上酒店和我对他们的关心和问候。"

"好，我一定按您的吩咐办。来这儿之前，我心里还嘀咕呢。"

"你嘀咕什么了？"

"我担心您因为酒店的投毒案，受过罪，不会……"

郭晓岚打断冰岩的话："你把我看成什么人了？我是恨过王德和崔小蕊，但现在不恨了，他们犯罪，与我们工作做得不好有关系。我真正恨的，一直恨的，是任俊杰！"

在刘老师夫妇和郭晓岚的重视指导下，五洲大酒店召开了全体人员大会，冰岩在大会上讲了一番关心帮助王德和崔小蕊改造的理由，她还不忘利用这个机会，拉近她跟成跃山之间的关系。她特别强调说："这个好建议，是成跃山提出来的。"

酒店的职工纷纷表示拥护华兴投资公司和五洲大酒店定的这个事，大家让成跃山带上他们对王德和崔小蕊的问候和关心。还有一些人提出来，他们要联名给王德和崔小蕊写信，请成跃山带给他们。

几天后，成跃山开着酒店的小面包车带着孔玉爱，去看王德和崔小蕊了。

来到监狱后，他们先探视王德，被安排在探视室里等候。过了一会儿，王德被带进来了，王德看到来看他的是成跃山时，又悔恨又感动。成跃山先向王德转告了大家对他的问候、关心和希望，并把刘老师的亲笔信以及职工们写的信交给了他。成跃山真诚地说："你和崔小蕊犯罪，有我的原因，那段时间我要是能更关心你，注意到你的异常就好了。还有年夜饭沙龙我的工作有疏漏,我要防范严密了,崔小蕊就没有机会投毒,不但能把你和崔小蕊救了,也能避免给华兴脸上抹黑。所以,我的过错是不轻的。"王德听成跃山这样说,更加羞愧难当。成跃山安慰道:"你要在这里好好地改造,争取早日出去。华兴的领导说了,你改造好了要是愿意回到华兴,他们欢迎。"王德感动得痛哭流涕。

成跃山和孔玉爱接着去探望崔小蕊。崔小蕊一看来看她的是成跃山,就站在探视室门口不肯进去。

孔玉爱招呼道:"小蕊,快过来。我们是来看你的,你不能不见我们呀。我和你还不曾见过面呢,我叫孔玉爱,和成跃山是一家子,在华兴的刘老师和钟老师家里做保姆。"

崔小蕊在狱警大姐的催促下,进了探视室,低头坐下。

孔玉爱关切地看着崔小蕊,跟她说起大家对她的问候和关心。孔玉爱知道崔小蕊入狱后曾想不开,寻过短见,就含蓄地劝慰她:"人活一辈子会遇到各种各样预料不到的事,有时候会跌跤,跌跤不怕,怕的是没有记住。只要记住了,知道了是怎么跌的跤,以后好好地走,就不会再跌跤了,依然会过得很好。人活着不光是活自己,还要为别人,尤其要为亲人们着想,不能脑子一热往坏处想,那就对不起亲人了。"

崔小蕊听孔玉爱提到亲人,眼泪便下来了。

孔玉爱鼓励崔小蕊:"要想快乐起来,就得有理想,有奋斗的目标。你现在的奋斗目标,应当是早日改造好,重新生活。要让亲人让大家看到,你崔小蕊不是从前的崔小蕊了,你是一个值得亲人爱、值得大家尊重的人了。"崔小蕊抬头看向孔玉爱,眼里都是泪水。

在返回的路上,孔玉爱对成跃山说:"这次来看王德和崔小蕊,对我的教育很大。我能感觉得出来,一开始见到他们和临走跟他们告别时,他们的情感大有不同。一开始他们不愿意见我们,不光是悔恨,也有对我们的抵触。"

成跃山十分认同地点头。

孔玉爱接着说:"你检讨自己的话,最打动他们的心。我们此行把他们的抵触打消了。"

成跃山深有感触地说:"其实我们早就应该来看他们了,只是工作太忙耽搁了。我回去要详细跟冰总汇报,要把看望帮助他们的工作做得更好,通过这个工作也能帮助提高全酒店职工的思想觉悟。"

孔玉爱点头说:"我也要好好向两位老师汇报,使他们更加重视这个事。王德说他要给华兴的领导和酒店里的职工写信,如果王德真能这样做,就更好了。"

夫妻俩回到市区时,看到成富山正在路旁跟一个人说话,便停下了车。

成富山是和索萌在一起。

索萌看到成富山跟车上的成跃山、孔玉爱打招呼,很快向成富山告辞走了。

成跃山下车后问成富山,那人是不是索萌,成富山说是。成跃山又问是不是又给他钱了?成富山点了下头。

自从明所长把索萌的"帮教"工作交给成富山具体负责以后,成富山对索萌的帮助和教育抓得特别紧,使索萌从此没有再做盗窃之事。但索萌人生历史上的污点,使他特别不好找工作,至今还过着流浪的生活,成富山不得不经常给他些生活费。杨桂淑所在的新潮服装公司好几个月没有开工资了,成富山手头也很紧。

孔玉爱一直想着这个事。今天她看到索萌,突然有了一个想法。她对成富山说:"富山,你哪天下了班,能不能给我约下索萌，我想和这个小伙子聊一聊。"

成富山以为孔玉爱想帮他做索萌的帮教工作，就说："大嫂的工作特别忙，索萌很听话，我管得了，就不麻烦大嫂了。"

孔玉爱摆摆手说："我和索萌聊聊，还有别的事。晚上下了班，我就有时间了。"

成富山听孔玉爱这样说，就说："约索萌好办，您定个时间，我约他就行了。"

孔玉爱说："那就明天下了班后，行吗？"

"行。"成富山又问了孔玉爱会面的具体地点后，说，"我明天晚上下班后，一定带索萌过去。"

第二天，孔玉爱把去看王德和崔小蕊的情况向刘老师夫妇汇报了一遍，也把她和成跃山商量的如何进一步做好帮助他俩的思路想法一并汇报了。两位老师听后很高兴，完全赞同他们的想法。

这天晚上下了班，孔玉爱就到和索萌约好的地方等候，成富山领来索萌，介绍他跟孔玉爱认识后，就走了。

孔玉爱开始和索萌聊天。她告诉索萌，她和成富山都是从农村来的，他们和索萌的家庭状况差不多。自从索萌和成富山结成帮教对子以后，表现很好，成富山一直称赞他。

听了孔玉爱的话，索萌不好意思地笑了。

孔玉爱接着说："我们想尽快帮你找个工作。这段时间之所以一直没能找到，主要是因为你有那段污点历史，那些单位都不乐意要。我想了个办法，也许能解决你找工作的难题，今天就是想和你商量商量。"

索萌听说有办法帮他找工作，兴奋地让孔玉爱快说。孔玉爱推心置腹地说："我想把你的污点历史掩盖起来，就跟用人单位说，你是我的一个远房亲戚，人很好，刚从农村出来。这样用人单位就不会不要你了。但你绝对不能再和盗窃团伙有任何的瓜葛，这你能做到吗？"

索萌拍着胸脯说："您能这样为我担待，我真不知道该怎么感谢您！从我自己说，我绝对能做到！我就怕那些坏蛋来找我的麻烦。"

孔玉爱说："那些坏蛋找你麻烦的事，我想到了，这事交给成富山解决，我想让他在他的管区里给你找份工作，方便他照顾你。"索萌感动得热泪盈眶。

孔玉爱把她和索萌说的事告诉了成富山，要成富山以索萌是她远房亲戚的名义，帮他找份工作。

成富山有些担心，索萌万一出了问题怎么办。孔玉爱很有信心地说："依我看索萌靠得住。"

成富山觉得孔玉爱说的办法可行。他解释说，他是担心这事给孔玉爱惹麻烦，不是怕自己有麻烦。

孔玉爱坦然地说："只要我们做好工作，就都不会有麻烦了。"她还希望成富山能够把那个盗窃团伙的人都帮教过来，这样问题就彻底地解决了。

成富山由衷地说："大嫂这是在指导我的工作，大嫂指导得很对，我一定按大嫂的指导去做。"

几天后，成富山就在他管区内一家叫"美廉"的超市，给索萌找了一个上货的活儿。

孔玉爱和成富山一起把索萌送到超市，还和超市里的管理人员和工作人员见了面，拜托大家关照指导索萌。

索萌信心十足地开始了他人生的新生活。

孔玉爱对杨桂淑、赵玉华开不出工资的困境也十分关心。

她嘱咐白文侠和王虎驯，利用工作接触人多的优势，多打听打听有什么适合杨桂淑、赵玉华做的工作，推荐推荐她们。

白文侠、王虎驯挺卖力气，不几天就给杨桂淑、赵玉华找到了新工作。但没有想到，杨桂淑和赵玉华都不愿意离开新潮服装公司。她们说任总对职工特别好，她们不能在单位有困难的时候离开，而且任总说了，公司一定能转行房地产，他要一个不落地把大家都带到房地产行业里去，一起发财，一起过好日子。

孔玉爱、白文侠和王虎驯等人听了，还能说什么呢。杨桂淑和赵玉华对大家积极帮她们找工作的事，表示了感谢。

二十四

时间过得很快，又快过春节了。成跃山想，去年筹划得很好的年夜饭沙龙，由于投毒案被搅黄了，今年春节还应当搞，要把损失补回来。他向冰岩说了他的想法，得到了冰岩的赞许。

冰岩转念一想，又说："这事我得向郭总请示，看她同意不同意。"

郭晓岚听完冰岩的汇报，眼睛一亮："我怎么忘记年夜饭沙龙这回事了呢？有了这个安排，我就可以不随刘幼诚他们去国外过年了。爸妈定了今年春节全家要去国外过年，我不愿意去，可又没有理由拒绝。酒店今年还要搞年夜饭沙龙，我就有理由不走了。"

冰岩笑着说："这么说，这件事正合您的心意了。"

郭晓岚说:"我赞成这件事,不光是有了这事,我可以不走,而是这件事特别值得做。去年春节的年夜饭沙龙策划是好的,只是出了投毒案的意外,如果今年能把年夜饭沙龙搞好,一定会产生很大的影响。"

冰岩了解她的脾气,催促说:"那您快推了出国过年的事,今天下班就去跟老太太说。"

郭晓岚白了她一眼说:"你傻不傻呢?要真想叫我留下来,就该瞒着家里,快把年夜饭沙龙的准备工作做起来,你懂不懂?"

"哦,懂了。"

冰岩马上告辞,离开了华兴投资公司。她回到酒店,立刻叫来成跃山,全面启动年夜饭沙龙的准备工作。

孔玉爱知道五洲大酒店定下了春节还要搞年夜饭沙龙的计划,但她没有跟两位老师说。她认为那是酒店里的工作,需要跟两位老师汇报的人应该是冰岩或者是刘幼诚、郭晓岚。不打听、不参与公司和酒店里的工作,是她给自己定下的原则。除非是两位老师要她去做什么她才去做,或者问她什么她才可以回答她所知道的。

钟老师在和孔玉爱聊天时说,今年春节,孔玉爱和成跃山可以一起回老家和老人孩子们团圆了。孔玉爱听了钟老师这话,就不能不跟钟老师说实话了。她说春节成跃山还回不去,钟老师问为什么。孔玉爱说,酒店定了今年还要搞年夜饭沙龙,她听成跃山说,去年的年夜饭沙龙因为发生了投毒案没办好,今年他们一定要搞好,要把去年的损失补回来,为华兴重新赢回声誉。

钟老师听了说:"好啊!酒店的想法是对的。"但转念一想又说,"我们已经定了今年春节全家要去国外过年,家里没有留人,这样好不好呢?"

孔玉爱说:"酒店有冰总坐镇,不会有什么问题。"

钟老师虽点头称是,可心里还是觉得不妥。

周日,刘幼诚和郭晓岚带着彩虹来到钟老师家。孔玉爱忙着为他们一家人的团聚服务。

钟老师问郭晓岚:"你知不知道酒店今年春节还要搞年夜饭沙龙的事?"

郭晓岚听到这句话,先看了眼孔玉爱。

孔玉爱立刻想到,郭晓岚一定猜到是她说的,嫌她多嘴了。

郭晓岚笑着对钟老师说:"酒店定那么大的事,能不请示我,我能不知道嘛。"

"这事是好事,就是家里不留人,好不好呢?"

"我正要跟您说这事呢,春节我不能去国外了,我必须留下来。"

孔玉爱看得出来,自从任俊杰的事后,郭晓岚和刘幼诚的关系就一直没有修复好。春节期间,全家一起去旅游,是弥合他们关系的好机会。可是郭晓岚说不去了,钟老师夫妇和刘幼诚都没说什么,孔玉爱心里很着急。这是钟老师家里的事,她不便参言。这该怎么办呢?

下午的时候,孔玉爱想到了彩虹,觉得彩虹能改变她妈妈的主意。她把彩虹叫到她屋里,说要给她讲深山里孩子们的故事,彩虹很感兴趣地进了屋。

孔玉爱告诉彩虹,山里有很多很多漂亮的蝴蝶,因为蝴蝶好看,有个妈妈就给她的女儿起名叫蝴蝶,蝴蝶那时的年龄跟彩虹差不多一般大。有一天,蝴蝶在山上玩,看到一只蝴蝶特别漂亮,她就追啊,追啊,想把那只蝴蝶捉住。那蝴蝶一直飞到悬崖边的一棵树上落下了，它好像有意在逗蝴蝶，看着它不断扇动着的翅膀，小姑娘心想，一定要捉住它，便爬到树上去了。就在她伸手要捉那只蝴蝶的时候，树枝被压断了。

彩虹听到这里，着急地问："蝴蝶怎么样了？她会掉下悬崖吗？"

孔玉爱接着讲，蝴蝶掉到半崖的一棵大树上了。彩虹追问那后来呢？孔玉爱告诉她，后来，有个叫虎子的小男孩，正在山上砍柴，看到了掉到大树上的蝴蝶，虎子赶快爬到半山腰，把蝴蝶救下来了。

彩虹又问后来呢？

后来蝴蝶和虎子成了玩伴、好朋友。彩虹接着问后来呢？孔玉爱说后来怎么样了，她也不知道，要彩虹想想他们后来会怎么样。彩虹还真就认真地想了起来。

因为讲故事，拉近了和彩虹之间的距离，孔玉爱假装不经意地问："你妈不跟你们一块儿去国外过年，好不好呢？"

彩虹噘起了嘴说："不好。我妈说好了要和我们一起去，又不去了。"

孔玉爱耐心地引导着："要是彩虹非叫妈妈去，妈妈肯定就能去，因为妈妈最爱你了。"

彩虹觉得孔玉爱说得有道理，要去找妈妈说。孔玉爱拉住她说："不要着急，先好好想想该怎么跟妈妈说。另外，你还应当跟爷爷、奶奶和爸爸说，要他们也和你站在一起，就更有把握了。阿姨相信彩虹，你一定能做到的。"

这天晚上，孔玉爱回到家里，看到家里放着很多衣服。杨桂淑和赵玉华跟孔玉爱说，她们任总真好，看着要过年了，到处奔波借了些钱，给职工发了过年费，还把库里积压的衣服拿出来赔钱销售,职工购买或给亲戚朋友购买按三折,拿到街上摆摊卖按五折,还有提成。衣服都是上等布料,做工也都非常好,她们带回来一些,正好都要回老家了,给家里和亲戚买些带回去。

孔玉爱听了自然得买,买了不少。她买了衣服以后,就给老家打电话,想让孩子和老人们高兴高兴。

老家,成跃山的母亲又是发高烧又是咳嗽不止,家里的大人孩子急得团团转。

电话响了,改庭跑过去就要接,爷爷喊住了他。

爷爷叮嘱说:"一定是你爸妈打来的,奶奶生病的事不能叫他们知道,不然他们就不安生了。"

"那怎么说呢,爷爷?"

"你就说家里一切都好,什么事都没有。"

可是孔玉爱一接通电话,听了儿子说话的声音,就知道家里有了事。她大声地问:"家里有什么事,改庭你快说!"

改庭不知该听爷爷的话,还是如实告诉妈妈,为难地不出声。

孔玉爱已经猜出是什么事了,她大声跟改庭说:"快去叫你三叔,叫你三叔来接电话!"

改庭三叔被叫来了。孔玉爱对他说:"改庭奶奶一定病得特别厉害,一会儿都不能耽搁,请你在村里找两个小伙子,连夜把老人家抬到三岔沟卫生院去看。家里有钱,不够的话我春节回去时就能补上。就按我说的,你快去!"

改庭三叔按照孔玉爱的嘱托,连夜将改庭的奶奶抬到了三岔沟卫生院。医生检查后说,她患的是急性肺炎,很快给她输上了液。

孔玉爱一夜未睡，直等到家里来电话说，已将病人送到了三岔沟卫生院，输上了液，这才松了口气。

在以后的几天里，孔玉爱每天都给家里打电话询问病情，直到奶奶病好了，回到了家里。

成跃山是几天以后才知道母亲生病的事。在此之前，他已经几天没有回家睡觉了，和柴永一直住在酒店里做年夜饭沙龙的准备工作。

为保证郭晓岚能够和刘幼诚一起去国外过年，孔玉爱又分别做了钟老师和刘老师的工作，使他们意识到，必须叫郭晓岚与他们同行，才能把郭晓岚和刘幼诚之间的矛盾化解了。这样，在钟老师、刘老师和彩虹的共同要求和说服下，郭晓岚不得不答应跟家里人同去国外过年了。

这天，孔玉爱送走了钟老师和刘老师他们，就和杨桂淑、白文侠和王虎驯踏上了回陕西老家的路。

改庭的奶奶看到孔玉爱回家来了，非常激动，拉住她的手，长时间不肯放开。她流着眼泪，看着儿媳妇说："是你救了我的命啊。"

孔玉爱的眼圈也红了，她回握着老人的手说："这是我应该做的。要是从前，即便我和跃山在跟前，手里没有钱，也可能犯难。现在不同了，有钱了，怎么能有病硬在家里忍着呢！"

改庭的奶奶和爷爷都说，玉爱说得对，说得好，说明家里支持他们出去是对的。

成家山村这年春节与往年最大的不同，是好多人的家里有了电话。他们能够在家里与外边的人联络，分享彼此的节庆欢乐。孔玉爱与成跃山通了电话，得知五洲大酒店里的年夜饭沙龙办得很红火,她也向成跃山说了家里的情况让他放心。

钟老师在国外给孔玉爱打来电话,祝贺新年。钟老师除了跟孔玉爱通了话,还跟改庭的奶奶、改庭及杏花通了话。

正月初二一大早,孔玉爱、杨桂淑、白文侠和王虎驯,带着改庭、杏花、麦霞和立业离开家,先是徒步,然后搭车,来到了凤翔县城。孩子们都是第一次走出山沟,来到县城。他们高兴地看着县城里的一切,觉得县城很大很美。

孔玉爱告诉他们,北京比这县城还要大,还要美,要大几百倍美几百倍。

转完了县城,他们来到凤翔中学。

孔玉爱要孩子们好好地看看凤翔中学。她告诉孩子们,这是全县最好的中学,始建于1940年抗日战争时期,六十年来为国家培养了许多优秀人才,现在是国防科技大学、西安交通大学、西北工业大学、西北农业科技大学、陕西师范大学和西安外国语大学等许多大学的生源基地。孔玉爱说,他们打算把他们四个娃送到这里来上中学。但到这里来上中学,要求是很高的,不光考分要高,思想道德操行和身体也得特别好。她问孩子们有没有决心来这里上学。

四个孩子都回答说有决心。

白文侠说儿子立业回答的声音不大,要儿子再回答一遍。

立业大喊着说:"我有来这里上中学的决——心!"

白文侠加了一句:"你要来不了这里上中学,就不是我的儿子!"

孔玉爱称赞孩子们有志气。她语重心长地说:"我们在北京说好了,只要你们能考到这里来,我们就一定供你们上,上完了中学,可以考到北京去上大学。大学毕了业,还可以出国留学。只要你们是争气的孩子,我们做爸妈的,就一直支持你们,使你们成为国家的栋梁之材。"

四个孩子被孔玉爱他们鼓励得热血沸腾,憧憬着以后来这里上中学的情景。

孔玉爱接着对孩子们说:"你们的爸妈都没有来这里上过学,因为我们那时家里穷,上不起。我们就是为了改变家里的贫穷,为了能叫你们来这里上学,才出去打拼的。我们要你们永远记住这个,你们不能辜负了我们的期望。"

四个孩子向他们做出了郑重的承诺。

孔玉爱、杨桂淑、白文侠、王虎驯还告诉孩子们说,他们现在也在抓紧一切时间学习,虽然工作都非常忙,但不学习不成,不学习在外边做不好事。他们都下了决心,不但要学习,还要通过参加成人考试,拿上大学文凭。孔玉爱跟孩子们约定:"我们要和你们展开学习竞赛,以后每周写信或打电话的时候,要相互汇报这方面的内容。"

看完了凤翔中学,他们又带孩子们来到凤翔中学旁边的东湖。孩子们首先被这里的美景吸引了,他们在东湖景区里兴奋地东看西看。孔玉爱他们领着孩子们,到洗砚亭上坐了下来。

孔玉爱先给孩子们讲了东湖的故事,她告诉孩子们,这东湖距今已经有近千年的历史了。古代的时候,这里叫"饮凤池"。相传周文王元年,"瑞凤飞鸣过雍",在此饮水而得名。苏轼任凤翔府签书判官时,在政务之暇倡导官民疏浚扩池,引城西北凤凰泉水注入,种莲植柳,建亭修桥,筑楼成阁,作为民众游乐之地。苏轼在修建凤翔东湖二十年后,又在杭州修建了西湖苏堤,两湖南北遥望,被称为姊妹湖。

介绍完凤翔东湖,孔玉爱他们带孩子们又来到苏轼纪念碑前，给孩子们讲了苏轼其人和他一生的成就。

站在凤翔城南的虢凤坡上眺望秦岭和渭河平原，是孔玉爱他们带孩子们到县城游玩的最后一个地点。

孔玉爱指着秦岭和渭河平原对孩子们说："秦岭是中国大地南北的分水岭，秦岭这边的渭河平原是陕西最富庶的地方，从古到今，养育了一代又一代人民，也兴盛了无数的朝代。战国时期的秦国，就在这一带，凤翔曾是秦国的都城。我们家所在的秦川大地，向来物产丰富，人才辈出，所以秦国才从这里开始，统一了全国。"

他们带孩子们到县城游玩的目的，是要让孩子们知道自己是从哪里来的，应该往哪里去，树立雄心大志，将来能成就一番事业，做个对国家对人民有贡献的人。

坚守在工作岗位上的成跃山，年夜饭沙龙办得特别好。从除夕开始到正月初五，客人都是爆满，为五洲大酒店补足了去年的损失，也为华兴争回了面子。

钟老师和刘老师他们在国外玩得很好。这一天，全家人高高兴兴地回来了。

他们从机场大厅一出来，就看到五个花枝招展的漂亮姑娘迎着他们跑来，分别给他们献花，欢迎他们愉快归来。这五个姑娘都是新潮服装公司的，其中给彩虹献花的是王莹。

刘老师等人惊喜又疑惑。

"你们是哪里的？"郭晓岚问。

"我们都是新潮服装公司的。"其中一个姑娘回道。

听了这个回答，郭晓岚立刻一肚子的气。

任俊杰这时从旁边走了出来，向刘老师等人客气地说："欢迎刘教授和钟教授旅游归来，我们代表新潮服装公司的全体员工给各位拜个晚年，祝你们全家幸福美满！"

刘老师和钟老师等人一下都明白了，任俊杰还不死心，又导演出这一幕，几个人面面相觑。

任俊杰接着说："这个举动不是我想出来的，是职工们的意思。公司里不少人春节期间跑到刘教授家和刘董事长家去拜年，扑了个空。后来知道你们去国外过年了，就强烈要求，要在你们归来时，到机场迎接你们。众议难违，经过和大家商议，最后决定我们几个代表大家来迎接你们。"

王莹等五个姑娘微笑看着刘老师等人。

盛情难却，刘老师、钟老师和刘幼诚分别说了感谢的话，郭晓岚沉着脸不说话，只有不谙世事的彩虹看到鲜花和漂亮姐姐很开心，高兴地拉住递给她鲜花的王莹的手。

大家边说边往航站楼外走去，任俊杰紧跟在刘老师夫妇身边，热情地说："我安排了个便饭，请几位给我个面子，让我为你们接风洗尘。"

刘老师听后连连摆手说不麻烦他了，一家人也累了，拒绝了他的宴请。

郭晓岚不愿和任俊杰一起走，快步走在前面。

任俊杰一溜小跑，追着郭晓岚到了航站楼门口。他对郭晓岚说："郭总，坐我们的车走吧。"

郭晓岚毫不客气地说："我们有车！"她头也不回地说着，过了马路，往停车场方向走去。

任俊杰追了几步郭晓岚，回头见王莹牵着彩虹过来了，大声地喊："王莹！别过来！"

王莹牵着彩虹停在了路当中，这时有辆车开了过来，任俊杰急跑过去，推开了彩虹。结果车辆紧急刹车，把王莹压在了车下，并把任俊杰撞倒在地。

刘老师一家和另外四个姑娘目睹了这惊魂的一幕，不由得发出惊叫声。

郭晓岚听到惊叫声回头看时，只见彩虹躺在路边。她急跑过去抱起彩虹叫道："彩虹！彩虹！"

彩虹脸色发灰，吓得傻了一般。

刘老师夫妇和刘幼诚来到彩虹跟前，见彩虹没有事，齐声喊："快救车下的人！"

肇事司机把王莹从车下抱了出来，王莹满脸是血，不省人事。

刘幼诚把任俊杰扶坐起来。任俊杰问："彩虹呢？"他的目光朝周围寻找。

刘幼诚告诉他，彩虹没有事，有个姑娘被车轧了。任俊杰喊道："快送医院！"

二十五

医院里的医护人员迅速接治了王莹和任俊杰。

刘老师一家和四个姑娘，在走廊里焦急地等待着检查结果。

任俊杰没什么事，在等待脑CT检查。刘老师一家感谢了他救了彩虹。郭晓岚心情很复杂，既感激任俊杰又痛恨他。

这时，王莹的父母和许多新潮服装公司的职工赶到医院来了。王莹母亲哭得撕心裂肺，令人心酸。

新潮服装公司的职工们从关心安慰王莹的母亲，到后来纷纷把指责的目光看向了坐在抢救室外面的刘老师一家，小声嘀咕着，早要答应合作，就没有现在这事了。

王莹的抢救手术做了七个小时，手术结束后，医生告诉大家，手术很成功，患者没有生命危险。

在刘老师一家回到北京时，孔玉爱等人也回到了北京。

出事后的第二天，刘老师把郭晓岚和刘幼诚叫到家里。

刘老师开门见山地说："任俊杰不甘心在与华兴合作房地产上的失败，在机场导演了接机这场戏，却意外让王莹姑娘受重伤，华兴现在不得不面对这件事了，大家商量商量怎么办吧。"

郭晓岚气愤地说："任俊杰就是个无赖，车祸是他导演做戏造成的，一切后果都应当由他负责。"

钟老师说："理是这样的理，但面对那么多的职工，能跟他们讲得清吗？肇事的司机没有经济能力，王莹姑娘的伤要治，还需要赔偿损失，任俊杰连给职工发工资都发不出了，他怎么负责，那不就苦了王莹姑娘吗？"

郭晓岚带着情绪说："那是王莹碰上了一个恶棍经理。华兴不能因为同情王莹，就便宜了任俊杰那个恶棍。"

"不要那样说，王莹以及其他四个献花的姑娘，虽说是被任俊杰操纵的，但她们都是纯真善良的。王莹因为我们出了车祸，我们怎么能不管呢？我一想到她险些丧命，心里就难受得不得了。"钟老师说着，流下了眼泪。

听了钟老师这话，郭晓岚没有再说什么。

刘老师说："王莹姑娘的事就这样定了，一切治疗费用和赔偿都由华兴出。还有，和新潮服装公司合作房地产的事，有什么想法，说说。"

郭晓岚马上坚决地说："管了王莹的一切就够便宜任俊杰

了,同他合作房地产,绝对不行!"

钟老师说:"我同意合作,毕竟彩虹是任俊杰救下的。"

刘老师点头道:"是,从救了彩虹这事上看,不好的人,也会有好的时候。我们虽然看不上任俊杰这人,可他有韧性百折不挠,车祸帮了任俊杰的忙,我们没有理由不同意了,合作就这样定了。"

任俊杰拿到华兴投资公司的钱,就召开转行庆祝大会。会上,任俊杰一时没有忍住之前在郭晓岚那儿受的气,说了几句与华兴合作之所以不顺畅,是因为有人别有用心,现在合作成功了,希望这个人以后不再捣乱,等等。

庆祝大会结束后,任俊杰请全公司的人会餐,大吃大喝了一顿。

让任俊杰没有想到的是,他晚上回到家里,正要向老婆夸耀自己的伟大胜利,却遭到老婆季月琴的一番指责。季月琴批评他做得过分了。任俊杰问她,他怎么做得过分了?

季月琴抢白他说:"两家公司已经合作了,为什么还要在会上贬损郭晓岚?"

任俊杰不满地说:"那又怎么了?我就要损损郭晓岚,出出我心里的气,怎么,她还能把签了字的文件毁了不成?"

季月琴点着他的脑门说:"你这样做会促使郭晓岚离开华兴,郭晓岚要是离开了华兴,离开了那个家,刘幼诚再婚,我的计划就落空了。"

任俊杰不以为然地说:"你那计划是空想,根本没有可能。只有我做的,才是实实在在的事。我一定要通过房地产发大财,达到收购华兴的目的。"

季月琴翻了个白眼说:"你那才是空想,我的计划是最靠得住的,我能不动声色地把刘姓的万贯家产变成任姓的万贯家产。"

屈跃到医院看望女友王莹。他对王莹说,他已经辞了在任俊杰公司的工作,准备去深圳打拼。王莹问他,公司好不容易转到房地产了,为什么要离开?屈跃说,任俊杰当初请他去,是说要振兴服装业,可任俊杰欺骗了他,还差点要了王莹的命,他恨任俊杰,不愿在他手下荒废专业,为他卖命。

两家公司合作签约后,郭晓岚对冰岩说:"我曾想利用刘幼诚与任俊杰合作房地产的事,离开华兴,离开那个家,可那次爸妈没有同意与任俊杰合作。这次他们同意合作有他们的道理,我不好硬闹,伤了大家的感情。我只能另想办法。"

冰岩好奇地问:"您还有别的什么办法?"

"我决定怠工。你在酒店给我准备套房子,我以后不在家里住,也不准备怎么去公司。这样刘幼诚遇事不管也得管,他也不能总去爸妈那里告状。时间长了,刘幼诚和爸妈就会厌烦我。加上孔玉爱会为刘幼诚着想,他们就会越走越近的。"

冰岩称赞郭晓岚的办法很好,心想郭晓岚如果成功了,等于她也成功了。

图师傅和王虎驯看到老板黎百度从老家过年回来了,就询问他回老家过年的事。图师傅关心地说:"老板也到了该结婚成家的年龄了,这次回老家,是否有相亲的好事?给我们分享一下吧。"

黎百度失笑道:"还真有这事,只是我没有见家里安排的相亲对象。"

"为什么？"图师傅问。

"我的事业未成，怎么能结婚呢。"黎百度耸耸肩说。

图师傅问："您的大事都跑了两年了，还没有找到愿意投资的人吗？"

黎百度摊摊手说："是啊，还没有。"

"老板有没有找过华兴投资公司？"王虎驯问。

"一年前找过，他们不愿意投。"

"您找的谁？"

"我找的刘幼诚董事长。"

"您找找郭晓岚总经理看，听说华兴是她说了算。"

黎百度听了王虎驯的话动了心，第二天就去华兴投资公司找郭晓岚，几次都没有找到，问华兴公司的人，也说不知道郭总在哪儿。

王虎驯得知黎百度几次都没有找到郭晓岚，就建议黎百度去五洲大酒店找找看。王虎驯告诉他，听人说，郭总和五洲大酒店的冰总是好朋友，她常去那里。

听了王虎驯这话，黎百度想起了听到的华兴投资公司在与新潮服装公司合作房地产项目上曾经内部意见不一致的传言。他分析，也许是刘幼诚和郭晓岚在闹矛盾，所以郭晓岚经常不在公司里上班，他不妨去五洲大酒店碰碰运气。

黎百度来到五洲大酒店，登记了个房间住下了。他几次有意从冰岩办公室门前经过，观察着周围的动态和来往的人员，希望能遇上郭晓岚，却一直未能如愿。郭晓岚会在哪里呢？一定是在某个房间里住着吧。黎百度曾想过询问酒店里的人，但他很快打消了这个念头。他想，如果郭晓岚躲在这里不愿意见人，他一个不相识的人找她，这里的人肯定不会告诉他郭晓岚的行踪。

这天,黎百度在餐厅吃饭时,发现他在冰岩办公室看到过的一位容貌姣好的姑娘从后厨提着食盒出来,这引起了他的注意。他偷偷地尾随着姑娘,看到姑娘敲开616房间的门,他记住了。随后他就离开那里,在附近闲逛,同时暗中注意观察。

过了一会儿,送饭的姑娘又进去了,这次是提着食盒走了。黎百度猜测616房间里住的很可能就是郭晓岚。

黎百度来到了616房间的门外,按响了门铃。

郭晓岚以为是送饭的乔芙蓉落了东西,直接就把门打开了,恰巧与门外的黎百度四目相对,刹那间双方都被对方吸引住。两人的目光相互纠缠了足有几十秒钟,这几十秒钟的时间,似乎浓缩了彼此多少年的期待,多少年的寻找。郭晓岚红润的嘴唇慢慢地张开来,发出有点颤抖的声音说:"您,您好。"

"您好。"黎百度的声音也有点颤抖。尽管黎百度这时和郭晓岚一样地激动,可他毕竟是个男子汉,很快清醒地意识到,他是来找郭总有事的:"您,您是郭晓岚总经理吗?"

"啊,我,我是郭晓岚。"

"我找您,找您有事。"

"是,是吗?请进屋里说话吧。"

两个人进了屋,郭晓岚请黎百度在沙发上坐下,客气地给他倒了一杯水,故作镇静地问黎百度有什么事找她。

黎百度介绍了自己是谁,又跟郭晓岚介绍起他的项目。黎百度从互联网诞生说起,说到了它的应用和发展,说到了它的远大前景,说到了它将改变人类社会的生存环境,说到了中国互联网与世界的差距。过程中,他见郭晓岚频频点头,知道她很感兴趣，等他感觉说得差不多了，一看手表，已经说了两个小时，于是赶紧打住了，总结说："说得通俗易懂一点，就是研发搜索引擎软件，给互联网插上飞天遨游的翅膀。将来有了这个软件，人们就可以把古今中外一切信息，都集中到一起，想看什么，只需输入关键字，就能搜索到所有相关信息。也可以说，有了我公司研发的这个软件，人们的信息搜集将无比便利。"

郭晓岚听完，高兴地说："太好了！很长时间没有听到这样好的项目了。您研究出这项目，有多长时间了？"

黎百度便把他大学毕业出国留学，留学期满，如何研发这个项目说了一遍。在介绍个人经历的过程中，才发现原来他们两人都曾在美国同一所大学留学，郭晓岚比黎百度早三年回国。

郭晓岚不解地问："这样好的项目，为什么回国两年多了还没有做呢？"

"因为没有找到投资。"

"为什么不早来找华兴投资公司呢？"

"我来过，是……"

"我明白了，是董事长接待的您。他一定是没有听懂您的项目，当然他在投资上比较谨慎。您这项目需要多少钱？"

"需要八千万。"

"我给您一个亿，打宽裕点。"

黎百度激动得不知说什么好。

郭晓岚真诚地看着黎百度说："我估计用不了几年，您的身价将是几十个亿。华兴投资公司寻找的正是您这样的合作伙伴，您明天就到华兴签约吧。"

黎百度腾地站了起来，郭晓岚也站起来了，两个人的四只手紧紧地握在了一起，郭晓岚有了触电似的感觉。

郭晓岚在黎百度离开后，感到像做了一场梦似的。

二十六

郭晓岚从酒店赶回华兴投资公司，忙着跟黎百度签约的准备工作，一直到很晚。

晚上郭晓岚回到家躺在床上，回想起白天发生的事情，还是忍不住地激动。在慢慢平静下来以后，她才想，自己的言行是不是有些失控，黎百度会不会笑话她呢？她仔细回想黎百度的一言一行，觉得黎百度没有笑话她的表现。

郭晓岚在心里默诵着："众里寻他千百度。蓦然回首，那人却在，灯火阑珊处。"她想，她真会如此地幸运吗？

突然有一个问题出现在郭晓岚的脑海里，黎百度不会已经结婚了吧？接着她又想到，她比黎百度大……这些问题让她的心情起伏不定，整整一夜未能入眠。

与郭晓岚相反，睡在她旁边的刘幼诚，这一夜睡得很安稳。

第二天一早郭晓岚就赶到了公司，等待着黎百度的到来。黎百度来了。看上去，他很平静，进门叫了声郭总，也没跟郭晓岚握手，就在她对面的椅子上坐下了。

郭晓岚觉得黎百度一下变得判若两人，他这是怎么了？是不愿和她亲近了，还是同她一样，有意要做得这样呢？她低下头想着，从抽屉里拿出了合同。

"郭总真的决定要给我投资了吗？"郭晓岚注意到黎百度

的眼光只看着她手里的合同,并没有看她,就说:"你的心情不是很急切吗?"

黎百度颇为感慨地说:"是啊,等了两年了,终于等到了,我的心情非常急切,就想马上展开工作。感谢您,郭总!"

郭晓岚看到黎百度在说感谢她的时候,看着她了。但她觉得,黎百度的眼光里只饱含着感谢,却少了昨天那种让她触电的情感。她没有生黎百度的气,只是心里有些失落。她想,或许黎百度跟她一样,是在有意掩饰自己的情感。

黎百度看也不看合同条款,拿起笔来就要签字。

"你怎么不看看,就要签字呢?"

"不用看,郭总定的条款,不会有什么问题。"

"你就不怕里边有苛刻的商业条款吗?"

"不怕。郭总怎么会呢。"黎百度说完这句话,冲郭晓岚笑了一下,接着说,"您知道吗,我曾经想只要谁给我投资,即使让我挣的钱全归他,我都愿意。"

郭晓岚觉得黎百度的那一笑有点孩子气,很可爱。他说的那话,更让她动心。她诚恳地说:"真看上你的项目,愿意帮你的人,不会动心思讹你的钱的。既然那么相信我,就签字吧。"

黎百度又冲郭晓岚孩子一般地笑了一下,开始签字。因为过于激动,他签字的手有些颤抖。

黎百度签完了字,便站起来说:"我会用实际行动感谢郭总的。我走了。"

郭晓岚看着黎百度离开自己的办公室以后,浑身像散了架似的,瘫坐到了椅子上。她这时不由又回想起昨天晚上出现在她脑海里的问题,她现在相信那个问题是实际存在的。失落之后,郭晓岚又想,她和黎百度做了件大事,他们共同合作的项目无论是对民众还是对国家，都将是一个重要的贡献。黎百度这个有才气的年轻人，终于可以做他想做的事情了。

冰岩来公司找郭晓岚，她见郭晓岚不怎么开心，就问："您怎么了？昨天不言不语地就离开了酒店。"

郭晓岚能跟冰岩说什么呢？她对黎百度复杂异样的情愫不能告诉冰岩，尽管她们是好朋友，是闺蜜，但也不是什么秘密都能告诉对方。郭晓岚敷衍着："我昨天觉得闷，就出去走走。"接着，郭晓岚又催促冰岩抓紧成跃山的事，冰岩点头答应着。

黎百度离开华兴投资公司，先到了修车铺，把好消息告诉了图师傅和王虎驯，感谢了他们的帮助。接着黎百度表示要把修车铺给图师傅，图师傅坚决不要，他真诚地说："这修车铺过去姓黎，以后永远都姓黎，我和王虎驯永远都是黎老板手下的人。"素来憨厚的图师傅想了想又说，"黎老板不能有大事干了，就扔了修车铺，黎老板不能忘记自己是从这里起飞的。"

黎百度听了也很有感触，点头说："就按图师傅的意见办，这修车铺还是我的，你们两个都是我新成立的天网公司的人。"

王虎驯虽然不明白黎百度干的究竟是啥大事，但也跟着说："黎老板干了高科技的大事了，以后也把咱这修车铺科技科技，发展发展，让咱这修车铺也腾飞起来。"

图师傅脸一板，训徒弟说："修车铺怎么腾飞，还能叫汽车飞起来成为飞机吗？咱们俩到多会儿都是修车的，别想着蹭黎老板的光。我们要老老实实地修好车，给黎老板争光。"

黎百度若有所思地说："王虎驯的话也没有错，或许有一天，这汽车既能在地上跑，也能在空中飞呢。科学技术的发展特别快，以后会有意想不到的奇迹的。"

黎百度离开后，图师傅拍拍徒弟王虎驯的肩膀说："黎老板去干大事了，修车铺他肯定顾不上管，以后我们两个一定要把修车铺管好。"

又到周末了，孔玉爱开车拉着钟老师去接彩虹。季月琴估摸着钟老师可能会来接彩虹，她想借机和钟老师套套近乎，所以去得很早。她到学校后，发现儿子大发没有和彩虹在一起，就训大发，为什么不叫上彩虹一起玩。大发说彩虹在宿舍里没出来，季月琴教训他说，彩虹没出来你就应当去找她，要经常和她在一起，要和她成为好朋友。

大发点头答应，季月琴又问："你这个星期为彩虹都做过什么事？跟妈说说。"

大发想了想说，那天有个男生揪了彩虹的辫子，被他看见了，他满院里追打那个男生，最后把那个男生打哭了。

季月琴赞扬儿子这事干得好，问他后来呢？

大发瘪了瘪嘴说："后来那男生告到了老师那里，老师把我叫去，批评我不该打人。"

"你怎么说的？"

"我说他不该揪彩虹的辫子。"

"儿子你说得好。后来呢？"

"后来老师说，他揪彩虹的辫子不对，我打他也不对。"

季月琴听了说："这个老师是非观念不清，各打五十大板啊，明明是他揪彩虹辫子不对在先，你打他教育他是在后，你有什么错误呢？"

大发得到妈妈的认可很是高兴。

季月琴又问儿子，彩虹对这事是什么态度？大发说，彩虹说他打人家打得太厉害了，把人家都打哭了。季月琴说，彩虹是女孩子，心软，大发护着她，她肯定心里高兴。季月琴又表扬了一番大发后说："走，现在咱们就去找彩虹。"

彩虹正在宿舍窗口张望来接她的车，听到叫她的声音，一看楼下站着大发和大发的妈妈，便离开宿舍下来了。

季月琴迎上前去拥抱了彩虹，说了好多想彩虹赞彩虹的话之后，拉彩虹到院子里的座椅上坐下来，拿出糖果零食叫彩虹吃。季月琴一边哄着彩虹吃，一边就问彩虹，大发对她好不好，有没有欺负她。彩虹说，大发对她很好，没有欺负过她。季月琴说，大发跟你幼儿园的时候在一个班，小学又在一个班里，这是很难得的，这叫什么？这就叫缘分。你们两个孩子是很有缘分的，一定要珍惜。你们之间一定要相互关心，相互爱护。

彩虹和大发有一句没一句地听着，这样的话季月琴跟他们说过无数次了。

这时，钟老师的车到了。彩虹看到奶奶的车，马上要跑去，季月琴一把拉住她的手，和她一起迎上去。

季月琴来到钟老师跟前，向钟老师问好。她说："自从华兴和我们家新潮公司合作房地产项目以后，我就觉得和华兴的人，和钟教授又亲近了很多呢。"

她见钟老师只是应付她，不太热情的样子，就又说："我知道因为之前的一些误会钟教授心里不是那么愉快。"

钟老师听到这里开口道："既然已经合作了，就把合作的事做好，才是正理。过去的事不要再提了，我也没有什么不愉快。"

季月琴满脸堆笑着又恭维了一番钟老师。钟老师敷衍着与她告辞，带着彩虹上车走了。

回到家，孔玉爱就赶紧去了厨房忙碌，准备午饭。

刘幼诚来到钟老师家里。

钟老师看只有他一个人，便问："晓岚怎么没来？"

刘幼诚说："她说身上不舒服。"

孔玉爱闻言有些紧张地问："是不是病了？要不要去看看。"

钟老师摆摆手，不以为然地说："不用，她八成又在闹情绪吧，事都做了，还要怎么着呢。"

孔玉爱见钟老师生气了，不敢多说什么，但心里很着急。她见彩虹去了卫生间，就在卫生间门口等着，彩虹出来后，她把彩虹叫到一边轻声说："你妈没有来，不知是生病了还是怎么了，你给你妈打电话问问，如果能来还是来吧，就说是奶奶叫你打的电话，要你妈来的。"

彩虹拿起电话按孔玉爱教她的话跟郭晓岚说了，电话里郭晓岚说不舒服不过去了，说完就把电话挂了。

这样的情况，该怎么办呢？孔玉爱分析，郭晓岚一定是在闹情绪。从刘幼诚那里她就能看出来，他们夫妻之间的关系一定很紧张。周末一家人团聚，郭晓岚不来，刘老师夫妇心里也会不高兴的。怎么办呢？孔玉爱想了想，找到钟老师说："老师，我听彩虹给她妈打电话了，听晓岚姐说话的声音，好像是生病了。我想去看看，如果需要去医院，我可以陪她去。"

钟老师明白孔玉爱的好意，同意她去看看。

郭晓岚听到敲门声，猜出是孔玉爱，不作声，不开门，心里想，这个孔玉爱非来烦我干什么呢？我不去，你不正好可以和刘幼诚随便些嘛。

孔玉爱敲了好长时间的门，郭晓岚就是不开，孔玉爱无奈只好回去了。

回到钟老师家，她编了段话跟钟老师说："晓岚姐是病了，浑身无力，不想动。我要拉她去医院，她不肯去，叫我在药店里买了药吃了。晓岚姐让你们不要为她操心，说她没有大病。"

午饭因为缺了郭晓岚，显得有些冷清。

二十七

成跃山整天为了工作忙碌着，又有柴永跟在身边，这让冰岩觉得实在找不到独处的机会。后来，冰岩想，他们俩的事，是需要以感情为基础的。成跃山如果没有这方面的感情，她硬要怎么样，只会把成跃山吓住，欲速则不达，先前的事已经是教训了，她得改变办法，应当从培养和成跃山的感情入手。成跃山是从农村深山里来的，要先让他成为城市里的人，有了城市人的情感，才好往下进行。成跃山整天忙工作，连点娱乐活动都没有，这样的情况，怎么能叫他变成城市人呢？

从这个思路出发，冰岩琢磨出了一个可以叫成跃山开窍、使他成为一个城市人的办法。随即，她就把成跃山叫来了。

冰岩对成跃山说："酒店夜总会那边工作不太得力，我想请你下班后帮忙多照看照看，这样既能帮那边做点工作，你也可以娱乐放松一下，你看行吗？"

成跃山满口答应："行。冰总有什么具体的要求吗？"

冰岩公事公办地说:"没有什么具体的要求,你也不要有什么压力和顾虑。"

成跃山走后,冰岩把乔芙蓉叫来嘱咐了一番。她让乔芙蓉告诉夜总会的人,成跃山去那里是放松娱乐的,不是去干活的。要夜总会的人教他跳舞,让他学会怎么娱乐。

成跃山从冰岩办公室出来,就找到柴永说,他从今天起,每天下班后都要去夜总会帮忙,回家肯定很晚了,让柴永不用等他自己先回去。

柴永执拗地说:"我一定要和大哥一起回,这是我老婆给我下的命令,我要一个人回去,我老婆会把我赶出来的。"

成跃山实际是愿意叫柴永等他一起回的,之前的事他心有余悸,于是他说:"今天一起回可以,以后你和赵玉华再商量商量吧。"

晚上下了班,临去夜总会前成跃山对柴永说,他要愿意去夜总会看看热闹也行,愿意休息就在后厨休息,夜总会完了活儿,他就给柴永打电话。柴永说,他不看那热闹,就在后厨等着,叫成跃山有事时,随时给他打电话。

成跃山到了夜总会,那里的经理和工作人员都对他很尊重很热情。成跃山问夜总会的经理,有什么需要他干的事。经理说,暂时没有什么需要他帮忙的事,要他快坐下。

女服务员就要给成跃山上饮料,问他是喝咖啡、啤酒还是别的什么。成跃山连连摆手说,他什么都不喝。经理嘱咐几个漂亮的女服务员去请成跃山跳舞,成跃山说他不会跳也不想学,把几个女服务员支走了。

乔芙蓉把成跃山的情况汇报给冰岩后,冰岩不太在意地说:"不着急,得有个过程,慢慢习惯了,他会和那里的人打成一片的。"

成跃山第一次到夜总会，就发现了这里的一个问题——没有主持和好的歌手，来唱歌的人都是业余的，唱得普遍水平偏低，不但显得比较乱，也引不起大家的共鸣和兴趣。成跃山想，要是有个像样的歌手在这里驻唱，情况肯定会好许多。于是，他想到了娜仁托雅师母。

这天晚上，孔玉爱的家里很热闹。成富山转了警，破例按时回家，买了酒和熟肉等与家里的人一起庆祝。因为成跃山和柴永还没有回来，孔玉爱就说："他们俩回来会很晚的，咱们边吃边喝等着。"

有了孔玉爱的话，酒席就可以开始了。成富山说："那就依大嫂的意见，先开始吧。我能有今天的转警，全因这个家里的人大力地支持和帮助，尤其是大嫂和大哥。是大嫂和大哥带我和桂淑走出了大山，也是你们帮我在工作上出主意、想办法、担责任，才使我做出了些成绩来，比如帮教索萌和促使那个盗窃团伙转变。正因为这些事，所里才把仅有的一个转警指标给了我，我先敬大嫂一杯。"

王虎驯看着成富山敬了孔玉爱，敬了大家，觉得该他回敬成富山了，可他的手刚抬起来，就被白文侠打下去了。

白文侠当着大家的面损他说："别以为这里除了二哥，就你王虎驯是个男人了，该你说话了。是男人，就要做出像大哥二哥一样的事来，才算数。"她的话引得大家全笑了。

王虎驯尴尬地笑笑，冲白文侠说："就你能，你说吧。"

白文侠冲他扬扬脸说："我不像你那样不懂规矩，下边该说话的是大嫂、二嫂和三嫂。"

孔玉爱端起酒来回敬成富山说："祝贺富山工作出色转了警，给成家山村，给进京的农民长了脸，争了气。希望你再接再厉，不断立新功，做贡献。"

在孔玉爱说这些话时，白文侠盯着王虎驯看。王虎驯假装没有看到，只用敬佩的眼光看着孔玉爱。

杨桂淑接着说："我们以前对大嫂大哥，对赵玉华和柴永，对白文侠和王虎驯都关心帮助不够，以后要尽量做好我们该做的工作，希望大家以后及时指出我们的缺点和错误。"

赵玉华说了很多感谢的话。她对这个家的感情特别深，孔玉爱他们三家六个人，对她对柴永像对自己的亲人一样。赵玉华还跟孔玉爱说了一件重要的事，高大现在在他们公司的工地上开推土机，高大的老婆孙丽也来北京了。高大找了任俊杰，任俊杰把孙丽安排在工地上当临时工。

孔玉爱听了说这是好事，高大的老婆来了，又有了工作，他们以后的日子就好过了。她叮嘱赵玉华以后多注意，没有事少和高大接触，以免孙丽产生怀疑。赵玉华点头答应。

成跃山和柴永回来了，他们听说成富山转了警，高兴地祝贺成富山。成跃山告诉大家说，他又接受了点新的工作任务，冰总要他晚上下班后去夜总会帮忙，所以往后都会回来得很晚。

几个人听了都说这是好事，说明领导很看重他，相信他又会做出新的成绩。

成跃山说："以后柴永兄弟就不用等我了，可以早点回家了。"

赵玉华抢在柴永前边说："柴永不能自己早回来，一定要和大哥一起回来。"她转问柴永："你跟大哥说了这意思没有？"

柴永赶紧表态说："我跟大哥说了。"

赵玉华赞许地说："这就对了，还和过去一样，一定要一起回来，负责大哥的安全。"她还嘱咐柴永，"大哥去夜总会帮忙，你不能在酒店里闲等着，应当跟着大哥，眼里有活儿，多给酒店里做点贡献。"柴永点头答应。

这时，白文侠又把矛头对准王虎驯："王虎驯，你看到了吧，这家里四个男人有三个都在加班加点地做贡献进步，就你一个男人没有出息，每天晚上就知道扎在我们女人堆里。"她的话又引得大家笑了。

成跃山笑着摆摆手，对大家说："我今天第一次到夜总会去，发现夜总会有个大问题，就是那里没有歌手没有现场主持的人，比较乱，我有个想法，如果能请娜仁托雅师母去夜总会做歌手当主持，肯定受欢迎。"

孔玉爱闻言忍不住拍手说："我正在琢磨应当帮师母找个工作呢，如果能去当歌手做主持那就太好了，师母适合干这个。"她随即叮嘱王虎驯，让他明天问问图师傅的意见。成跃山也要把他的想法向冰总汇报，如果两方都同意，就太好了。

第二天，王虎驯一到修车铺，就把成跃山想请娜仁托雅师母去夜总会唱歌做主持的事跟图师傅说了。没想到图师傅竟然不同意。

王虎驯愕然地问："这样好的事，师傅为什么不同意？"

图师傅黑着脸说："我养得起老婆，不需要她出去挣钱。"

王虎驯一听，就没有敢再说什么。修完一辆车后，他给成跃山打了电话。

成跃山刚跟冰岩汇报完想请娜仁托雅当歌手的事，冰岩表示赞同。王虎驯的电话让他感到失望，这该怎么办呢？他看了看钟表，犹豫着拨通了钟老师家的电话，孔玉爱接起电话后，成跃山把事情跟她说了。孔玉爱想了想说："我晚上去图师傅家一趟，争取把他的工作做通了。"

钟老师在孔玉爱接完电话后，问她是什么事。孔玉爱如实跟钟老师说了事情原委，钟老师很支持成跃山的想法。

两人聊了会儿天，孔玉爱给钟老师换了新茶水，端着茶杯送钟老师到琴房，很快琴房里响起了轻快优美的琴声。

自从上周末，孔玉爱从郭晓岚处回来，跟钟老师说了假话，钟老师真的以为郭晓岚是病了，主动打电话询问了她的病情。这样一来，她们俩说上了话，僵持的局面就打破了，两人之间的关系又变好了。这让孔玉爱认识到，善意的假话是有好处的，会有意想不到的效果。

孔玉爱又到书房给刘老师续茶水。

刘老师正在书房里抄写王羲之的《兰亭序》。孔玉爱倒完水，站在旁边看刘老师写字。刘老师停下来问她知不知道《兰亭序》？

孔玉爱惭愧地说："不知道。一定是很有名的文章吧？"

刘老师点头说："是很有名的文章，也是很有名的书法，我以后会给你详细讲讲《兰亭序》。你看我写的这些字，感觉怎么样。"刘老师说着，把王羲之的《兰亭序》拓本在书案上展开来，让孔玉爱对比着看。

孔玉爱看得很认真。看了一会儿，说："老师写得很好，但也有和那拓本上不一样的地方。"

刘老师颔首说："我的字还谈不上很好，只是自己和自己比有所进步。和那拓本不一样，是必然的。写字和写文章一样，不能模仿别人的，只能借鉴别人的，功夫在于创新，不在于形似，模仿得很像的，不一定是好书法。"

孔玉爱觉得刘老师说的这几句话，很重要，很深刻。她一边琢磨着，一边再看那些字。

这天不到下班的时间，钟老师就催孔玉爱走，让她去找图师傅做工作。

孔玉爱从钟老师家里出来，看时间还早，心想图师傅这会儿应该还在修车铺,不如先去那里做通他的工作,他同意了,估计娜仁托雅师母肯定也会同意。

图师傅见孔玉爱来到修车铺,就知道她是因为什么事来的。他把孔玉爱迎到屋里坐下就说:"你一定是为王虎驯说的事来的吧?"

孔玉爱也直爽地说:"是。我一直在考虑应该给师母找个工作,正好有这个机会,就叫王虎驯先问问师傅的意见。我知道师傅不需要师母出去做事挣钱,我主要是为师母考虑的,大都市不像师傅家乡的大草原,师母离开草原来到都市里,如果没有工作做,总在屋里待着,时间长了是不行的。酒店夜总会正需要师母这样的人,我跟刘老师夫妇说了,他们都很高兴,还让我好好给师傅师母做做工作,特别希望你们能够支持他们华兴的事业呢。"

图师傅说:"这事让华兴家的两个大教授还这样上心呀,我要不同意,不但违了你的一片好心,也负了大教授们的抬举。我听了王虎驯的话,只考虑不需要老婆挣钱,还有就是不喜欢夜总会的环境,所以才不同意。"

"我理解图师傅的心情,但入乡随俗,到了城市里,也得随着过城市里的生活。对城市里不好的东西,心里有戒备就行了,苍蝇不叮无缝的蛋。现在成跃山每天晚上都在夜总会里帮忙,他会保护师母的,您完全可以放心。"

图师傅听了孔玉爱的话放心了,点头说:"行了,明天我就叫老婆去那儿上班。"

孔玉爱笑着说:"图师傅完全是大男子主义,这事还得师母同意才成。"

图师傅领孔玉爱到了他们家里,图师傅一进门就对娜仁托雅说:"明天你就去五洲大酒店夜总会唱歌做主持吧。"

娜仁托雅一直希望有工作做，听到这话高兴地说："太好了！以后我不用总憋在这个屋子里了。"

孔玉爱和娜仁托雅聊了一会儿后，告辞离开。

第二天晚上，娜仁托雅穿着一身蒙古族服饰来到五洲大酒店夜总会，她往台上一站，就吸引了全场人的目光。

娜仁托雅微笑着对台下的观众说："亲爱的朋友们，大家晚上好！我叫娜仁托雅，来自内蒙古大草原，很高兴能来这里给大家唱歌，主持娱乐活动。从今天起，我会每天晚上在这里迎接大家，与大家一起度过。都市里的生活节奏很快，工作很忙，大家奔波一天下来，都很疲惫。希望这里可以让大家放松放松，消除一天的疲劳，焕发出来日的活力。今晚我先给大家唱一支《呼伦贝尔大草原》。"

娜仁托雅的歌声动听极了，大家听着她的歌声，觉得被她带到了那个辽阔美丽的大草原上，耳朵里和眼前同时出现了人间最美的声音和最美的景色。

从这天晚上以后，夜总会的顾客猛增，收益翻番。

冰岩本想叫成跃山到夜总会思想开窍，培养他城市人的情感，没想到成跃山没有顺着她的愿望开窍，倒把夜总会搞得效益翻番了。她喜忧参半。不过她想，时间还短，时间长了会有效果的。可在郭晓岚来电话，问她有什么进展的时候，她又交了个叫郭晓岚不满意的答卷。

郭晓岚不高兴地挂上了电话。

黎百度自签了约，得到投资以后，既没有再来过，也没有给郭晓岚来过电话、发过信息。郭晓岚想，难道成跃山和黎百度都是铁石之心吗？成跃山只知道工作，有那么多漂亮的姑娘围着他，他也不动心。黎百度那天的表现，难道就是为了从她手里要钱吗？是怕她黏上他吗？

253

实际上，黎百度这些天一直在忙他的事，没有顾上想郭晓岚。他偶然想到她，也是在想她是帮他的天使，他不能辜负她，要尽快做成事，不能让天使失望。至于别的，不过偶然会一闪念。他知道郭晓岚是刘幼诚的妻子，在闪念过后，他会觉得自己天真，会为那天自己的表现自愧得摇头不已。

郭晓岚无法在办公室里待下去了，她开着车毫无目的地在街上转悠，以前她郁闷时会去购物，可今天，她连购物的兴趣也没有。她将车开上了高速路，疯狂飙车，一直飙车到一个收费站，才不得不停下来。

在收费站旁边停了一会儿之后，她又开车往回返。这时，她的车速慢了，脑子里又开始回想那天和黎百度见面的情景。她曾设想，黎百度天网公司挂牌开业的时候，会请她去参加，可是等到今天也没有等到邀请，黎百度好像从那天以后就消失了似的。

郭晓岚在车上信马由缰地想着，当看到路边的一个标志时，才知道她来到了中关村。怎么会来到这里呢？这是她的潜意识在指挥她的结果吗？黎百度的天网公司就在这里。

去找黎百度吗？郭晓岚在问自己。她既想去找，又感到怵头。黎百度看到她找上门来，会怎么想呢？会笑话她吗？会看低了她吗？

这时她脑子里有个声音在说："天网公司是华兴投资公司投资的，你有责任去看看，去检查检查。你甚至可以批评黎百度对华兴的漠视。"

就这样，她停下车来，寻找天网公司。郭晓岚走进科贸电子大楼，挨个儿看楼里的公司名牌，没有找到天网公司的牌子。她只好问楼里的人，竟无一人知道。

郭晓岚失望地从楼里出来，在门口被一个从外边风风火火跑进来的小伙子差点儿撞到,小伙子赶快向她道歉。

她抱着死马当作活马医的心思,顺便问了小伙子一句:"你知道天网公司在哪儿吗?"

小伙子笑了:"巧了,我就是天网公司的,您要去天网公司跟我走。"小伙子边走边问她找谁。

郭晓岚说:"我找黎百度,他在不在公司?"

"应该在。"小伙子说着,把她带到黎百度的办公室,黎百度没在屋里,小伙子说他肯定在公司,让郭晓岚等着,他去找黎百度。

郭晓岚环顾黎百度的办公室,屋里只有简单的办公设施,墙角处有张单人床。郭晓岚想,这也太简陋了。

等了好长时间,黎百度才来。他一看等他的是郭晓岚,就抱怨那个小伙子说:"你也不问下她是谁,她是华兴投资公司的总经理,我们公司的大恩人。"

黎百度一边请郭晓岚坐,一边解释说,小伙子只说有人找他,他那边的事进行了一半,不好放下,回来晚了实在对不起。

郭晓岚发现黎百度瘦了不少,黑眼圈明显,不由有些心疼。黎百度说话间找了个纸杯,给郭晓岚倒了杯白开水:"实在对不起,我这儿没有茶叶,只能给郭总倒杯白开水了。"

郭晓岚说他办公环境太简陋了,问他是不是钱不够用。

黎百度不以为意地说:"钱够用,我要把钱用到事业上,生活上能过就行了。等赚了钱,我请您吃大餐。"

郭晓岚关心地问:"你的事干得怎么样?怎么没听到任何信息呢?"

黎百度便把公司的情况向郭晓岚汇报了一遍,他说:"我原打算等把事情干成了,再去给您汇报。我没有搞公司挂牌庆典，也没有发广告宣传，我不花那些冤枉钱，我把公司的产品做成了，就是最好的广告。我准备一开始推些免费的产品让用户体验、感受，提高我们产品的使用率。"黎百度一说起业务来，滔滔不绝，郭晓岚越听越有兴致。

在来找黎百度之前，郭晓岚想了许多要探问黎百度的问题，其中有不少是关乎他们之间感情的。可一听起黎百度所说的事业来，她几乎把那些问题都忘了。在黎百度面前，她感到了自己的自私和小气。到后来，她不愿再占用黎百度宝贵的时间，不顾黎百度挽留她吃饭，告辞离开了天网公司。

在返回的路上，郭晓岚想，黎百度真是个干事业的人，她误会了他，他是想干成了再找她见她。这是一个男人最宝贵的品质，他不愿辜负帮助过他有恩于他的人。他全身心地在做事业，不像她闲坐下来，尽想些情感上的事。相比之下，她感到她比黎百度差得很远。回想黎百度消瘦疲惫的面容和他那简陋的办公环境，她很心疼。可她能为他做什么呢？郭晓岚想作为投资人，除了尊重他，自己不能为他做什么了。除非她是他的人。一想到这个，她的心就像被猛扎了一下似的，酸疼得泪如泉涌。

到了华兴投资公司门口，郭晓岚把车刹住。她看着这个大门，想起了几年前的事。

那年她留学回来，爸妈就要她和刘幼诚接手这个家族企业，当时她一点思想准备都没有。

那天，爸爸跟他们说了他的想法，刘幼诚没有表示反对。她感到很突然，当时她还想继续学习点什么，或者创造点什么。所以，她说了自己的想法。

爸爸听了以后说："家族留下来的企业不能总找外人打理。我年轻的时候，之所以没有接手，是因为我爱好的是历史文化，学的也是历史文化，对企业一窍不通。你们两个都是学理工的，再不接手家族企业就说不过去了。晓岚想继续学习，想有点创造，接手自家的企业，正需要学习各个领域里的知识，如果看准了要创造的东西，自己手里有钱，是很方便的事情。"就这样，她进了这个大门，这里成了她逃不出去的牢笼。

郭晓岚回到办公室，很快一堆需要她批的文件和材料就送到她面前，手头的刚处理完，又送来新的一批，郭晓岚无奈地叹口气，继续批阅。

楼里变得安静了，她意识到大家应该都已经下班走了，她抬头发了会儿呆，起身离开了办公室。

二十八

刘幼诚坐在书房里，面前放着一本书，但他的眼睛并不在书上，而是茫然地看着别处。郭晓岚对他越来越冷淡，这让他心里很难受。他知道郭晓岚是为刘家好，可爸妈的意见也是完全正确的，他不能因为她不能生育了就嫌弃她，让她离开这个家。什么断不断刘家的香火，那种旧观念多迂腐。亲情和良知比什么都重要，这个家和公司不能没有郭晓岚，彩虹也需要亲妈妈。他早就下了决心，不管郭晓岚怎么闹，他都要忍着，他要保全这个家。

门响了，刘幼诚知道郭晓岚回来了。

郭晓岚进门后，朝书房那边看了一眼，放下包，进了卫生间。

刘幼诚从书房里出来，进了卧室，坐到床边等着郭晓岚。

郭晓岚洗完了澡，出了卫生间，在外屋的沙发上坐下了。

刘幼诚见她总不进来，过去说："睡吧。"

郭晓岚没有应声。

刘幼诚便又回到卧室，独自睡下。

郭晓岚在外屋坐了很长时间，才进了卧室。她看到刘幼诚给她把被子铺好了，所有的情绪一下子搅到一起，眼泪瞬间滚滚而下。

又到了该去看王德和崔小蕊的时间。成跃山把给他俩带的东西准备好了，就去找冰岩汇报，说他想明天去看王德和崔小蕊。

冰岩出人意料地说："这回我和你一起去。"

成跃山听冰岩说要去，就有些紧张。自从那一次冰岩喝多了，拉住他不让他离开的事发生以后，他一直很害怕和她独处。冰岩要和他一起去看王德和崔小蕊，只有他们两个人，会不会发生什么事情呢？但冰岩是领导，对这事重视是好事，他又不能拒绝。

成跃山只好说："王德和崔小蕊看到冰总去看他们，一定会很感动，会更好地改造自己。"

从冰岩办公室里出来以后，成跃山就想，能不能再去一个人呢？他想到了乔芙蓉。乔芙蓉是冰岩的秘书，叫她一起去是很合适的。成跃山找到了乔芙蓉，告诉她冰总明天要去看王德和崔小蕊，乔秘书应当陪同一起去。

乔芙蓉问成跃山："您是在传达冰总的话呢，还是您想叫我去呢？"

成跃山有些赧然地说："是我想的。我想冰总出门，秘书应当陪同。"

乔芙蓉公事公办地说："如果需要我陪同，冰总自然会告知我的，她没有告知我，说明不需要我陪同。成经理和冰总去，有您陪同就用不着我了。"

成跃山有些着急了，连忙解释说："我是个男的，陪冰总多有不便，还是你一起陪同着比较好。"

乔芙蓉掩嘴笑了起来："成经理太封建了吧？都什么年代了，还需要有那么多不必要的顾虑吗？快别说了，高高兴兴陪冰总去吧。"

成跃山见说不动乔芙蓉，心里着急，打躬作揖地求道："我求乔秘书了，希望乔秘书给我个面子吧。"

见成跃山都这样说了，乔芙蓉只好说她去问问冰总的意见。

乔芙蓉去了冰岩的办公室，把成跃山如何求她的事情学了一遍。冰岩听后笑笑说："你已经完成了成跃山交给你的任务，去回他的话吧。多跟他说些话，打通一下他那封建的脑袋瓜。"

成跃山见乔芙蓉很轻松地向他走来，还以为事情成了，高兴地问："怎么样，冰总同意了吧？"

乔芙蓉笑盈盈地说："冰总不同意。"她见成跃山瞪大了眼睛审视着她，以为在逗他，便接着说，"不要脑子里总存着那套封建想法，要紧跟现代的思想。冰总决定的事，理解的要执行，不理解的也要执行，在执行中去理解，尽快去掉农村人的脑子，换上城市人的脑子。"

成跃山想拉上乔芙蓉一起去的计划失败了，心里很不踏实。他又想到了让孔玉爱一起去，可上回孔玉爱去是钟老师的意思，这回他总不能叫孔玉爱向钟老师提出这样的要求。

晚上成跃山回到家里，告诉孔玉爱，说他明天要去看王德和崔小蕊。孔玉爱问他和谁去，他竟然没能说出是和冰岩去，只说是和餐饮部的同事去。话一出口，他就后悔了，为什么不说实话，而要说假话呢？是因为心里的那个怕吗？

实际上，孔玉爱不过是随口问一句，成跃山跟谁去，她根本就没有当回事。然而成跃山却为对孔玉爱说了假话而心里不安，加上反复设想明天会不会发生什么事，翻来覆去地睡不着。

冰岩这天晚上也睡得很少，和成跃山一起去看王德和崔小蕊，是她灵机一动临时抓住的一个好机会。两个人离开了酒店，不受熟人的目光监视，她可以放开一些，成跃山也不会那样紧张了，他们的关系就会拉近了。

机会是抓住了，具体该怎么做呢？冰岩躺在床上挖空心思地想，这次一定要循序渐进，要根据成跃山现时的思想基础，慢慢地接近，掌握好分寸。

第二天成跃山很早就到了酒店，冰岩也来得很早，一到酒店她就叫成跃山出发，说不在酒店里吃早饭了，她已经准备了早点，在车上吃，赶路要紧，晚了市区里会堵车的。

冰岩今天着意地打扮了一番，她跟着成跃山来到车前，扭动着腰肢问："跃山你看看，我今天的这身穿戴怎么样？"

成跃山不敢看她，只说："很好。"

冰岩又好气又好笑地说："都没有认真地看就说很好，是在敷衍我吗？"

"是，是很好。"

"这身穿戴到监狱那样的地方，会不会不太合适？"

成跃山心想，冰岩要是穿素色的衣服，会好些，今天这身太华丽了，实话实说道："是有点不合适。"

"我必须穿好些,是要给崔小蕊看的,让崔小蕊知道,只要好好改造,出了监狱就可以穿像我这样好看的衣服了。"

成跃山只能顺着冰岩说:"是的,冰总说得有道理,可以促使崔小蕊好好地改造。"

冰岩上车径直坐到副驾驶座上,成跃山心道不妙,赶紧劝她坐后边,说后座既宽大舒服又安全。冰岩说她愿意坐这儿,离成跃山近,也好和他说话。成跃山无话可说。他闻到冰岩身上浓重的香水味,心不由得咚咚直跳。

冰岩看着成跃山,甜蜜地笑着。

成跃山昨天晚上就想好了,不管冰岩怎么样,他都要稳住自己,绝不能让冰岩有误会。他知道,今天对他是最严酷的考验,他绝对不能出问题。

冰岩见成跃山非常拘束的样子,两只眼睛一直看着前边的路,连斜视她一眼都没有,就笑笑说:"我看你不像是和我一起出来工作的,倒像是要上战场去打仗似的,那么紧张。真要去打仗,也不至于这样吧?你真好笑呀跃山。"她说着就笑出声来,想逗成跃山也笑,但成跃山没有笑,只是干咳了一下。

一招不行,还有下一招,冰岩打开了她的包,拿出了她精心准备的早点。她把一根五香肉肠剥开,边剥边说:"这肠五香俱全,百吃不厌。"她说着,就把五香肉肠递到成跃山嘴边,要成跃山吃。

成跃山惶恐道:"我不吃,冰总您快吃。"

冰岩关心地说:"你不也没有吃早饭吗?为什么不吃呢?说好了在车上吃早点的嘛,快吃。"

"我不饿,冰总快吃吧,别管我。"

冰岩故意做出不高兴的样子,说:"这是怎么了,该吃饭不吃饭，还不让我管，是对我有什么意见吗？"

成跃山赶紧说："没有，没有，对不起冰总，我是说我不饿，请冰总先吃。"

冰岩见他坚持不吃，便说："你真要不饿，我就先吃了。"她咬了一口肉肠，边嚼边说，"真是特别地好吃。"这时，她注意到成跃山的喉结动了一下，知道成跃山在强忍着，就又说："不很饿，可以先少吃点，就咬一口吧。"她说着，把肉肠又递到了成跃山的嘴边。

成跃山忍不住看了一眼肉肠，但还是说："冰总您吃吧。"

冰岩说："怎么，看是我咬过了，嫌弃我吗？"

成跃山赶紧说："不不，我怎么会嫌弃冰总呢？"

"不嫌弃就吃，给。"冰岩说着，又把肉肠递到成跃山嘴边，成跃山伸手要接，冰岩躲开了，"你的手在驾车，注意安全，快用嘴咬。"

成跃山尴尬地咬了一口。

冰岩很高兴，她终于做成了今天想做的第一件事。看着成跃山很香地嚼着，很快就咽下去了，于是她赶快又递过去，成跃山就又咬了一口。

成跃山在连吃了几口以后，才突然想起什么似的，说了声谢谢冰总。

冰岩开心地说："我们之间不用说那些客气的话，先把肚子喂饱了再说。"

成跃山觉得，既然已经吃了，吃一口是吃，吃饱了也是吃，就吃吧。他也没有再说感谢的话。冰岩再喂给他食物的时候，他都顺从地吃了，但他始终没有看冰岩的脸。

冰岩昨晚设想的在车上喂成跃山吃早点的环节，获得了成功。接下来她就开门见山地说："我们都在一起工作快三年了，应该是很熟的了，可我不知道你为什么对我总是那样生分呢？跃山，你能跟我说说自己是怎么想的吗？"

冰岩的问题，让成跃山很难回答。他该怎么跟冰岩说呢？他想了想说："主要是我从小长在农村，书念得很少，没有多少文化知识，没有见过世面，不懂得怎么跟领导说话交往，常常心里没有底，所以就显得生分，拘谨。"

"跃山，我要你跟我说句心里话，你说你这话是否有点假，只要你说了心里话，我听得出来，就不会再追问你。"

成跃山是老实人，这些话不是他心里所想的，于是点头承认他的话是有点假。

冰岩称赞成跃山说了心里话，她说她有言在先，不追问了，这个话题就此打住。她想了想诚恳地说："我是个活泼开朗、坦诚直率的人，这是我的性格。我需要真诚的回应，我受不了闷葫芦。说白了，就是要哄我当下高兴，至于过后怎么样，没有关系。"她说完，问成跃山听明白了没有，知道以后怎么跟她相处了吗？

成跃山感受到冰岩的真诚，禁不住愧疚地转脸看了她一眼："我知道了，以前我不了解您的性格，做得不好，请您原谅。"

冰岩看到她的策略已经使成跃山有了愧疚感，开始正视她了。她表扬了成跃山是通情达理的人，怪自己以前没有把该说的话说清楚，弄得成跃山很紧张。其实他们早该轻轻松松地一起工作，完全没有必要那样拘束的。

成跃山似乎一下子变得轻松了，他又看了冰岩一眼，脸上还出现了几丝笑容。

冰岩接下来问成跃山累不累，她可以驾驶一会儿。成跃山说他不累，他让冰岩休息一会儿。这时路标显示前方有服务区，冰岩说她要去趟洗手间。

成跃山把车开进了服务区，冰岩去了洗手间出来，就要成跃山从驾驶座上下来，她来开车。成跃山不肯。冰岩就拉住他的手，要拉他下来，成跃山不敢甩开冰岩的手，只好下了车，他像是要逃开似的，迅速打开右后门上了车，冰岩让他坐到副驾驶座上。

成跃山哀求说："我就在后边坐着吧。"

冰岩说："你还是坐到前边来吧，陪我说说话，这样我不容易犯困。"

成跃山赶紧说："那还是我开车吧，我不困，您在后边睡会儿。"

冰岩坚持说："我就要开车，如果你不见外，不生分，就听我的话。"话说到这份上，成跃山只好坐到了副驾驶座上。

车上了高速，冰岩让成跃山和她说话。成跃山比较紧张，问她说什么好。冰岩心情大好地说，说什么都可以，只要是成跃山说的话，她都爱听。可成跃山真不知该跟冰岩说些什么，冰岩只好说那就从他老家说起吧，讲讲村里有意思的人和事。

有了这样的提示，成跃山就有话说了。他的话一下子多起来，说得轻松又有趣，一下子没了拘谨。他甚至把冰岩当朋友一样地看待了，无拘无束地看她，和她一起欢笑。

冰岩看到成跃山在不知不觉中的变化，别提有多么高兴了。就这样，他们说笑了一路。

不知不觉间监狱到了。由于冰岩总亲自来探视王德和崔小蕊，两人都非常感动，表示一定要好好改造，出狱后重新做人。

冰岩和成跃山结束探望，开车返回市里，路上两个人又有了不少的交流。

冰岩感到此行收获特别大,一下子拉近了她和成跃山的距离。她要想得到成跃山,就要让他感到她是个可亲近的人,而不是害怕她。

成跃山也觉得这次与冰岩去探监收获很大,不但大大鼓励了王德和崔小蕊改造的勇气,而且也让他进一步认识了冰岩。过去他曾想,冰岩是否想和他怎么样,是他把冰岩看低了,而把自己看得太高了。一想到这个,他感到自己很可笑。冰岩是什么人,他是什么人,他一个从山沟里出来的农村汉,脑子里在想什么呢?现在他明白了,冰岩是在大都市里长大的,天真活泼,随心所欲,就求个日常的快乐。他不能在她跟前板着脸,低着头,一副木讷不亲近的样子,应当迎合她,亲近她,让她高兴才是对的。他只要掌握好分寸就行了。那天喝酒,她拉住他不让他走,是她喝醉了。如此想下来以后,成跃山打算要改变改变自己。

二十九

探监回来的第二天冰岩便去见了郭晓岚,向她汇报了情况。在冰岩来之前,郭晓岚刚刚知道了一个好消息,黎百度的天网公司的第一个产品已经问世。

冰岩汇报完,郭晓岚送走她,刚一坐下,桌子上的电话就响了。她接起来,没想到电话竟是黎百度打来的。

黎百度兴奋地说:"我要请郭总吃大餐,您晚上有时间吗?"

郭晓岚也兴奋地回答说："时间我有，难道非要吃大餐不行吗？"

黎百度努力压抑着内心的激动说："非要吃，必须吃，一定要吃！下班我去接您。"

郭晓岚说："不用，告诉我在哪里，我去就行了。"

黎百度坚持要去接她，郭晓岚高兴地答应了。

放下电话，郭晓岚难以抑制心中的兴奋，在办公室里来来回回地走着。她在想，晚上的饭局会是怎样的情景呢？是只有她和黎百度，还是有别人参加呢？如果只有他们两人，会是一种用意；如果还有别人参加，那就是另一种用意了。她内心希望的是第一种。

下班后，黎百度来公司接上郭晓岚，开车带她到预订的酒店去，路上郭晓岚无意中看到了路边刘幼诚的车和站在车边的孔玉爱。

这一幕太让郭晓岚感到意外，也让她高兴。一直以来，她虽觉得孔玉爱到她爸妈家里做保姆很蹊跷，但看到孔玉爱和刘幼诚之间好像并没有什么，以为孔玉爱是老实本分的农村女人，刘幼诚是只会在心里想而不会付诸行动的窝囊废。今天看到的这一幕，把她原先的判断完全推翻了，他们竟然偷偷地约会！

黎百度发现郭晓岚在发呆，就问她什么事，郭晓岚赶紧说没有事。她意识到黎百度在关注着自己，心想她不能因孔玉爱和刘幼诚分心，他们好是好事，她可不能冷落了黎百度，他才是她最该关心的人。

黎百度把车停在了一家大酒店门前，他停好车，就下去给郭晓岚开车门，请她下车，两人一起进了酒店一个豪华的大包间里。

郭晓岚说："就我们两个人，为什么订这么大的包间呢？"

黎百度诚恳地说："今天是我第一次请我的大恩人，尊贵的天使，必须讲究讲究，才能表达我的心意。"

郭晓岚注意到黎百度用了天使来称赞她，心里高兴，便想就此探探黎百度的心，就说："我可没有那么好，你是在哄我高兴吧？"

黎百度深情款款地说："您在我看来就是最好的人，不但人长得漂亮，业务能力更没得说。两年多时间里，我跑了很多地方，见过很多人，介绍过很多次我的项目，唯有您听进去了，并且快速决定给我投资，您要不是天使，这个世界上就没有天使了。"

郭晓岚微笑道："是你非常优秀，一看就是能干成大事业的人。那天我一看到你，就有似曾相识的感觉。听你介绍完项目，就知道它的价值，你是潜力股，我自然要抓住了马上拍板。"

黎百度请郭晓岚点菜，郭晓岚摆手说："和你一起吃饭，什么菜都是好吃的，你随便点几个就行了。"

黎百度见郭晓岚不肯点，就叫服务员上他们酒店最好的菜，又点了瓶茅台。

郭晓岚逗他说："你刚挣了点钱，可不能太破费了。"

黎百度开心地说："我今天就想破费一次，以后就不会了。"他开始敬郭晓岚酒，又说了许多感谢和赞美的话。他请郭晓岚不要嫌他说感谢和赞美的话多了，以后他就不会再说这些话了，以后他要用行动来表现了。

郭晓岚心念一动，他是说以后就不会像今天一样地亲近她了吗？因为特别在意黎百度，她变得很敏感。黎百度的个人生活本是郭晓岚最想探听的，这时她却有些动摇了，不想问了。后来还是黎百度主动问起她孩子多大了，她在回答后顺势问了黎百度的个人情况。黎百度表示自己是事业至上的人，事业未成，还没有考虑成家。

听了黎百度这话，郭晓岚便把他上面所说的话联系了起来，觉得黎百度是嫌弃她已经结婚，而且有了孩子，心里有些不高兴。

黎百度似乎意识到郭晓岚的情绪有些低落，便把话题转回到工作上，说了他下一步的打算。郭晓岚按捺住心中的不快，笑容满面地和黎百度交流，让气氛看上去还算和谐喜庆。

饭后黎百度把郭晓岚送回到她家楼下，看着黎百度开车走了，郭晓岚经过一番思考，决定要自己掌控自己的命运。她分析，她和黎百度之间最大的障碍是她是个有夫之妇，有这个障碍，黎百度不会走近她，向她求爱。她也难以向黎百度敞开心扉。除掉障碍的唯一办法，是解除她和刘幼诚的婚姻关系。依她对刘幼诚的了解，就算孔玉爱很愿意，刘幼诚也很难在短期内做出决定，而黎百度那里是不可能长期等待的，这事只能是她出手了。

郭晓岚也想到了黎百度可能不同意，但这没关系，她早就想好了，哪怕找不到中意的人，一个人过一辈子也甘心。

这天晚上，郭晓岚一下班就回到了家里。她在客厅里煮好了咖啡，坐下来等刘幼诚回来。刘幼诚回来后，她就把煮好的咖啡送到他跟前，让他趁热喝。

刘幼诚见郭晓岚一副温和的样子，不像是要跟他闹气，就笑着问她有什么事。

郭晓岚说："我们姐弟从小一起长大，又夫妻一场，我很感谢你一直以来对我的尊重和忍让，也非常感谢一家人对我的包容和培养。"

听到这里，刘幼诚意识到她又要说老话了。

郭晓岚继续说道："生下彩虹以后，我就想离开这个家，是爸妈也是你不让我走。我理解你们是出于好心，所以我等到了现在。现在我的决心已定，一定要离开，希望你理解我，支持我，不要再拦着我了。"

刘幼诚还跟过去一样劝她不要总想刘家传宗接代的事，爸爸是真心想通了，请她不要再有什么顾虑，求她不要再说离开的话。

郭晓岚耐心开导他说："我不光考虑的是刘家的传宗接代，我也考虑了你的幸福。"

刘幼诚说他现在很幸福很满足。郭晓岚很想说，可我不爱你，和你在一起我很痛苦，我想去追寻自己的人生和幸福，可这些话她说不出口。她狠了狠心说："我想要自由，我不愿再过现在这样的生活，希望你理解我，放了我。我这次的态度很明确，请你不要跟爸妈说了，我们两个人的事，我们两个来决定，明天我们就去把离婚手续办了吧。"

刘幼诚经历过多次类似的拉锯战了，不为所动地说："不管你怎么说，我都不会去和你办这糊涂事的。"

郭晓岚见刘幼诚又是这态度，就急了，她提高了音调说："刘幼诚，你不要装了好不好？为了自己的幸福勇敢一些好不好？明明有可心的人，为什么要这样受罪？为什么要这样懦弱？做一回真男人不行吗？你们相好我都看见了。"

刘幼诚马上明白郭晓岚说的是孔玉爱，赶紧解释说："我和孔玉爱是清白的，我们认识和她去爸妈家当保姆的过程，你都是清楚的。除了在路上碰到她送过她回家外，我们没有任何接触，你不要瞎想。"

"不管你私下里和谁有没有关系，我离开这个家的决定都不会更改。"她最后对刘幼诚说，"不许你跟爸妈说这事，我们之间的事我们来解决。如果你不听我这话，我就永远不理你了！"郭晓岚说完愤然离开了客厅。

刘幼诚一夜没有睡着觉，他反复想着自己该怎么办。最后想到的唯一办法，是叫孔玉爱离开爸妈的家，断了他和孔玉爱的联系。

可这是他不愿意做的，从那天在火车站见到孔玉爱，一直到现在，他对孔玉爱的印象始终都非常好。孔玉爱是他认识的人里边，最可亲最纯朴最善良最信得过的一个人，孔玉爱在他爸妈家的表现也充分说明了这点。从他内心里讲，他很愿意见到孔玉爱，很愿意看她做事，听她说话，也愿意为她做点什么。他之所以几次在路上碰到孔玉爱并借机送她回家，是因为他下了班没有事，又是自己开着车，觉得送送孔玉爱不耽误自己的事，还能让孔玉爱少受些累。两年多时间里，他除了给孔玉爱找过些成人自学考试的辅导材料以外，什么都没有做过，没想到这都引起郭晓岚的怀疑，他一时感到很委屈，不由落下了泪。

夜很静。刘幼诚几乎能听到自己的心跳声。怎么办？这是他的心在问他。苦闷中，他似乎看到了孔玉爱那张可亲可信的脸。他知道，孔玉爱一定不愿意离开他爸妈的家，她爱学习，跟在他爸妈身边能学习很多知识，而他爸妈肯定也不愿意让孔玉爱离开，她的工作做得太好了，没有人能够比得上她。可孔玉爱不离开，就无法解决郭晓岚的问题。

郭晓岚说的那些话，一遍又一遍地在刘幼诚的耳边响起。刘幼诚感到郭晓岚这一回说的话比哪一回都狠，好像到了不能容忍的地步。如果不让孔玉爱离开，肯定是过不去了。为了维护这个家,他只能对不起孔玉爱了,他相信她会原谅他。

怎么跟孔玉爱说呢?刘幼诚想,据实相告吧,他不愿编瞎话骗她。

刘幼诚觉得最难的一个问题,就是怎么跟他爸妈说,想了一夜也没有想出个合适的办法,他最后决定把这个难题交给孔玉爱,看看她怎么说。

第二天下了班,刘幼诚就到孔玉爱回家的路上等她,不多时孔玉爱来了。

孔玉爱还以为刘幼诚又要送她,赶紧说:"刘董事长,您快去忙您的事,我不坐您的车了。"

刘幼诚愁眉苦脸地说:"我有重要的事要跟你说,你快上来。"

孔玉爱听他说得严重,便上了车。

刘幼诚把车开到一个较为僻静的地方停下来,还没有开口,就掉下了眼泪。

孔玉爱一看,心中大惊,猜想可能是他家里出了事,就问他:"您是不是和我晓岚姐闹矛盾了?"

刘幼诚点下头说:"是的,这回她跟我闹大了,没法过去了,我特别难过。"

孔玉爱以为是要她帮忙,就说:"您别难过,我会想一切办法帮您的,您说说是因什么引起的矛盾。"

刘幼诚说:"是因为她猜疑。"

孔玉爱问:"我晓岚姐她猜疑什么了?"

刘幼诚看看孔玉爱,低头不语。

孔玉爱一下子明白了,郭晓岚一定是猜疑她和刘幼诚之间有什么事。这叫她既吃惊,又有所醒悟。到刘家做保姆两年多了,她怎么没有提防会有这个事情呢?可她回想自己的言行举止，并未发现有什么不当之处。郭晓岚怎么会怀疑起她来呢？

想到这里，她对刘幼诚说："我可以找晓岚姐谈谈，解除她的猜疑，您放心。"

刘幼诚听了孔玉爱这话，只是摇头。

孔玉爱明白了，郭晓岚是要她走啊。她还能说什么呢？她知道，刘幼诚想留她留不了了，所以一见她才落泪的。虽说两个老师是她最舍不得离开的，但她也得离开，因为这关系到刘家一家人的和睦团结。刘家和华兴投资公司都离不开郭晓岚。所以她对刘幼诚说："请刘董事长不要焦急，也不要难过，这问题好办，我走。"

刘幼诚表示他无能，他对不起孔玉爱。

孔玉爱也自我检讨说："是我对不起刘董事长，是我给您惹下这样大的麻烦。我永远不会忘记刘董事长的恩德，永远不会忘记两位老师对我的教诲，永远不会忘记聪明能干、明大理的晓岚姐和伶俐可爱的彩虹。"

刘幼诚看到孔玉爱如此通情达理，还想说的一些要孔玉爱想开的话便省略了。他把准备好的一张银行卡掏出来说："这卡里有二十万块钱，请你拿上，可以用来做个小生意。"

孔玉爱一口拒绝说："您的心意我收下了，卡我不要。"她最后希望刘幼诚多保重，一定要和晓岚姐搞好关系，维护好那个家，祝他们幸福，祝华兴的事业兴旺发达。为了不要刘幼诚给她的卡，她迅速打开车门，下车跑走了。

刘幼诚开车追上孔玉爱说："我的话还没有说完，你快上来。"

孔玉爱听刘幼诚说，还有话没有说完，就站下来听他说。

刘幼诚缓缓地说："不能跟我爸妈说，是郭晓岚和我要你离开的。"

孔玉爱听了，略微一愣说："我知道了，您快回吧。"

刘幼诚还打算问孔玉爱准备跟他爸妈怎么说，孔玉爱已经跑远。他喊道："你别跑，快上来，我送你回去。"

为了避开刘幼诚，孔玉爱跑到路边的胡同里，躲了起来。

刘幼诚知道孔玉爱很难过，不放心她，就停下车去找她。

孔玉爱藏在一个旮旯里，伤心落泪。她实在没有想到会出这样的事。从老家出来以前，她设想过出来以后，会遇到的各种各样的困难和问题，男女关系是她设想过的。因为她听说，有些单个出来的人，出来以后出了问题，和家里人的关系破裂了。正因为这样，他们才双双出来。她到了刘老师夫妇的家里当保姆，觉得应当没有这样的问题。可她忽视了刘幼诚和郭晓岚那个家。她应该想到，她那样奇迹般和刘幼诚相识，去了那样好的一个家里，有了那样好的一份工作，作为刘幼诚的妻子，郭晓岚难道不会多心吗？是她只看到了好的一面，太过乐观了呀。这也许是对她的一个惩罚，一个沉痛的教训。

三十

孔玉爱很快就让自己冷静下来了。她想她面对这样大的考验，如果慌了神，一切就都完了。她必须尽快沉静下来，想想该怎么办。

不能对成跃山说，这是孔玉爱首先想到的。她想，成跃山在五洲大酒店干得正起劲，酒店里的领导和华兴人那么看重他,不能叫他受到影响。况且,即使跟成跃山说,又从何说起呢?尽管她和刘幼诚之间是清白的,可要说真实离开的原因,成跃山会相信吗?就算成跃山相信她,这样的事要压在他身上,他还能像从前那样一心一意地积极工作吗?郭晓岚还是他上边的领导,他一定还会有其他的顾虑。所以她觉得,这事绝对不能跟成跃山说。

也不能跟一大家子人说,这是孔玉爱接着想到的。那一大家子人一直把她当成主心骨,他们都愿意听她的,如果知道她出了大事情,整个家里都会乱了套,她绝不能跟他们说。孔玉爱知道,这事迟早是要跟成跃山和他们说的,但她要先一个人扛起来,等再找上了别的工作,安顿好了,再看怎么慢慢透露给大家。

怎么跟两位老师说呢?这是孔玉爱面临的最大难题。刘幼诚跟她说了,不能说是郭晓岚要她离开,也不能说是刘幼诚要她离开。她明白刘幼诚的意思,不能因为她的离开而引起他家里的矛盾。她知道,如果那样说,两位老师会刨根问底,要把事情弄清。依她对两位老师的了解,他们是不会放她走的,而郭晓岚要她走,刘幼诚为了不引起家里没完没了的折腾,只能这样对她讲。她一定要处理好,不给刘幼诚留下隐患。可怎么跟老师们说,她不能继续在那里干了呢?

刘幼诚没有找到孔玉爱,颓丧地回了家。

孔玉爱回到了筒子楼下,她看看家里亮着灯,知道杨桂淑、赵玉华和白文侠在说话,在等着她。

为了不叫家里人从她身上看出什么,孔玉爱下意识地在楼下走了几个来回,尽可能叫自己放松到平常的状态,然后甩了甩头,抹了一下脸,挤出一抹笑容,才走进了楼门。

杨桂淑、赵玉华正在聊公司转到房地产行业以后,月月工资都在增加，赞扬任俊杰是个能干的总经理。

白文侠说："我的明明经理也很能干，我的工资也在月月增加，就是坐在这里的那个男人没出息，挣的工资还不如他老婆多。"

王虎驯不干了，他说："我加上奖金比你多。"

"比我多？在哪里？拿来呀。"

"我都交给你了。"

"我可没见你的钱。你把钱交给哪个女人了？"

杨桂淑、赵玉华她们正在笑，孔玉爱进门了。

孔玉爱笑着问白文侠，是不是又拿王虎驯开心呢。

白文侠说："我不是拿他开心，我是在督促他进步。定的奋斗目标是要他赶上并超过大哥。"

王虎驯说："赶上大哥就不容易了，还能超过大哥吗？你为什么没有定超过大嫂的目标？"

白文侠说："我和你一样吗？你是男子汉，你就应当追赶超过大哥。没有超过大哥的奋斗目标，就说明你没有志气没有决心没有男子汉的气派，有了超过大哥的目标，拼力地去干，就能达到。我给自己定的目标是，追赶大嫂，没有超过大嫂，因为我是女的。难道你这大男人要向女人看齐吗？"

孔玉爱听着白文侠和王虎驯的斗嘴，看着杨桂淑和赵玉华的欢笑，自己的大事不由在心里翻腾起来。为了不让他们发现自己心里有事，她强撑着跟他们说笑了一会儿后，就说："时候不早了，散了休息吧。"

听了孔玉爱的话，几人回了自己的房间。

孔玉爱关了灯，躺下来静静地想自己的事。

成跃山和柴永回来了，孔玉爱装作睡着了，成跃山入睡后，她睁开眼睛凝视着黑暗中的天花板。

天微微亮了，成跃山和柴永还是第一拨悄无声息地走了。

孔玉爱接着起来，轻手轻脚到楼道的公共卫生间里洗漱，和往常一样，她出门时回头看了看父母的画像，今天看到画像时，她只觉得一瞬间心里的酸水像潮水般猛然涌起，使她几乎要大哭出来。她赶紧捂住嘴，憋住气，快步出门。

她已经想好了怎么跟老师们说，她决定明天离开他们的家，今天要好好再在老师家里干一天活儿。

到老师家楼下的时候，她看了看手表，比往常早了半个小时。她一边等着该进门的时间，一边想着一件件要干的活儿。

刘老师夫妇开门出来了，看到门外的孔玉爱，钟老师问："你有钥匙怎么不开门进去，还在外边站着？"

"我是刚到。"孔玉爱说着，跑过去按了电梯，把两人送上了电梯。

进到老师家里，孔玉爱先深情地环顾四周，不是她舍不得离开这个富丽堂皇的家，而是她舍不得离开这个家里的人。她明天就不在这个家里了，她要好好地看看这个令她难分难舍的地方。

孔玉爱比往常更加认真仔细地开始干家务，收拾书房时，看到书柜中一排排的书，想到以后再也没机会看了，不由得心酸，眼中泛出泪光。

刘老师夫妇晨练回来，孔玉爱已经把早餐做好，伺候他们用完早餐后，她抓紧时间收拾餐厅和厨房。这时刘老师和钟老师已经分别去了书房和琴房，很快琴声响起来了。往日孔玉爱听着琴声干活，心情都会特别愉快，今天她却心里一阵一阵地发酸。

她把她的房间收拾了一下，把刘幼诚给她找的那些书籍和资料整整齐齐地放到了一起，写了个字条夹到最上边的一本书里。字条上写的是："都已看过了，该还给主人了。谢谢！"

这一天，孔玉爱不停地干着家务，钟老师几次催她回去休息，她才停下手来。

第二天，刘老师夫妇出门晨练，见孔玉爱等在楼外，孔玉爱看到两人抢先说："老师，我姨妈得了脑中风，她孤身一人，没有人照顾，我得回去照看我姨妈了，不能在这里干了，感谢老师们的大恩大德，非常对不起。"她说着，深深鞠了三个躬，起身后说她得去赶火车了。

刘老师夫妇听完颇感意外，忙安慰孔玉爱不要着急，钟老师让孔玉爱等等，她上楼去给孔玉爱拿点钱。孔玉爱边摆手边小跑着离开，离开老师们的视线，她才停下脚步来，回望老师家的楼，放声哭了。

孔玉爱找到一家家政服务公司，寻找工作机会。公司的人告诉她现在没有岗位，让她登记一下，留下联系方式，有了岗位就通知她。她没有手机，留住处的电话会被家里人知道，她只好说："我没有电话，我还是明天再来看看吧。"

钟老师一边做早饭，一边说："玉爱一走，我们这家务一下多起来，还得我来做饭。"

"以前你不让请保姆，现在又离不开保姆了，要不就再请个吧。"

"再请，去哪里找像玉爱这样好的人呢。"

"是啊。真想不到她姨妈会突然出这样的事。"

钟老师想了想，放下手里的活儿说："不对呀，她之前从没提过有个姨妈。"

老两口起了疑心，再联系到昨天孔玉爱的表现，感到有更多可疑之处。两人连忙到孔玉爱的房间里去看，看着收拾整洁的环境和夹在书中的字条，钟老师说："她是计划好今天要离开的，回老家侍候中风的姨妈肯定是假话。"

刘老师说："这事不能光靠猜，应当打问实了。"

钟老师点头说："是要打问实了，我一会儿去做头发，问一下白文侠就知道了。"

白文侠和明明见钟老师来了，殷勤接待。白文侠笑着问："老师，今天怎么不是我大嫂送您来呢？"

钟老师听了白文侠这话，就知道孔玉爱不是回老家了，她笑眯眯地说："你大嫂在家里有事做，我就一个人来的。"

白文侠絮絮叨叨地说着钟老师很长时间没有来了，她们都很想她，希望她以后多来，多支持她们的生意。钟老师点头答应以后一定多来，又问了问美容店最近的经营情况怎么样，没有发现有假货混入吧。白文侠说，经营情况一直很好，有她这个打假英雄，店里不会有假货。钟老师让她不要麻痹大意，一定要保住京城打假第一店的好名声，因为这里还有她的面子呢，不要叫她在这里丢了面子。

白文侠和明明都向钟老师做了保证。

在给钟老师做头发的过程中，她有一搭没一搭地跟白文侠聊着，套问出了孔玉爱在老家并没有姨妈的事实。

钟老师回到家里，就跟刘老师说了这一情况。刘老师疑惑地问："她为什么要说假话离开咱家呢？"

钟老师笃定地说："没有别的可能，肯定是晓岚搞的鬼。"

"你的意思是晓岚撵玉爱走的？"

"不是晓岚撵她走，就是晓岚跟玉爱说了什么，让她不得不走。"

"不会是幼诚吧？我先问问幼诚那里的情况再找晓岚谈。"

刘老师给刘幼诚打了电话，刘幼诚一听父亲问孔玉爱的事，知道孔玉爱已经离开了，不敢说实话，一问三不知地应付了过去。

郭晓岚接到钟老师的电话让她回家里一趟，她以为是刘幼诚告了状，心里气苦，但转念一想，这也是一个摊牌的机会。

郭晓岚一进门，钟老师就问："你是不是跟玉爱说了什么话？"

郭晓岚心念电转，不动声色地说她没跟孔玉爱说过什么话，有什么事让钟老师明说。

钟老师叹了口气说："孔玉爱离开这里走了。"

郭晓岚一听，就明白了其中的缘由，心中不由暗叹。无奈地说："这不关我的事，一定是幼诚把孔玉爱打发走的。"

钟老师说："我们问过幼诚了，他说他根本不知道这事。不是你还能是谁呢？"

郭晓岚想，这刘幼诚倒是学聪明了，支走了孔玉爱，还不愿担责任。孔玉爱在这里对她来说是有利的，因此她马上说："不管玉爱是因为什么走的，我一定把她给你们找回来。"

在钟老师将信将疑的眼神中，郭晓岚离开了爸妈的家。她真想回到公司去跟刘幼诚吵上一架，可现在还是先找孔玉爱要紧。她心想孔玉爱会去哪里呢？考虑到她很有可能还找家政的工作，郭晓岚就一家家寻找家政服务公司打听，最后居然真把孔玉爱找到了。

当时孔玉爱刚从一家家政公司出来，突然看到一辆车停在她跟前。当她回过神来，发现从车上下来的是郭晓岚时，想躲开已经来不及了。

郭晓岚拉住她说："玉爱，快上车，跟我回去。"郭晓岚态度很坚决，孔玉爱一时无法拒绝，只好上了车。郭晓岚开着车，问："是不是刘幼诚叫你离开的？"

孔玉爱想，不管是什么情况，都不能说他们任何一个人，就说是自己要离开的，老家有事要回去。

"你根本不是要回老家，你在找工作了。"郭晓岚看了孔玉爱一眼，接着说，"如果不是刘幼诚逼你离开，那你这样离开就是不负责任，我爸妈不能没有你。我们俩还是认过姐妹的，你怎么能这样做事呢？"

孔玉爱只能沉默不语。

郭晓岚把孔玉爱带回到钟老师家里，把她推进门，对钟老师说："到底是怎么回事，究竟是谁的错，叫玉爱慢慢跟你们说吧。我走了。"

孔玉爱惆怅地看着郭晓岚离开，低头不语。钟老师要给她沏茶，她赶快阻止了，站在客厅向两位老师做了检讨。因为她弄不清郭晓岚和刘幼诚之间是怎么回事，只能笼统说自己错了。

刘老师见钟老师还要追问孔玉爱什么，就对钟老师说："不要说那些没有用的了，把家里的事都告诉玉爱吧，玉爱听了就不会非要走了。"

钟老师便告诉孔玉爱说，郭晓岚因生彩虹时出了意外不能再生育了，总想离开这个家叫刘幼诚另娶妻给刘家生男孩子，家里都不同意，晓岚是出于好心，不是晓岚和幼诚之间有什么矛盾。如果他们谁跟孔玉爱说了不合适的话，叫她都不要往心里去，全家人都不愿她离开这里。

孔玉爱听了钟老师的这番话，如同心里放下一块大石头似的，顿时轻松了。她不但不怨恨郭晓岚，反而更敬重她了。

三十一

冰岩和成跃山相处得很好。冰岩感到，只要她和成跃山这样处下去，他们之间的感情会慢慢地培养起来，她的愿望就会实现。

她想她应当为成跃山再做点什么。她曾经想给成跃山涨工资，但他不要；以他在夜总会帮忙的名义给他奖励酬劳，他也不要。

冰岩又想，如果能提拔成跃山当副总经理，他定然会感激她。只是酒店还不曾设过副总经理一职，华兴那里能同意吗？她决定去找郭晓岚提出来试试，郭晓岚认为冰岩的意见很好，提拔成跃山，不但可以充分发挥他的工作能力为酒店更好地服务，还可以拓宽他的眼界，让他眼花心乱，一举两得。郭晓岚很痛快地就同意了，让冰岩回去等着成跃山任职的文件。

冰岩回到酒店就向成跃山透露了要提拔他当副总的信息。成跃山听了，既高兴又有些担忧。他嗫嚅着说："是不是提拔得太快了？会不会影响酒店里其他人的积极性，对今后的工作不利呢？"他还说了王德和崔小蕊的例子。

冰岩安慰他说："领导提拔你，考虑的是工作。因为你工作积极，有能力，才提拔你，要充分发挥你的作用。当然提拔你当副总经理，也是出于我的考虑。我想要你替我多承担些工作，希望你好好配合我，我们两个人要拧成一股绳，把酒店搞得更好，不辜负华兴对我们的期望。"

成跃山听完，表示一切听从冰总的指挥，绝不辜负她的知遇之恩。

两天后，成跃山任职的文件来了。冰岩召开了全体人员大会，宣布了成跃山的任命，成跃山在会上表态后，深深地向台下众人鞠了好几个躬。

冰岩注意到，成跃山每次鞠躬，都会看她一眼，这让她很激动，她认为这表示成跃山已经对她有了感情。

大会结束后，冰岩回到办公室，激动的心情还没有平静下来，正想接下来该怎么做的时候，成跃山来了。成跃山开门见山地说："冰总，我不知道这副总经理该怎么当，您教教我吧。"

冰岩看着成跃山一脸的谦恭，想到他在大会上看向自己的那种目光，心里着实地感动。她笑着说："跃山，现在这里就我们两个人，你还用得着那样拘束吗？"

"是我心里不踏实，有点慌乱，所以……"冰岩冲他笑着，指了指对面的椅子，成跃山不好意思地笑了笑，坐了下来。

"这多好啊跃山。以后就应当这样嘛。你在大会上的讲话，讲得很好。你在会上讲的每一句话，都讲到我的心上了。还有你那情感的流露，你那非常非常难得的宝贵的目光，全是给我的最珍贵的礼物啊！"

成跃山有点弄不清冰岩到底什么意思，一时不知该怎么回应。冰岩看着成跃山一副傻呆呆的表情，觉得他十分可爱："跃山，你在想什么？"

"冰总，我的压力很大，我真不知道这副总经理怎么当，您还是教教我吧。"

"教教你？"冰岩只顾看着成跃山高兴，一时没反应过来，但她很快想到了成跃山一开始跟她说过的话，"教教你，对，你要我教教你是吗？"

"是。"

"好。"

成跃山见冰岩站起来，去拿水杯。赶快站起来说："冰总您坐，您是要喝水吗？我给您倒。"他说着，想从冰岩手里拿过水杯。

但冰岩不让，她说："我是要给你倒水，你快坐下。"

这时，成跃山忽然想到，就是在这里，冰岩曾抓住他的手不放，他马上放弃了与冰岩争水杯，退了回去。

冰岩给成跃山沏了杯茶，她发现成跃山突然不像刚才那样随和了，若有所思。她把茶放到成跃山面前："怎么了？坐啊。"

"坐。冰总先坐。"

"这坐还要分个先后吗？"冰岩说着坐下了，她清了清嗓子说，"其实你以后紧跟着我，看我怎么做，你就知道怎么做了。"

成跃山成心解释说："我不能时时处处都跟着您，您教会了我怎么做，我就能少麻烦您，多替您操些心，做些事，可以让您不再像过去那样费心劳力，以保证您的休息和健康。"

冰岩感动地看着成跃山说："你这话太暖我的心了。感谢你关心我的休息和我的健康。"她还赞扬了成跃山的虚心好学，有当好副总经理的责任感。

她接着跟成跃山说："以我当总经理的经验体会，首先要公平公正，奖励重用积极工作成绩突出的人，批评惩罚工作疲沓完成任务不好的人，就像我过去如何对待你成跃山和如何对待王德那样。"

成跃山点头说他记住了。

冰岩又说："要依靠中层，依靠大家。领导的责任在于领好路，导好航，明确任务和目标，具体事情要靠大家去做。"

成跃山觉得冰岩说的这点很重要，他以前是做具体工作的，当了副总经理就该往管理方向努力了。他想，任务和目标还应分解到每个部门、每个岗位和每一个人的头上。

冰岩继续说："第三就是检查。我的检查是随机的，谁也别想欺骗我，哪里存在问题我都知道。"

成跃山很想听她有什么绝招，可冰岩没有说。

冰岩谈起工作来，女强人本色尽显，她喝了口水继续说："我做工作最重要的是靠我的权威，我当领导，谁也不能轻慢我，谁也不能欺骗我，谁也不能不把我的话当回事，有违抗我的，我会非常不客气，不会给我手下的任何人留面子！这是我做领导最重要的一点。"

成跃山看到过好多次冰岩威严的样子，但她不曾对他这样，这是给他留足了面子。成跃山想，这一点他不能学，因为他不是总经理，不是冰岩，他遇到有违抗他的，会采取另外的处理方式，会跟对方讲道理，使对方从心里接受。不过他没有把心里想的说出来，只是点头称赞冰岩说得对。

冰岩问成跃山对她说的，可有什么不同看法？成跃山谦虚地说，冰总说得非常好，他都记在心里了，会好好地消化，好好地用在工作上。

他们的谈话进行了很长时间，最后成跃山提出他想去见见几个中层领导，征求一下他们的意见和建议，求得他们对自己工作的支持，冰岩这才放他离开。

拜访中层领导是成跃山非常看重的。他想，这几个中层领导中哪个都比他的资历老，工作也都不错，现在他被提拔当了副总经理，他们会不会有什么想法呢？他要当好副总经理一定要得到他们的支持。

成跃山拜访的第一个中层领导是客房部的郭经理。郭经理见成跃山来到他的办公室，起立迎接，向他祝贺。成跃山诚恳地说："提我当副总经理，是赶鸭子上架，我诚惶诚恐，真不知道该怎么做这个副总经理的工作，希望郭经理给我指点指点，帮我一把。"

郭经理也客气地说："成副总以前能把餐饮部搞得那样好，当了副总经理，肯定能帮冰总把酒店搞得更好。"

成跃山谦逊地说："餐饮部能取得些成绩，是餐饮部的人共同努力的结果。我要帮冰总搞好全店的工作，就得依靠各部门的领导支持帮助，我自己的能力很欠缺。"

郭经理说："客房部这里请成副总放心，我会竭尽全力做好工作，保证超额完成任务，绝不拉酒店的后腿，一定用实际行动支持成副总的工作。"

成跃山从他办公室出来，又找客房部当班的职工一个个分别见了面，说了恳求他们支持帮助的话。职工们对他此举很有感触，因为这是从未有过的事。成跃山接着拜访了其他几个部门的领导，与那几个部门的职工见了面，征求了他们的意见。

在成跃山回到后厨的时候，大师傅们冲他欢呼。有师傅问他："你当了副总经理，还是餐饮部的经理吗？"

这让成跃山忽然想到，是啊，他还是餐饮部的经理吗？他想想说："冰总没有跟我说这个呀。"

其实冰岩的意思还要成跃山兼着餐饮部的经理，只是她没有跟成跃山说。

成跃山被提拔后不久，孔玉爱也通过了成人自学考试，获得了大学文凭。拿到大学文凭的这一天，刘老师夫妇向孔玉爱表示了祝贺。

孔玉爱发自内心地说:"我能拿到大学文凭,是两位老师关心照顾和具体帮助的结果。你们给我安心看书学习的时间,还经常辅导我,刘董事长也给我找了很多学习资料。"

两位老师都说这对他们来说只是举手之劳,孔玉爱之所以能这样快地通过考试,拿到文凭,主要是她自己的努力。

钟老师让孔玉爱举着证书,给她照了张纪念照。刘老师说,他要送孔玉爱张画像,说着就带她们去了书房。刘老师拿出那幅肖像送给她,肖像画得很逼真,是她刚来这个家里时的形象。桌上还有许多画像,孔玉爱很想都看看。钟老师看出了她的心思,就把画像都拿过来给她看。这些画像都是刘老师画的,画得最多的是钟老师,其次是郭晓岚,还有刘幼诚和彩虹的。钟老师一边翻着给孔玉爱看,一边告诉她,自己的画像是从刘老师认识她起就开始画的,开始是一年画一张,后来改成五年画一张。郭晓岚和刘幼诚的画像一开始也是一年画一张,后来改成了三年画一张,彩虹现在是一年画一张。

孔玉爱对这些画像非常感兴趣,她不仅能从这些画像上看出刘老师画画的功力,也能从这些画像上看出这一家人的经历。

刘老师对孔玉爱说:"你愿意看这些画像,以后再慢慢地看吧,我要先给你画了现在的像。"

孔玉爱便放下画像,按照刘老师说的拿着证书站好,刘老师勾画了一会儿后,就说可以了,让孔玉爱待会儿来看他的画。孔玉爱说她想看老师作画,问她在跟前会不会有影响。刘老师说,不会有影响,她想看可以看。

孔玉爱就站在刘老师旁边,看着他作画。

刘老师开始在他先前描摹的勾画上一笔一笔地画起来。他画的是中国的水墨画。孔玉爱看得很认真，刘老师边画边对她说："画像不是照相，不能画得像照片那样逼真，形似就可以了，关键是要画出所画人物的思想和精神。"他画完了这张后，要孔玉爱和前一张对比着看，能否看出这一张与前一张有什么不同。

孔玉爱仔细看了以后说："老师画得都很好，这第二幅好像把我拔高了似的，我可没有那么好。"

刘老师问她："看出是哪里不同了吗？"

孔玉爱回答说："是脸面和眼神，还有衣着和骨骼。"

刘老师闻言，连连夸赞孔玉爱不简单。他开心地说："我画这幅画的时候，用心的地方正是脸上的表情和眼神，也有身体里的内在变化。准确地说，是脸上洋溢着发自内心的喜悦和自信，眼神比以前豁达了，内在的变化是知识促进了你在气质上的提高。"

孔玉爱认真地琢磨着刘老师说的这些话。

刘老师又问她："你是不是很喜欢画画？"

孔玉爱如实回答说："我在老家上学的时候，特别喜欢美术课。我曾想过以后能不能拜老师为师，学习画画。"

刘老师想看看她的底子，就说："在老家上美术课时，都学过什么，能画一个简单的给我看看吗？"刘老师拿出铅笔和纸递给孔玉爱。

孔玉爱接过纸笔，想了想便用铅笔画出了刘老师的肖像。

刘老师夫妇看了孔玉爱的画，不由同时惊呼她是个天才，几笔就把刘老师画活了。刘老师感叹地说："玉爱的天赋在我之上，我可当不了你的老师啊。"

钟老师也说："玉爱当你的老师差不多。"

孔玉爱诚惶诚恐地说:"老师不要再夸我了,对于画画我所知甚少,我希望刘老师收下我这个徒弟。"

刘老师高兴地说:"行,要从理论方面讲,我是知道得多一些,书房里有绘画方面的书,玉爱你可以随时拿些书去看,有的我可以讲一讲,以后我就和玉爱相互切磋,共同进步了。"

在孔玉爱的一再要求下,孔玉爱给刘老师磕了头,算是举行了收徒的仪式。

三十二

这天晚上,孔玉爱家里着实地热闹了一番。大家先是祝贺孔玉爱拿到了大学文凭,接着纷纷表示要向她学习,提高自己的文化知识水平。

王虎驯担心自己达不到,就说向孔玉爱学习是应该的,但要都拿到大学文凭是不可能的,因为一是基础不一样,比方孔玉爱是中学毕业,他是小学没上完;二是孔玉爱聪明,脑子好使,别的人比不了;三是工作的地方不一样,孔玉爱在两个大教授的身边,比别的人有学习的时间。

白文侠驳斥道:"你纯粹是为自己不想学习不愿进步找借口。难道基础差,就该不学习吗?实在是笑话,正因为基础差,才更应当学习。"

王虎驯赶紧解释说:"我说的不是不应当学习,是拿不了大学文凭。"

白文侠更生气了,怒斥道:"你闭上嘴!老老实实地听着，我的话还没有说完呢。我不是叫你一下子拿上大学文凭，小学没有毕业，先拿上小学毕业的证书，接着拿上中学毕业的证书，再接着拿上大学毕业的证书。奋斗目标都得是大学的文凭。我是小学毕业。我打算先拿上中学文凭，再拿大学文凭。王虎驯你要做不到，就趁早跟我离婚，从这家里滚出去！"

孔玉爱柔声说："我赞成白文侠的观点，我们都是从农村出来的人，文化水平普遍低。要想在北京站住脚，有发展，实现自己的理想，除了要老老实实地干活、工作，就得不断提高文化知识水平。应当看到，在这方面我们比城市里人差得很远，如果不好好学习，很快就会落后，就会被淘汰。"

一家人的思想很快就统一了，随后都定出了各自的学习计划。成跃山说他打算学习经营管理，也准备通过成人自学考试，拿上大学文凭。成富山说他其实已经开始学习了，就是没有跟大家说过，他攻读的是政法专业，力争再用三年时间通过考试，向大哥大嫂看齐。

白文侠骂王虎驯："看到了吗？窝囊废，大哥和二哥的榜样放在这里了，怎么办，快说话！"

王虎驯赶紧表态说："别的现在不说，我的第一个奋斗目标，是要超过白文侠，在她之前拿到大学文凭。白文侠你要不信，先别说话，等着瞧。"

大家为王虎驯鼓掌。

柴永说他的毛病是不爱看书学习，高中念了一年就不愿去学校再念了，听了大家的话，懂得了学习的重要，他要向大家学习，也要朝着拿大学文凭的方向努力。只是他不知该学哪个方面，怎样学习，希望大家帮帮他。

赵玉华听了柴永的话，心里高兴，催着孔玉爱帮助柴永，出出主意。

孔玉爱胸有成竹地说:"柴永是这家里唯一念过高中的人,比我们的基础都好。我建议你也学经营管理,和成跃山一样,两个人共同学习,也可以随时交流沟通。在学习的过程中,还可以联系酒店里的工作实际。"

赵玉华和柴永都觉得这样好。成跃山也说好,这样他们彼此都有学习的伙伴了。

白文侠说她决定学习医学美容方面的知识,她问王虎驯:"你要学什么专业?"

"修汽车,应该学习什么专业呢?"

"连自己该学什么专业都不知道,还想超过我。你去学习制造汽车吧。"

孔玉爱说:"文侠说得不错,王虎驯应该学习汽车制造。"

杨桂淑和赵玉华都选定了城市建设和美化。

一家人最后决定,以后回到家里,把闲聊变成学习,相互帮助,相互监督。孔玉爱是总管,学习上遇到难题,由总管带到教授那里请教。

郭晓岚的家里,不像孔玉爱家那样生机勃勃、和谐快乐,屋内一片寂静。郭晓岚当初没料到刘幼诚会让孔玉爱离开,其实她应该想到的,刘幼诚是懦弱的,是她太心急了。

郭晓岚朝书房看去,刘幼诚还静静地坐在书桌前。她知道刘幼诚并没有看书,他在消磨时间,他心里也不痛快。郭晓岚实在想不通,刘幼诚这样地跟她熬,图的是什么呢?是为了人们说他不花心,说他忠于她吗?他应该知道自己不爱他。而且他和孔玉爱都私下约会了,为什么还要这样装,这样拖着彼此呢?真是个扶不起来的阿斗,工作没有魄力,个人的事也这样窝囊。这叫她该怎么办呢？

　　郭晓岚从刘幼诚又想到了他爸妈。他爸妈是出于好心，可他们的好心在害她啊！她曾多次想跟妈妈说，她不爱刘幼诚，让她走吧，可话到嘴边她又说不出来了。只有说为了刘家的香火不断，她才能理直气壮。说她不爱刘幼诚，她就觉得对不起爸妈，对不起他们对自己的养育之恩，他们对她太好了，要是对她不好，她也许能狠下心来说实话，大不了以后不再跟他们见面就是了。问题是，她跟他们之间的亲情割不断，她会想他们，包括刘幼诚在内。想到这里，父母的形象又在她的脑子里出现了。

　　在老屋里，父亲把她交给刘爸爸的那一幕，她永远都忘不了。母亲死得早，没有给她留下什么印象。她曾经想过，如果父亲没有刘爸爸那样好的朋友，也许在父亲去世不久后，她也会死了的。她想，这可能就是命，是刘爸爸和钟妈妈给了她生路，她就该在那家里受委屈。不过她又想，其实她离开这个家，对这个家不是坏事，而是好事。她离开，刘幼诚可以再娶个女人，不但能延续刘家的香火，而且能让刘幼诚生活得快乐些，这有什么不好呢？

　　刘幼诚已经在书桌前坐了很长时间了，自从郭晓岚找到孔玉爱并把她送回爸妈家里后，刘幼诚就知道孔玉爱的问题解决了，不会有什么压力了。他估计，郭晓岚肯定要跟他说什么，可她一句话都没说。他在等待郭晓岚开口，可一天又一天过去了，她仍然什么也没说。他看看时间不早了，只好站起来，出了书房，路过客厅的时候，对郭晓岚说："睡吧。"

　　郭晓岚没有搭理刘幼诚，看见他往卧室里去了，心里一阵酸楚。她知道刘幼诚想和她说话，可她能跟他说什么呢？还和他说过去说过的话吗？那些话除了让她生气，不会有任何作用。郭晓岚又在客厅里坐了好大一会儿后，才不得不回了卧室，和衣躺倒在床上。

夜很静。夜从来不顾及有谁还没入睡，有谁还在伤感，在痛苦，它总是不紧不慢迈着均匀的脚步行进，在人们不知不觉中，就走到了黑夜的尽头。

当筒子楼孔玉爱家里已经人去房空时，郭晓岚还躺在床上。她其实早就醒了，只是不愿和刘幼诚一起洗漱出门，听到刘幼诚出了门，她才起来，洗漱化妆完去了公司。

工作能让郭晓岚变得快乐些。她曾经想躲到酒店里不管工作，但她做不到。只要她还是华兴投资公司的总经理，她就不能允许公司的业务停摆。

郭晓岚一到办公室就忙碌起来，她一件一件高效地处理着工作，在这个过程中，她变得很精神，也很快乐。

忙完了一段工作，郭晓岚闲坐下来以后，心中就又翻腾起不愉快的事儿。她想到，她和黎百度好长时间没有联系了，黎百度还是那么忙吗？他有没有想到她呢？怎么连个电话都不给她打呢？她动过几次给黎百度打电话的念头，都很快就打消了。

她想，他一定是对她没有什么想法，不然不会是这样的。在这样的情形下，她给他打电话，算怎么回事呢？她觉得自己不能这样上赶着。可转念她又觉得黎百度是爱她的，他之所以不主动，只是因为她是有夫之妇。

为了排遣心中的郁闷，郭晓岚离开了办公室，开车去了一家咖啡馆，进去边喝咖啡边摆弄着手机，希望能接到黎百度的电话，她拨通了黎百度的电话，又马上挂断了，心想这下黎百度会打过来，她就可以说是不小心误拨的。然而让她没有想到的是，黎百度并没有给她打过来，她在咖啡馆坐了一个小时，也没有接到黎百度的电话。

郭晓岚这下子受不了了，她既伤感又生气地离开了咖啡店，决定即使黎百度打过电话来，她也不接。

刚出咖啡店，黎百度打来了电话。

铃声响了很长时间，郭晓岚也不接，铃声停了。郭晓岚猜想他一定还会打来的，这次她猜对了，电话又响了起来，她还是没有接。还会有第三次吗？她问自己，电话又响了起来，这次她接了。

她平静地喂了一声，似乎不知道是黎百度打来的电话。

黎百度的声音是亲切热烈而又歉疚的，他爽朗地说："郭总，对不起啊！我离开办公室有点事，走时忘了带手机，回来才看到您的电话，您生我的气了吗？"

听了黎百度这话，郭晓岚知道是自己错怪了他，赶紧用温和的声音说："没有，没有，我怎么会生你的气呢？我刚才遇到个熟人，正说着话，没有听到电话响。"

黎百度开心地说："我还以为您生气了呢。心想您打电话一定有事，我竟然没有及时接到。"

听了黎百度这话，郭晓岚又不高兴了，心想难道打电话非得有事吗？怪不得他这么长时间没打电话呢。于是她说："没有事，可能是我不小心误拨过去的，对不起，打扰你了。"

黎百度察觉到郭晓岚的情绪不对，赶紧找补说："是我不会说话，也是我不对，这些日子只顾忙工作，一直没有给您打电话联络。"

郭晓岚和气地说："忙工作是对的嘛，还用这样和我客气吗？快去忙吧，不要再说闲话浪费时间了。"

"我现在要去看您。"黎百度说。

"不是没有事吗，你跑来干什么？"

"我，我是想，想去看看您。"黎百度想说"想你"，但觉不妥，临时改口。

郭晓岚从黎百度突然结巴的话中猜出他想说的是想她，这让她的心一下子柔软了，她轻笑着说："那就来吧，我等你。"

黎百度心想，他没有猜错，郭晓岚此前就是生他的气了。郭晓岚是他见过的女人中最让他动心的，用一见钟情形容最为恰当。正像他爸妈那样，众里寻他千百度，蓦然回首，她就出现在了他的眼前。他其实几乎每天都会想到她，只是他严格地管控自己的行为，是华兴投资了天网公司，成全了他的事业，郭晓岚是刘幼诚的夫人，他不能干有违道德的事情。他知道他和郭晓岚彼此有好感，他一定要处理好这微妙的感情，既不能伤害她也不能迎合她，必须克制自己，守住底线。

郭晓岚在等黎百度时一直在想见了他该说些什么。她和黎百度初次见面时就产生了一见钟情、蓦然回首的感觉，但她是已婚之人，她没有把心中的爱恋说出来。黎百度也没有说，不知道他心里是怎么想的。

随时都把不幸的命运背在身上的郭晓岚，很快就又自卑起来了。她忽然觉得自己太天真了，她有资格和黎百度谈恋爱吗？她没有。她甚至觉得今天给黎百度拨电话都是个错误。她还跟黎百度生气，作，她有这样的资格吗？她没有。这样想着，她又变得灰心丧气，几乎想要逃跑了。

黎百度来了，他见郭晓岚脸色不好，还以为是自己的过错所致，见了面就向她检讨。说他初出茅庐，对人情世故一窍不通，每天只知道工作，连他的大恩人学姐都忘记了，实在对不起。

这话在郭晓岚听来，明显是拿她当外人了。学姐是嫌她年纪大吗？她不爱听。她故作平静地说："你忙工作是对的，没有必要向我做检讨。你是干事业的人，忘记了该忘记的，应当受到表扬。是我不小心拨出了电话，搞得你放下工作跑来见我，实在对不起。"

黎百度听出郭晓岚还是不高兴，有点不知该怎么说了，他索性没有接她的话茬，热情地邀请说："我们找个地方坐坐吧。"

郭晓岚冷淡地说："还坐吗？不是说就见个面嘛，已经见面了，行了吧。"

黎百度笑笑说："哪能见个面就行了呢，总得坐坐说说话吧。"他见附近有家咖啡馆，就要请她去咖啡馆里坐。

郭晓岚说她刚喝过咖啡，不想再喝了。黎百度就要请她去饭店。她说她在减肥，晚上不进食。她实际是小女人的性情所致，有意地作，想看黎百度怎么哄她。

黎百度不大明白郭晓岚的内心所想，以为她还在生他的气，就又笑笑说："不叫你吃饭，就是一起坐坐，您可以看我吃，陪我说说话。"

郭晓岚见黎百度虽然在笑，但已经显出了些无奈，就想也只能这样了。于是她说："那就还是去咖啡馆吧。"黎百度见郭晓岚同意去咖啡馆，很是高兴。他先在前边引领，后觉得不合适，退回来与郭晓岚同行，到了咖啡馆门口，他做了个请的手势，把郭晓岚让到了前头。

郭晓岚被服务员引领着坐下，服务员问她需要什么时，她摇了摇头。黎百度接过菜单，点了咖啡和小吃。

黎百度面对郭晓岚有些拘谨，他没谈过恋爱，不知道怎么哄女孩子高兴。况且，他没有拿郭晓岚当女朋友。在他看来，郭晓岚是支持帮助他成就了事业的投资人，是他的学姐。

她生他的气了,他能不拘谨吗?

黎百度想,礼多人不怪,就又向郭晓岚检讨着自己:"对不起郭总,是我处世不深,不懂得多少人情世故……"

郭晓岚打断他的话说:"我不愿听这些,何必反复说些客气话呢?我并没有责怪你的意思。"

黎百度一时有些尴尬,他忽然想到他们初次见面的情景,脱口而出:"我经常想起那天在酒店跟您第一次相见的情景。"

"是吗?"郭晓岚内心一喜。

"是。"黎百度把他寻找郭晓岚的经过说了一遍,说他一看见她,就知道找到知音了,她听他介绍项目时那样专注、那样投入,使得他越说越有劲,一下就说了那么长的时间。黎百度见郭晓岚一听他的事业就高兴,便接着说了他公司一个个产品的研发和攻关。

郭晓岚非常感兴趣地听着。她对黎百度的倾心,在于眼缘,更在于黎百度的才情。那天在五洲大酒店一看到黎百度,就觉得似曾相识,听了他对项目的陈述,就如同找到了她梦寐以求的那个爱人,让她觉得,她只有和他在一起,这一生才最幸福,最有意义。

现在她听着他说的一个个产品的研发和攻关,就像自己也参与进去了一样,忘记了一切的苦恼,忘记了时间的流动。不知不觉两人已经聊了两个多小时,郭晓岚感叹道:"和你在一起觉得时间过得特别快,不知不觉地忘了时间,忘了一切。"

黎百度见郭晓岚高兴了,自然也很高兴。他有些赧然地对郭晓岚说:"只要您高兴,我以后会多抽时间和您相聚聊天。"

郭晓岚含笑说:"那怎么能行呢,你有要忙的事业,我不能耽误了你，还是要以事业为重。"

郭晓岚知道该和黎百度告别了，与其说他们今天在一起是交流感情，不如说是交流工作。但她高兴，觉得颇有收获。她进一步看到了黎百度的优秀，看到了他们两个人相似的地方。现在她不怪黎百度了，她感到是她本身，给他也给自己设置了障碍。一番畅谈让两人心情愉快地出了咖啡馆。

黎百度把郭晓岚送上了车，看着她的车在自己视线里消失后，他才上车，坐了很长一段时间，才开车离去。

第二天，郭晓岚在办公室忙完了工作后，又陷入苦闷之中。她拿起电话，想问问冰岩成跃山的情况，犹豫了一下又把电话放下了。

三十三

成跃山自从当上副总经理后，工作更加勤奋负责。他想，副总经理就是总经理的助手，不单要替总经理承担工作量，减轻总经理的负担，还应当多动脑筋，多想点子，提高酒店的业务水平和经济效益。

他首先深入到餐饮部以外的几个部门学习了解业务。通过学习了解，他不仅全面掌握了酒店的各项业务，还发现了一些漏洞和问题。参照餐饮部的工作经验，他想出了一套堵塞漏洞和解决问题的办法，比如细化考核内容，增加部门领导及班组长做思想工作的任务，调整奖勤罚懒的数额，更多地体现多劳多得，激励职工的积极性，等等。他把学习了解到的情况和自己的想法，向冰岩做了汇报，得到了冰岩的称赞。他建议冰岩在全店开展了一次整改，查缺补漏。经过这一系列的改革，酒店整体工作得到提升。

职工们都说，成跃山当了副总经理以后，不像是领导，还和过去一个样，不坐办公室喝茶水，没有任何的官架子，更加亲近职工群众。检查工作不像是检查工作，更像是看望职工，看到客房部的服务员忙不过来，他帮着送开水，打扫卫生。到哪里都是先搭把手干活，在干活的过程中，询问工作情况。所以，他到哪里，哪里的工作效率都会提高。

冰岩劝成跃山这样干太累，要他按她教的去做。

成跃山坦诚地说："我和您不同，我文化水平不高，酒店的业务不熟，资历又很浅，就得这样干，心里才踏实。"他说，他这副总经理，就是冰总的手脚和眼睛，他只有这样，才能尽到责任，才不会辜负冰总和华兴投资公司对他的信任和厚望。成跃山让冰岩不用担心累着他，他身体好，有的是力气。自己多干点能让她少操劳多休息一下，有什么要做的，告诉他就行了，他愿意替她承担压力。

听了成跃山的这些话，冰岩心里感到特别温暖。成跃山的忠厚、勤奋和敬业，是冰岩最为看重的。可她不光把成跃山看成是她的助手，更多的是把他当成心上人，她不愿让他太过辛苦。所以，她既肯定他，赞扬他，又多次地劝说他。

每逢冰岩劝他的时候，成跃山就点头称是。但该怎么做，他还继续怎么做。

这天晚上，夜总会散场后，成跃山又到客房部巡查，他转到八楼的时候，有个年轻女子一见他就加快步速，成跃山有些疑惑，便跟了过去。但那女子拐了个弯后，就消失不见了。

成跃山更加疑惑。他想，这女子如果是住客，看到他怎么会紧张呢？她拐弯后自己并没有听到开门声，她是进了哪个房间呢？成跃山带着疑问去问楼层服务员。

服务员告诉成跃山，八层是有几个女客人，可能她住的房间门开着，所以成跃山没有听到开门声，不会有什么问题的。

成跃山又到一楼总台查了住宿顾客的登记，查到住在八层有两个女客，但她们的岁数都比他看到的那个女子要大。他心里存着满满的疑惑和柴永回了家。

第二天一早，成跃山上班就到客房查看情况，就在他走出电梯时，有个年轻女子的身影闪进了旁边的电梯，看上去很像昨晚看到的那个女子。他赶快追了过去，电梯已经下行，他赶紧顺楼梯跑了下去。

成跃山到一楼的时候，看到那个女子和另外两个年轻女子出了酒店大门。他追出门去，只见三个年轻女子上了一辆面包车，消失在车流中。成跃山非常惊疑，他决心找客房部的人问个清楚。

首先被问的是当晚值班的女服务员。女服务员对成跃山说："我依照规定认真做了夜班应该做的一切，如果哪里做得不好，有什么问题，我愿意接受处罚，但成副总说的那个年轻女子，我确实没有看见，不知道她有什么问题。"

成跃山又去找客房部郭经理询问。郭经理说，客房部一直严格遵守酒店的管理办法，没有发生过什么特别事，至于成跃山所说的可疑人员的出入，他们没有发现过，他会通知服务人员今后注意，有情况随时报告。

听了郭经理的回答，成跃山没有说什么。因为他只看到了现象，并未看到现象背后的实质，能说什么呢？他决心继续查看，弄个明白。

成跃山一连几天在不同的时间，到客房部查看，又看到了那三个年轻女子出入酒店的身影，只是出入的时间与过去有所不同。成跃山据此分析，这三个年轻女子一定和酒店里住的顾客有见不得人的勾当。怎么办？他想向冰岩报告，可又想，他只是猜测，并无证据，把似是而非的猜测，报告给冰总，不是在难为她吗？他这时想到了成富山和明所长，决定去跟他俩说。

明所长听了成跃山汇报的情况以后，严肃地说："现在有的酒店存在容留色情交易的情况，之前派出所这边也抓过，但效果不好。杜绝这种情况最好的办法是酒店从业者依法依规行事。"明所长拿出相关的法律法规给成跃山看。成跃山看了以后明白了，他们酒店执行有漏洞，如果严格按法律法规执行，是不会出现这种问题的。

成跃山回到酒店就向冰岩做了汇报，提出要严格管理，杜绝色情交易的事在酒店里发生。

冰岩隐隐约约地知道酒店里有这种事，她以前是睁一只眼闭一只眼，没有把它当成大事情。现在成跃山发现了，提出来了，该怎么办呢？作为一个正直向上的女人，她痛恨厌恶这种事情，也赞赏成跃山能把这个问题提出来，主张解决。但她知道，较真起来，会有两个后果，一个会引起客房部的收益下滑，另一个可能会得罪到哪个权贵，给酒店招来麻烦。

因为一时不好决断，她对成跃山说："容我再调查了解一下，这是个复杂的事，不好贸然做决定。"

成跃山赞同冰岩的慎重态度。

冰岩在成跃山离开后，沉下心来想，这事成跃山既然已经发现了，要挡住他不管肯定不行，除非不让他管全面工作，而他已经当上了副总经理，不能不让他管全面工作的。可让他管，引出的后果怎么办呢？

是正义感和女强人精神，帮了冰岩的忙，她不多时就想好了。她想，客房收益下滑，不是她无能，是她坚持正义付出的代价。如果有人找麻烦，她和郭晓岚都不怕。

那就按照成跃山的意见做吧！她转念一想，决定还是先跟郭晓岚汇报一声比较好。不管郭晓岚同意还是不同意，她在成跃山面前都是主动的，都对她有好处。

郭晓岚看到冰岩来了，就问她有什么事。

冰岩便把成跃山发现的问题及想要采取的解决办法说了一遍。

郭晓岚听后，不悦地说："这是酒店日常管理上的事，来跟我说，是什么意思？"

冰岩正色说："这事是大事。真要管起来，会引出收益下降和一些麻烦，我不能不请示。"

"既然知道是大事，为什么现在才报告？是不是以前就有，只是一直在捂着。"

冰岩见郭晓岚在追究她的责任，知道郭晓岚是要把自己与这事摘开来，主动检讨说："我以前只是有所耳闻，但没有当回事，现在成跃山提出来要解决，我才意识到这是大事，不能不向您报告。"

郭晓岚板起面孔说："你想得很好，这样不管怎么做，就都是我郭晓岚所决定的了，对吧？"

冰岩一看郭晓岚板起脸来跟她较真，赶紧说："请您相信我，我会负责任的，有了成绩是您领导有方，出了问题都是我无能，我就是要您给出出主意。"

郭晓岚更加严肃地说："这就是你推荐提拔成跃山当了副总经理以后得到的成果吗？"

"这算是成果，只是……"

"没有只是！我向来痛恨色情交易的龌龊之事！"

"我曾想把成跃山提出来的事压下来，可又怕成跃山把这事通过孔玉爱传到刘老师和钟老师耳朵里，那样他们就一定会追究我们的责任。我还曾想，也许追究我们的责任是好事，他们看不上您，您正好可以离开了。"

"一派胡言！难道你要我背着骂名离开华兴，离开那个家吗？"

冰岩好后悔，但已经覆水难收。她想，她来的时候虽然没有想让郭晓岚就这事承担责任，可实际效果却是如此。她悔恨地叹了口气说："对不起，是我欠考虑，我知道自己该怎么做了，权当我没有来过。"

"说什么没有用的话？我知道了！"

"我……"冰岩想说什么，没有说出来。

"还有什么事吗？"

"没，没有了。"冰岩见郭晓岚下了逐客令，赶快离开了。

郭晓岚在冰岩出门后，拿起面前的材料，狠狠地摔到桌子上。

冰岩回到办公室，立刻叫来成跃山和乔芙蓉，对他们说："我决定要彻查酒店里有无卖淫嫖娼的事，如果有，要立马坚决地报警。"

随即，酒店进行了调查，找客房部的所有人员谈话。客房部包括郭经理在内，都说从未有过。冰岩嘱咐乔芙蓉，再找他们一个一个谈话，把他们说的，全部记录下来。

冰岩接着主持召开全员大会。大会上，由成跃山宣读了酒店行业管理的有关法律法规，宣布要依法依规加强酒店的各项管理工作，特别提出要杜绝容留卖淫嫖娼行为发生，要把酒店办成文明干净的酒店。号召全店人员积极参与这项工作,如果发现有类似事件,要监督举报。以后只要发现情况和线索,就要及时提出来,隐瞒不报的要严肃处理。

冰岩特别强调:"就在这几天,成副总发现了很可疑的线索,虽然还没有证实在我们酒店发生了卖淫嫖娼的事,但这是个要引起我们重视的信号。这事就由成副总具体来抓,大家一定要听从他的领导。"

然而,事情并不像成跃山和冰岩所想的那样简单。表面上看,似乎一切都在按照他们所要求的严格进行着,总台登记处严格把关,各个楼层的服务员紧盯在岗位上,客房部的郭经理二十四小时在岗,随时检查。成跃山还看到,各个楼层都立起了醒目的牌子,明确禁止色情交易。郭经理告诉成跃山,这个警示牌是他设置的,顾客一眼就能看见,可以起到明显的警示作用。成跃山觉得郭经理的这个点子想得好,表扬了他。几天时间过去了,酒店里一切照常,客房部的收入没有减少,也没有什么人来找麻烦。这让成跃山感到奇怪,难道问题就这么容易地解决了吗?

成跃山决定改变他巡查的时间,把定时巡查改为不定时巡查,结果还是没有发现什么问题。

这天晚上,成跃山巡查完便和柴永离开了酒店,中途他换了衣服,又从酒店后门潜入店里。

当他再次来到客房部的时候,正在打盹的服务员突然惊醒后,急忙把放倒在地上的警示牌立了起来。

成跃山看到服务员扶牌子的动作和她脸上的表情,一切都明白了。

为了获得确凿的证据,成跃山拍下了卖淫女凌晨离开酒店的照片。

作假欺骗成跃山的人,正是客房部的郭经理,他不愿杜绝此事，想方设法应付成跃山的检查。

成跃山把事情报告了冰岩，冰岩当即要开除郭经理。成跃山拦住她说："要给郭经理一次改正的机会。我想了一套办法，可以把责任分得很清，到时候该处罚谁处罚谁，要让被处罚的人无话可说。"说着成跃山把他写好的办法拿出来交给冰岩看。

冰岩边看，成跃山边在一边解释："我这办法的要害，是查到以后的处罚，不管是谁，只要还不依法依规行事，一旦查到一律开除，并要报告公安机关。检查是个笨办法，费力费事，但肯定能查到真凭实据。可以把检查办法公布于众，什么时候检查是随机的，由我来掌握。我相信没有人愿意拿自己的工作和前途做赌注。"

冰岩点头同意。

成跃山召集大家开会说："前段时间有人作假搞欺骗，我原谅了，我要再给他们一次机会。"他随即公布了检查的办法和处罚方案。

通过一段时间认真地执行，酒店确实把色情交易的事杜绝了，可麻烦随即也找上了门来。

这天晚上，成跃山和柴永离开酒店回家，没走多远，就被四个女子缠上了。她们挡住成跃山和柴永说，她们没有了工作，没有了住处，没有了饭吃，希望两人帮帮她们。

成跃山认出她们中曾有两个出入过五洲大酒店，就教育她们说："都年轻轻的，做什么工作不好呢，为什么要做那种损人格不光彩的事情呢？快找个正经的工作做吧。"

四个女子说干这行也是出于无奈，请他们帮忙就是要找份正经工作，她们希望能在酒店里找个工作，打扫卫生也行。

成跃山说："我们酒店不缺人手，以后缺人手时，我可以跟招聘的人说。"

四个女子说酒店不缺人手她们可以当义工，不要工资，只要给她们碗饭吃能让她们有个地儿住就行。

成跃山和柴永听她们这样说，非常同情。成跃山看着四个有些落魄的女孩子，想了想说："我很同情你们，你们工作的事，我明天就跟总经理汇报，多方面为你们想办法。你们今天要是没地儿住，如果不嫌弃的话，可以跟我们去家里挤一挤。"

四个女子说今天晚上她们自己想办法吧，就不去打扰他们了。

成跃山问她们吃饭了没有，她们全都摇了摇头。成跃山和柴永便掏出身上所有的钱给了她们，四人拿了他们给的钱，千恩万谢地走了。

成跃山和柴永在回家的路上，一直不放心她们的安危。

第二天，他们在酒店门口，又碰上了这四个女子，每人都是一副憔悴狼狈的样子。她们跟二人说昨天晚上是在立交桥下过的夜，请他们务必帮帮她们。

成跃山和柴永看了，很是同情，答应一定帮她们想办法。四个女子想跟着成跃山和柴永一起进五洲大酒店。

成跃山拦住她们说："你们的事，我们一定会管，但你们现在不能进入酒店，我们刚刚解决了酒店的问题，你们进去会把事情弄麻烦的。"

四个女子哀求说，她们进酒店里只是想找份正经工作，绝对不会做从前的事，给酒店给他们惹麻烦。

成跃山几乎就要同意她们进去了，可他忽然想到，没有冰岩同意，就让她们进去，如果冰岩生了气，对于帮助她们是不利的。所以他对她们说："我不让你们进去，是为了你们好，我打算跟我们冰总汇报你们的情况，让她也能想办法帮助你们，现在我还没有跟她汇报，就让你们进了酒店，惹得她生气了，事情反倒不好办了，对你们是不利的。"

四个女子听了，同意在门外等候。

三十四

冰岩上班时看到四个年轻女子站在酒店门口，颇感诧异。她到办公室门口的时候，见成跃山正在那里等她，她问成跃山，门外站着的那四个女子是什么情况。

成跃山跟着冰岩进了办公室，便把四个女子的情况跟她汇报了一遍。

冰岩听完笑了起来："成跃山，你真是老实可爱极了，怎么能信她们说的话呢？她们一定是受人指使的。"

成跃山不信，认真地分析说："就算她们是受人指使的，那她们也是受害者，这个没错吧？要想让她们脱离指使者的控制，重新做人，就得帮她们找到工作，不然她们是没有办法生活下去的。"

冰岩有些好奇地问："你打算怎么帮助她们找工作？"

成跃山发愁地说："我正在想，一个是发动我们一起来的人，到处打听打听，看哪里有适合她们做的工作。一个是我抽空儿跑跑，找一找，求求人。再就是，想求冰总也能替她们想想办法，帮她们一把。"

冰岩看着成跃山，又笑着说："我说你可爱，真是可爱，可爱极了！"

"冰总别跟我开玩笑了,我跟您说的是正经事。"

"我没有跟你开玩笑,你确实可爱极了,我都想要亲你一口呢。"

成跃山被吓了一跳,想扭身出去,被冰岩叫住了。

冰岩正色道:"你不是来说正经事的嘛,事还没有说完,怎么就想溜了呢?其实我跟你说的,也是正经事,如果我没有猜错的话,那四个女子一定是跟你说,她们决心不干以前干的事了,要改过自新,重新做人,想让五洲大酒店收留下她们,干什么都行,是不是?"

"冰总猜对了。"成跃山点头肯定。

"那是她们背后组织者施的一个毒计,一旦酒店收留了她们,她们就成了酒店里的职工,可以无忧无虑地住在酒店里,继续做她们的肮脏交易,五洲大酒店就彻底被她们毁了。"

成跃山不相信那四个女子真是受了组织者的指使,要毁了五洲大酒店。

冰岩看成跃山的表情知道他不信,她接着说:"不相信一定是,总该相信有可能吧。万一是真的会有什么结果?第一个结果,就是先把你成跃山赶出五洲大酒店,因为禁绝色情交易的处罚办法是你成跃山提出来的,人又是你引进来的,出了问题不处罚你成跃山,处罚谁呢?"

成跃山被吓出了一身冷汗。

冰岩顿了顿说:"不过,可以试试看。我们俩人打个赌吧,如果没有出现我担心的情况,就是你赢了,我表扬你、奖励你。如果出现了我担心的情况,就是你输了,我赢了,你得听我的,你和我一起离开五洲大酒店,远走高飞,行不行?"

成跃山连连摇手说:"不不不,一定是冰总说的正确,就按您说的办,我出去把她们打发走。"说完就跑了出去。

成跃山到了酒店门口，对四个女子说："你们想进这里工作是绝对不行了，请你们快快离开吧，不要给我惹麻烦了。你们工作的事，容我以后另想办法。"

四个女子相互看了看，也没多说什么，默默离开了。

冰岩见成跃山返回来，深情地看着他。

成跃山感激地说："我把那四个女子打发走了，感谢冰总及时提醒我，纠正了我的错误想法。"

冰岩笑着说："如果不是你成跃山，换了另外一个人跟我说这事，你知道我会怎么办吗？"

成跃山此时已经完全清醒了，也不拘束了，乐呵呵地说："要换了另外的人，冰总肯定会臭骂一顿，您是给我留了面子，感谢您，也非常对不起您。"

"真是很奇怪，换了别的人臭骂一顿算轻的。可我一看见你，就只有高兴，有气也会变成笑了。有人说过，爱一个人，会把那个人的缺点看成优点，会觉得那个人永远是好的对的，今天我真正地体会到了。"

"我气了您，您还跟我开玩笑，我以后一定多动脑筋，不再做糊涂的事，不再让您生气了。"

"我没有生你的气，跃山。不信你到我跟前来，看看我是生气的样子，还是高兴的样子。"

空气中顿时氤氲着暧昧的氛围，成跃山意识到自己该离开了。他讪讪地挤出笑容说："不耽误冰总的时间了，我该走了。"说完就一溜烟地跑了。

冰岩看着成跃山狼狈的背影，高兴地笑了很长时间。她出神地想着，她怎么会突然用玩笑应对成跃山的善良糊涂呢？她觉得这是情感的积累，是必然中的突然。她想到那次去看王德和崔小蕊，想了一夜才想出了在车上喂成跃山吃早点的办法，获得了一次很大的成功。这回她不经意间就用嬉笑应对了成跃山的善良糊涂，让自己说出了一些难以启齿的话。这让她非常地快慰，她想，有朝一日，她实现了自己的理想，日日夜夜和成跃山在一起，那该是多么幸福啊！

这次的成功让冰岩再次意识到，爱情需要时间，需要用心经营，更需要有灵感。而灵感是时间和经营的结果。一次次灵感降临的集聚，就会到达爱情的彼岸。冰岩陷入对神秘爱情的想象和探索之中。

五洲大酒店杜绝色情交易的事，在酒店行业和社会上都引起了相当广泛的支持和好评。那些依仗权势和金钱嫖娼践踏女性尊严的可耻之徒，自然是不满意的。但他们只能躲在阴沟里发泄不满，见不得阳光。还有一个人想借机给华兴抹黑，这个人就是任俊杰。

任俊杰对季月琴说，他已叫人放出话去，华兴投资公司旗下的五洲大酒店，是色情交易最热闹的场所。季月琴说，人家都禁绝了，你放这些话还有人相信吗？任俊杰说，正是他们禁绝提醒了他，他要人们知道，华兴并不像他们自己所标榜的那样好。

这一天，钟老师去外边散步，来到社区活动中心，就听到大家正在议论五洲大酒店是色情交易场所，大骂华兴人为了赚钱，不顾德行。钟老师听了非常震惊，立刻离开那里，回到了家里。

孔玉爱正在家里搞卫生，钟老师进门就问："你知不知道五洲大酒店有什么事情？"

孔玉爱见钟老师脸色很不好看，猜想一定是酒店发生过色情交易的事，被钟老师知道了。成跃山特别叮咛过她，让她不要跟钟老师说这事，可现在钟老师问起，她就不能不说了。她说:"酒店前一阵禁绝色情交易,老师问的是这事吗?"

钟老师听了气得拍着茶几说:"果然是有这种事啊,我还以为有人在造谣呢。"

孔玉爱不解地说:"酒店禁绝这事,是好事,老师用不着这样生气的。"

钟老师沉着脸说:"禁说明是有,我们的酒店竟会有这样的事,这还了得?这是华兴人在打华兴人的脸啊!"

刘老师闻声从书房里出来问:"你们在说什么?"

孔玉爱便把酒店禁绝色情交易的事跟刘老师说了一遍。她最后说:"是成跃山发现的,很快就采取措施禁绝了。"

钟老师耿耿于怀地说:"是成跃山发现的,说明原先就有,以前干什么去了?为什么成跃山当了副总以后,才发现才禁绝?"

孔玉爱解释说:"我听成跃山说,原先没有,是最近才有的。"

钟老师怒道:"不要遮掩,越遮掩越会让人说华兴没有德行。有了丑事就知道遮掩吗?"

刘老师和孔玉爱看到钟老师气得浑身哆嗦,都很意外,孔玉爱更是急得不知该怎么办。刘老师劝钟老师说:"不要听到几句议论就沉不住气,正是因为有了才禁的嘛,难道酒店做错了吗?没有,他们做得对。那些随便发议论的人,也许不了解情况,也许是听了别有用心之人的蛊惑。"

钟老师听了刘老师的话,便跟刘老师对上了。她说:"你一向维护你们刘氏家族的名誉,今天这是怎么了?要为自家酒店的错误辩护吗?"

"谁为自家酒店的错误辩护了?玉爱不是说了嘛,是一出现就禁了的。"

"一出现就禁了,怎么会传得沸沸扬扬?"

"你也不能听句传言,就这么激动。事情已经过去了,你还要怎么样?"

"我要追究以前人的责任,不能给刘氏家族这样抹黑,虽然我不姓刘,但我是刘家的媳妇。"她说着就要给郭晓岚打电话。

孔玉爱劝钟老师消消气,冷静冷静。她对钟老师说:"您别在气头上就找她,这样不好,会影响家里的和睦。"

刘老师也说:"不要动不动就找晓岚,制造矛盾。"

钟老师听了他们的话,平静了一些。她站起身说:"行,听你们的话,我不找晓岚了,我去酒店看看。"

临出门,她又对刘老师说:"我先尽尽刘家媳妇的责任。刘家的人好好在家里想想,看看怎么擦掉华兴人自己给自己脸上抹的黑。"

孔玉爱陪钟老师来到了五洲大酒店。冰岩见钟老师板着脸进了她的办公室,不知道发生了什么事,赶快起立迎接,笑着问钟老师怎么不打个招呼,她好亲自下去迎接。

钟老师摆摆手,不客气地说:"冰岩你不必客气,只要你把酒店的这块牌子,保持得干干净净就行了。"

听了钟老师这话,冰岩便知道她是因什么来的了。她不由得看了孔玉爱一眼,心想一定是孔玉爱告诉了钟老师。

孔玉爱明白冰岩眼神里的含意。她边给钟老师沏茶,边对冰岩说了钟老师的来意,同时把钟老师是怎么知道的说清楚了。

听了孔玉爱的话,冰岩心里有了底。她向钟老师汇报说:"色情交易的事,刚在酒店露头就被成跃山发现并采取严厉的措施禁止了。我也进行了追查,未发现以前有过这事。一直以来,郭总对酒店的要求非常严格,经营上要依法依规,同时郭总还要求我们要把华兴的声誉当成重中之重。这件事刚处理完,我还没有顾上去跟郭总汇报。这些对华兴的恶意传言,我一定要亲自去调查,我们是一露头就禁绝了,为什么会有这样的传言,不排除有人恶意针对华兴,在胡乱造谣。"

钟老师明白了事情的来龙去脉,沉声道:"事情要真是如你所说就好。成跃山提拔后工作怎么样?"

冰岩听出钟老师想找成跃山问话,以证实她所说的:"成跃山自被提拔成副总经理以后,非常尽职尽责。我把他叫来,让他当面向您汇报。"说完打电话把成跃山叫到办公室。

冰岩对成跃山说:"钟老师来视察工作,你把最近酒店里的情况,再跟钟老师详细地汇报汇报。我先去客房部处理点别的事情。"她说完就识趣地退了出去。

成跃山把事情的经过详细地跟钟老师汇报了一遍。他说的与刚才冰岩所说的话相互印证了,钟老师打消了怀疑。

成跃山借机壮着胆子跟钟老师说:"咱们酒店是干净了,可那些女孩子现在的处境很困难。她们做错事,也是受坏人操控,我们应当帮助她们摆脱困境,走上正路,老师您说,对不对?"

钟老师颔首说:"你说得对,我们是应该帮助她们的。你有什么具体的想法吗?"

成跃山说:"她们现在没有工作,没有收入,生活陷入困境。帮助她们,首先是要帮助她们找到工作,这样她们才能摆脱卖淫团伙的控制。我曾找过派出所的明所长,他说他们想要捣毁这个卖淫团伙,很需要那些女孩子给他们提供线索,而这些女孩子只有摆脱卖淫团伙的控制,才有可能提供线索。"

钟老师点头道:"你说得有道理,我们该怎么办呢?"

孔玉爱这时插话说:"老师,我们一起来的人,都在帮助她们找工作呢。"

钟老师赞赏地说:"好,很好。我想华兴可以拿出些钱来,救济那些没有找到工作的女孩。我曾很痛恨、瞧不起这些女孩子,听了你们说的情况,她们也很可怜,值得同情。"

钟老师对成跃山的表现很满意,赞扬他这件事情处理得好,代表华兴谢谢他。接着她让成跃山把冰岩找回来,笑着说冰岩这个精灵鬼,猜她的心思猜得那么准。

冰岩回来了,钟老师说:"你个精灵鬼,有意避开,让我跟成跃山印证。不错,我是这么想的。印证完了,证明你没有说谎。现在我告诉你,希望你理解。"

"钟老师做得对,是我该学习的。您坦诚地告诉我,说明您把我当自己人看待。"

"我们一直是把你当自己人看待的。"

钟老师随即表扬了冰岩一番,说看到冰岩和成跃山配合得很好,很欣慰。

冰岩正想当着孔玉爱的面表现她跟成跃山的亲密关系,借机说:"成跃山跟我真是绝配,我们两个人就像长了一颗心似的,我想什么,他也想什么,配合得非常和谐愉快。我性子急,常跟身边的人发脾气,可从来没有跟成跃山发过脾气,一看见他我就高兴。前些天,那几个女孩受卖淫团伙指使,意图蒙骗我们,成跃山一开始居然信了,这要是换了别的人,我肯定会发脾气臭骂一顿,可面对他,我竟然乐了。成跃山这个人诚实善良得可爱,我太爱他这样的人了。"

钟老师听了冰岩的这些话,不由得看了孔玉爱一眼,可孔玉爱一点也没有多想,她还在为成跃山表现好,能得到领导的喜欢而高兴。

冰岩本想再说说成跃山,但钟老师起身要走,冰岩挽留钟老师吃饭,钟老师笑了笑说:"我现在就爱吃孔玉爱做的饭。"

送走钟老师后,冰岩着实地高兴了一番。她看得出来,钟老师很喜欢孔玉爱,这为将来孔玉爱嫁进刘家减少了阻力,而她跟成跃山更是有了希望。

三十五

孔玉爱他们以及钟老师等人,都在积极为四个失足女孩找工作。首先是白文侠做通了明明的工作,明明答应可以安排一个人在店里打杂。

接着是钟老师在自家社区帮忙找了个保洁的岗位。钟老师问孔玉爱这边进展得怎么样,孔玉爱表示她还没有找到合适的。钟老师提议,附近新开了一个大型综合商场,应该有不少用人的需要,她可以和孔玉爱一起去看看,孔玉爱连连点头。

两人出门来到综合商场,转到四层的时候,看到这一层全是餐饮业,各种大小餐馆林立。钟老师说:"餐饮业用人机会多,咱们试着在这里找个工作岗位吧。"孔玉爱说:"太好了,如果能在这里找到工作,她们肯定非常高兴。"

两人一路进店打听,终于在一家名为"香港美食大排档"的店里找到一份服务员的工作。

同一天，成富山来到"美廉"超市。他找到索萌，先问了问索萌最近工作的情况。索萌说，他的工作虽然忙一点，但他干得很快乐，很有信心，这个月奖金又增加了，感谢成富山给他找的这份工作。成富山鼓励了索萌，要他继续努力，接着问他，超市里有没有缺人手的岗位。

索萌略微思索了下说："服装区缺个人，超市的领导想招个女工。"

成富山说："太好了，正好要找工作的就是个女的。"他看出索萌欲问他来人的具体情况，主动说，"也是个受过伤的人，如果她来了，你要好好帮助她，保护好她。"

索萌明白了，保证说："我一定按您说的做，好好帮助她，保护好她。"

成富山得到缺人的信息以后，找到了超市老板。"美廉"超市在成富山管辖的区域之内，彼此很熟，成富山开门见山地说想安排个人来工作，超市老板痛快地答应了，说服装区正好短个女工，尽快上岗吧。

成跃山接到成富山的电话很高兴，这下四个女孩的工作都解决了。他把这一好消息第一时间报告了冰岩。

成跃山找到四个女孩，告诉她们工作都已经找到了，四个女孩根本不敢相信这么快就能找到工作，成跃山便把大家怎么帮她们找工作的过程说了一遍，四个女孩这才相信，感动得痛哭流涕，语无伦次地表达着谢意。

成跃山接着问她们，四个地方她们怎么选择。四个女孩都说，有了工作，还挑什么，去哪里都行，听成跃山安排。

成跃山首先把四人中叫齐玉兰的女孩，送到"迷您"美容美发店。接下来把包慧敏送到"美廉"超市。最后把名叫平静和严明明的女孩，送到钟老师家小区。路上，成跃山跟两个女孩说了钟老师的大概情况，强调她们的工作都是钟老师亲自给她们找的，让她们一定要争气，别让大家失望。

他们到时，钟老师和孔玉爱已经等在小区门口了，

看到两个女孩，钟老师慈祥地说："孩子们，别难过，以后会有好日子过的。"孔玉爱也热情地说："以后什么都不要担心，还有姐姐呢。"平静和严明明听到这些暖心的话语，忍不住流下了眼泪。钟老师和孔玉爱协助两人办好手续，才回到家中。

这一天，冰岩兴致勃勃地来到了华兴投资公司，她是来向郭晓岚报喜的，同时想跟她说说自己的秘密，借此也促使郭晓岚积极行动。

冰岩来到郭晓岚办公室门口，门开着，她看见郭晓岚在埋头批文件，她敲了敲门，郭晓岚抬头看是她，冷冷地让她进了屋。冰岩讪讪地坐下，问："您这是怎么了？还在为上次的事生气吗？"

郭晓岚嘲讽道："难道你整天就钻在酒店里，什么都没有听到吗？"

冰岩一下子明白，郭晓岚也听到了外边的传言。她赶紧说："啊呀呀，我这才明白您生气的原因，是听到那些无聊的传言了吧？钟老师听到传言也去酒店找过我，可钟老师不但没有生气，还表扬了我呢。"

郭晓岚示意她说下去。冰岩便把那天她从郭晓岚这儿回去以后酒店发生的事情讲了一遍，包括已经帮四个女孩找到工作并在她们的帮助下，让警方最终破获了一个卖淫团伙。通过一系列的整顿，提高了酒店的管理和服务水平，等等。冰岩说她是想这些事情都解决了再来汇报，所以来得晚了些。

郭晓岚心里舒服了很多，认为冰岩事情处理得有水平。

她想了一下说："既然这样，外边怎么会有那样的传言呢？"

冰岩解释说："钟老师因为传言去了酒店，她猜想，酒店里存在色情交易的现象时间不短了，要不怎么会有这么多流言呢。我猜出了她的心思，我跟她汇报的情况她不一定信，就让她随便找人询问，核实印证我说的话。结果当然是我说的句句属实，没有隐瞒什么。实际是我的工作做得很细，我也担心成跃山发现的情况之前也有，所以就下功夫找相关部门的工作人员一个一个核实，把核实情况都记录在案，经得起任何检查。"

"你真够精明的。"郭晓岚说。

冰岩听出了她的弦外之音，但她装作没有听出来："在您手下干事，不精明怎么成呢。我跟钟老师汇报的时候，特别强调了您对酒店管理的要求有多么严，把华兴的声誉看得有多么重要。我当时已经想好了，万一真的这个现象以前就存在，那这责任我都会担起来的，一定不给您惹麻烦。"

郭晓岚闻言，点点头说："行了，既然如此，刚才给你的脸子收回。你是不是还等着表扬呢？"

冰岩涎着脸说："您还是听完我说的另一件好事，再表扬吧。"

郭晓岚不由得打起精神来，以为她已经把成跃山拿下了。

冰岩略微压低了声音说："接下来要说的是您最关心的，那事有了成功的征兆。"

郭晓岚听说只是征兆，便又泄了气。

冰岩笑着让郭晓岚猜猜是谁将要完成这项使命。

看着冰岩的表情，郭晓岚惊得一下子坐直身子脱口说道："啊！难道……"

"难道您真没有想到过会是我吗？"

"有过这个念头,只是一闪而过,就觉得不可能。"

"我也是有天晚上忽然意识到自己是爱上了他,您不知道他有多好,像他这样优秀的男人,城市里已经很少有了。他纯朴善良,诚实勤奋,无论是做事还是做人,都是无可挑剔的那种。只要和他建立了感情,不用担心他会变心,他永远都不会变心的。他学历低的短板很快也会补上,他已经报考成人大专了。我一定要把他追到手。"

郭晓岚当然高兴,冰岩把成跃山追到手,就等于帮了她的大忙。不过她还是心存疑虑地说:"你在说的过程中,难道没有发现自我矛盾吗?如果成跃山真是那么专一,他会丢弃了孔玉爱去爱你吗?"

冰岩要等的就是郭晓岚的这句话。她非常自信地说:"孔玉爱爱上了刘幼诚,成跃山还有什么不能丢弃的?我各方面的条件都优于孔玉爱,他不爱我,还爱谁去。"

郭晓岚有些不满地说:"你这是要等别人为你创造好条件呀。"

冰岩是想通过郭晓岚促刘幼诚,让刘幼诚把和孔玉爱的事做成了,她的事就会水到渠成。她深知攻克成跃山的难度很大,唯有孔玉爱和刘幼诚先成了,她才有真正的把握。冰岩听出郭晓岚的话在批评她,就说:"我没有等,我一直都在成跃山的身上努力着呢。我是觉得刘幼诚和孔玉爱既然都偷偷约会了,您不妨多给他们些机会,让他们尽快如胶似漆,这样您得救了,也帮了我和成跃山。"

郭晓岚叹了口气说:"刘幼诚是什么样的人,你应该知道。他就是旧社会里的小脚女人,别指望他快速奔跑,迈出大步也难得很,我会想办法推动他。你也要加把劲儿,既然已经和成跃山那么好了,就再勇敢些。我看好你们,期待你们的喜讯。"

冰岩见郭晓岚用期待的眼神看着自己，不由一阵心疼："还有一件重要的事要跟你说。"

"你说。"

"那天钟老师和孔玉爱去酒店时，我有意试探了孔玉爱，我说我和成跃山有多么多么好，那些话连钟老师听了都忍不住去看孔玉爱，可孔玉爱却没事人似的，这说明她并不在乎成跃山。我还发现钟老师特别欣赏在意孔玉爱。"

听了这话，郭晓岚很是高兴。她说："我知道了，这个情况对我很重要。我们俩人的幸福一定会到来的，只是时间问题，我们继续努力。"

冰岩说："我认为我们不光是在为自己谋取幸福，我们同时也是在帮助别人获得幸福。成跃山和孔玉爱从农村来到城市，为的就是脱离农村脱离贫困，成为城市里能过上好生活的人。他们散了，各跟一个城市里的人结婚，他们的目的达到了，也把您从苦海里救出来了。"

郭晓岚点头道："还救了刘氏家族，我爸不用担心华兴易姓了。"

冰岩说："所以我们要努力尽快做成这件利己也利人的好事。"

两个人最后说定，以后要相互鼓励，多交流情况，使她们做的好事不断有进展，直到成功。

郭晓岚送走冰岩，一时难以平静。最让她激动的是两件事，一件是她没有想到冰岩爱上了成跃山，另一件是孔玉爱原来并不在乎成跃山。

冰岩利己也利人的话更是让郭晓岚豁然开朗。很快她就想出了一件该做的事。

三十六

到了周末,郭晓岚该去爸妈家里探望了,她告诉刘幼诚,她要去街上买点东西,叫刘幼诚在家里等着她,等她回来后一起去。刘幼诚答应了。

郭晓岚出门后并没有去买东西,而是直接就到了爸妈家里。

钟老师问她:"幼诚怎么没有来?"

"幼诚上街了,一会儿就来了。"她接着就跟钟老师闲聊起来,两人聊着聊着就说到了钟老师的衣服。郭晓岚想起什么似的说:"我给妈买了件衣服,来时怎么忘拿了呢。玉爱,你去我家取一下,让妈试试。"她一边说着,一边把钥匙递给孔玉爱,并告诉孔玉爱,衣服好像放在衣橱里了,如果衣橱里没有,就在别处找找。

孔玉爱到她家,打开家门,看到刘幼诚在家里,心想刘幼诚一定是上街回来了,赶紧对他说:"是晓岚姐叫我来的,来取给钟老师买的衣服。"

刘幼诚意识到这可能是郭晓岚设的套,但能见到孔玉爱他感到很高兴。以前他在爸妈家里见到她,虽然不便多说话,但每次都能说上些话,他找借口送孔玉爱回家也是为了能和她多待一会儿。但自郭晓岚揭穿了他的秘密,他不得不叫孔玉爱离开以后,就再也没有那样快乐的事情了。他不但不敢再送孔玉爱回家,连到了爸妈家里,也不敢和她说话了,总是很紧张,就像自己真做了见不得人的事一样。郭晓岚这是又想干什么？他无言地看着孔玉爱，不知该说什么好。

孔玉爱没有想到这是郭晓岚有意设的套，她只想到刘幼诚突然在自己家里看到她，一定很窘迫很紧张。她也是如此。她见刘幼诚没说话，接着说："没有想到您在家里，让我们能见见面。其实我有一肚子的话想跟您说，只是没有机会。我一辈子都忘不了刘先生的恩情，是您把我领进了老师的家，让我一步登天地到了两个大教授的身边，天天都有收获，都有长进。也是您提醒我，可以通过成人考试获得大学文凭，我拿到大学文凭的那天，真想第一时间告诉您。可我没有，后来还是钟老师告诉您的。我现在在刘老师的指导下又开始攻读绘画专业了。"

刘幼诚脸上的表情放松了，认真地听着。

"晓岚姐是非常优秀的，她完全是出于一片好心，希望您不要计较晓岚姐说的那些话，你们两个人一定要和和气气地过日子，一定要把华兴的产业经营好。"

刘幼诚开口道："谢谢你，我知道。她要像你这样和气就好了，可她总是冷冰冰的，也是我不争气，我比不上她，我是个没有用的人。"

"您可千万别这样说，晓岚姐的冷淡一定是故意装的。她想离开是好意，您要理解她。您要用您的热，暖和她。你们两口子的性格可能不大一样，您要主动跟她多沟通，女人需要多哄着点。"

刘幼诚是不懂得哄郭晓岚的，从小时候起，都是郭晓岚哄着护着他，他不知道郭晓岚也是需要哄的。听了孔玉爱这话，不由得愣了愣。

孔玉爱觉得他的表情很诚实善良，笑笑说："我已经知道了，你们从小在一起，她是姐您是弟，肯定都是姐姐哄着护着弟弟的。您被她哄惯了，您去哄她，会不习惯，但慢慢地做，就会习惯的。"

刘幼诚想，郭晓岚是从什么时候起不哄他管他了呢？好像是结婚以后。

孔玉爱见刘幼诚陷入沉思，注意地看着他。这时摆钟整点报时，两人都被吓了一跳。刘幼诚意识到孔玉爱不能在这里久留，提醒她说："你不是来拿衣服的吗？"

孔玉爱点头，赶紧到衣橱里找衣服，翻了半天也没有找到，只能又到别处去找。

刘幼诚见孔玉爱找了好几个地方还没有找到，就想郭晓岚一定没有给他妈买什么衣服，不过是要让孔玉爱到处找，拖延时间罢了。他心里着急，觉得郭晓岚正在暗中窥视着他们，开口催道："找不到就别找了吧。"

"找到了。"孔玉爱说着拿着衣服过来，她见刘幼诚一头汗水，目光焦灼，突然意识到什么，马上说，"对不起，打扰了您这么长的时间，我走了。"

刘幼诚既想让孔玉爱快走，又舍不得她离去，想说什么没有说出口，送孔玉爱到了电梯口。

孔玉爱不敢再看刘幼诚，上了电梯，在电梯门关上的那一刹那，她看到刘幼诚的嘴动了动，好像在说什么，她没有听清。出了楼她才反应过来，刘幼诚也是要去老师家里的，他大概是说和她一起走吧，她怎么没有等他说完，就一个人走了呢？是她多心了，失礼了吗？

刘幼诚其实没有想孔玉爱所担心的事，他爱孔玉爱不假，像孔玉爱这样优秀的女人，有哪个男人会不爱呢？但刘幼诚的情感还有道德理智在管着，如果不是如此，他怎么会提醒孔玉爱快快离开呢？

孔玉爱觉得她还是自己先走为好。她仰起头，深情地看了看楼上的那个窗口，开车离开。

刘幼诚躲在窗帘后，看着孔玉爱开车远去，回想着她的好。

孔玉爱回到了钟老师的家里。

郭晓岚审视着孔玉爱，问她："怎么这么快就回来了？"

孔玉爱含笑说："还快吗？我找了好几个地方才找到的。"她说着就拿出衣服来，要钟老师穿上试试。

郭晓岚看孔玉爱一副平静从容的样子，心里想，这孔玉爱还真是不简单。

钟老师换上衣服，孔玉爱称赞道："晓岚姐真会买衣服，老师穿上又合适又好看。"

郭晓岚看着钟老师身上的衣服，心思实际都在孔玉爱的身上，笑着说："妈您觉得我买的这件衣服怎么样？"

钟老师笑道："你是购物能手，买的衣服还能差了？很好。"

郭晓岚话里有话地说："妈是不是有玉爱在跟前侍候着，感觉特别好？"

"是啊，玉爱是老天赐予我的福气，看我老了就把玉爱派到我跟前来了。"

孔玉爱赶紧说："也是老天赐予我的福气，让我这个没有念过多少书的山沟里的人，来到两个大教授身边，我学到的比上大学学到的都多。我们一起来的人都说我是一步登天，掉到福窝窝里头了。"

郭晓岚听着两人的话，心想这一唱一和，亲密自然，他们才像一家人。感叹着说："玉爱就该是这个家里的人，早来几年就更好了。"

钟老师听出了郭晓岚的弦外之音，瞪了她一眼，对孔玉爱说："该做午饭了。"

孔玉爱便到厨房里去了。

钟老师在孔玉爱离开后，批评郭晓岚不该说那样的话，要她以后注意尊重孔玉爱。

郭晓岚的目的就是要说这个话题，她笑着说："我说错了吗？孔玉爱现在也有大学文凭了，论人品，论文化，论对二老的好，都没有可挑剔的。"

钟老师看看厨房那边，要郭晓岚闭嘴。

郭晓岚还是说："难道妈没有看到吗，我刚才说了那话，孔玉爱一点不好的反应都没有，她爱听，她高兴，难道妈看不出来吗？"

钟老师急得要堵郭晓岚的嘴。

郭晓岚躲开继续说："我都检验过多次了，孔玉爱爱幼诚，幼诚也爱孔玉爱，他们……"钟老师急得，拧了郭晓岚一把，郭晓岚疼得啊呀一声叫。

钟老师担心她还要胡说什么，板起脸来说："说点正经的事吧，酒店的事你知道了吗？"

郭晓岚说知道了，冰岩跟她汇报过了，她正准备要去调查。钟老师问她还要去调查什么。

郭晓岚正色说："我不相信色情交易的事，是一发现就禁止了，如果他们有隐瞒，给华兴的脸上抹了黑，我要把冰岩连同中层负责人都撤了，处理完以后，我也请辞。"

钟老师这才说："我印证过了，冰岩没有说假话。外边那些谣言一定是有人故意给华兴抹黑。明白是怎么回事，做好自己的工作就行了。"

郭晓岚绽放出笑容说："既然是这样，我听妈的话。我早就给自己定了原则，一定要把个红红火火、干干净净的华兴投资公司交到刘家人的手上。"

钟老师听她又把话扯到那上边去，假意地打了她一下，笑着把她抱在了怀里。

刘幼诚来了，正好看见郭晓岚和钟老师高兴地抱在一起。郭晓岚盯着刘幼诚看，刘幼诚的表现与孔玉爱形成了鲜明的对比，一脸做错了事的样子。

"来晚了还不跟妈坐在一起说说话。"郭晓岚继续盯着他说。

刘幼诚红头涨脸地支吾着坐到母亲的旁边。

钟老师心疼地看着儿子，批评郭晓岚说："从小哄着护着幼诚，怎么现在这样跟他说话呢？像训小孩子似的。"

"小时候幼稚，现在不幼稚了。幼诚你跟妈说，为什么会这样？"说完她就后悔了，她意识到这话会让刘幼诚畏缩不前。

这时，孔玉爱从厨房出来给刘幼诚沏茶，郭晓岚留心地看着，孔玉爱略显拘谨，刘幼诚更是不自在。

孔玉爱沏完茶，回厨房时郭晓岚跟着她进了厨房。

钟老师问刘幼诚："晓岚说你上街了，是买东西去了吗？"

刘幼诚不愿跟母亲说那是郭晓岚说的假话，敷衍着说："不是，就是随便转了转。"他担心母亲再追问什么，就说要去看看他爸。

刘老师正在书房里看书，见儿子进来，就合上书，和儿子聊起了天，两人谈的都是公司里的事。

郭晓岚在厨房里要帮孔玉爱择菜，孔玉爱不让她上手，让她去客厅里休息。郭晓岚说她想跟孔玉爱在一起说说话，孔玉爱笑着说好。郭晓岚先是称赞了一番孔玉爱。

孔玉爱有些羞涩地说:"我可没有姐说的那样好。"

"那是你谦虚,你实际比我说的还好。"

"不不,我身上的缺点多着呢。"

"不是的,你比姐强好多。"

"哪里哪里,我和姐根本不是一个层面上的人。"

"是你在姐姐之上。"

"姐别跟我开玩笑了。"

"姐说这话,完全是出于真心。"

孔玉爱知道郭晓岚说这话的用意是什么,为了不让她把想要说的话说出来,孔玉爱就说,她理解姐姐是一片好心,但以后就不要多想了,这个家实在是太好了,她常听到两个老师说姐姐的好。

郭晓岚不以为然地说:"不要光听他们怎么说,是你了解得还不深,他们其实很在乎家族的继承,尤其是彩虹的爷爷。"

"是吗?"孔玉爱脱口而出,她觉得刘老师不是那样的人。

郭晓岚肯定地说:"我从小在他们身边长大,最了解他们,家族继承问题不解决,我爸最后肯定合不上眼。"

孔玉爱感到问题的严重性,她停下手里的活儿,看着郭晓岚,一脸的惊讶和焦虑。

郭晓岚意识到从家族继承入手,是打消孔玉爱思想障碍的钥匙。

她接着说:"你能来这个家确实是天意,要换了别的人,我爸妈不会同意。可要我爸妈主动跟你说,他们绝对不会,原因你明白。这事需要你拿主意。要刘幼诚主动也很难,因为他实在太老实。"

"我怎么拿主意？"孔玉爱一头雾水，十分惊讶。

"我相信你能成，只要有点勇气就能做到。对这个家我很了解，来这家就算有点牺牲，也是值得的。你会救了这个家族，会让我爸妈和刘幼诚都幸福的。"

孔玉爱震惊地说："难道您不知道我有家吗？"

"成跃山没有你也会很幸福，听说他在酒店里已经有相好的人了。"

孔玉爱震惊得说不出话来。

郭晓岚还想再说些什么，这时钟老师进了厨房，说要给大家露一手。孔玉爱的心思全乱了，配合钟老师炒菜的过程中，几次出错。

吃饭时，郭晓岚把孔玉爱叫上了桌，孔玉爱如坐针毡，刘幼诚也生硬拘谨，两人都不敢看对方。郭晓岚看着眼前的情景，心里高兴，她真切地看到了自己的曙光。

三十七

吃完饭，郭晓岚和刘幼诚回了家。郭晓岚到家后，在客厅里坐下，不一会儿，刘幼诚给她端来一杯茶，郭晓岚有些诧异地看了看他。

"喝吧。"

这让郭晓岚更加诧异了。随即刘幼诚走到她旁边，非常自然地挨着她坐下。

很长时间了，他们没有这样近地坐在一起。郭晓岚意识到，刘幼诚一定有重要的话要说。他会说什么呢？是她所希望的吗？

刘幼诚觉得孔玉爱说的话很有道理，他和郭晓岚的关系没搞好，就是他没有护好她哄好她。小时候都是郭晓岚护着他哄着他，后来两人结婚了，关系发生了变化，他应当去护着哄着郭晓岚才对，而他却没有。正因为他没有做好丈夫这个角色，才使得郭晓岚不高兴，跟他闹别扭。他决心从今天起，做一个让妻子高兴的合格丈夫。可具体怎么做，他并不知道。

郭晓岚问刘幼诚有什么事，刘幼诚有些紧张，脸涨得通红，张了张嘴，还是没有说出什么话来。

郭晓岚还以为刘幼诚要说他和孔玉爱相好的事，鼓励道："你有什么话就直说，不要有顾虑，你说什么，我都不会怪你。"

刘幼诚又笑一笑说："其实，其实也没有啥。"

"是没有啥，有什么好难为情的呢？实打实地说吧，是不是孔玉爱教了你什么话，要你转告给我？"

"孔玉爱是很关心我们，她也教了我，可我就是脑子空，嘴巴笨，想不出来该说什么样的话才好。"

"孔玉爱怎么教你的，你就怎么说，这有什么难的呢？"

"她就教我要哄哄你，可又没具体教我该怎样哄你。"

郭晓岚简直要气炸了。

"你，你是个活该受罪的可怜虫，是个给福不要的笨蛋货，是个存心要熬煎死我的冤家啊！"

刘幼诚还没有见过郭晓岚对他发这样大的脾气，说这样重的话。他哄不成反惹下了祸，赶快站起来就要开溜，却被郭晓岚叫住了。

郭晓岚让他坐下，刘幼诚不敢不坐，就挪到离郭晓岚远一些的沙发上坐下了。郭晓岚想，她就不要跟刘幼诚生气计较了，做成自己的事才最重要。

她沉了沉气说："上次我就想成全你和孔玉爱的事，是你想偏了，竟然叫她离开爸妈的家。今天妈当着我和孔玉爱的面，说孔玉爱来刘家是天意，爸爸也看重孔玉爱，现在一切条件都具备了，就需要你勇敢起来。"

刘幼诚看看郭晓岚，低下了头。

郭晓岚耐心开导着："今天在爸妈家里，我也和孔玉爱说了，她虽然没有说同意，但她表示很理解，很为刘家的事着急。孔玉爱还说了许多你的好话，她的意向是很明确的。另外，成跃山在酒店里已经有了相好的人。所以，现在就差你往前走一步了。"

刘幼诚听了郭晓岚的这一番话，十分感动。在他看来，郭晓岚说这些话的目的只有一个，就是为了刘家能有继承人。包括郭晓岚很长时间不跟他亲近，他认为也是这个原因。他想，郭晓岚狠着心这样做，就是要逼他同意离婚，让他娶个能生育的女人，为刘家生个男孩，保证华兴不易姓。他深情而难过地看着郭晓岚，满眼的泪水。

郭晓岚看着他这副模样，有点迷茫。她不解地问："你这是怎么了？是不相信我说的话吗？"

刘幼诚摇头说："都不是，是你太好了，我非常感动。"

郭晓岚非常地无奈，她叹息着，心里默默地想："他怎么会如此愚蠢呢？我拿他还有什么办法啊！"

郭晓岚不甘心今晚就这样了结。她想，既然刘家的继承问题说不下去，索性就说感情吧。她缓缓地说："我不光在为刘家的继承问题考虑，我也在为我的幸福考虑——我不爱你。"郭晓岚是第一次当着刘幼诚的面说出"我不爱你"这句话,她为自己能说出这句话有些吃惊,但也感到痛快。

刘幼诚一点儿也没有因为郭晓岚说不爱他而吃惊,他依然认为郭晓岚说这话只是为了达到她那崇高的目的。他平静地说:"不爱就不爱吧。"

郭晓岚简直忍无可忍,她站起来,不知该怎么发泄,想砸家具,甚至想打刘幼诚,可末了,她还是扑倒在沙发上,失声痛哭。

刘幼诚见她大哭,不知如何是好。他忽然想到孔玉爱的话,心想这正是他哄郭晓岚的时机,赶快走到郭晓岚身边柔声说:"都是我不好,是我惹你生气了,对不起,别难过了,别哭了。"他说着,就想把她扶坐起来。

郭晓岚哪里需要他这样,她厌恶他说的话,更厌恶他的肢体接触。她愤怒地一甩胳膊,把刘幼诚甩了个趔趄。

刘幼诚丝毫不生气,继续哄她说:"别生气了,生气对身体不好。都怪我,都是我的错,你想骂我就骂,想打我也可以,只要你能不生气就好。"

郭晓岚觉得她没法面对刘幼诚,没法在这个家里待着了,起身跑出了家门。刘幼诚紧随其后追了出去,跟在她后边,不住地安抚她劝她回家,两人的行为引得路人侧目,郭晓岚觉得难堪,只好又回了家,一进门就和衣蒙头躺到了床上。

这天晚上,还有个人无法平静,那就是孔玉爱。听到郭晓岚说成跃山在酒店里有了相好的人以后,孔玉爱的心就再也平静不下来了。

孔玉爱的心慌了。她想,以郭晓岚的身份地位应该不会造这样的谣,莫非成跃山真的有了相好的人?

不会的!孔玉爱在心底呐喊着,这呐喊来自她对成跃山的信任。两人从小一起长大,成跃山自小诚实善良,爱她护她,她相信成跃山是不会变的。可郭晓岚的话,又不断地缠在她的心上。

孔玉爱躺在床上怎么也睡不着,她在等成跃山回来,她想亲自问问他。终于她听到门外极轻的脚步声,可突然间她不想问成跃山了,她甚至怕他看出来她心里存着事。孔玉爱意识到,她必须跟往常一样,往常成跃山回来时,她都睡着了,于是她马上合上了眼,装作睡着了。

成跃山和柴永悄悄地开门进来,柴永进里屋后,很快关上了里屋的门。成跃山轻步来到床前。黑暗中,孔玉爱眯缝着眼偷窥着成跃山,只见他俯身看着自己,她能看出他眼睛里充满着对她的爱和渴望。往日多数时候她都睡着了,没有看到过他站在床前这样地看着她。有时候,她会在酣睡中被他抱醒,那一定是他不能忍受了。今晚她看到他那样深情的眼神,特别受触动,很想被他紧紧地抱住。

可成跃山没有。成跃山看着她,他的脸不断接近她的脸,她都能够感觉到他那急促的气息了,他却在这个时候控制住了自己,站直了身子。

孔玉爱很是失望。但她也很高兴,她知道成跃山没有变。

成跃山站在床前脱了衣服,轻手轻脚地上了床。他生怕惊醒孔玉爱,慢慢地在她旁边躺下,又默默地看了一会儿孔玉爱,然后给她掖了掖被子,才躺平了身子,合上了眼。

孔玉爱一直按捺着内心的激动,看着成跃山的每一个举动。她希望看到成跃山无法忍耐的那一刻,可他最终还是忍住了。

这让孔玉爱想到，那无数个没有动她的晚上，成跃山一定都是这样忍住的。她心中对成跃山的那种疼爱，就像火山一样突然间爆发，她猛地翻过身来，抱住成跃山狂吻，吻他全身的每一处。这样主动地做爱，孔玉爱还是第一次，她感到自己从来没有这样疯狂过，幸福过。

成跃山爱的引信被孔玉爱点燃，产生了巨大的爆发力，他疯狂得简直就像要把孔玉爱吞下去。

两个人过了一回最难忘、最幸福的夫妻生活。

云雨过后，两人喘息着依偎在一起时，才突然想到里屋里还有人，于是马上屏息，偷偷地乐。

夜很宁静。爱情总是在这宁静的夜晚，显现出其非凡的美丽和迷人的光彩。爱情让被忙碌和喧嚣伴随了一天的人们，在宁静的夜晚得以放松身心，为明天积蓄力量，催化灵感。

人世间没有比爱情更纯洁更伟大的了。难怪从古至今的文化里，无不包含着浓浓的爱情。爱情使人类生生不息，爱情使社会兴旺发达。爱情是不老的树，不谢的花。然而，却不是所有的人都能够享受到爱情的幸福。

刘幼诚和郭晓岚又度过了一个痛苦的夜晚。郭晓岚从街上回来以后，和衣蒙头就睡。刘幼诚低声下气地哄着她，郭晓岚以沉默应对。这一夜两人都辗转难眠。

一早，郭晓岚为了避免和刘幼诚说话，快速洗漱完毕就离开了家。她已经想好了，今后不再做刘幼诚的工作，完全没有用。她把希望寄托在冰岩的身上，只要她和成跃山成了，孔玉爱和刘幼诚不用说就会走到一起。而她要做的，就是和黎百度拉近关系。

刘幼诚听到郭晓岚开门走了，也很快离开了家。

孔玉爱去书房给刘老师添茶水，走到门口看到刘老师正站在父亲的遗像前凝神沉思。这让孔玉爱一下想到郭晓岚跟她说过的话。她回想起来，眼前的场景，她看到过很多次，刘老师是在为家族的继承忧心吗？

刘老师转头看到了门口的孔玉爱，他示意孔玉爱进来，孔玉爱添好茶水后，刘老师问："你刚才看着我好像有什么话想说。"

孔玉爱犹豫了一下，大着胆子问："我是想到了个问题，想问问老师。我曾听晓岚姐跟钟老师说，老师没有放下家族继承的事，是这样吗？"

刘老师摇摇头说："你晓岚姐说我没有放下不对，准确地说是没有忘记。事情已经是这样了，不放下也得放下。你晓岚姐是个好孩子，非常重情义。一看到她，我就会想到她的父亲、我的挚友。一晃晓岚的父亲都走了二十多年了。"他说着，扭头去看郭晓岚父亲的遗像，眼眶湿润了。

刘老师擦了擦眼角，在书桌前坐下说："人生是很短暂的，就算活到百岁，也是眨眼间的事情。人活着的时候，有件事情最为重要，那就是不能负人，不能忘记家人恩人和朋友们的嘱托。我是快七十岁的人了，没有大的成就，唯一感到欣慰的是没有做过亏心的事。我儿子幼诚是个好孩子，只是懦弱了些，但幸亏有晓岚，晓岚能补他的不足。"

孔玉爱点头。

刘老师又说："这个家值得庆幸的，除了有晓岚，还有你。你不但能帮助我们安度晚年，也能帮助晓岚、幼诚过好他们的生活，希望你莫要计较晓岚说过的一些话。"

孔玉爱点头答应，说她记住老师的话了。

三十八

郭晓岚忙完手头的工作,离开了办公室。她要去看黎百度,以前她太被动,总等着黎百度来找她,以后她要主动些,不再有那么多顾虑。而且,从工作上讲,她也该去。

郭晓岚在天网公司楼下停好车,上楼去了天网公司。公司的人认识她,说黎总刚刚出去。郭晓岚有些扫兴地离开了天网公司,看看时间还早,她开车去了五洲大酒店。

冰岩正在办公室里发愁,她刚看过月报,这个月酒店的营业额下滑了百分之三十,其中客房部下滑得最厉害,占下滑比的百分之五十多。不用问她也知道这和酒店禁绝色情交易有关,但这不能公开地讲,她一直强调酒店过去不曾有这样的事,是一发现就采取了有力措施禁绝了,可营业额的下滑说明过去就有。她该怎么向郭晓岚汇报,又该怎么解决营业额下滑的问题呢?

就在这个时候,郭晓岚推门进来了,冰岩不由心里一惊。她赶快起身迎接,沏茶问候。

郭晓岚坐下说,她忙完了工作,过来看看,酒店一切都好吧。

冰岩知道,郭晓岚想问她和成跃山的事,可她这时哪里还有心思跟她说这个呢?嘴上应付着:"托您的福,一切都好。这些天太忙了,没顾上去跟您汇报。"边说边顺手把月报塞进了抽屉里。

郭晓岚看到了她的小动作,装作没有看见,喝着茶水说:

"既然忙得没有顾上,我来了,那就说说吧。"

冰岩只好说着在郭晓岚的正确领导下,酒店形势一片大好之类的套话,她正说着,成跃山敲门进来,看到他冰岩马上意识到成跃山是来找自己谈营业额的事,她立刻对成跃山说:"我正在跟郭总汇报工作,你一会儿再来。"

郭晓岚制止道:"我也想听听成跃山要说的事。"

成跃山看出了冰岩的意思,忙说:"我说的事不当紧,我一会儿再来。"

郭晓岚想,这成跃山看眼色行事,和冰岩配合得很默契呢。她用命令的口气,对成跃山说:"我现在就要听你要跟冰总说的事。"

成跃山为难地看了一眼冰岩,支支吾吾地说:"郭总,我要跟冰总说的事,是这月酒店的营业额不是那么理想。"

冰岩一看没有办法隐瞒郭晓岚了,接过成跃山的话头说:"我来说吧,这月酒店的营业额下滑了百分之三十,其中客房部占下滑份额的百分之五十多。"她说着,从抽屉里拿出月报来递给郭晓岚看。

"不好的事,隐瞒了我,难道就不存在了吗?"郭晓岚说。

"营业额下滑的原因与郭总无关,我来负责。"冰岩说。

"你说无关就无关了吗?"

"责任全在我,是我太相信下边的人了,这是个沉痛的教训。我要尽快扭转下滑的局面。"

"你想扭转就能扭转吗?"

冰岩一时语塞。

成跃山这时说:"我已经做了详细的调查,客房部营业额下滑主要是有些长租的大套客房退租了,还有其他套房的出租率也呈下滑的趋势。针对这样的情况，我的意见是，对大客房进行改造，尽可能都改成小套的。现在小套的客房供不应求，每天都是满的。我算了一下，大套改成小套以后，收入不但不会减少，还能有所增加呢。"

听了成跃山的意见，冰岩顿时高兴起来。她眉飞色舞地说："成副总的办法好啊！"她见郭晓岚点头，就问成跃山，"你问没问相关的施工单位，如果改造，需要多长时间？"

成跃山胸有成竹地说："我问过了，如果酒店配合得好，一个星期就能改造完成。"

他接着又跟郭晓岚、冰岩汇报说："酒店之所以出现这样的情况，与社会上的谣言有很大的关系。我们不能光顾做好自己，对于那些谣言，也应做些针对性的反击。过去我们搞过顾客参观后厨和年夜饭沙龙等宣传，效果都很好，可以继续采用这样的办法，还可以请报社和电视台的人来，帮帮我们，用正气压下邪气。"

郭晓岚认为成跃山说的办法很好。

冰岩征得郭晓岚的同意后，叫成跃山马上先把客房的改造落实下去。她说："我的要求是，下个月要扭转营业额下滑的局面。"

成跃山离开后，冰岩对郭晓岚说："我们一定会扭转下滑局面，请您放心。"

郭晓岚点点头说："但愿如此，我要你记住这个教训，不要再给我抹黑，我可要光光彩彩地离开华兴。成跃山还真是个人才，希望你继续努力，把最重要的事做成了。"

冰岩说她会的，让郭晓岚静候佳音。

黎百度回到公司，听说郭晓岚来找过他，马上给郭晓岚打了电话。郭晓岚正在开车，接到黎百度的电话心里十分激动，故作平静地说她是路过顺便进去看看他。黎百度问她现在在哪里，他要来找她，郭晓岚心里想见他，嘴上却说："我在忙工作，你要没有什么事，先别来了。"

黎百度听郭晓岚说在忙工作，忙说那就不打扰了，挂了电话。

电话挂断后，郭晓岚开始后悔不该说假话。她的内心一直极度矛盾，虽然她多次想过要抛开顾虑，勇敢地去追她的所爱，可真做时，总是不自信地败下阵来。她是个有夫之妇，她再也不能生孩子，这些令她深深地自卑着。她能理解黎百度对她的爱不那么热烈，不那么执着，有时甚至像是在躲着她。想到这些，她的心情沉重起来，无精打采地驾着车回了公司。

其实，黎百度的内心也充满了矛盾，这也让他在和郭晓岚交往的时候很拘谨。虽说爱的冲动一直在他的心里存在，但追求郭晓岚有违道义和良心，他努力用理智压抑着自己。

过了些天，黎百度决定去找郭晓岚。他以请教工作为由给郭晓岚打了电话，郭晓岚知道他是想来见她，而她也想见他。

黎百度到华兴投资公司时，正碰上刘幼诚从楼里出来，黎百度赶快上前主动打招呼。

华兴投资天网公司以来，他已经很久没有见到过刘幼诚了，上次见面还是天网公司开业，刘幼诚前去祝贺。今天见到他，黎百度内心不由自主地有些紧张，主动解释说是来向郭总汇报公司情况。刘幼诚请他上楼，客气地说很不巧他要外出，不能陪着黎百度一起上去，失礼了。

黎百度看着谦逊温和的刘幼诚，心里突然很愧疚，为自己内心不可告人的秘密感到羞耻。还去见郭晓岚吗？黎百度犹豫了。片刻后，他决定去见郭晓岚。

郭晓岚见黎百度来了很高兴，黎百度却有意躲避着她的目光，刘幼诚的身影时时浮现在眼前，让他心里变得很乱。

郭晓岚看出黎百度有些不自在，主动想把气氛弄得轻松愉快一些，用开玩笑的口气说："真是来向我请教工作的吗？不会吧。你把天网公司搞得那样好，我不信还有你弄不明白的事情。"

黎百度听了郭晓岚的话，心里更乱了。不过郭晓岚的话也提醒了他，既然说是请教工作，那就只谈工作好了，于是他说："是郭总高看我了，我其实每天都遇到很多难题。比方……"黎百度一说起自己的工作，立刻就有了说不完的话。

郭晓岚听着，很是纳闷，黎百度跟她说这些的目的何在，这是请教她吗？可他并没有向她请教什么，那一个个难题他不都已经解决了吗？后来她似乎明白了，黎百度面对她，想要亲近她，又没有别的话可说，只能说些这样的话。她原想说些玩笑的话，让黎百度不那么紧张，却事与愿违。

郭晓岚起身要给黎百度的茶杯里倒水，黎百度赶紧起来要自己倒，两个人在客气地争夺杯子的过程中，手碰到了一起，一时两人都像触了电似的。郭晓岚脸色绯红地看着黎百度，黎百度却愧疚地低下了头。

郭晓岚看着低头不语的黎百度，关心地说："你说得太多了，休息休息，喝点水。工作上的事，我没什么建议可以给你，你已经做得很好了。我其实很关心你的身体，千万不要把自己搞得太累，要劳逸结合，不能透支健康。以后我们见面，也可以多谈些生活上的事，轻松一些。"

黎百度点头称是，此时他很想告辞，又怕郭晓岚不高兴。

郭晓岚觉得气氛有些沉闷，主动说："快到吃饭的时间了，我们去吃饭吧，我请客。"

黎百度连忙说："不了，我还约了个客人，我得回公司了。"

郭晓岚心里不由得开始生气，心想你既然约了客人，为什么还要来找我？难道就是为了谈工作吗？她克制住不悦，故作大度地说："那就快回去吧，别让客人等着。"

黎百度勉强笑着说："过几天吧，过几天我请郭总吃饭。"

郭晓岚也笑着说："以后再说。"

送走黎百度以后，郭晓岚怒气冲冲地打翻了黎百度用过的茶杯。

黎百度半路上停下车，懊恼地捶打着自己的头，悔恨自己不该失控，跑到华兴投资公司做了一件愚蠢的事。

五洲大酒店的客房改造进行得很顺利，大客房改成小客房投入营业后，每天都是满员，营业收入超过了从前。整个酒店的营业额达到了历史最好水平。

成跃山每天都忙得很愉快。这天晚餐到了九点钟，餐厅里依然座无空席。他嘱咐柴永，注意看着点后厨和餐厅，他要去夜总会看看，有什么情况及时给他打电话。

夜总会已进入娱乐活动的高潮。娜仁托雅唱完了歌曲《味道》，博得阵阵掌声。这时，突然有两个流里流气的小子跑上了台，争着抢着要亲抱娜仁托雅，引起全场起哄。

娜仁托雅吓得在台上躲逃，两个小子一边追逐她一边相互斗打，场内乱成一片，随即又有人往台上扔啤酒瓶，混乱中好几个人被砸伤了。正是这个时候，成跃山到了夜总会。他非常震惊，赶紧跑上台去，保护娜仁托雅，飞来的啤酒瓶砸在成跃山头上，顿时鲜血直流。成跃山顾不上自己受伤，大声指挥着，让工作人员控制住了两个流氓小子。

突如其来的骚乱吓坏了顾客，他们纷纷逃出夜总会。冰岩等人闻讯赶来，看到成跃山受伤，非常震惊。她一边指挥人快送成跃山和受伤的客人去医院，一边给派出所打了电话。成跃山用手捂着头上的伤口，不肯去医院。他说他没有事，坚持要把夜总会的事处理完再去。

明所长带着成富山等人很快赶来了。经盘问，两个小子就是因为喜欢娜仁托雅，喝多了没控制住自己，惹了事。究竟是谁扔的啤酒瓶，被砸伤的人也没看清楚。

明所长对冰岩和成跃山说，这次意外发生在酒店里，酒店有不可推卸的责任，要妥善安置好受伤的客人，做好后续赔偿工作。他又压低声音对二人说，这件事有可能只是酒后闹事，但也不排除有人蓄意制造事端，破坏酒店经营，让二人注意加强安全保卫工作，防止类似事件再发生。

明所长走后，成跃山先叫人把娜仁托雅送回家。他满怀歉意地说："师母，今天发生的事请您先不要跟图师傅说，稍后我向图师傅检讨。"娜仁托雅点头答应了。

做好了夜总会的善后工作，冰岩开车送成跃山到医院治疗，医生给成跃山包扎好伤口后，冰岩要送他回家休息，成跃山不肯，坚持和冰岩一起回酒店。夜总会突然发生这样的事，让两人都深感意外。两人回到酒店后连夜召集相关人员开会，研究布置夜总会的安全保卫工作。

经过大家的一番讨论，提出了几个方面的意见。一是夜总会的管理办法中要加强和细化安全保卫的内容，以前的管理办法中虽有安全保卫的条款，但比较简单，在大家建议下新增了几条，成跃山特别提出，凡在夜总会有过劣迹的人，不允许再进入夜总会，比如这次闹事的二人。二是要增加保安力量。目前仅有四名保安人员，还要分头兼顾餐厅和夜总会，根本顾不过来。成跃山盘算了一下，再增加八个人，共计十二个人应该够了，八个专门负责夜总会的安全保卫。三是夜总会的工作人员要负起安全保卫的责任。四是要安装摄像监控设备。会议开完已经是凌晨三点多钟了，成跃山让冰岩赶快休息会儿，他和其他几个人走出了冰岩办公室。

冰岩追了出去，问成跃山的伤怎么样，成跃山说没什么问题，让她放心。说着把冰岩推回了办公室，让她抓紧时间休息。因为还有其他人，冰岩没再说什么。躺在沙发上冰岩睡不着，一方面担心成跃山的伤，一方面思索着夜总会发生的事会不会是有人蓄意制造的。

三十九

孔玉爱一觉醒来，发现旁边空着，知道成跃山昨晚没有回来。因为他忙经常晚上不回来，所以她也没当回事。看看到了该起床的时间，她便轻轻地起床，洗漱完就出发去了地铁站。孔玉爱上了地铁，旁边两个人在交谈，引起了她的注意。她听到两人提到五洲大酒店，便着意地听了一会儿，两人说到五洲大酒店的夜总会里发生了斗殴事件。孔玉爱感到震惊，她想询问一下那两个人详情如何，可车一到站那两人就下车了。

昨天晚上发生的事，这么快就传到了社会上，一定是有预谋的。

孔玉爱出了地铁站，就往成跃山的办公室打电话询问，成跃山简单地和她说了事情的经过，让孔玉爱放心，叮嘱她不要跟钟老师他们说，酒店正在整改，杜绝以后再有此类事情发生。

挂了电话，孔玉爱以自己对成跃山多年的了解，知道事情一定不像成跃山所说的那样轻微。她一边往钟老师家里走，一边回想着五洲大酒店这几年发生的事情，总感觉似乎有人在背后捣鬼。

成跃山接完电话，打算出去巡视一圈，没想到一开门，冰岩竟然站在门外，吓了他一跳，脱口叫道："冰总！"

冰岩略微不自然地问："怎么样跃山，头上的伤好些了吧？还疼吗？"

"我的伤没事。您睡得怎么样，为什么这么早就起来了？"

看到办公室里没有人，冰岩放松了些："我一直想着你的伤，根本就没睡。你绝对不能硬撑着了，身体比什么都重要，我送你去医院吧。"

听冰岩说因为担心他的伤而没有睡觉，成跃山十分不安："您怎么能不睡觉呢？我的伤真没事，快，您快回去补个觉吧。"

"都这会儿了，睡也睡不着了。我不放心，还是跟我去医院看看吧。"

在成跃山的一再坚持下，冰岩才放弃了让他去医院的想法。她轻抚了一下成跃山的伤，心疼地叹了口气。她的举动让成跃山感到不自在，下意识地向后退了一步，成跃山劝她赶紧回办公室休息会儿，冰岩忧心地说酒店出了这么大的事，她得赶紧去跟郭晓岚汇报，让成跃山盯住酒店里的工作。

郭晓岚一听夜总会出事了，立刻就发了脾气，大声嚷道："冰岩，你这酒店总经理是怎么当的？怎么总是出事？是成心要我丢脸吗？"

冰岩知道郭晓岚会很不高兴，但没有想到她会发这么大的脾气。而郭晓岚之所以会这样，是因为她和黎百度不欢而散后，心里一直有股无名火，今天的事让她一下爆发了。

冰岩因为跟郭晓岚关系不一般，虽被她突如其来的脾气吓了一跳，但以她对郭晓岚的了解，只要她说了解决办法后，郭晓岚会平静下来的。冰岩于是赶紧把他们昨天连夜开会整理出来的整改方案跟郭晓岚汇报了一遍。

郭晓岚听后，果然不那么生气了。但她转念一想，又咬牙切齿地说："整改的方案是不错，可是酒店不断地出事，这背后的原因你想过没有？会不会有人在背后搞鬼？昨晚扔酒瓶打伤人的肇事者找出来没有？"

冰岩解释说："因为事出突然，场子一乱，好多人都往外跑，肇事者肯定也是那时溜走的，明所长他们去了现场，询问调查了一圈，也没有查出来。这种事情今后不会再发生了，加了监控，肇事者绝跑不了。"

郭晓岚严肃地说："你们的整改方案我同意，马上执行起来。我还想提醒你一句，不要光想着自己的事，工作要做不好，自己的事也难成。"

冰岩警觉地意识到，郭晓岚是在提醒自己工作上有所松懈了。这段日子以来，她每天想得最多的是成跃山，确实对工作想得比较少，工作上甚至产生了依赖成跃山的思想。

其实郭晓岚说这句话，也是在警醒自己。她和黎百度之间若即若离的关系，让她十分苦恼，工作时也常常分心。

自从酒店是色情交易场所的谣言传得沸沸扬扬，郭晓岚就开始怀疑有人在背后搞鬼。这次的夜总会事件，让她坚信，一定是有人在背后算计她。

图师傅和王虎驯也听说了五洲大酒店夜总会昨晚发生的斗殴流血事件。图师傅不安地对王虎驯说："怪不得我老婆昨天神情和往日不大一样，原来是这事啊。昨晚的事你听你大哥说了吗？"

王虎驯说："我睡觉时我大哥还没有回来，一早也没见到他，八成昨晚就没有回去。"

图师傅听了，更加不安。他想打电话问他老婆，拿起电话又放下了。

王虎驯看他着急就说要不他去五洲大酒店找他大哥问问情况，图师傅觉得这主意不错，把车钥匙给他让他快去。

不久，王虎驯回来了，他对图师傅说："夜总会昨晚是出了点事，但不像外边传的那么严重，夜总会正在进行整改，大哥让我带话给您，说等忙过这两天，他亲自来跟您汇报。"图师傅听了以后，点点头，没有说什么。

跟图师傅传完话，王虎驯去了洗车铺，他告诉辛毅五洲大酒店正在招保安，愿意去的话他跟大哥打个招呼。辛毅说他愿意去，下了班就去报名。

冰岩和成跃山用了两天的时间，把整改工作全部落实到位，夜总会和酒店楼道等公共空间安装上了监控设备，包括辛毅在内的八名保安人员已经招齐。成跃山更是专门去了派出所请明所长安排人员对酒店的保安人员进行培训。明所长指定成富山负责此次培训。

这天，成跃山来到修车铺，他恳切地向图师傅检讨说："因为我的工作不到位，夜总会出了事，惊吓了师母，很对不起。"他接着把事情的前后经过说了一遍，保证以后不会发生类似事件，会护好师母的安全，希望图师傅继续支持他。

图师傅宽慰他说："情况我都了解了，出事是因为有坏人捣乱。我一定支持你，从今天起，我晚上下了班就到你们夜总会去，协助你们一起做好安全保卫工作。"

王虎驯也赶紧说："我也去，多一个人多一分力量。"

五洲大酒店夜总会重新隆重开业了，一片喜庆有序的景象，辛毅等保安人员穿着崭新的制服，精神抖擞地维持秩序。娜仁托雅一首《来吧，朋友》，博得阵阵掌声，场面欢快而热烈。

改庭和麦霞考上了凤翔中学，这成为轰动成家山村的大事。成家山多少年了，都不曾有人去县城里上过学。改庭、麦霞考上凤翔中学，让村民们真切感受到时代不同了，改革开放就是好，迎着改革开放的大潮出去闯，就能有钱，就能脱贫，就能改变家里人的命运。孔玉爱和成跃山他们出去了，不但有了钱，他们的志气也带动他们娃们长了志气。真是太好了！人们因此认准了孔玉爱和成跃山他们所走的这条路，纷纷议论着，酝酿着，又有一些人准备出去打拼。

成跃山的家里充满了欢快的气氛，最高兴最激动的自然是改庭。他曾跟爸爸妈妈、爷爷奶奶和杏花发下誓言一定要考上凤翔中学，现在誓言终于实现了，他怎么能不高兴，不激动呢？几年前，他还像个孩子，现在他的个子已经快追上他爸成跃山了，像个男子汉了。

杏花看到哥哥考上了凤翔中学，立刻就有了很大的压力。为了不让妹妹有太大的压力，改庭刻意压住内心的兴奋，他通过干活，释放他的兴奋。可家里的活是有限的，已经把院子扫了三遍,没有可干的活儿了,他就在窑里、院里,来来回回地走,像是在寻找什么东西似的。

杏花在窑里看书,看到哥哥这样,心里发烦,大声地说:"哥,你要是高兴得不行,就到山上去喊吧!别来来回回地走,影响我学习了!"

这下子提醒了改庭,他冲妹妹抱歉地笑了一下,跑出了院门。

爷爷和奶奶坐在炕上说着改庭、杏花的事。爷爷既开心又有些担心地说:"改庭考上了凤翔中学,实在是个有志气的好男娃。不过,这会不会让杏花有压力呀。"

奶奶说:"杏花学习好,她肯定能考上。"

改庭跑到山上,看着蓝天,看着周围的大山,喊着叫着,跳跃着奔跑着,无拘无束地释放着快乐。

成富山的家里也在为麦霞考上凤翔中学而高兴。麦霞的奶奶刚给她烧了一锅热水,帮她洗了头,此时正在给麦霞梳头,两人亲热地说着话。

奶奶夸赞说:"麦霞的头发真好,又黑又密,洗了以后香喷喷的,让人爱看也爱闻呢。"

麦霞调皮地说:"奶奶咋不说没有洗以前闻着臭呢。"

"没有洗以前我没有闻到臭,你闻到了?"

"我哪儿顾得上闻它呢,我要是考不上凤翔中学,头发再美也是丑的。"

"霞子说得对,考上了好学校,心里高兴才能美得起来。快照镜子看看吧,美得像个天上下来的仙子。"

麦霞用镜子照了照,问奶奶:"是扎成辫子好,还是就这样散着好看呢?"

"我孙女长得美,不管扎辫子还是散着头发都好看。"

麦霞歪头想了想说:"那就先散着,等开学的时候再说,不知道县城里兴什么。"

奶奶说:"可以看看县城里的女娃,但咱山里去的女娃与她们有点不同,也是很好的。"

"对对对,奶奶常看电视,说话越来越有水平了。这叫我们山里人的特色。"

奶奶笑着说:"到时候,把你妈从北京寄来的新衣服穿上,一定能把县城里的女娃们比下去。"

正说着,麦霞的爷爷采购回来了,买了一堆吃的。麦霞忙上前接过爷爷手里的东西:"爷爷,怎么买这么多东西呢?"

爷爷乐呵呵地说:"麦霞给家里增了光,要好好地庆贺一下。从今天起,放开了吃肉,顿顿有肉,一直吃到你去县城上学的那天。"

这天,孔玉爱在和刘老师夫妇吃早饭的时候,把好消息告诉了他们。钟老师听了说:"太好了,改庭说要考上县城里最好的中学,真就考上了。这孩子跟你和成跃山一样,都有志气。"

刘老师有些感慨地说:"贫家出好子,一般农村的孩子都比城市里的孩子懂得人生的艰辛,知道用功。"

孔玉爱高兴地说:"改庭倒是跟我发过好多次誓,说他一定要考上清华大学,来北京。"

钟老师夸赞说:"改庭有这样的志气,一定就能成。"

刘老师唱反调说:"我要给你们泼点冷水了,我不赞成总给孩子加码,逼孩子发誓,那样会适得其反,甚至会出问题的。难道非要考上清华北大才是好吗?考到别的大学就不好吗?不是的。学校只是个外部条件,学好学不好,关键在学生自己。作为家长,要学会给孩子减压。只有孩子心情愉快,有了学习的兴趣,才能记得住知识并做到融会贯通。"

孔玉爱觉得刘老师说的道理很重要。她赶紧说:"我有老师所说的毛病,我要赶快地改。"

四十

白文侠得知改庭、麦霞考上凤翔中学的消息,就为她家的立业着急了。昨天晚上她在电话里对立业和立业的爷爷奶奶说教了一番,今天到了"迷您"美容美发店,又开始向明明倾诉:"我大嫂的儿子和二嫂的女儿今年都考上了县城里的重点中学,我儿子立业明年要考不上可怎么办,我的脸往哪儿搁呀?我真恨不能把儿子叫到跟前,好好跟他说道说道。"

明明表示理解,对她说:"那就回去一趟吧,我准你的假。"

白文侠推辞说:"怎么能随便请假回老家呢,这不合适。"她说着看了眼电话机。

明明明白了,说:"要不你现在给家里打个电话吧。"

白文侠说不打,晚上回家再打吧。明明让她别客气,趁店里客人不多赶紧打。

白文侠拨通了家里的电话,苦口婆心地对儿子说:"立业呀,你妈我昨天晚上一夜没有睡着觉,我现在是坐卧不安呀儿子!改庭和麦霞都考上凤翔中学了,以后考到北京来上大学肯定没有问题。你要明年考不上凤翔中学,以后想考到北京来肯定就没戏了。这叫一步落了后,步步会落后啊儿子!

你妈我着急得不得了，你着急不着急呢，儿子？"

立业闷声说："我也着急。"

"着急怎么办？"

"昨晚我不是跟妈说了，我会好好努力，抓紧一切时间学习。"

白文侠的声调一下子拔高了，急切地说："不行！你光说好好努力，抓紧一切时间学习，那是两句空话。你得具体跟我说说，你怎么好好努力，怎么抓紧一切时间学习。"

立业不知道怎么才算具体，一时没有出声。

白文侠等了会儿，见儿子没有话说，就说："不知道怎么具体是吧？妈跟你说，一会儿放下电话以后，你就想，想出个详细的计划来，比方上课的时候怎么办？下课以后怎么办？回到家里几点做什么几点做什么，等等。想好了，明天晚上给妈打电话，咱娘俩一起研究。好不好？"

立业答应说好。

"光有计划不行，还得有决心。你现在就跟妈表决心，发誓！"

立业想想说："我决心明年一定要考上凤翔中学，以后一定要考到北京去，如果做不到，我就不是人，我就是小狗，我就……"

白文侠打断儿子的话，"行了行了，就这样吧，先去想计划吧。"挂上电话她满意地笑了。

这天晚上，孔玉爱一回到家里，就给老家打电话，接电话的是改庭，她和儿子说了两句，就让改庭叫杏花接电话。

孔玉爱跟杏花说："你哥考上凤翔中学，你千万不要有压力，还和过去一样学习就行了，一定要注意休息，要让自己的心情和精神轻轻松松，愉愉快快的。不要去想明年升中学会考到哪里去,考到哪里是哪里。只要你爱学习,在哪里都是能学好习的。比方妈,没有上高中,现在不也拿上大学文凭了嘛。"

白文侠和杨桂淑在旁边听着,感到很奇怪,因为孔玉爱今天晚上打电话说的话和昨天晚上打电话说的话,有很大的不同。白文侠在孔玉爱打完电话后,好奇地问:"大嫂,您今天是怎么了?跟杏花说的话,怎么变了呢?"

孔玉爱将刘老师说的话,跟白文侠学说了一遍。孔玉爱说:"我认为刘老师说得特别有道理,所以特意要跟杏花说说,把昨晚说得不对的纠正过来。"

白文侠表示赞同:"是啊是啊,刘老师说得太对了。我上午给立业打电话,说了好多不该说的话,还让儿子表决心发誓,不行,我得马上给立业打电话纠正错误。"

立业正在家里想计划,他妈打来了电话,吓得他拿电话的手都有点哆嗦。想不到他妈在电话里说:"儿子,妈跟你承认错误,妈上午犯糊涂了,给你打电话说的话是胡说八道。你不要想着做计划了,不用非考上凤翔中学,你要放松,要快快乐乐的。"

孔玉爱和杨桂淑在旁边听着,偷着笑。

杨桂淑小声跟孔玉爱说:"这文侠,纠左偏右。"

孔玉爱也低声说:"她就这样,等明天再打电话,就不左不右了。"

暑假很快就要过去了。假期里,杏花和立业都没有很紧张,按部就班地学习,不但复习了本学年的功课,还预习了新学年的功课。

这天晚上,改庭、杏花吃完了饭,洗刷了锅碗盆勺,刚想坐下来学习,妈妈打来了电话。改庭很快接了起来。

孔玉爱对儿子说了几句话以后，叫儿子把电话给爷爷，她要和爷爷说话。

爷爷接起电话以后，孔玉爱说："改庭他们快要开学了，有个事我想跟爸商量一下。这事是在北京的几个人一起商量的，我们想趁着改庭和麦霞去县城上学，让三家的四个娃和六个大人一起去趟县城，主要是送改庭和麦霞去上学，三家老小顺便到县城里转转看看。我们知道，三个爷爷去过县城，但没有在县城里转过。三个奶奶都没有去过县城。现在的交通比过去方便多了，长途汽车通到前山沟了，翻过前山坐上长途汽车就能直接到县城。你们提前两天去，到了县城学校里能住就住学校里，学校里不能住就住县城的旅店里，花不了多少钱。这样，爷爷奶奶们看看改庭和麦霞的学校，就放心了。和娃们一起在县城里转转，娃们还能跟爷爷奶奶们说说县城里的景致和故事。爸您觉得怎么样？"

改庭的爷爷觉得都去，要吃要住花费太大，不大同意。孔玉爱给他做工作，说这事他们想着对娃们是个鼓励，对娃们的学业有好处。改庭的爷爷听孔玉爱这样说，便不再反对，他迟疑地问："那两家能同意吗？"

孔玉爱信心满满地说："只要您答应，您挑头，那两家肯定就同意了。当年我们出来时，不就是您挑的头，那两家才同意的吗。"

改庭的爷爷听了孔玉爱这话，答应了。

孔玉爱接着又嘱咐改庭说："妈刚才跟爷爷说的事你都听到了，爷爷答应了。爷爷奶奶们去了县城以后，你们一定要带爷爷奶奶们，去我们带你们去过的地方，转转看看。改庭你负责跟爷爷奶奶们好好地讲讲。"

跟改庭说完后，孔玉爱又嘱咐杏花说："三家大人和娃们一起去县城的事,妈跟你哥都说了,我叫你哥给爷爷奶奶们讲解,你要注意听,如果你哥哪里讲得不对,你要及时纠正他。记住了吗?"

杏花高兴地说她记住了。

两天后,三家老小十口人在改庭爷爷的带领下出发了。他们天蒙蒙亮就离开了成家山村,一个多小时后就到了前山沟长途汽车站。

改庭说:"爷爷奶奶们,我听我麻老师说,这长途汽车路要从那边的山底下钻洞子,钻到成家山去,再从成家山后山钻洞子,钻到更远的地方去,以后去县城,在家门口就能坐车了。"

爷爷奶奶们听了都咋舌,那么大的山能钻透吗?四个娃都说能,好多地方的高速公路都是钻透了山修成的。

去往凤翔县城的途中要经过山区和平原,有很多美丽的景色,爷爷奶奶们是第一次坐着速度很快的汽车经过,看得目不暇接,心情愉快。

凤翔县城又有了新的发展和变化,连几年前来过的改庭、麦霞等人都惊喜得高呼,爷爷奶奶们更是觉得县城美,县城大,大开眼界。

改庭建议说:"爷爷奶奶们,我们先去学校吧,安顿下来,再出来好好地看县城。"

他们到了凤翔中学,学校虽然还没有开学,但很多老师已经返校,正在做着迎接学生的各项准备工作。改庭向传达室的老师说明了他们早来两天的原因,老师热心地说:"早来好呀,可以先熟悉熟悉学校的环境,爷爷奶奶们看看也放心,还能就便到县城和县城周围游玩游玩。你们来上学的报了到,就可以到宿舍里住,其他人也可以在这里登记住宿,一个人一晚上只需要交二十块钱。"

几家老小都觉得太好了,决定就住在这里了,在老师的引领下,很快办好了手续,住了下来。稍微休息了一会儿,他们就开始转悠着四处看了。先看学校,改庭领着大家一边看,一边讲解学校的历史。杏花记着妈妈的叮嘱,紧跟在哥哥后边仔细地听着,以便发现哥哥有什么错漏好及时纠正补充。

看完了凤翔中学,接着到了东湖。爷爷奶奶们都没有到过东湖,想不到县城里竟然有这样美的地方。一边看东湖的风景,改庭一边跟爷爷奶奶们讲东湖的历史故事,爷爷奶奶们听得十分认真。

杏花在哥哥讲完之后,补充说了说苏轼的故事。

改庭很是惊讶地问杏花:"谁跟你说的?"

杏花得意地说:"是书跟我说的。"杏花因为在哥哥面前露了一手,感到很高兴。

看完说完东湖,天就黑了。改庭对爷爷奶奶们说:"今天就转看到这里了。别的地方,明天再接着转看。明天就由杏花给爷爷奶奶们做介绍吧。"他说完之后,看着杏花。

杏花想,哥哥是嫌她显示自己了吗?是有意要考验她吗?她也不示弱,对哥哥说:"介绍就介绍,错了你纠正。"

"为啥要错了呢?"

"我是说,如果我错了。"

"明天要看的地方多,也重要,会涉及一个大人物,你知道吗?"

"哥要是想说,还哥说,别考验我了。其实明天要说的那个大人物,爷爷奶奶们最熟悉,别看他们不知道苏轼,但说到秦始皇比咱们知道的多得多。"

爷爷奶奶们笑了,明天要说秦始皇呀,那他们可都知道,他们都是秦人嘛，再说秦始皇全国没有人不知道的。

孔玉爱、杨桂淑和白文侠在家里，眼巴巴地等着孩子们的电话。电话终于打来了，改庭汇报着这两天愉快的经历，说明天学校正式报到，爷爷奶奶们和杏花立业明天早晨搭车回成家山。三人这才放下心来。

彩虹开学前一天就到爷爷奶奶家里来了，开学第一天爷爷奶奶要一起送她去学校。

孔玉爱这天照看着彩虹吃完早饭，就开车送他们去了学校。

到了学校，彩虹刚下车，大发就跑过来了。大发向彩虹的爷爷奶奶问过好以后，高兴地跟彩虹说："我们俩又分到一个班里了。"

彩虹听了很高兴地说："真的呀！太好了！"

刘老师夫妇听了却高兴不起来。他们希望彩虹到了中学以后，不跟大发同一个班，怎么会又分到一个班里了呢？

孔玉爱看出两人不高兴，就问大发他妈妈没有来吗？大发说："我妈来了，她去办点事，一会儿就过来。"

正说着，季月琴来了。她先热情地问候了刘老师夫妇，随即就问大发报到了没有，分到哪个班。

大发说："我报到了，是甲班，我和彩虹又分到一个班里了。"

季月琴听了惊呼道："是吗？和彩虹又是同班了？你们俩怎么这样有缘分呀！"她随即又对刘老师夫妇说，"瞧这俩孩子，真是奇了，幼儿园是一个班，小学是一个班，到了中学还是一个班。"

刘老师应和着季月琴："是啊，是很难得。"钟老师刚想说什么，被刘老师用眼神制止住，轻拍她一下，"走吧，送彩虹去报到。"他说着牵起彩虹的手，往报到的地方走去。

季月琴赶紧对大发说："你快给爷爷奶奶带路。"

大发跑到了前边带路，季月琴跟在钟老师和刘老师身后，絮絮叨叨地说着恭维话。

彩虹办好报到手续后，季月琴非要请刘老师夫妇共进午餐。两人哪里愿意和她吃饭，婉言谢绝了。

看着两人上了孔玉爱的车，季月琴在心里骂道："不识抬举的老东西！有你们傲不起来的时候！"

刘老师夫妇回到家，坐到客厅里，很长时间都没有说一句话。孔玉爱知道两位老师在生气，不敢说什么，给两位老师沏上茶，就去忙家务去了。

过了一会儿，孔玉爱看到钟老师起身去了琴房，却迟迟没有听到琴声。接着，刘老师去了书房。

孔玉爱轻步到琴房外窥视，见钟老师在琴房里闷坐着，再到书房外窥视，刘老师也在书房里闷坐着。孔玉爱看出两位老师的心事特别重，自己又没有办法开解他们，心里着急。

后来她忽然想，是不是因为她在，两位老师的心里话，不便说出来才这样呢？

四十一

刘老师夫妇回到家里，之所以很长时间不说话，是因为孔玉爱在。他们心里极其不爽，但他们怕说出不该让孔玉爱听到的话。

两位教授对自己的做人要求非常严格,向来宽以待人,严以律己,不轻易怀疑人,不做伤害他人的事。他们虽把孔玉爱当作家里人看待,但他们觉得自己要说的话,不一定正确,还是不要当着孔玉爱的面说为好。这家里郭晓岚的事,他们已经叫孔玉爱知道了。今天他们想要说的,是又一个层面上的事。这事涉及下一代,还有任俊杰他们一家人,他们觉得说话得特别注意才好。

孔玉爱想到了这个方面的可能,就到琴房对钟老师说,她想去超市买点菜。钟老师知道菜还有,不需要买,一定是孔玉爱想到了他们的顾虑,要躲出去给他们方便,就说好,去吧。

孔玉爱离开家以后,钟老师就来到书房对刘老师说:"玉爱躲出去了,有话就说吧,在学校里就多次瞪我,不让我说话,我都快要憋死了。"

刘老师解释说:"我怕你说出不该说的话。说话就如同泼水,一旦泼出去,就收不回来了,憋一下,比说出去要好。"

钟老师生气地说:"一定是季月琴在背后搞的鬼,我在学校里不但想戳穿她,我还想去找学校问个明白。"

刘老师瞪了她一眼说:"亏得我制止了你,不然你就给家里捅下大娄子了。戳穿,问个明白,只会让人觉得我们做人有问题,不会有任何好处。无非是两种可能,一种可能是人家没有搞鬼,是碰巧分到一个班里了,这不是没事找事,让人家对你有看法吗?另一种可能,是季月琴要求分到一个班的,这又能算什么事呢?季月琴跟学校里说,两家人一向亲近,俩孩子从幼儿园就在一个班里,愿意到中学还在一起,有什么问题吗?没有问题啊。你要那样说了,又去学校里问了，不但季月琴会有看法，学校也会有看法的，觉得我们这家人是怎么了，还不愿自家的孩子跟从小在一个班里的孩子在一起，是相互有仇还是怎么的。

"这事如果叫彩虹和大发知道了，那麻烦就更大了，他们会怎么想？彩虹如果问我们，我们该怎么回答她？说大发的爸妈不好吗？有根据有理由说大发的爸妈不好吗？我们是对任俊杰有看法，可看法终归是我们自个儿的看法。任俊杰是在服装厂改制的过程中，占了国家的便宜，把国有厂子变成了他家的企业，但他是按照当时的改制规定办的，从法律的层面上讲没有问题。因为转行房地产和华兴有过矛盾，可后来也是华兴同意合作的，而且华兴也赚到了钱。能跟彩虹说，大发的爸妈不好吗？不能的呀。还说什么？要说担心彩虹和大发搞成了对象吗？那就更加地离谱了，彩虹和大发还是孩子，这不是胡来吗？"

刘老师说完这些心里话后，钟老师说："后来我也想到了这些方面，所以才硬憋住了。我估计，季月琴就是在做这个文章。"

"那只是你的估计，不能凭估计下定论。"

"是我脑子太迟钝了，我应该早就意识到，季月琴几次当着彩虹和大发跟我说，两个孩子从小就在一起是缘分等等，我都没有往那方面想。"

"过去了的事都是历史，历史无法更改，后悔找不到治它的药。"

钟老师听了刘老师的话，忽然有了揭刘老师短的欲望。她直截了当地说："不会又要讲你的历史老话了吧？你曾经多次地说，不在乎华兴的易姓，你这虚伪性这回算是暴露出来了吧？"

刘老师拒不承认，反驳说："胡说什么啊，我不在乎华兴易姓，但在乎接替者的品性。这是两个层面上的东西，不要扯到一起去了。"

钟老师摆摆手说："行了，你是一贯正确，我不跟你争了。快说说，面对现实该怎么办吧。"

刘老师想了想说："现实是彩虹上中学了，年龄一天天大了，慢慢就会有搞对象的可能了，但他们现在还没这种意识，不能大惊小怪，用错了策略。跟彩虹谈话时，切不可透露出这样的意思，否则就可能适得其反，他们之间本来没往这方面想，我们谈话要是透露出这意思来，反倒会提醒了彩虹。"

钟老师点头说："我同意你的说法，我的意见是从谈学习上跟彩虹做工作，叫她把心思完全放在学习上。我觉得这事还是叫晓岚做比较合适。"

刘老师摇头说："晓岚你还不了解吗？一跟她说这方面的事，她准又翻老账，结果得不偿失，不能叫晓岚做这个事。"

"那就交给幼诚？"

"幼诚哪里能办得了这样的事儿呢。还是你说最合适。"

孔玉爱离开钟老师家，为了多在外边待些时间，就去找平静聊了聊她的工作情况。平静告诉孔玉爱，她很喜欢这里的工作，老板和同事们对她都很好，这月末她又受了一回表扬，得了奖励，孔玉爱鼓励了一番平静。随后，她到超市买了些菜，看看时间差不多了，便回到了钟老师家里。

开门时，家里传出了琴声，孔玉爱下意识地听了一下琴声，琴声不像往日轻松，似有些忧郁。孔玉爱放下菜，洗了手，先进了琴房。

钟老师看了孔玉爱一眼，没有说话，继续弹琴。孔玉爱端起钟老师跟前的茶杯，把里边的茶倒出来一点，添了些热水，摸摸杯子，觉得温度正好，放回到钟老师跟前，关切地看着钟老师，钟老师向她点了下头。在孔玉爱离开琴房的时候，琴声停了，孔玉爱回头，看到钟老师端起茶杯来喝了口茶。

孔玉爱又进了书房，刘老师正在看书，她轻手轻脚地给他添了茶水就退了出来。回到厨房里，她边择菜边想能有什么办法替老师们分忧。

在离清华附中不远的一家酒店里，季月琴正请彩虹吃大餐，三个人的餐桌上已经摆满了菜肴。彩虹看到又有菜端上来，就说："阿姨，菜点多了，吃不了，多浪费呀。"

季月琴说："没有事，吃不了，尝一口，看看也是享受嘛。今天是彩虹和大发升中学的日子，一定要好好庆祝，让你们留下美好的记忆。"她说着，又给彩虹搛了一些菜，并催促大发说话，"不要光顾自己吃，有点礼貌好不好呢？"

大发听了他妈这话，就也给彩虹搛菜。

季月琴说："大发，你就没有什么话，跟彩虹说吗？"

大发这才想起了他妈教他要他跟彩虹说的话。忙说："彩虹，你是天底下最棒的，我崇拜你。"

季月琴发现儿子丢了"最棒的"后边"姑娘"两个字，笑了笑，只好这样了。

三人吃完饭后，季月琴又拉着两个孩子到公园去玩。她对彩虹说："明天就上课了，今天一定要放松放松，才能以最佳的精神状态，开始明天的学习。"

晚上，孔玉爱离开老师家里，走在路上她还在担心着老师家的事。

杨桂淑、赵玉华和白文侠在孔玉爱之前到了家。她们见孔玉爱这时候回来，都有些奇怪，问她今天怎么回来得这么早。

孔玉爱找了个借口说："今天两位老师出去串门了，所以我回来得早。"

眼尖的白文侠看出孔玉爱心里有事，她直爽地说："大嫂说得不对吧，是心里有什么事吗？瞧您的样子像是心里不展呢。"

孔玉爱打了白文侠一下说："尽胡说，我能有什么心里不展的，我的心里可展啦。现在不是该学习的时间吗，你们怎么还没有学习呢？"孔玉爱催着她们别闲聊赶紧学习。

这个时候，季月琴正在家里跟任俊杰说着她做的大事，她说她把彩虹和大发又弄到一个班里了，还请彩虹吃了饭去了公园。

季月琴得意地说："彩虹很听我的话，和大发也很亲近，这样下去他们早晚能谈恋爱。"

任俊杰说："别想得那样美，彩虹家里人对我们有看法，难道你不知道吗？"

季月琴恶狠狠地说："我知道，可彩虹喜欢谁他们管不着。我就是要好好地气一气彩虹家里的那些个王八蛋，今天在学校里，两个老东西就给我脸色看。"

任俊杰自得地说："以我公司现在的发展势头，有个七八年就能超过华兴了，我的理想是，以后要收购了华兴。不过，你的计划也不错，如果真能叫大发娶了彩虹，气气他们家的人，也是一件痛快的事。"

钟老师终于等到了周末，她让孔玉爱把彩虹接到了他们家里。

在这之前,钟老师打电话跟郭晓岚说,以后每周末彩虹回爷爷奶奶家,她和刘老师负责照顾彩虹的生活学习,让郭晓岚和刘幼诚专注工作,郭晓岚痛快地答应了。

彩虹放学后孔玉爱把她接回家,钟老师看见孙女先是一把抱到怀里,嘴时说着想死奶奶了,又忙不迭地又是拿零食又是拿饮料地照顾着,刘老师坐在旁边看着,既觉感动又觉好笑。

钟老师和孔玉爱准备了丰盛的晚餐,都是彩虹喜欢吃的,看着彩虹吃得开心,大家都很高兴。

孔玉爱知道钟老师有话要跟彩虹说,在收拾好家务后就告辞离去。

孔玉爱走后,钟老师进了彩虹的房间。钟老师想跟彩虹说的第一个话题是学习。当然,她不是一开始就说学习,而是在两人聊天中不知不觉聊到了学习上。钟老师以多年的教学经验结合这些天的反复思考,语重心长地说:"实际上学习是伴随着人的一生的,而中学阶段是学习知识的重要阶段,这个阶段一定要排除杂念,把心思完全用在学习上,打牢基础。"彩虹认真地听着,点头认可。

钟老师第二个话题的核心是自强和自尊。钟老师第一次向孙女敞开了心扉,说了她小时候的故事。她告诉彩虹,她从小就很要强,从不相信女孩子不如男孩子的话,每一件事都努力做到最好,由于她的自强和自尊,也赢得了同学们的尊重。

钟老师接着告诉彩虹,她这么大的女孩子会出现一些生理上的变化,不要紧张害怕,有什么可以和妈妈和奶奶说。彩虹此时已经有了初潮,她知道奶奶说的是什么,点头答应。

钟老师接着又说，彩虹已经进入人生蓬勃发展的幸福时期，这个时期是长身体长知识的时期，随着身体的成长发育，会有情感上的需求和渴望，要平衡好这些，发现和遇见困难要及时和家人说。

两个人聊了三个多小时，钟老师把这一段时间反复思考的话都说了，她看出孙女绝大部分都听懂了，有些没有听懂的，以后再慢慢聊。

彩虹在奶奶走后，回想着她的话，深切地感受到了奶奶对她的疼爱。她知道奶奶跟她说的话，都是关乎她健康成长的最重要的话，她一定要牢牢地记住，按奶奶说的去做。

第二天，刘幼诚和郭晓岚来到爸妈家，一家人先是在客厅里坐了坐，说了一会儿话。随后郭晓岚就带彩虹回楼上的房间去了，刘幼诚随父亲去了书房。

钟老师便到厨房里帮孔玉爱料理中午的饭。

郭晓岚到彩虹的房间后，先问了问彩虹开学后的学习情况，接着就问彩虹昨天回到奶奶家以后，都干了些什么。

彩虹如实向妈妈说了昨天的事。郭晓岚听说奶奶和她聊了三个多小时，就问她都聊了些什么，彩虹把奶奶跟她聊的内容几乎都说了。

郭晓岚听后，明白了钟老师的良苦用心。

四十二

此后，钟老师利用周末又和彩虹进行了几次长谈。她发现彩虹很听她的话，学习一直很用功，和大发之间的交往也没有什么异常,渐渐放下心来。刘老师也因此舒畅起来,能踏实地画画看书了。家里的氛围又像以前那样温馨怡人了。

孔玉爱看到两位老师恢复到了从前的状态,知道他们对彩虹的教育获得了成功,心里高兴。这天她收拾完卫生以后,就想鼓动钟老师出去走动走动,在给钟老师添茶水时,她说:"白文侠要我跟老师带话,说她们店里的人都想您了。"

钟老师说:"是有些日子没有去她们店了,我也有点想她们了,咱们去一趟吧。"

孔玉爱开车带着钟老师,来到"迷您"美容美发店。明明、白文侠和齐玉兰等人看到钟老师来了,都很高兴,大家说说笑笑气氛十分融洽。

明明边给钟老师做美容护理边跟钟老师汇报了店里的近况,白文侠和齐玉兰严把美容美发产品质量关,顾客使用产品后都觉得效果好,口口相传,生意越来越好。钟老师听了十分欣慰。

这天,任俊杰在公司职工大会上,宣布了一项重大决定。他说因为公司业绩突出,盈利丰厚,公司要和职工共享成果,他决定要给职工们搞福利房。他讲到现在北京的房价在飞涨,福利房对职工是个巨大的奖励,职工只需交一定的成本费就可以,公司不赚大家一分钱。

任俊杰慷慨激昂地说:"公司还要把这个福利同时提供给华兴投资公司的职工,有了他们的投资,新潮房地产公司才能顺利开业,公司不会忘记这个恩德。"他让想要购房的职工散会后去行政办公室登记。任俊杰的话让大家惊喜万分,职工们报以热烈的掌声和欢呼声。

杨桂淑和赵玉华十分高兴,她们一散会就去做了登记。

她们没有忘记孔玉爱和白文侠两家。杨桂淑说:"大嫂是华兴投资公司的人,房子肯定有她家的,可白文侠家怎么办呢?"

赵玉华想了想说:"咱们去求求任总吧,看能不能给白文侠家一个名额。"

她们找到了任俊杰,详细地说明了白文侠的情况以及和她们的关系,恳求他能不能照顾一下,分给白文侠家一套福利房。

任俊杰很痛快地说:"行。你们先去登记上吧。"

杨桂淑和赵玉华激动不已,赶紧去行政办公室帮孔玉爱和白文侠做了登记。杨桂淑说:"任总人真是太好了,这么大的事,真就答应我们了。今天晚上,家里一定要好好庆祝庆祝。"

晚上,杨桂淑和赵玉华提前回家,准备好丰盛的酒菜,满怀欣喜地等着家人们归来。

白文侠先回来了,她看到丰盛的晚餐,十分惊喜,追问两人有什么喜事。

杨桂淑故意卖关子让白文侠猜,白文侠毫无头绪地乱猜一通,赵玉华对杨桂淑说:"别逗文侠了,告诉她吧。"杨桂淑这才笑着说:"是大喜事,我们四家在北京都要有自家的房子了。"两人随即把详情讲给白文侠听。

白文侠听后,高兴得又蹦又跳,兴奋地说:"任总这人实在是太好了,真心为大家谋福利。最让我感动的是,两位嫂子能想到我们家,帮我们求情,让我们也能有这个好机会,太感谢你们了。"说完她给杨桂淑和赵玉华深深地鞠了三躬,起身时白文侠说,"这么大的事,我一定要当面感谢任总。"

孔玉爱这时回来了,她在门外就听到了白文侠的笑声,进门时看到三人兴奋的表现和丰盛的晚餐,问:"什么喜事,这么开心?"

杨桂淑刚要跟孔玉爱说,白文侠却抢在了前头把事情讲了一遍。

孔玉爱一听是任俊杰要给他们分福利房,心中不由一惊,她不明白任俊杰这是又要干什么。

白文侠激动地说:"任总竟然也答应给我家福利房了,太让我感动了。大嫂,明天我们一起去找任总当面致谢吧。"

孔玉爱说:"我就不去了,我们家不要那房子。"

四十三

孔玉爱说完,杨桂淑、赵玉华和白文侠惊得愣在原地。

杨桂淑问:"大嫂,您,您这是为什么?"

孔玉爱说:"我们不是新潮房地产开发公司的人,我们不能占人家的便宜。"

杨桂淑劝道:"我们任总说了,华兴是我们公司的投资商,所以福利房也有华兴人的,大哥和大嫂都是华兴的人,要这房子合情合理,怎么是占别人的便宜呢?"

白文侠嘟囔着说:"这也不算占便宜,又不是白给,人家任总出于善心,给我们机会,您不要,是打人家的脸呀。"

赵玉华也劝:"要上吧大嫂,这是机会,是好事。"

孔玉爱知道她们都是为她好,说的话也在理,可她不能要。刘老师夫妇虽然从未说过一句任俊杰的不好,但她从他们的态度上猜到了任俊杰有问题,她相信老师们的为人和对事情的判断。

任俊杰用成本价卖福利房给两家公司的职工，一定有他不可告人的目的。

孔玉爱知道，她不能用自己的想法阻止其他三家买房，只能再次强调："房子我确实不能要，你们替我登记的，明天去公司快划掉了吧。"

任俊杰和季月琴此时也正在家里说着福利房的事，季月琴认为任俊杰太大方了，这得少赚多少钱。

任俊杰不以为意地说："我做事向来是大手笔，我这一手出去，就把两个公司的人心收到我这儿了。无非是多争一块地，多盖几座楼，少赚点小钱。我的目标是赚大钱，人心所向，两个公司早晚由我做主。"

季月琴不放心地问："你要给华兴职工福利房，郭晓岚能同意吗？"

任俊杰冷笑着说："这事轮不到她同不同意，我倒要看看她怎么阻拦。"

半夜快十二点钟的时候，成跃山、成富山、王虎驯和柴永才回到家里，四家的女人都还没有睡，在等着跟自家男人商量房子的事。

孔玉爱跟成跃山说了房子的事，也说了她不准备要，但她没有说具体原因，只说他们不是新潮房地产公司的人，他们不能要，她问成跃山是什么意见。成跃山支持她的想法，说："不要是对的，不占人家的便宜，咱这样租房子住也很好，别想了，快睡觉吧。"

柴永听完赵玉华的话，说得更简单，他说："听大哥大嫂的，听他们的话没错。"

成富山听了杨桂淑的话，皱眉说："从任俊杰当初从华兴拿到投资的过程看，我估计华兴和他之间可能有什么问题，当然，具体的我也说不上来，就是一种感觉。华兴家主人的品性一定是胜过任俊杰的，你在他手下工作要小心，不要跟着他做糊涂事。"

杨桂淑不高兴地说："人家任俊杰给底下人解决住房问题，难道是坏事吗？房子我们到底要还是不要？"

成富山斩钉截铁地说："要不要听大嫂的，大嫂说要就要，大嫂说不要就不要。"

王虎驯听完白文侠的话，首先想到了图师傅，他问能不能给图师傅也争取一套。

白文侠为难地说："我们的还是嫂子们求来的，怎么好给图师傅再争取呢？"

王虎驯想了想说："你不说大嫂不要嘛，要不把大嫂的名额给图师傅？"白文侠拧了王虎驯一把，气呼呼地说："亏你能说出口。我估计大嫂是想等钟老师同意，华兴主人家同意了，大嫂肯定要。况且，大嫂真要不要，你有脸离开大哥大嫂，搬到新房里去住吗？"

"对对对，大哥大嫂不去，咱不能离开他们去住新房子。"
"那图师傅的房子怎么办？"
"是啊，图师傅的房子怎么办呢？"
"我在问你。"
"明天再说吧，我脑子里现在没有那事了。"
"你脑子里，现在是啥事？"
王虎驯一下搂住白文侠，爬到了她的身上。

第二天，赵玉华问杨桂淑："大嫂叫我们把替她登记的名字划掉，划不划呢？"

"先别划，等等看。"

任俊杰安排张涛代表他去华兴投资公司，把福利房的事汇报给刘幼诚。刘幼诚听完张涛的汇报，心里觉得任俊杰还是有点良心的人，有好事没有忘记华兴。张涛汇报完告辞要走，刘幼诚叫住他，说："请你再去跟郭总汇报一下，职工福利的事由她管。"

张涛有些不自在，但也不好拒绝，只好又去了郭晓岚的办公室。

郭晓岚听完张涛的话，就知道任俊杰是什么用心了。她毫不客气地说："任俊杰给自己公司的职工分福利房，那是他的事，没有必要通知华兴。至于华兴职工怎么买房子，是他们个人的事，华兴没有这样的福利，也不用拿你们公司的福利买华兴职工的好。你回去告诉任俊杰，这事与我与华兴毫无关系。"

任俊杰听了张涛的回复脸色铁青，他挥手叫张涛退下去后，在办公室里沉思了片刻，打电话叫来几个心腹，让他们把福利房的消息散布给华兴的职工。

福利房的消息，很是让一批华兴投资公司的职工动了心。于是，他们纷纷想办法去向郭晓岚和刘幼诚打听，郭晓岚此时已和刘幼诚统一口径，都说没有听到过这个消息，同时表示买房子是他们自己的事，没有必要跟他们说。

打探的人听出了郭晓岚和刘幼诚的话风，知道了华兴管理层的意向，便没有人再张罗这事了。

这天晚上，孔玉爱把大家召回家中，商量房子的事。因为孔玉爱不要福利房，其余三家便也不肯要了，但孔玉爱明白他们心里都想要，她知道不能因为自己的原因，伤了其余三户的利益。她先做通了三家男人的工作，三家女人自然更没意见，皆大欢喜。

任俊杰本想通过福利房收买华兴职工的心，没想到郭晓岚轻描淡写的表态居然就让华兴职工没人要他的福利房，让他丢了脸。只要郭晓岚在，他对华兴的控制就无法实现。

任俊杰对自己的才能看得很高，回想自己这一路观风向、避潮头、钻空子、抢机会，干成了多少人想都不敢想的事。没想到却在郭晓岚这里，一次次地碰壁，他内心既不甘心又愤怒，苦苦思索着对策。

四十四

郭晓岚最近很郁闷，感觉生活死气沉沉的。开着车在路上散心，不知不觉间又来到天网公司楼下，她暗骂自己这是怎么了，咬牙驾车离去。内心酸楚的她，最后开车回了老宅，她跪在父母的遗像前，诉说着自己的委屈。

任俊杰开着车在北京寻找着可以开发的地段，在路过一条小巷时，他无意间看到了郭晓岚。

郭晓岚当时正从老宅里出来准备离开。

任俊杰将车停到一边，心中有些惊喜。他想，那个宅子一定是郭晓岚的，他要把这里的开发权争到手，做篇好文章。

季月琴听了任俊杰的想法以后说："那片地段是不错，现在北京城区改造，就算你拿到开发权，郭晓岚的老宅就能保存下来吗？"

任俊杰说："能不能保存下来是另一回事，你不是叫我和郭晓岚搞好关系吗，有了开发权，我就有了给郭晓岚办事的权力，最后即使留不住她家老宅，我的心意算到了，郭晓岚不会不感激我的。"

季月琴觉得任俊杰的这个盘算，倒是有些道理。

孔玉爱从刘幼诚处得知，郭晓岚近来情绪不好，很少同刘幼诚说话，在公司也经常发脾气。孔玉爱很想找郭晓岚聊聊天，劝慰劝慰她。双休日郭晓岚虽到老师家里来，但因为和家人在一起，她不方便和郭晓岚说想要说的话。

连续几天，孔玉爱下班后就到华兴投资公司门口去等郭晓岚，但都没有等到。

这天孔玉爱忽然想起，郭晓岚心情不好时，常去她家老宅，是不是又去老宅了呢？她便往郭晓岚老宅找去。

还没有到老宅，孔玉爱就看到那附近正在拆迁。她走过的巷子里，到处写着大红的"拆"字，孔玉爱想看来郭晓岚的老宅可能要拆了。

到了郭晓岚老宅，孔玉爱看到门口没有郭晓岚的车，屋里也没有亮灯，看来郭晓岚不在这里。老宅旁边的房屋上也都写上了"拆"字，唯独郭家老宅没有写，孔玉爱想，这老宅里有郭晓岚最重要的念想，要能把这老宅留下来，就太好了。不过，这情况晓岚姐知道不知道呢？

第二天，孔玉爱把老宅附近要拆迁的情况跟两位老师说了，只不过她没有说是自己看到的，而是说同乡看到告诉她的。

刘老师夫妇听后，心情都很沉重。钟老师说："那老宅是晓岚寄托哀思的唯一一处地方啊。"

刘老师说："那老宅肯定是要拆掉，意料之中。也不知道晓岚知道了没有。"

钟老师说:"她一定还不知道,没听她说起。"

刘老师让钟老师赶紧给郭晓岚打个电话,问问具体情况。电话拨通,听了钟老师说的情况后,郭晓岚疑惑地说:"我不知道这事,没有人通知我。城建拆迁,应当是要提前告诉房主的,我马上过去看看。"

拆迁现场机械隆隆,尘土飞扬。郭晓岚一路走过,看出这次拆迁的范围很大,正拆的地方离她家老宅还很远。等她到了老宅跟前,看到周围房屋的外墙上都写着"拆"字,而她家老宅的墙上果然没有写"拆"字。郭晓岚纳闷,是写漏了还是这里不拆?

郭晓岚四处打听后得知,这里的开发商是新潮房地产开发公司。听了这个名字,她愣了一下,任俊杰好大的能耐呀,拿到这么大一块地。他一定知道了这里是自己的老宅,特意没有写"拆"字,是等着自己去感谢他吗?可她根本就没有留下老宅的想法。任俊杰到底想干什么?她倒要看看这出戏,他要怎么唱。

想到这里,郭晓岚离开老宅,径直回去了。

钟老师打电话来,关心地问郭晓岚老宅怎么样了,郭晓岚把情况跟钟老师说了一遍。钟老师听完恍然道:"原来是这样呀,任俊杰也许是好心,以为你想留下老宅,要不你给他打个电话,告诉他你没有留下老宅的意思。"

郭晓岚如同吞了只苍蝇般恶心,不悦地说:"他不会对我安好心,这肯定又是他设的一个局。"

钟老师劝她:"你不要跟他记仇,不要感情用事,不管任俊杰怎么样,我们说话做事不要失了礼数。"

郭晓岚说她知道了,她还有事,就先挂了电话。

孔玉爱一直在旁边听着钟老师打电话,她知道钟老师的话没有说完，心想这是她去找郭晓岚说话的一个机会。她对钟老师说："老师跟晓岚姐的话没有说完，我也很想和晓岚姐说说话，我能否下班早走一会儿，去华兴找她，跟她聊会儿天？老师有什么话我可以带给她。"

钟老师答应了。孔玉爱看了看时间，快速地把手里的活儿干完，匆匆离开。

到了华兴投资公司，孔玉爱在门外等着郭晓岚。郭晓岚刚开车出来，就看到了孔玉爱，她停下车，让孔玉爱上了车。

孔玉爱先向郭晓岚转达了钟老师在电话里没有说完的话，她依据钟老师的话结合自己的理解，委婉温和地安慰郭晓岚不要因为老宅拆迁难过，还有就是不管任俊杰以后做什么，现在都不要凭猜疑乱说话。

郭晓岚认真地听着。

孔玉爱接着想跟郭晓岚说的话，曾颇费了一番思考。她作为一个保姆，去充当他们夫妻的说和人，是很不恰当的。况且，郭晓岚曾经认为她和刘幼诚相好，鼓动她做刘家的儿媳妇，更让她感到为难。可刘幼诚的苦恼，刘家一家人的和睦和华兴事业的兴旺，使她无法坐视不管。她也不愿把郭晓岚与刘幼诚之间不和的事告诉两位老师，怕他们操心，影响他们的身体健康。她想，刘幼诚之所以不跟他爸妈说，也一定是这样想的。刘幼诚跟她说，是信任她，希望得到她的帮助，她不能不管，她必须要尽到心和力。

孔玉爱看着郭晓岚，诚恳地说："老师说这些话，也是关心姐姐，姐姐在公司里挑大梁，又顶着大半个家，每天忙里忙外，一定特别地累。人们都说，家是调节器，是调节心情、获得休息的地方，回到家里和家人说说话，放松身心。按说刘董事长应该主动担起活跃家里气氛的责任，多和姐姐说说话，聊聊天，姐姐也能轻松些。可我看刘董事长在老师家里也不怎么爱说话，说明他的性格就是那样的。因此我就有个建议想跟姐姐说说，姐姐可以主动跟他说说话，两个人都能轻松些。"

郭晓岚马上明白了，一定是刘幼诚跟孔玉爱说了他们俩的现状。从孔玉爱的话里，她能听得出来，刘幼诚也很苦闷。刘幼诚能跟孔玉爱说这些，说明他很信任孔玉爱，而孔玉爱这么在乎刘幼诚的苦闷，说明她是爱他的，可他们为什么迟迟不在一起呢？

孔玉爱见自己说完后，郭晓岚好一会儿不说话，还以为她的话奏效了。想不到郭晓岚接下来的一番话，让她大惊失色。

郭晓岚表情凝重地说："非常感谢你能跟我说这些话，我和刘幼诚之间不是不想说话，而是无话可说，我们的性格不合，在一起两个人都痛苦，解决的唯一办法就是分开，我今天跟你说这些是真把你当亲妹妹看，如果你真希望我好，希望刘幼诚好，希望刘家好，你就尽快跟刘幼诚相好，结婚生子，让我们大家都摆脱这种痛苦的生活。"

孔玉爱被郭晓岚说蒙了，她一时弄不清是她说错了话，郭晓岚生气了，还是郭晓岚又在怀疑她，试探她。

她看了看郭晓岚，小心地说："姐姐啊，您千万不要生气，我要是说的话不对，您骂我。可我真是为了您和姐夫好，为了刘家好，才说的这些话呀！"

郭晓岚坦诚地说："玉爱，姐跟你说的话全是真心话，你和刘幼诚放心去爱，我随时可以跟他离婚。反正成跃山也有了相好的，你也不亏欠他什么，你们俩离婚后，你就可以名正言顺地和刘幼诚在一起。大家都有机会重建一个幸福的新家。城市里这样的事很多，没什么不好的，希望你解放思想，不要还是农村里的旧脑筋。"

孔玉爱觉得呼吸都困难了，她艰难地说："我这样的旧脑筋永远改不了，我们从农村出来的时候就说过了，一家人绝不能散，再说，我相信成跃山绝对不会有相好的，求姐姐不要再说这样的话好不好？"

郭晓岚这时已经把车开到了自家楼下，她对孔玉爱说："上楼去吧，刘幼诚在家里呢，我回公司去了。"

孔玉爱赶快拉开车门跳下车跑远了。郭晓岚失望地看着她的背影，只能摇头叹气。

四十五

任俊杰放出风去说郭晓岚有留下她家老宅的意愿，他要千方百计帮助她实现愿望，最后实在留不下来，他也尽到心了。

他想的是，郭晓岚知道后一定会找他。可等了段时间，也没有动静。他明白了，郭晓岚是在跟他叫阵。这让他与郭晓岚斗一斗的劲头更加旺盛，心想，好啊，反正拆到你家老宅还早着呢，他要一边等着郭晓岚，一边把他的谋划想得更周全一些。他倒要看看，是她郭晓岚厉害，还是他任俊杰厉害。

在迎接奥运会的热烈气氛中，2008年春节到了。

除夕之夜，刘老师一家在快落成的鸟巢旁观看焰火。彩虹已经长成大姑娘，和她妈一样高，一样漂亮。她兴奋得不时地向她妈指看璀璨的焰火，郭晓岚心绪不宁，应付着女儿，不时仰望天空，但她想的却是别的事，似乎这绚丽的夜空跟她毫无关系。

孔玉爱他们三家此时在凤翔县城里观看着别具特色的架花、打花。他们的孩子都已长大，改庭长得和他爸一般高了，只是比他爸瘦一些，其精气神，尤其是双目同他爸一样明亮，一样讨人喜欢。杏花的个子还没有赶上她妈，但眉眼已和她妈差不多了，清秀可爱。麦霞和杏花相比，是大姑娘了，个子超过了她妈，眉眼比她妈还美。立业的个子略显矮些，眉目里透露出王虎驯的灵透和白文侠的泼辣。这也是孔玉爱他们三家首次一起回老家过年。

经过了三十年的改革开放和建设，凤翔县城已经发生了翻天覆地的变化，从前没有高楼的城区已经高楼林立。为庆祝改革开放第三十个年头的到来，为让全县人民过一个欢乐喜庆的春节，为迎接中国首次承办的奥林匹克运动会，县城装饰一新，到处张灯结彩，不仅有传统的架花、打花表演，也有现代的焰火燃放。周边许多乡村的人都来到了县城，这里成了欢乐的海洋。

孔玉爱他们在县城里看完了焰火，回到了凤翔中学，他们都住在凤翔中学专供学生家长住宿的宿舍里。因为今年是个特殊的年份，来和学生一起在县城过春节的家长特别多，校园里的除夕夜热闹非凡，学生和家长们聚集在一间间教室里收看春节联欢晚会。孔玉爱三家和另外三家被安排在高三甲班的教室里，这里是改庭、麦霞的班级。

孔玉爱他们边看春节联欢晚会，边嗑瓜子闲聊，其乐融融，老人们感叹说，这是他们有生以来过得最高兴的一个春节。这时，电视上正在播放赵本山和宋丹丹的小品《火炬手》，小品引得大家一片笑声，笑声中充满着对祖国举办奥运会的骄傲。

春节联欢晚会结束以后,大家不愿散去,依然沉浸在欢乐里、激动里,根本没有睡意。在高三甲班的教室里,先是麦霞自告奋勇唱了一支歌,接着是杏花、改庭、立业等纷纷登场唱歌,孔玉爱和成跃山等人也不落后,唱了自己拿手的歌曲,爷爷奶奶们不甘人后,兴致盎然地吼了一段秦腔。

虽然睡得很晚,但到了初一的早晨大家都早早就起来了。学校体贴周到地为在校过年的学生和家长安排了县城周边一日游。

凤翔县城周边的旅游景点很多,这次的一日游,主要去了灵山景区的灵山、雍州古镇,古皇帝郊雍之地,秦汉帝王祭畤之地的九鼎莲花山,秦穆公陵,石佛寺和姜太公钓鱼台等处。

参观时有专人讲解,孔玉爱等人每到一处,除了听讲解人讲解以外,还为老人和孩子们插空补充讲解,孩子们都听得很认真。

大年初二,孔玉爱他们带着老人和孩子拜访了几位老师。这些老师都是教过孩子们的,他们向老师拜年,深表感谢。孔玉爱代表大家说,他们在北京工作远离家乡,是老师们关心着孩子的学习,照顾他们的生活,陪伴他们成长,这些孩子现在能够学习好,思想和品行端正,都是学校和老师们的功劳,是老师替他们承担了很多家长的职责,他们内心的感激难以言表。

老师们说,虽然孔玉爱他们在外打工,但这几个孩子学习都很用功。他们通过和孩子们的聊天,也了解到,孔玉爱他们和孩子们建立有定期沟通、相互关心激励和相互监督的机制,这些非常好,孩子们能这么好是大家共同努力的结果。

老师们还告诉孔玉爱，他们的做法引起了教育系统的重视，曾在全县教育工作会议上介绍和推广过。孔玉爱他们听后，都很激动。

大年初三，孔玉爱他们三家人，一起商量改庭、麦霞高考报志愿的事。

孔玉爱问两个孩子："你们的学习情况，自己最了解，你们有什么打算，先说说好吗？"

改庭说："我这次考试成绩在班里是第一，年级是前十名，我想报考清华大学。"

麦霞说："我在年级也是前十名，我想报考北京大学。"

孔玉爱听后说："清华和北大是全国顶尖的大学，你们觉得自己报考这样的大学，有把握吗？"

改庭、麦霞相互看了一眼，改庭说有把握，麦霞也说有把握。

杨桂淑谨慎地说："你们虽然在凤翔中学是尖子生，可全国那么大那么多尖子生都想考这两所学校，你们是不是报其他高校更有把握些呢？"

成跃山和成富山同意杨桂淑的意见。孩子的爷爷奶奶们不懂那么多，觉得只要能考上个大学就给成家山争光了。

孔玉爱看得出来，改庭、麦霞想上清华、北大的决心很大，于是她说："改庭和麦霞都是争气的孩子，按照他们现在的学习成绩，也有考上清华、北大的可能，所以我主张支持他们拼一下，但也要做好备选院校的准备。"

改庭、麦霞点头同意，大家也没有什么异议，填报志愿的事就这样定了下来。

白文侠趁机说："改庭和麦霞的事定下来了，趁着人全，大家也说说立业和杏花明年高考的事吧。"

孔玉爱知道白文侠在担心立业，就说："好，说说也好。立业和杏花有了今年改庭和麦霞参加高考的经验，肯定能考好。立业、杏花，你们先说说，你们各自有什么打算？"

立业说："我也要考到北京去。"

白文侠问儿子："你是打算考清华，还是考北大？"

立业说："我不考清华、北大。"

王虎驯和白文侠一愣。

立业说："我想考中国政法大学。"

白文侠惊呼："我儿子太有出息了，我举双手赞成。将来毕业出来做个刚正不阿的法官，专治违法犯罪分子，维护社会安定。"

白文侠的话，惹得大家都笑了。

大家笑过后，把目光投向了杏花。

杏花腼腆地说："我也想去北京上大学，我想学师范专业，毕业回家乡当老师，当一个像我们麻老师那样的老师。"

孔玉爱温柔地看着女儿说："杏花的想法很好，老师是最好的职业，尤其像我们成家山那样的偏远山区，是最需要老师的。麻老师要是知道你这么想，一定会特别高兴。"

这天，他们一直说到了深夜。第二天是初四，孔玉爱他们离开了凤翔中学，送老人回到成家山村，又看望了一下村里的人，初五这天就踏上了返京的路。

刘老师一家春节过得却没有像孔玉爱他们那样轻松愉快。

初一中午，钟老师就跟郭晓岚和刘幼诚说："趁着春节休息，正好说说彩虹考大学的事吧。"

郭晓岚这几天住在爸妈家中，已经待得很烦了。除夕陪他们在外边看了大半夜的热闹，睡醒起来刚刚吃了饭，钟老师就跟她说这事,她心里烦闷又不能不听,只得懒洋洋地点了下头。

钟老师见她没有精神,对她说:"是不是还没有把缺的觉补上呢?你再去睡会儿吧,咱们下午三点钟再讨论。"

郭晓岚站起来,打着哈欠,上楼去了。

钟老师让刘幼诚也上楼去休息,刘幼诚说他不困。钟老师说:"去吧,陪着晓岚一块儿休息会儿。"

刘幼诚只好听从母亲的话,上楼去了。郭晓岚见刘幼诚来到屋里,躺到了她的身旁,更加心烦了。

彩虹在客厅看电视,没有听见奶奶跟她爸妈说的话,她见奶奶向客厅走来,问奶奶怎么没有去午休。

奶奶说:"我就去,彩虹也去休息吧。"

彩虹说:"我不困。"

奶奶说:"不困也要休息,午休的好习惯,过节也不能改。"

彩虹说:"好容易过个春节,就随便点吧,奶奶不要管我了,我今天不想午休。"

钟老师见彩虹执意不去,就说:"下午一家人要说说你考大学的事,为了能有精神,还是休息一下吧。"

彩虹很不理解地说:"我考大学的事,有多少话可说呢?还要养精神,还要家里人一起说吗?"

钟老师感到了彩虹身上的反抗气息,心里有些不高兴。但她知道现在不是跟彩虹理论的时候,她堆起笑容说:"去睡会儿吧,听奶奶的话。"说着就拉起了彩虹。这些年奶奶一直很亲近很宠爱彩虹,彩虹不便拂了奶奶的面子,便笑着随奶奶去了她的房间。

送完彩虹回到客厅,钟老师沉思了好一阵子,下午的话题并不轻松。她随后进了卧室,看到刘老师已经入睡,默默叹了口气,躺在了床上。

郭晓岚无法入睡,黎百度的身影不断在眼前浮现,她只能看着他,却无法得到他。尽管他也曾仰慕地看过她,炽热的手握过她的手,却再也没有走近她,让她日日夜夜难熬地活在世上。去年年底,他来过一个电话,说是要来看看她。她以正忙碌为由婉拒了他。春节前夕,他又来过一个电话,说他要回老家过年,问她在哪里过春节,她说她在北京家里过,他提前给她拜了年,她也客气地给他拜年。

就这样,他回老家了,她一直在想着他,想他回到老家都在干什么,她甚至担心他在老家是不是正谈着对象。担心过后,就又觉得自己多余。每逢烦心苦恼的时候,看到刘幼诚就会更烦闷。就像今天刘幼诚躺在她旁边,让她心烦。郭晓岚从刘幼诚又想到了孔玉爱。她对孔玉爱也特别不理解,那天她在车上跟她掏心掏肺地说了那么多心里话,她怎么就听不进去呢?说什么农村里两口子出来要是离了婚,就是出来失败了,不肯挣脱农村人的旧观念。这既让她感到可笑,又让她感到无奈。尤其让她感到吃惊的是,那天之后,她再见到孔玉爱的时候,孔玉爱完全像没事人似的,举止如常,还是那样勤快地为她服务,亲切地叫她姐姐。面对孔玉爱她有时会感到,像是自己做错了事似的。

从孔玉爱,郭晓岚又想到了成跃山,成跃山是冰岩爱上的人,冰岩为了得到他,千方百计不遗余力,可至今也没有把成跃山拿下来,这让郭晓岚感到很绝望。和爸妈彻底闹翻,说她根本就不爱刘幼诚,一定要离开刘家离开华兴,她实在做不出来。

四十六

　　下午两点半,刘老师夫妇就已经坐在客厅里了,不一会儿刘幼诚从楼上下来了,紧跟着郭晓岚也来了。看彩虹还没来,钟老师让郭晓岚把彩虹叫下来。郭晓岚到彩虹屋里,看到她还在熟睡,只好叫醒了她。

　　彩虹在熟睡中被叫醒,迷迷糊糊地很不高兴,被妈妈硬拽到客厅。钟老师看到彩虹上前牵住她的手,笑着问:"怎么好像还没有睡醒似的。"

　　彩虹嘟囔着:"睡得正香,为什么非把我叫起来。"

　　钟老师说:"刚才叫你去睡,你还说不困不睡呢,一睡倒又不愿起来了。"她说着,把彩虹拉到她跟前坐下,递给她一杯专门为她准备的蜂蜜红茶。

　　钟老师慈爱地看着彩虹喝完蜂蜜红茶,才正色说:"今天是大年初一,本是过年放松的时间,是我打扰了大家的休闲时间,我想说说咱家一件重要的事,就是关于彩虹高考的事情。"

　　彩虹冲妈妈偷笑一下,在心里说,高考还有几个月呢,非要大过年的这样坐在一起说,有什么可说的呢?

　　钟老师看出了彩虹的不以为然,特意强调:"高考不同于其他考试,高考是要定准一个人今后学习努力的方向,从一定意义上说,它关系到一个人的一生。"

　　刘老师补充说:"当然也不能把高考的重要性,说得太绝对化,有些人没有上过大学,也成就了自己的事业。"

　　刘幼诚和郭晓岚认真地听着。

钟老师看向彩虹说:"你自己是怎么考虑的,比方想考哪个大学,想学什么专业等等。"

彩虹说:"我高考的事,让爷爷奶奶、爸爸妈妈如此重视操心,真是不好意思。其实今天不就是要问问我想上哪个学校,想学什么专业吗?我中学都是在清华附中上的,大学就想考清华,专业想读机械工程系,将来研究机器人。"

钟老师和刘老师对视一下后,钟老师说:"机器人是高科技产业,未来大有发展。彩虹有志研究机器人是值得称赞的。不过,除了这个专业,值得研究的学科还是很多的。应当广泛地考虑考虑,结合自己的情况,慎重地选择才好。"

彩虹说:"我已经广泛地考虑了,结合我自己的兴趣和爱好,选定的这个专业。"

钟老师说:"彩虹已经说了自己的想法,既然是一家人一起研究,就都说说自己的想法。我是觉得彩虹选学经济类学科比较好。"

刘老师点头说:"现在是中国经济大发展的时期,经济建设上需要大批人才,作为年轻人要考虑国家的需要,我也认为选学经济类学科比较好。"

彩虹说:"机器人是未来的大产业,也属于为国家经济建设服务,爷爷不了解这个专业,思想落后了吧。"

刘幼诚批评彩虹:"怎么跟爷爷说话呢?爷爷看的书、了解的知识比你多得多。不要往远里扯了,就选学经济或者金融类专业吧。"

彩虹说:"爸,这不是讨论嘛,我说我的意见,说爷爷思想落后只是在开玩笑。"

钟老师感到了问题的棘手,她看向郭晓岚,意思是让她说话。

郭晓岚此时已经明白了钟老师的目的，她平静地说："我也觉得彩虹该学经济。"

彩虹的声音提高了："我看出来了，全家人早捏弄好了，就要我学经济，根本不尊重我的意愿。我就要学习机械工程专业，我自己的事自己做主。"

钟老师等人被堵得一时说不出话来。

郭晓岚打破沉默："彩虹，你知道家里为什么想让你学习经济吗？"

"我不知道。"

"家里想让你接手刘家的祖业——华兴投资公司。"

"华兴投资公司有爸爸和妈妈，用不着我。"

"妈妈是要走的。"

郭晓岚的意思是她要离开刘家离开华兴投资公司，可彩虹见妈妈一脸悲伤的样子，以为说的是死，她一下扑到妈妈怀里哭着说："妈妈不要走，我需要您！"郭晓岚发现女儿想偏了，看到她真情流露的样子，也不觉伤心起来，两个人哭着抱在了一起。

这天在一起的研究，就这样结束了。

第二天的情况更让钟老师和刘老师伤心，虽然他们改变了说服彩虹的方式，可彩虹越发倔强叛逆，谈话不欢而散。

季月琴和任俊杰也在讨论着大发高考的事。

季月琴早就告诉大发，彩虹报哪个学校，他就报哪个学校，彩虹选哪个专业，他就选哪个专业，一定要和彩虹在一起。大发对此并无异议，因为他真的很喜欢彩虹。

任俊杰主张让儿子学习经济管理专业，以后好接手任家的产业。季月琴对儿子学习什么专业并不执着，只坚持要和彩虹一样。

孔玉爱他们回到了北京，到西客站接他们的是两辆车，一辆是王虎驯的徒弟开的图师傅的车，一辆是辛毅开的五洲大酒店的车。还和往年一样，他们上车后，直接去了工作的地方。

辛毅先把孔玉爱送到了钟老师家楼下。孔玉爱进屋后看到钟老师不在，知道她去社区了。刘老师正在书房里，为喜迎奥运构思画作。她和刘老师打过招呼后，就赶紧开始忙家务，把活儿干完，便去社区活动中心找钟老师。

钟老师正在社区的活动室里教授外语，学员多是六十岁以上的离退休人员。孔玉爱找了个安静的角落坐下，听着钟老师的授课。她发现钟老师好像瘦了些，脸色也有些憔悴，这让她有些不安。

授课结束了，钟老师叮嘱大家："外语就要开口大胆地说，不要不敢张嘴。通过这段时间的培训，在奥运会期间回答外国朋友的一些简单日常问题，你们都没有问题。"

孔玉爱陪着钟老师回家，路上，她小心地问："老师春节怎么过的？没有太劳累吧？"

钟老师从孔玉爱的语气里，就知道孔玉爱看出了她的变化，略带无奈地说："你看出我精神差了点是吧？是彩虹淘气不听话，生了一点儿气，没有关系。"

钟老师没有说是因为什么事彩虹不听话，她不说，孔玉爱便不问，因为她知道，老师不说有不说的道理。

她宽慰着说："老师不要跟孙女生气了，她才多大，能懂得多少道理，能经见多少事情呢？她还在成长中，今天不懂的，明天就懂了，今年不懂的，明年就懂了，老师要有耐心。老师千万不能生气，生气是最伤身体的。老师一定要健健康地看着孙女一天天地长大，一天天地懂得道理。"

钟老师听着孔玉爱这些劝慰她的话，心里舒服多了，她感激地握紧了孔玉爱的手。

回到家里，孔玉爱很快给老师沏上了热茶，一边让老师润嗓子，一边给老师捏肩，捶背，做清脑操，说些哄她开心的话。

钟老师在孔玉爱的开导下，心态渐渐平复，玉爱说得对，她没有必要跟孙女生气，离高考还有几个月呢，她要心平气和地等着看，看彩虹会怎么样。

成跃山刚到酒店门口，就看见冰岩、乔芙蓉等人站在门外迎接他。冰岩看着车来了，不等车停稳，就跑到了车跟前。从她的眼睛里看得出来，她对成跃山的回来有多么地渴望和欣喜。

在车门打开的那一瞬间，成跃山几乎要被冰岩拥抱在怀里。成跃山很敏感，抢先把自己的大提包递了出去，冰岩只得接住，就在冰岩转身把大提包递到乔芙蓉手里时，成跃山迅速下了车，站在车下向冰岩等人问好。

冰岩嗔道："春节这几天酒店里缺了你成跃山，真把我忙死了。今天你回来了，我可要好好地休息休息了。"

他们说着话进了酒店，成跃山让冰岩把工作安排给他，他来做，好让冰岩休息。

冰岩长出了一口气说："眼下的工作我都安排好了，没有什么需要你立刻就做的，具体的工作安排我们到办公室说。"成跃山跟随冰岩到了她的办公室。

到了办公室，冰岩先简单说了说这段时间的工作，就开始询问成跃山回老家这几天都做了些什么。

成跃山便跟她逐一汇报起来。

实际上，冰岩并没有兴趣听他回老家都做了些什么，她的兴趣是看着成跃山，看着他说话，至于成跃山都说了些什么，她根本没有往脑子里面去。

成跃山说完以后，冰岩点头敷衍道："很好，很好！看来回到老家的事情也是蛮多的。"这时她意识到，自己该多说些什么好留住成跃山，于是便添油加醋地叙说着成跃山不在的这段时间，她怎么忙，怎么辛苦，有时甚至很无助，很想成跃山在身边，说着说着，眼泪就掉下来了。

成跃山听着，看着，很受感动。递过桌上的纸巾让冰岩擦眼泪。

到了该吃晚饭的时间，成跃山要去餐厅工作。冰岩说："今天的工作不用你做，我都安排好了。你回老家时，我让你给我带些陕西的小吃，你是不是忘了？"

成跃山忙说："怎么会忘了呢，带了，一共带了十八样陕西的小吃，都在包里呢。"

"那还不快拿过来。"

成跃山马上出了冰岩的办公室，到自己的办公室取出小吃到后厨里装好盘，临离开后厨时，他小声嘱咐柴永："一会儿去冰总办公室叫我，我可能得陪她喝点酒，怕喝多了。"

柴永点头答应。

成跃山叫来两个服务员端着装好的陕西小吃，一起到了冰岩的办公室。

冰岩把餐桌已经收拾好了，餐桌上有酒，放了两个酒杯。

成跃山让服务员把陕西小吃在餐桌上放好以后，便留下来给冰岩斟酒侍候。

冰岩见成跃山主动留下来，很是高兴。她跟成跃山边吃陕西小吃边喝酒说话。冰岩赞扬成跃山的进步，说他比以前随和得多了，比如今天不用她说话，他就坐下来陪她喝酒了。

她对成跃山说："算起来，你到五洲大酒店工作，已经十年了，也是该具备些城市人的思想观念了。这让我觉得我们之间已经没有什么隔阂了，已经十分亲近了。"

成跃山知道冰岩说这些话的深层意思，假装不懂客气地说："我成跃山能有今天，是我有幸遇到了您这样好的领导。"

"我能有今天，能这样地高兴，也是因为我遇到了成跃山这样的好人。"

随着时间的推移，他们已经喝了不少酒。冰岩的话越说越露骨，她微微发红的眼睛迷离地盯着成跃山看。成跃山心中着急柴永怎么还不来。

就在冰岩起身走到成跃山身边，要给他倒酒时，办公室的门被敲响了，冰岩愣了一下，愤怒地问了句："谁？"柴永在门口大声地说："报告冰总，我是后厨的柴永。"冰岩只得让他进来，柴永进屋后对成跃山说："大哥，有人找您。"

冰岩带着火气问谁找他，柴永说他不认识。

成跃山如获大赦，赶紧说："我去看看。我们已经喝得差不多了，冰总也早点休息吧。"说完逃也似的离开了冰岩的办公室。

冰岩看着成跃山的背影，一脸的无奈。

四十七

原来的"迷您"美容美发店已经不复存在，那地方盖起了一栋大楼，大楼周围变成了一片现代化的繁华街市。"迷您"美容美发店原址大楼外边的告示牌子上写着:"美您"中心(原"迷您"美容美发店)在L18B。

进了"美您"中心,可以看到,这里不但有美容美发服务,还有现代医疗整容业务。明明正在办公室里办公,她现在是中心的主任,办公桌上放着她的结婚照。桌子上的电话响了,她拿起来接听。

白文侠提着包来到明明办公室,她见明明正接听电话,就在一边静静地等着她。

明明接完电话,白文侠狭促地说:"这都结了婚了,还这么黏糊,真让人嫉妒。"

明明笑着说:"我还嫉妒你呢,瞧你把王虎驯修理的,人前人后都听你的话,想骂就骂,想打就打,我可没有你那威风。"

白文侠说:"那是王虎驯没有能耐,没有出息,该打该骂,要换了你那位总经理,你就舍不得了。"

明明轻打了白文侠一下,正色说:"你去参加下迎奥运的会议,开会的地方就在楼下的迎宾厅,时间快到了,你赶紧去吧。"

白文侠出门后,听到明明又在叫她,就又跑回来,问她还有什么事。明明指了指嘴。白文侠笑说:"嘴就那么馋吗?等不到晚上了?在我包里,自己去拿。给你的是两份,一份就能吃饱了,剩下一份带回去和你那位总经理一起吃。"她说完去参加会议了。

王虎驯所在的汽修铺也不是从前的汽修铺了,变成了百度汽车销售护理中心,有一个大院子,一边是汽车销售,摆放着许多高档新车,一边是修理和维护。中心里现有二十多个员工,图师傅是中心的主任,王虎驯是修理维护部的经理。

王虎驯从车站到了单位后，先找图师傅报到，在办公室没找到人，他便到修车车间去找，发现图师傅果然正在那里修车呢，王虎驯马上换了衣服和图师傅一起干了起来。

成富山一回到派出所，就接到了出警任务，马上进入到工作状态。

杨桂淑赶到新潮房地产开发公司时，任俊杰正在会议厅里给公司的人开会，杨桂淑赶紧找了个角落坐下听会。任俊杰讲话的大意是，新潮房地产开发公司要抓住发展机会，乘势而上，尽可能多地拿到开发的地块，尽快开工，提高效率，缩短工期。

这天晚上，成跃山、成富山、王虎驯和柴永都没有回家。孔玉爱、杨桂淑、赵玉华和白文侠也都回来得很晚，她们共同的感觉是，过了春节之后，北京喜迎奥运的氛围更浓了，而工作和生活的节奏也更快了。

第二天，孔玉爱到钟老师家里时，两位老师已经提前离开了家，去参加社区里组织的晨练活动了。为了喜迎奥运，社区里把平时分散的健身运动按门类组织了起来，分广场舞、太极拳、太极剑等。伴着音乐，退休老人们精神抖擞地锻炼着。

孔玉爱做好了早饭，就去广场上接两位老师回来吃早饭。吃饭时，钟老师问起孔玉爱回老家过年的事。以往孔玉爱每次从老家回来，都要跟两位老师说说家乡的情况。这次因为改庭、麦霞高考的事，她觉得更要好好地跟老师们说一说。

可回来后，见钟老师因为彩虹的事，精神不太好，便没说什么。现在钟老师问起，她就把春节几天的详细情形和孩子们高考报志愿的事都说了一遍。

刘老师听完感慨说："农村的孩子是最听话的，既有个人的志向，也能听进大人们的意见，很好。改庭他们上中学前，我就说过，别看县城中学的条件不能跟北京的比，但培养出来的学生不一定比北京的学生差，现在改庭和麦霞的情况，就能证明。"

钟老师连连点头。

孔玉爱忙谦虚地说："我觉得乡下出来的孩子，还是比不上城市里长大的孩子。城市里的孩子有主见，乡下的孩子肯听大人的话，但主见就差点。"

孔玉爱的话说到了钟老师心坎上，她点头说："玉爱的话有道理。"

刘老师没有说什么，似乎无声地叹息了一下。

四十八

刘老师夫妇在郭晓岚和刘幼诚周日来家里时，召开了一次家庭会议。刘老师郑重地和郭晓岚和刘幼诚说："全国改革开放的形势越来越好，奥运会很快也要举办了。这些年来，我一直想着一件事，就是华兴能否多为国家和人民做点事。华兴在你们的经营管理下有了很大的发展，不但资产增值不少，而且声誉也越来越好，这让我高兴。我想以华兴为主体，引进一些社会上的资金，搞成华兴控股投资集团公司，这样就能做更多有益于社会和人民的事，你们觉得怎么样？"

郭晓岚听完心里直叫苦，她想离开华兴，爸爸却要跨大步，逼她往前走。如果把华兴搞成了控股集团公司，等于往她身上又加了一副大枷锁，她还怎么逃脱呢？她不知该如何回答爸爸的问话，只好沉默不语。

刘幼诚见郭晓岚不说话，他也不敢说话。公司做主的是郭晓岚，她不说话他能说什么呢？反正他不说话，爸妈也不会怪他。

钟老师等了会儿，见郭晓岚还是沉默以对，就说："这是家里的大事，我们也想了很长时间了，晓岚你说说你的想法吧。"

被点了名，郭晓岚没办法，只得说："您叫幼诚说吧。"

刘幼诚见郭晓岚把问题推给了他，看看爸妈，张了张嘴却没有说出什么。

钟老师说："幼诚你是什么意见，可以说说。"

刘幼诚知道母亲要他表态来敦促郭晓岚，就说："爸说的事是大事好事，应该做。"

郭晓岚接着刘幼诚的话说："知道是大事好事，你就做主做吧。"

刘幼诚和刘老师夫妇都听出了郭晓岚的话是在推脱。

钟老师干脆直接说："晓岚你不要往幼诚身上推，家里定的是你在公司里做主。你爸说的事，你怎么看，你得把话说明白了。"

郭晓岚说："我爸先前定得就不正确，是该改改了，哪家不是男主外扛大梁。幼诚本是有能力的，都因你们不用他，不肯给他机会，限制了他的能力发挥，希望爸妈听我的话，改过来吧。"

刘老师夫妇意识到郭晓岚又要翻老账,旧话重提。

孔玉爱见状,赶快给他们续好茶水,躲到厨房去了。

刘老师这时说:"晓岚不要再翻旧账说老话,你就说说,我说的这事是不是好事,该不该,能不能做。"

郭晓岚敷衍地说:"是好事,该做,能做。"

刘老师说:"既然是好事,该做能做,那就做。我不是看不起幼诚,我是看好你。这些年你已经用工作实践证明了你的能力,华兴在你的领导下,发展得越来越好。把华兴投资公司扩大成控股集团公司,是要在原来的基础上做大事,能在这个时候换人叫幼诚试试吗?不能的。都是一家人,在家里说话,用不着顾忌什么,伤害不了幼诚。幼诚这些年不是一直和你配合得很好吗?现在是团结一心,为祖上,也是为国家争光的时候,不能犹豫推诿。我相信你会把这件大事办好的。怎么样,晓岚?"

钟老师接上刘老师的话说:"不要问晓岚怎么样了,又不是在外边,还用得着叫她上到台上,表一番决心吗?"

郭晓岚心里苦得要命,可在钟老师、刘老师和刘幼诚三双期待的眼睛一齐看着她的时候,她还是点头同意了。

钟老师随后到厨房对孔玉爱说:"今天定下了一件大事,我要亲自下厨,好好地庆贺一下。"

吃饭时,孔玉爱看出郭晓岚似乎并不高兴,吃完饭郭晓岚就借故离开了。

晚上临睡前,钟老师有些心神不定地跟刘老师说:"公司扩大的事,晓岚虽然答应做了,可我看,她好像不是那么高兴。"

"这是大事,晓岚后面的工作会很多,她是有压力。"

"你为什么非要给晓岚加那么大的码呢?变成控股集团公

司，工作量不是一般地大了，之前她只是为刘家负责，以后就得为更多的股东负责了啊。"

"人活在世上是要做事的，有能力做更多的事而不去做，那叫浪费人生。晓岚有能力又不贪图享受，是愿意做事能做事的人。这事我们已经商量过多次了，都同意后才跟晓岚说的，你这是怎么了？"

"也没什么，就是为晓岚今后的负担担心。"

说到晓岚的负担，刘老师又想起彩虹的事，问钟老师："彩虹这段时间看着很乖，没有再跟你饿饿志愿的事吧？"

"没有。那次以后，我们没再谈过这个话题。"

"这事我认真想了想，就依着彩虹的意愿吧，她说得没错，机器人未来会成为大产业，也属于经济类。知识都是相通的，我们没有必要坚持己见，不尊重她的选择。"

"好，我下周就跟彩虹说我们同意她的选择。我现在有些担心，彩虹上了大学要是和大发谈恋爱，我们管不管呢？"

"可以管，但要适当，让孙女明白我们的意思就行了。"

"彩虹将来万一要和大发结婚怎么办？"

"我们的意思她知道了，她还要和大发结婚，那是她的权利。"

"你是想真到了那个时候，刘家就和彩虹断绝关系吗？"

"我们就这么一个孙女，为什么非要断绝关系呢？"

"难道要把刘家的万贯家产拱手给了任俊杰，让华兴改姓任吗？"

"当然不是，万一有那么一天，我们就把华兴交给国家，你同意不同意我的这个意见？"

"我同意。你的想法正合我的心思，我们不用再为这事担心了。"

又到了周日，彩虹来到奶奶家。钟老师把彩虹拉到琴房里，跟她说了志愿由她自己定，钟老师还为之前讨论志愿时他们的态度跟彩虹道了歉。彩虹听了以后，激动地抱住奶奶高呼万岁。

郭晓岚已经开始忙碌起华兴控股投资集团公司的筹建工作，不断地找人开会、研讨，最终确定了个方案发布出去。因为华兴的信誉很高，很快就有许多人找上门来。

任俊杰几乎是第一时间得到了华兴要改制成股份公司的消息，他兴奋地跟季月琴说："我可以先做华兴的一般股东，进而做控股股东，最后把郭晓岚彻底打败。"

季月琴白了他一眼说："郭家老宅的事，郭晓岚至今都没有搭理你，你还想当华兴的股东？"

任俊杰轻蔑地笑了笑："别以为我在她家老宅上做的文章是败笔，那文章刚开了个头，精彩的还在后边呢。就说这文章的开头吧，现在人人都相信，想留下老宅是郭晓岚的意思。"

季月琴提醒他不要再得罪郭晓岚了，以免影响她的大事。

任俊杰说："我现在当然不会得罪她，华兴要改制，我还要积极参与呢。"

季月琴撇撇嘴说："郭晓岚肯定不会让你参股。幸好我所谋划的事越来越有希望了，大发和彩虹的关系特别好，彩虹什么事都和大发说，听大发说彩虹家人已经同意她报考机械工程专业，之前他们家还因为想让彩虹学经济管理闹过矛盾。"

任俊杰若有所思地点点头，没再说话。

这天，任俊杰来到了华兴投资公司，他没有找郭晓岚，而是进了刘幼诚的办公室。他明知道刘幼诚是不做主的，可他每次到华兴，都只找刘幼诚。他之所以要这样，一是觉得刘幼诚好糊弄；二是他找刘幼诚要办的事，刘幼诚会转告给郭晓岚，可以避免他直接跟郭晓岚打交道，就算被拒绝，也有个缓冲，不至于当面下不来台。

刘幼诚见任俊杰来了，起身热情迎接，两人客气地寒暄着，刘幼诚给任俊杰泡好茶，才问任俊杰可有什么事。

任俊杰这才说："听说华兴要改制，搞成控股集团公司，这是华兴的大事，也是为国为民的好事。这大事好事不能少了我的响应和支持。我们是老交情了，当初我的公司还是华兴投资的，华兴改制的事，我不能无动于衷，必须尽力相助，回报华兴的恩德。"

刘幼诚先是诚恳地表示感谢，接着又说："任总的摊子铺得很大，资金肯定很紧，好意华兴领了，就不要勉强了。"刘幼诚知道，郭晓岚是不会让任俊杰入股的，客气地婉拒了。

任俊杰说："我的摊子虽然很大，但资金很充裕。房地产形势大好，钱周转得很快，华兴改制我打算大大地支持一把。"他随即说了一个很大的数额。

刘幼诚听了他打算出资的数目，有些吃惊。笑着说："房地产的回报那么好，您又何必要入股华兴呢？"

任俊杰故作吃惊地说："刘董事长啊，我说了这半天，难道您还不明白我的心意吗？我是恩德至上，不计较回报的。"任俊杰见刘幼诚面露犹豫，马上说，"刘董事长，就这样定了吧。"

刘幼诚当然不会答应，客气地说："任总的话我记下了，现在想入股的人很多，最后要一并研究决定。"

任俊杰知道他找刘幼诚会是这个结果，但他的主要目的达到了。他今天来还有一个目的，就是要探探郭晓岚对老宅到底是什么想法。他和刘幼诚继续聊着，话题有意往郭家老宅那片房地产开发上引，刘幼诚却自始至终不提老宅的事。刘幼诚之所以这样，是因为郭晓岚提前跟家里人打了招呼，老宅的事她来处理，不要跟任俊杰说任何关于老宅的话。

没有探出郭晓岚对老宅的态度，任俊杰感到很纳闷。从华兴公司出来后，他开车去往郭家老宅，一路上都在揣摩着郭晓岚的心思。

任俊杰很快就来到了郭家老宅，他看到拆迁现场一片忙碌，灰尘飞扬，郭家老宅孤零零地立在一片废墟中。任俊杰突发灵感，他要让郭晓岚求他拆了老宅。

刘幼诚把任俊杰找他要求参股的事跟郭晓岚说了，郭晓岚听后，一言不发。

郭晓岚在开会研究华兴控股投资集团公司股东名单的时候，连提都没提任俊杰的名字，这让刘幼诚觉得很为难，不知怎么跟任俊杰交代。他不敢去问郭晓岚，只好去问他的爸妈。

孔玉爱正在收拾屋子，听到门铃声，赶快跑去开了门，见是刘幼诚，高兴地请他进门，给他沏茶。刘幼诚看到孔玉爱，心里也很高兴。

刘老师夫妇见刘幼诚这个时间过来，便问他是不是有什么事，刘幼诚便把任俊杰的事跟爸妈说了一遍。

刘老师听了说："晓岚怎么能这样做事呢？任俊杰也是想支持华兴嘛，为什么要那样对待人家？"

钟老师看着刘老师说："你是同意任俊杰参股？"

刘老师说："那倒不是，我不愿意让任俊杰参股，但事不能这样做。"

钟老师说:"幼诚现在是来问怎么解决这事,你出出主意。"

刘老师叹了口气说:"还能怎么办,编个理由给任俊杰个台阶,彼此别伤了和气。"

钟老师看刘幼诚还是一脸为难,就说:"行了幼诚,这事交给我吧,我周末去接彩虹,遇到任俊杰的老婆季月琴时,我跟她说说。"

刘幼诚见母亲接下了这个难题,舒了一口气。

四十九

到了周末,孔玉爱开车和钟老师去接彩虹。为了见季月琴,钟老师特意去得比较早。

季月琴来接大发,看到钟老师赶紧上前嘘寒问暖。钟老师微笑着说:"今天特地早来,想着能碰到你,果然就碰到了你。"

季月琴听了钟老师这话,意识到钟老师可能有话要跟她说。果然钟老师开门见山地说:"有个事我要跟你说说,华兴准备成立控股投资集团公司的事,你们新潮公司积极响应准备投资,我们特别感谢。但华兴公司经研究讨论,考虑到你们房地产企业摊子大,资金紧,为了不给你们添麻烦,就不用你们出资参股了。今天正好有机会和你说,还要请你转告任俊杰,希望他理解,以后两家公司还会有合作的机会。"

季月琴早就猜到华兴不会接受任俊杰参股,但没想到钟老师会亲自来跟她说,这说明华兴是重视和尊重她和任俊杰的，季月琴心里舒服了很多，客气地表示理解。

华兴控股投资集团公司挂牌成立了。挂牌那天，黎百度来了，他向郭晓岚表示了祝贺后就匆匆离去。郭晓岚一边应酬着客人，一边看着黎百度离开的背影，内心满是苦涩。

进入五月，北京喜迎奥运会的氛围更浓了。

五洲大酒店被选定为奥运会期间的接待酒店。为了出色地完成接待任务，成跃山和冰岩做了充分的准备，酒店全员从学习外语到业务培训忙得不亦乐乎。

这天下午两点多钟，忙完工作刚刚坐下来休息的成跃山突然感觉地好像动了一下，他反应很快，马上跑到楼道里，这时冰岩也从办公室里跑来，成跃山对她说："冰总，好像地震了。"

冰岩神色有点慌张地点了点头，成跃山说："我马上通知工作人员组织客人撤到安全地点，您到外面接应吧。"

酒店工作人员带领客人有序地撤到楼外，等待着确切消息。很快四川汶川地区发生了特大地震的消息传来。

接下来几天中，全国人民都心系汶川灾区，牵挂着灾区人民，党中央全面部署抗震救灾工作。

这天，成跃山找到冰岩："冰总，我请求去汶川支援，为灾区人民做点力所能及的事。"

冰岩佩服成跃山在危难之时能挺身而出，但她担心他的安全，劝道："道路都因地震毁坏了，你怎么去得了呢？"

成跃山说："我想用酒店的车拉些药品和食品，路能走到哪算哪，道路不通时，手提肩扛也要想办法进入灾区，帮助受灾群众。"

这时，酒店里也有许多人纷纷要求去汶川当志愿者，齐心协力抗震救灾。冰岩也非常感动，她激动地说："好，我马上把大家的想法报给集团公司。"

刘老师夫妇一直关注着汶川的情况，不断打电话催促郭晓岚要有所行动。这天郭晓岚告诉他们："集团公司刚刚召开了紧急会议，传达了中央精神，安排了公司所属单位的抗震救灾工作，现在正在积极捐款捐物，由酒店派出的支援汶川先遣队就要出发了。"

五洲大酒店的救援物资已经在大巴车上装好了，成跃山、柴永和辛毅三个人代表酒店和集团公司开赴地震灾区，冰岩等一行人在酒店门口送行。就在汽车要开动时，王虎驯赶来了，他对成跃山和冰岩说："我想搭大哥的车去汶川救灾，黎总同意了，让我跟冰总汇报一声。"

冰岩听说是黎百度让跟她说的，便同意了。

可车上坐不下四个人，成跃山就让辛毅别去了，辛毅很不情愿地下了车，王虎驯上了车。王虎驯还没坐稳，白文侠就赶到了，也要一起去汶川。

成跃山赶紧阻止说："别了，已经有王虎驯了，一家不能去两个人。再说也没有地方坐了。"

白文侠对王虎驯说："你下来，我上去。"

王虎驯说："我是代表天网公司的，我不能不去。"

白文侠说："我是代表'美您'中心的，别以为你公司大，就欺负我们小公司，快下来！"

成跃山见白文侠非要上，王虎驯不肯下，无奈地看向柴永。

柴永看出成跃山想叫他下去，便跟成跃山说："挤挤吧，让她上来。"他说着就往里挤了挤，挪出点地方让白文侠上了车。

此时，刘老师夫妇和孔玉爱也在社区的组织下，排队捐款捐物。

汶川牵动着全国人民的心，十四亿中华儿女众志成城，积极支援灾区，纷纷捐款捐物，义无反顾地奔赴灾区参与救援。

孔玉爱、杨桂淑和赵玉华三个人无言地坐在家里。她们一方面在为汶川遭灾的人们揪心，另一方面也在为去汶川参与抗震救灾的亲人担心。

杨桂淑默默想着自己的心事，四家人中三家有人去了汶川，白文侠家更是两口子都去了，就她家没有人去。成富山因工作离不开，没能去。她找过任俊杰，想去汶川，但任俊杰说，做好本职工作也是对汶川灾区的支援，要她安心工作。

冰岩躺在床上无法入睡，她在为成跃山担心。她从电视上看到，地震灾区受灾惨重，到处都是残垣断壁，还余震不断。这些惨烈的画面，不断在她的眼前重现，让她十分担心成跃山的安全。

天微微亮时，冰岩刚睡着就做了个噩梦，她梦见成跃山他们的车在山路上失控掉进了深渊，她一下被吓醒了。

成跃山一行在冰岩做噩梦的时候，正好行进在盘山路上，一路险象环生。走过这段盘山路，前面的路因为地震已经坍塌，他们只好停下车，背着救灾物资徒步行进。走了几个小时，他们终于找到一处受灾群众临时安置点，成跃山将他们带来的物资交给安置点的负责人。安置点正在组织志愿者前往重灾区参与救援，成跃山几人赶紧报名参加。

五十

地震造成的惨烈景象令成跃山他们无比震惊难过。巨大的废墟上，挖掘机轰鸣，尘埃升腾，无数救援人员在寻找、挖掘幸存者。

成跃山他们二十多名志愿者跟随专业援救队行动，搜寻废墟下的幸存者。在一处废墟下，援救队成功地救出了一个小男孩，孩子被救出的那一刻，成跃山他们热泪盈眶。

在搜索的过程中，成跃山意外地遇到了王德。

王德和崔小蕊因在服刑期间表现良好，获得了减刑，两年前就出狱了。冰岩受刘老师夫妇指示，曾让二人回酒店工作，但二人觉得没脸回去婉拒了。

成跃山没有想到能在这里见到王德，十分惊喜。攀谈中成跃山得知，王德这两年换了好几次工作，来灾区前在北京火车站的货场上干搬运。知道汶川地震后，他就搭了一辆货车离开北京，几经辗转来到灾区。

成跃山又问他崔小蕊的情况，王德面露痛苦地说两人出狱后只匆匆见过一面就再没有联系了。

这时，余震又一次发生，地面阵阵晃动，不少房屋倒塌。不远处有志愿者在惊呼，两人顾不上再说话，赶紧跑过去。

余震发生时，正在参与救援的一位志愿者被坍塌的房屋埋在了地下，周围赶过来的几个人马上拼命挖起来，终于把人救了出来，白文侠看到这个人的脸时，惊呼："崔小蕊！"

崔小蕊出狱后，在一家洗衣店做了洗衣工。汶川地震发生后，她以志愿者的身份奔赴灾区参与救援服务。此时的崔小蕊浑身是血昏迷不醒。王德和成跃山他们把崔小蕊送到了医疗站，医疗站检查后说，崔小蕊多处骨折，腿部受伤严重，需要尽快安排转运手术。

王德陪崔小蕊由医院安排转运到北京，由于受伤严重，左腿被截肢。手术时钟老师和孔玉爱去了医院，得知截肢的消息后，两人都落泪了。

成跃山一行人完成抗震救灾志愿服务后，返回北京。冰岩带领酒店职工在酒店门前迎接。成跃山从车上下来，冰岩第一眼看到他，险些没有认出来，成跃山整个人黑瘦憔悴，左眼上蒙着纱布，双手伤痕累累。

冰岩扑过去一把抱住成跃山，其他人纷纷上前抢着搂抱他和柴永。

冰岩问成跃山："眼睛怎么了？"

"受了点伤，没有事。"

"你的手？"

"救援时难免受点伤，没事。"

冰岩听着，心痛得流泪不止。

郭晓岚、黎百度和明明也赶到了酒店来。他们对成跃山、王虎驯、柴永和白文侠在抗震救灾中所做的贡献表示感谢和敬佩。

成跃山、王虎驯和白文侠，分别跟他们做了汇报。

郭晓岚告诉他们，根据中央的精神，接下来抗震救灾要转入恢复重建。华兴控股投资集团公司、天网公司和"美您"中心三家决定要为汶川灾区的恢复重建，做些工作。

成跃山他们听了以后，争先恐后地表示，他们要积极地参与恢复重建工作。

两天后，郭晓岚、黎百度和明明去了地震灾区，他们和当地协商，待重建设计方案定下后，他们要援建房屋，帮助受灾群众重建家园。

孔玉爱受钟老师委托，经常来医院看护陪伴崔小蕊。崔小蕊手术后得知自己失去了左腿，情绪十分低落。如何帮助崔小蕊重新树立生活的信心，成为孔玉爱最艰巨的任务。

这天，王德来到崔小蕊的病房看望她，崔小蕊不搭理他，闭着眼不说话。孔玉爱示意王德先走。

过了两天，崔小蕊的情绪平稳些。孔玉爱开始慢慢做崔小蕊的思想工作。她告诉崔小蕊说，刘老师夫妇、郭晓岚、刘幼诚、冰岩、成跃山、五洲大酒店的人，还有社会上好多知道她事迹的人都很关心她崇敬她，她是大家心目中抗震救灾的英雄，好多人都来看望过她，是医院怕影响她的治疗和休养，把他们都挡在了外边，他们都为她感到骄傲。

崔小蕊听了孔玉爱的这番话，感动得哭了起来。

随着崔小蕊伤势的好转，刘老师夫妇、郭晓岚和酒店的领导同事，以及一些市民，纷纷来医院看望和慰问她，这让崔小蕊很振奋。

孔玉爱通过这段时间和王德、崔小蕊的多次交谈，了解到他们两个心里都还有对方。王德出狱后找过崔小蕊，崔小蕊对他很冷淡，王德以为崔小蕊是不愿再和他相好了，他应当给崔小蕊自由，不能纠缠她。而崔小蕊实际并不是不想和王德继续相好，她在考验他。崔小蕊在失去一条腿后，更不愿连累王德，索性对他更冷漠。

孔玉爱了解了他们的真实想法后，有心成全这对有情人。

她认真地问王德，现在还爱不爱崔小蕊，王德说爱。孔玉爱说，必须是真心爱，崔小蕊最担心他现在只是同情她。

王德说："我是真心爱崔小蕊。在地震灾区看到她以后，就更爱她了。她因为救灾失去了一条腿，那是她的勋章。我愿意和她在一起，悉心照顾爱护她。"

孔玉爱看到王德的态度特别诚恳，她放心了。她鼓励王德多去看望崔小蕊，勇敢地说出心里话。

王德按照孔玉爱教他的，每天去看望崔小蕊。一开始，崔小蕊对王德还是比较冷淡，话也很少说。王德不管崔小蕊对他怎么样，每次都很亲近热情。崔小蕊不说话，他就自说自话，渐渐地把心里话都说了出来。崔小蕊慢慢看到了王德的真心，渐渐也打开了心扉。

五十一

2008年的高考开始了。

高考第一天的早晨，孔玉爱提前到了钟老师家。钟老师早早就起了床，见孔玉爱进门，笑着对她说："昨天晚上我跟彩虹说不要紧张，要好好休息，看来彩虹很听话，还没起床呢。"

孔玉爱也笑着说："这说明彩虹有定力，不慌张。"说完就去厨房给一家人准备早饭。

过了一会儿，刘老师从卧室里出来，钟老师说："我跟彩虹说让她别紧张，结果我昨天梦见了自己参加高考，拿到卷子一看都不会，一下就吓醒了。"

刘老师深有感触地说:"高考是人生最重要的一场考试,太重要了,尤其对农村的孩子来说,比如玉爱家的改庭,高考就是改变命运的机会。"

"改庭肯定没问题。"

"就怕他紧张影响发挥,以他平时的学习成绩,应该是没有问题的。"

钟老师看了眼彩虹的房间说:"彩虹很像她妈,能沉得住气。你还记得晓岚和幼诚高考的时候吗?幼诚紧张得不行,晓岚却很放松。"

"怎么不记得呢!我那时就说,晓岚能担大任。"

"是,现在不就是晓岚担大任,幼诚只能做个助手嘛。"

"晓岚总说是我们没有让幼诚担大任,所以幼诚才是这样的。实际人的能力部分是先天的,部分是后天练就的。幼诚天性善良懦弱,是很难改变的。"

这时彩虹从房间里出来了,看到坐在客厅里的爷爷奶奶,彩虹好奇地问他们为什么起这么早。

钟老师笑着说:"你今天要高考,我们操着心呢,睡不着就起来了。"

彩虹不解地说:"是我高考,又不是你们高考,你们担什么心?"

钟老师和刘老师欣慰地对视了一眼。

彩虹接着说:"家里谁也不要去,请孔姨送我就行了。"

钟老师说:"我本来想去送你,你爷爷下命令不让我去,现在彩虹和爷爷的意见统一,我不去了。"

孔玉爱侍候彩虹吃了早饭,开车送彩虹去了考场。

这天两场考试结束后,孔玉爱把彩虹接回来了。

彩虹兴奋地跟爷爷奶奶说:"今天这两科我感觉考得还行,

没什么难度。"后两天的考试，彩虹依然是轻松应对。

第二次填报志愿时，彩虹主动选择了经济管理专业，刘老师夫妇听了大喜，连忙追问她原因，彩虹平静地说："因为我的想法变了，所以选择的志愿就变了。"

和爷爷奶奶说完后，彩虹先给爸爸打电话说了重新填报专业的事，刘幼诚听完很高兴。彩虹又给妈妈打了电话，郭晓岚听完彩虹的话十分惊讶，追问："是爷爷奶奶叫你改专业的吧？"

"不是，是我的想法变了，爷爷奶奶没有叫我改，爷爷说只要是我喜欢的，选什么专业都行，他们都支持。"

郭晓岚想到了什么，马上又追问："大发是不是也要选择经济管理专业？"

"大发选什么专业我不知道。我选我的，我管大发干什么。"

举世瞩目的北京奥运会召开了，全球四十五亿观众见证了这一盛会。这届精彩绝伦的奥运会，向世界展示了中国人民昂扬向上的精神风貌。

郭晓岚、黎百度和明明在奥运会胜利闭幕的第二天，聚在一起开会讨论汶川灾区重建的事。郭晓岚说，他们集团公司已经同意她提出的投资金额，她问黎百度和明明，他们两家公司现在是什么情况。

黎百度说他们公司按之前约定的出资额不变，明明也说，她公司的出资额也不变，只是她的公司体量小，出钱少，没法跟华兴和天网公司比。

郭晓岚对明明说："你们出得不少了，不必跟我们攀比。既然出资的数额定下了，那就一起研究一下后续工作。"

三人经过研究，决定找家优质建筑单位承包出去，要他们依照地震灾区的统一设计和要求施工，保证质量，建好房屋经验收合格后，交由当地分配使用，争取成为第一批交付使用的房屋。

同一天，任俊杰也在公司大会上宣布，新潮房地产开发公司要向全国进军。他对全体职工讲到现在房地产市场形势大好，他们不能延误时机，必须抓住。目前公司遇到的困难是资金短缺，希望大家把手里的钱拿出来支持公司发展，公司会给大家比银行利息更高的回报。

向全国进军是任俊杰计划中的事，但不是现在。他之所以要在这个时候启动，有他的一个考虑。汶川地震后，他捐的款很少。现在看到很多企业又捐款又参与灾区重建，他一方面不愿再为灾区出钱，另一方面又怕大家对他的吝啬有看法，所以把他计划中的事提前了，还提出要职工集资，用以说明他资金紧张，不参与灾区重建是因为无能为力。

杨桂淑和赵玉华等公司里的人相信任俊杰，纷纷慷慨解囊支持他。杨桂淑把给麦霞准备上大学的钱都拿了出来。

五十二

孔玉爱下了班，又去医院看望了崔小蕊，王德正在悉心照顾着她。孔玉爱喜滋滋地和两人分享了喜讯，钟老师的孙女彩虹和自己的儿子改庭都考上了清华大学。

崔小蕊和王德听了，都很高兴，真诚地向两家表示祝贺。王德说："我以后不但要向您、向成副总学习，也要向改庭学习。我只上了大专，以后要自修大学本科，学习更多的知识，向你们一家人看齐。"

崔小蕊说："我更得向孔嫂一家人学习，我只有中专文化，我也要自修大学本科，向孔嫂一家人看齐。"

孔玉爱说："大家相互鼓励，共同进步吧。相信你们以后有了孩子，也会很争气的。"

崔小蕊听孔玉爱说到了他们俩的孩子，不好意思地笑了。

王德满脸笑容地说："有孔嫂这话，我们一定加倍努力，给孩子做个好榜样，让我们的孩子能像改庭一样争气。"

"说什么呢，我可什么都没有答应你，要借孔嫂的话绑架我吗？"崔小蕊笑着说。

王德和孔玉爱也笑了。三个人笑得很开心。

孔玉爱离开医院，在回家的路上想今天晚上他们家可要热闹一场了，改庭考上了清华，麦霞考上了北大，这两件大喜事一定要好好地庆贺一下。

杨桂淑和赵玉华喜气洋洋地走在回家的路上。除了孩子们考上心仪大学的喜事，两人还有一件大喜事，她们公司的福利房要给钥匙了。这件喜事对于杨桂淑来说，尤其来得是时候，这样麦霞在北京就有家了。唯一让两人有点不安的就是孔玉爱家没有房子，这让她们不知见到她该怎么说。

赵玉华说："这事今晚不能说，大嫂他们会失落的。"

"今天晚上可以不说，但总归是要说的，真让人为难。"杨桂淑说。

"这也怪大嫂，当初为什么非不要呢？如果那时要上，改庭来北京有了家，一大家人都高兴，多好。"

"现在说这些没用了。"

成跃山、成富山、王虎驯、柴永和白文侠都已经回到了筒子楼家里。成跃山和成富山已经准备了丰盛的晚饭，等着其他人回来。孔玉爱先回来了，她进门笑着对大家说："回家前我先去看了崔小蕊和王德，把喜事告诉了他们，让他们也高兴高兴。"

白文侠等人关心地问崔小蕊和王德怎么样了。

孔玉爱说："崔小蕊恢复得不错，情绪也好多了，和王德亲亲热热的。"

正说话间，杨桂淑和赵玉华回来了。

白文侠看到杨桂淑，就跟她提意见："二嫂，您咋回事，这么大的喜事，大哥二哥都提前回来了，你咋还晚了？"

杨桂淑赶紧说："对不起，公司有点事耽误了时间。来吧来吧，大嫂大哥主持开始吧。"

在孔玉爱和成跃山的主持下，庆祝喜宴开始了。先是孔玉爱和成跃山提议喝酒，庆祝改庭、麦霞考上清华北大，感谢家里人一直以来的关心和支持。接着是杨桂淑和成富山举起酒杯，庆祝感谢大家。随后便是大家相互之间敬酒，欢快的气氛中，大家边吃边聊。

白文侠问杨桂淑："听说你们新潮房地产开发公司又要进军全国市场，怎么胃口那么大呢？"

杨桂淑说："任总说现在房地产市场的形势非常好，公司要趁势加快发展，不能只局限于北京，要放眼全国，为大家多盖房子，多做贡献。"

"也多赚钱。"王虎驯插话说。

赵玉华感到王虎驯的话里有贬自己公司的意思，略带不悦地说："哪家公司不想赚钱？但赚钱不是唯一的目的，为大家多盖好房满足需求才是主要的。我们任总很不容易，进军全国市场资金短缺是个大困难,为了解决困难,任总除了想办法多贷款,还不得不号召职工集资。我们都积极响应了公司的号召,二嫂把给麦霞准备的上大学的钱,都拿出来了。"

孔玉爱看出了赵玉华的不悦,怕继续说这个话题引发不愉快,插话说:"先别说公司里的事了,家宴就说说家里的事吧。"她看向杨桂淑,"麦霞说没说什么时候来?"

杨桂淑说:"说是和改庭一起来。"

白文侠插话:"二嫂,听说福利房要给钥匙了,麦霞来了是不是就能住上了?"

杨桂淑急得直瞪白文侠,白文侠立刻就明白了,但话已出口,只得尴尬地笑了笑。

孔玉爱明白她们的顾虑,笑着说:"这是大喜事啊。"

成跃山也说:"这是好事,你们不要有什么顾虑。你们三家终于有了属于自己的房子,来来来,为双喜临门大家喝一杯。"他说着举起了酒杯。

大家纷纷举杯,然而气氛却很微妙。

孔玉爱看那三家人脸上都有些讪讪的,就说:"这是怎么了?你们别以为我们家没有房子,我们就不高兴,不是的,我们一样高兴。这大家里的三个小家都有房子了,能不高兴吗?我们很高兴。"

杨桂淑说:"这大家里的四个小家本该都有房子,可大嫂大哥那时非坚持不要,现在我们三家有了,但心里总不好受。"

孔玉爱说:"这都是过去的事了,不说了,不说了。"

这天晚上因为房子的事,家宴的气氛有些沉闷。

第二天,杨桂淑和赵玉华在上班的路上,又说起房子的事。

杨桂淑说:"说一千道一万,错过了就是错过了,大嫂现在就是后悔,也没办法了。"

赵玉华说:"咱们能不能再找任总说说,看看还有没有机会。"

杨桂淑说:"那哪儿成呢,上次咱们说要又不要的来回反复,现在又去要,不行不行。"

赵玉华说:"二嫂不愿去,我可以一个人去试试,大不了就是不行。大嫂不能跟我们一起,我心里难受。"

杨桂淑说:"谁不是呢。可就算我们去求任总,任总答应了,大嫂再不要,可怎么办?"

赵玉华说:"大嫂肯定要,现在和那时不同,改庭要来北京了,大嫂家需要房子。"

杨桂淑想想说:"要不我们先跟大嫂说,就说我们找了任总,任总同意给大嫂一套房子,如果大嫂接受了,我们再去求任总。"

"那万一任总不同意呢?"

"那我就把我家的房子给大嫂。"

"那还是把我家的房子给大嫂吧,麦霞要来北京,二嫂比我更需要房子。"

下午的时候,赵玉华忽然想,不如她一个人先去找任总求求情,要是任总不同意,也只丢她一个人的脸面,不丢二嫂的脸面,回家就不跟大嫂提这事了。如果任总同意了,她可以先装在心里不说,晚上要是大嫂同意,事情就算成了,可以给二嫂一个惊喜。想定以后,她就去找任俊杰。

任俊杰听了赵玉华说的情况以后,居然同意了。把赵玉华高兴得连声感谢着。接着她又扭捏地问福利房的价格怎么算,任俊杰大气地表示还按当年的价格算。

赵玉华喜出望外，从任俊杰的办公室出来，真想把喜讯马上告诉杨桂淑，但她忍住了，想把惊喜同时分享给大嫂和二嫂。

晚上，回到家里，杨桂淑就跟孔玉爱提起房子的事，她说她和赵玉华找了任总，任总答应分给大嫂一套福利房。

孔玉爱听完，忍不住发火："你们俩为什么不征得我同意就这样干？这不是没事找事吗？"

杨桂淑说："这回大嫂要是还不同意，我们三家就都不搬走了。还有，大嫂难道还要再拂了任总的好意和面子吗？"

但不管杨桂淑和赵玉华怎么劝，孔玉爱就是不同意，而且批评他们是帮倒忙，是怀着好心损她的人格。

杨桂淑见说服不了孔玉爱，只好说："我们还没有找任总求情，是想先说服您，您同意了我们再找任总。"

孔玉爱一听，这才解除了思想负担。她笑骂杨桂淑和赵玉华："你们两个坏蛋，净瞎想主意。"

赵玉华后来才告诉杨桂淑，她找过任总了，任总答应了。事已至此，她再去跟任总道个歉，也算没叫二嫂丢脸。

杨桂淑叮嘱她："这事绝不能叫大嫂知道。"

赵玉华说："二嫂放心，我不会让大嫂知道这事的。"

杨桂淑、赵玉华和白文侠三家的房子收拾好了。她们想当着孔玉爱和成跃山搬家，大家都会难过，三家商量决定，在他们两口子上班时把家搬完。

这天孔玉爱下班回到家里，才发现另外三家已经搬走了。往常回来几家人一起热热闹闹的，今天屋里一个人没有，一片寂静，她感到一阵阵失落，不由自主流下了眼泪。

杨桂淑、白文侠、赵玉华晚上聚在新房里，首先想起的就是孔玉爱。

白文侠说:"搬了新家心里却不好受,大嫂这会儿也该不好受吧,没准正流眼泪呢。"

赵玉华赌气地说:"流眼泪就让她流去吧,谁叫她非要那样较真。"

杨桂淑说:"别那样说大嫂,大嫂的决定一定有她的道理,只是不方便和我们说吧。"

三人一时无语,气氛沉闷。

白文侠忽然说:"我想大嫂了,我们去看她吧。"

三人互看一眼,马上都站起身来,她们刚到楼下,就碰到了孔玉爱。三人欢天喜地地把孔玉爱迎到家里,不好意思地向孔玉爱道歉,说不该不跟大哥大嫂辞行就搬了家。

孔玉爱笑着说:"我理解你们,你们是好意,是我给你们造成的不愉快,对不起,希望你们也理解我,原谅我。"

说了一会儿话看天色已晚孔玉爱要走,三人非争着让孔玉爱在自己家里住一夜,孔玉爱笑着拒绝了。

孔玉爱再回到筒子楼时,成跃山回来了。如今只剩他们一家人,孔玉爱和成跃山商量决定,把他们的床搬进里屋,买张单人床放在外屋,改庭来了用。再买个沙发放在外屋,客人来了有地儿坐。

改庭、麦霞结伴来到了北京,他们在西客站下了火车。此前,两家家长和孩子们商定,要锻炼他们的能力,不去车站接他们。出了站,改庭问麦霞:"你妈告诉你乘哪路车,怎么走了吗?"

麦霞说:"我妈叫我跟你一起先去你家,见过你妈再回家。"

改庭点头,按妈妈给的路线,两人上了公交车。到了筒子楼,改庭找到妈妈藏好的钥匙打开房门。

麦霞好奇地在屋里东看西看："不错呀改庭哥，一到北京就能享受到新床新被褥了。"

改庭笑着说："二叔和二婶给你准备的一定更好，你们家都住新房了。"

麦霞不解地问："为什么只有你家没有新房呢？"

改庭也不明白，只能说："那是长辈们的事，我也不清楚，不过住这里也很好。"

改庭和麦霞正说着话，孔玉爱回来了，她的身后跟着杨桂淑，两人是在楼下碰见的。两个妈妈见了孩子高兴得不得了，左看右看，看不够似的。

孔玉爱问杨桂淑："你咋想到叫麦霞先到我这里来呢？"

杨桂淑说："麦霞来北京第一个该看的人当然是大嫂。当年如果不是大嫂力主，我们出不了山村到不了北京。能有今天这样的好日子，都是大嫂带给我们的。"

四人又说了一会儿话，杨桂淑才带着麦霞告辞，孔玉爱让改庭送她们下楼。

孔玉爱看着改庭、麦霞两个人走在一起时，不由得想到，这两个孩子真般配呀！

五十三

钟老师让孔玉爱把改庭带到她家里来做客，她说："改庭和彩虹都是清华经济管理系的，让两个孩子提前认识一下。"

孔玉爱笑着说："改庭也打算来看望两位老师呢。知道您请他来做客，一定会很高兴的。"

第二天一早，孔玉爱带着改庭去钟老师家，出门前孔玉爱把准备好的两瓶西凤酒装好，让改庭作为见面礼送给刘老师夫妇。

在去往钟老师家的路上，孔玉爱告诉儿子，见到刘老师夫妇要叫爷爷奶奶，到人家家里做客要有礼貌。

两人到了钟老师家门口，正好赶上老两口要出门晨练，改庭很有礼貌地问候了爷爷奶奶，老两口看到英姿勃发的改庭很高兴，略带抱歉地跟改庭说他们常年晨练，习惯了，让改庭先进屋坐，他们一会儿就回来。

孔玉爱带儿子进了门，这时彩虹还没有起来。孔玉爱叮嘱改庭说话时小点声，不要吵醒了彩虹。

改庭看到这个陌生豪华的地方，不由得就有些紧张，提到彩虹，他就更紧张了。孔玉爱看出了儿子的紧张，安慰道："彩虹是个很好相处的姑娘，别紧张。"

彩虹从屋里出来，看到孔玉爱身边的男孩子，知道是来家里做客的改庭，饶有兴致地看着他。

孔玉爱笑着催促改庭，让他跟彩虹打招呼。

改庭红着脸说："彩虹您好！早上好！"

彩虹听完哈哈大笑，随即又马上憋住笑，走到改庭跟前，改庭很紧张，赶紧低下了头，不敢看彩虹。

彩虹看着改庭，模仿着他的口音说："改庭您好！早上好！"

改庭不知所措，满脸通红。

彩虹再次哈哈大笑起来。

孔玉爱看着局促不安的改庭，笑着说："彩虹在跟你开玩笑。"

彩虹这时看到镜子里自己头发散乱的样子，才想到自己还没有梳洗，赶紧跑进卫生间。

改庭颇为疑惑，不知彩虹为何突然就走了。

孔玉爱说："彩虹一定是发现自己还没有梳洗，跑去梳洗了，城里的女孩子特别注意容颜仪表。"

改庭点头表示明白了。

没多久，刘老师夫妇回来了，改庭规规矩矩地将西凤酒送给老两口，略带拘谨地说："爷爷奶奶，这是我从陕西老家带来的西凤酒，孝敬爷爷奶奶的，略表小辈的一点心意。"

刘老师笑眯眯地接过酒，夸赞改庭懂礼。

孔玉爱准备好了早饭，请两位老师到餐厅用餐。彩虹这时也收拾得光鲜亮丽地来到了餐厅。钟老师让改庭坐下吃饭，她看出改庭有些紧张，和气地说："就和在自己家里一样，不要拘束，随便些。"

彩虹看到改庭拘谨的样子，感到好玩，忍不住又笑了，她一笑改庭就更加拘谨。

钟老师和刘老师批评彩虹不礼貌，孔玉爱说彩虹是在逗改庭玩，没关系。钟老师说逗着玩也要有分寸，改庭比彩虹大，是哥哥，彩虹要尊重哥哥。

因为彩虹的缘故，一顿早饭吃下来，改庭的衣服都被汗水浸湿了。

早饭后，钟老师请孔玉爱和改庭到客厅里坐，孔玉爱知道两位老师想跟改庭聊聊天，领儿子到客厅坐下，四人轻松地说了些家常话，彩虹见状也凑了过来，听他们聊天。听了一会儿，彩虹插话问改庭："你们老家叫凤翔县，这个名字是怎么来的？"

改庭此时心里已经平静了许多，闻言便回答说："凤翔古称雍城，为周朝封诸侯国。凤翔这个称呼来源于周文王做了一个梦，梦见有凤来仪，落于古雍城城墙，这是吉祥之兆，预示这地方要出大人物，后来出了秦始皇，统一了天下，应了这吉兆。所以秦建立郡县时，就把这里命名为凤翔县，唐朝改称凤翔府，一直到清朝，民国以后又改叫凤翔县，沿用至今。"

彩虹听后问爷爷奶奶，改庭说得对不对。

爷爷奶奶说，说得对。彩虹还想考问改庭别的，被钟老师阻止了，她笑着说："改庭第一次到家里来，你别像采访似的问这问那。"

老两口为欢迎改庭的到来，准备了丰盛的午餐，刘老师打开了改庭带来的西凤酒，称赞真是好酒。

彩虹问改庭："这西凤酒又有什么说法？"

改庭答道："西凤酒是我们当地的名酒，历史悠久，传说早在殷商时代就酿成此酒，兴盛于唐宋，自秦起便是贡酒。众多文人墨客对西凤酒赞美有加，比如唐代吏部侍郎裴行俭就写过'送客亭子头，蜂醉蝶不舞。三阳开国泰，美哉柳林酒'。柳林镇是最早出西凤酒的地方。北宋文学家苏东坡在凤翔任职时曾留有'花开酒美曷不醉'的诗句。"

听着改庭侃侃而谈，彩虹眼里有了欣赏的意思。

改庭一直待到晚上孔玉爱下班的时候和妈妈一起离开。出了门改庭长长地吐出一口气，彻底放松下来。

开学的日子到了，改庭一早就乘坐公交车去学校报到。

已经报完到的改庭在系里新生迎接处看到妈妈陪着钟老师和彩虹过来，礼貌地打过招呼后，小声告诉妈妈，彩虹和他在一个班里。

孔玉爱高兴地对钟老师说："老师，改庭说他和彩虹在一个班里。"

钟老师听了很高兴,彩虹的表情却有些奇怪。这时,钟老师看到了大发,表情一下僵住了。

彩虹看到大发很高兴,得知两人又在一个班里,彩虹笑着对他说:"怎么又跟你一个班?我算是逃不开你这个讨厌鬼了吗?"

"这是咱们的缘分。"大发笑着说。

看着两人亲密的样子,钟老师心里很不舒服。勉强堆出笑脸,孔玉爱轻轻挽住钟老师的胳膊,安抚性地轻拍两下。

季月琴在不远处悄悄地观察着钟老师和彩虹,看到彩虹和大发亲密的样子,暗自得意自己的计划完美。

陪彩虹报完到,钟老师和孔玉爱离开了学校。回家的路上,钟老师一言不发。到家后钟老师直接就进了书房去找刘老师。

刘老师见钟老师的脸色不好,问她怎么了。钟老师气愤地说:"大发居然和彩虹又成了大学同学。"

刘老师惊讶地说:"这么巧?"

"巧什么巧,我早就说季月琴一直在处心积虑地搞鬼,你还不信,现在该信了吧?没准彩虹改专业,也是因为大发。"

这一点钟老师猜错了,实际大发是按他妈说的,一切追着彩虹走。

刘老师沉默不语。

钟老师焦虑地说:"虽然咱们商量过,如果彩虹跟大发结婚,进了任家的门,我们就把华兴的产业交给国家。可彩虹毕竟是我们唯一的孙女,怎么能看着她嫁进那样的家庭。"

刘老师安慰道:"就算是季月琴和任俊杰处心积虑地安排,要说彩虹嫁进他家,还为时过早。"

"可我看彩虹和大发很亲近啊!"

"彩虹这孩子有个性,不能直接说不让她和大发交往,找机会耐心地教彩虹识人吧。"

钟老师陷入了沉默,她一时也没有想好该怎么跟彩虹谈。

五十四

北京大学请黎百度回母校,给新生做报告。郭晓岚得到消息,也赶去听报告。

礼堂内座无空席,在热烈的掌声中,黎百度走到讲台前,开始了他的报告。

他主讲的内容是他从北大毕业后,如何出国留学,如何回国创业的经历,口才颇佳的他把自己的亲身经历讲得生动有趣,大家都听得聚精会神。他高远的志向、刻苦钻研的精神、遇到困难不灰心的坚忍,激励着听众,演讲过程中掌声不断。

郭晓岚听得热血沸腾。

黎百度的报告结束后,许多学生跑到台上去了,请他签名拍照,这其中就有麦霞。

郭晓岚看到黎百度被那么多年轻的学子围着,默默地转身离开。坐在车里,郭晓岚内心无比酸楚,看到那些年轻明媚的女生一脸崇拜地围着黎百度,她感到了自卑,不由得潸然泪下。

周末,彩虹回了奶奶家,兴奋地和爷爷奶奶说着大学里的见闻，老两口一脸慈爱地看着孙女。

改庭也回了家，孔玉爱到家时，他正在看书。孔玉爱一边给儿子做饭，一边和儿子聊着大学生活。

孔玉爱关心地问改庭和彩虹相处得怎么样。

改庭说："我们没怎么说过话。"

孔玉爱吃惊地问："为什么？"

改庭说："我和她不是一类人，成长经历、家庭背景相差太远，没什么共同的语言。"

孔玉爱批评改庭："你这么想不对，没有共同的经历和家庭背景，就一定没有共同的情感和语言吗？你妈我就是最好的例子，我无论是经历、家庭、文化等，都和彩虹家里的人不同，可我和他们相处得很好，情感很融洽，有说不完的话。你之所以这样，有两方面的原因，一个是你自卑，另一个是你自傲。儿子你要好好地想一想，我说得对不对。"

改庭沉默了，他意识到妈妈批评得对。他认为城里的同学看不起他，不愿意理他，就觉得他们没有什么了不起，他还看不起他们呢。他们不理他，他更不理他们。半响后改庭说："妈您说得对，是我错了。我不该用对立的态度对待同学。"

"能明白自己错了就好，放下自卑自傲的情绪，要有自信，要能看到并学习他人的优点。"

改庭点头认可。

"彩虹是个好孩子，你要主动和她搞好关系。你不会是因为她开过你的玩笑，还在记仇吧？"

"我没有记仇。"

"没有记仇，为什么不理彩虹呢？"

"因为她不理我。"

"你的错误就在这里，怎么能因为彩虹不理你，你就不理她呢？彩虹一家是给了爸妈工作，帮爸妈提高了知识技能，改变了咱家贫困面貌的大恩人。如果没有他们，你也许都没机会来北京上大学，明白吗？"

妈妈的这段话，让改庭触动很大。

母子俩正说着话，杨桂淑、赵玉华、白文侠和麦霞来了，孔玉爱赶紧招呼她们坐下。

改庭和麦霞没有多少话跟三位长辈说，打完招呼就坐到一边说话去了。

麦霞兴奋地和改庭说起黎百度的报告，改庭认真地听着，当他听到黎百度也是从农村奋斗出来的，尤其受到鼓舞。麦霞说她很崇拜黎百度，决心向黎百度学习，做个像他那样的人。

那边四个女人聊天时，杨桂淑说到了一个重要的信息。她告诉孔玉爱，高大被任俊杰选中去做他的司机了，任俊杰还把高大的老婆调到销售部去卖房子了。孔玉爱听完，内心隐隐有些为高大担心。

同一个晚上，季月琴在家里又开始教导大发。季月琴认真地对大发说："都到了大学了，该把你和彩虹的关系往前推进了。"

大发明知故问："怎么推进？"

"我不会养了个傻儿子吧，面对那么漂亮的彩虹，你没有什么想法吗？你不想让她做你的女朋友吗？"

大发一副胸有成竹的样子，笑着不说话。

季月琴看他的样子，提醒道："别以为你和彩虹青梅竹马便放松警惕，那天我看到孔玉爱家的成改庭，他很可能是你的竞争者。"

大发哈哈大笑着说:"那个农村土包子要和我争彩虹?简直是笑话。"

季月琴说:"别小看从农村出来的人,他条件比你差那么多,都能和你考上同一所学校,他可比你有心眼。"

大发想想觉得他妈的话有道理,季月琴见儿子被她说动了,极力鼓动儿子早点把彩虹追到手。

周日改庭早早就返校了,他想一定要找个机会和彩虹说话,向她检讨。晚饭时,改庭在食堂外面遇到了彩虹,彩虹明明也看见了他,却视若无睹,改庭硬着头皮走到彩虹面前,满脸通红地说:"对不起彩虹,我错了,我要向您检讨……"

彩虹看着他的样子,忍不住哈哈大笑起来,她的笑声引来了周围人的目光,羞得改庭撒腿就跑。

彩虹刚想和他说话,他已经转身跑远,彩虹很是失望。

这时,大发的声音从彩虹背后传来:"笑得好,一个哈哈大笑就把他吓跑了。"

"是我做过头了,本想和他开个玩笑,倒把他吓跑了。"彩虹有些懊恼地说。

"跟那样的土鳖有什么玩笑可开。"大发不屑地说。

"你才是土鳖呢。"彩虹说完扭头就走。

五十五

改庭不知该怎么跟彩虹沟通,思来想去,想出了个办法,给彩虹写信,把自己的心里话勇敢坦诚地说出来。

彩虹您好！

　　请原谅我给您写这封信，我们在一个班里，有什么话不能当面说非要写信呢？因为我太笨，胆子又太小，当着您的面，想好了的话，可能会忘了或者会说不出来。我想只有写信，才能解决这个问题，希望您理解我。

　　我想跟您说的主要有三方面：

　　首先，我要向您道歉，第一次见您的面因为误解对您产生了些反感，以为您看不起我这个从农村出来的人。上大学后发现和您在一个班，也不愿主动和您说话，自卑和误解让我在错误的道路上越走越远。是我妈发现了我的错误，她教育了我，让我认识到自己错了。我出生在农村，爷爷奶奶是半文盲，我爸爸妈妈原先只有初中文化。而您生长在大都市北京，您的爷爷奶奶都是大学教授，爸爸妈妈也都是留过洋的高级知识分子，您所受的教育和见识，是我根本无法企及的。您是天，我是地，太阳月亮和雨露都在您那里，我是不能没有您的。这个比喻也许不恰当，可我就是这样认为的。我原来错误地认为您没有什么了不起，你们城里的同学都没有什么了不起，甚至认为自己比你们强，骄傲自满得多么可笑啊！自卑又自傲的情绪，导致我用一种对立的态度对待您，为此我要诚心诚意地向您道歉。

　　其次，我以后要虚心向您学习，向所有优秀的同学学习。当我端正了态度，用客观的眼光看您时，我发现一切都大不一样。您阳光开朗，学习用功，尤其上课时，您那认真的样子，专注美丽。

最后，我真诚地感谢您和您的家人，给予我们家巨大的帮助，妈妈跟我说了这些年你们家对我们的恩德。滴水之恩，当涌泉相报。将来在您和您家需要我的时候，我会不遗余力，即使赴汤蹈火也在所不辞！

改庭/即日

信写完以后，改庭将信封好，寄给了彩虹。

大发去收发室时见到这封寄给彩虹的信，莫名感到不安，鬼使神差地将信装进自己的背包里，犹豫了一会儿决定晚上回家请教他妈该怎么处理。

季月琴看到儿子拿出的信，马上就要拆，大发忙说："妈，别拆，拆了会被彩虹发现的。"

"傻儿子，这肯定是一封给彩虹的情书，你还想还给她？赶紧看看是谁写的，尽快想办法应对。"说完季月琴就把信封撕开，看完信她咬牙切齿地说："我就说，这个改庭会成为你的竞争对手，你还不信。"

大发看完信说："这能算情书吗？这不是写给彩虹的道歉信吗？"

季月琴心里暗骂儿子蠢，指着信说："道歉认错那是为了讨好彩虹，这就是要追求彩虹，你看看这些肉麻的话，什么彩虹是天，他是地，太阳月亮和雨露都在彩虹那里，他不能没有她。这不是情书是什么？你有没有跟彩虹说过这样的话？你再看看这几句，什么赴汤蹈火在所不辞，这是在向彩虹发誓表忠心啊，我的傻儿子！"

大发越听越觉得他妈分析得对，不由得咬牙切齿地说："我要好好教训教训成改庭这个不知天高地厚的癞蛤蟆！"

季月琴让儿子不要冲动，动手解决不了问题。大发问那该怎么办？季月琴想了想说："你今天知道把信扣下来，就很聪明，下一步只要在这封信上做点文章，成改庭就永无机会了。"

大发马上问："怎么做文章。"

季月琴说："以改庭的名义再写一封信寄给彩虹。"

大发疑惑地问："彩虹看了信要是和改庭对质不就露了馅吗？"

季月琴说："我了解彩虹，以她的性格一定不会问，她只会恨成改庭，不会再搭理他。"

大发虽然觉得有点冒险，但想到成改庭在彩虹面前连句话都说不出的样子，觉得就算彩虹去对质，成改庭也说不明白，于是同意了他妈的主意。

季月琴让大发马上就写，明天就寄出。大发说不知道怎么写，他得好好想一想。季月琴教大发，怎么能惹彩虹生气就怎么写。

大发写了几句，突然停下来说："彩虹认识我的字，这样不行。"

季月琴气道："用电脑写好了打印。"

大发写好了信让他妈看。季月琴连连摇头，认为言词过于温和，不足以引起彩虹的反感。季月琴感叹道："你爸要在就好了，干这事他最拿手。想当年，你爸和我搞对象的时候，给我写了好多信，虽说信里的内容很多都是他编的，但就是能打动人。"

正说着，任俊杰回来了。季月琴看到他，高兴地说，说曹操，曹操就到。

任俊杰问她什么事这么兴奋，季月琴就把事情的来龙去脉跟任俊杰说了一遍。

任俊杰听完不以为然地说："大发又不是非彩虹不可，以我儿子的条件以后可以找更好的女朋友。"

季月琴指责任俊杰没有远见，破坏自己布了十余年的局，大发也磨磨唧唧地说，他喜欢彩虹，让他爸帮他。

任俊杰在老婆和儿子的要求下，开始帮忙修改写给彩虹的信，颇费一番心思后，他得意地交出了作品：

彩虹你好！

因为你不愿听我说话，我只能写封信把想说的话告诉你。

你一定认为自己是聪明美丽，让人喜爱的人吧？在你看来，像我这样从农村出来的人，是土气愚蠢的，是可以嘲笑、鄙视和欺负的。我要告诉你的是，你错了！你生长在城市富裕的家庭里，只是你命好，不是你有什么本事。我却是靠自己的努力学习和奋斗考上了最好的大学。

还有我要跟你说说我的父母，他们来到北京，在你们家和你们家的企业里工作，他们是靠自己的辛勤工作获得应有的报酬。如他们一样的许多人，支撑了你家的企业，让你和你的家人拥有财富，过着人上人的生活，你们应该感激我的父母和如他们一样的人。

彩虹，你的傲慢让我厌恶，你不要觉得我的话刻薄，我只是说出了真心话。你看完信会大发脾气吗？会找我算账吗？会回家告状吗？我认为，以你的性格和做派，你会的。但我希望你不要这么做，我们没有争执和和解的必要，形同路人是最合适的。请你不要因为我们的事，去打扰我们的家人。我来北京不是要在你身上浪费时间的，我是来学习的，我将来一定会比你优秀。

改庭／即日

彩虹收到信，看完十分震惊，没有想到看上去淳朴厚道的成改庭居然能说出这么狠毒的话，她气恼到根本不愿再搭理他。

把信寄给彩虹后，改庭一直注意观察着彩虹的反应。奇怪的是，几天过去了，彩虹什么反应都没有。改庭心里很纳闷，想不通为什么。他反复思索着信的内容有没有什么不妥，猛然想到，他当时为了充分肯定彩虹，让她高兴，有些话写得过头了，比如说彩虹是天，他是地，他离不开彩虹，还有赴汤蹈火之类的，这些话是不是让彩虹产生了误会，以为他要追求她？改庭越想越觉得这个可能性最大，虽说他写信时根本没那样想，但那种表达确实会让彩虹误会，改庭内心很羞愧。这样一想，他就明白了彩虹为什么毫无反应，因为彩虹对他根本没有那意思，冷淡他不理睬他是最好的表达方式。他想，彩虹一定觉得他很可笑，不知天高地厚。他曾想过，再写封信跟彩虹解释一下，说明他没有那个意思，可又觉得那样做，只会越描越黑。

改庭苦恼了好几天。在这几天里，他没有敢看彩虹，可他能感觉得出来，彩虹对他虽如同路人，却没有恶意。这使他更加佩服彩虹，他想他应当向彩虹学习，于是他按下了浮动的心,让自己沉浸到学习中。

　　大发看出彩虹收到信后虽然表面平静,但对成改庭的态度变得冷漠,他抓住机会几乎天天跟在彩虹身边,校园里经常能看到他们成双成对的身影。

　　周六晚上,改庭有些忐忑地回到家里,担心妈妈知道他给彩虹写信的事。孔玉爱看到儿子回来很高兴,给儿子做了臊子面,母子俩边吃边聊天,孔玉爱关心地问了问改庭这段时间的学习情况以及和彩虹的关系,改庭含糊地说这段时间和彩虹处得很好。

五十六

　　崔小蕊出院了。她出院前,五洲大酒店就派人来请她和王德继续回酒店工作,两人不想给酒店添麻烦,婉言谢绝了。

　　但钟老师一直惦记着两人工作的事。这天,钟老师又跟孔玉爱提起:"我们什么时候再去看看崔小蕊和王德吧,他们说要自谋职业,也不知道进展得怎么样了。这些天我一直在想,他们俩不愿回酒店工作或许不是真心的,可能是因为面子吧。王德以前是餐饮部经理,回去要从基层职员做起,面对以前的老同事会觉得难堪。我想,要不然让王德回酒店还任餐饮部经理,成跃山就不要再兼餐饮部经理了,这样他们也许就愿意回去了。"

　　孔玉爱点头说:"老师的这个意见特别好,但这事是不是应该先跟晓岚姐和冰总打个招呼?"

　　"我可以跟她们打个招呼,但这事我能做主。虽说崔小蕊和王德以前犯过罪，但他们在抗震救灾中的表现足以说明他们完全改过自新了，他们是英雄。"

孔玉爱点头认同。钟老师让孔玉爱晚上回家把她的意见转达给成跃山，让成跃山跟冰岩汇报。郭晓岚那里，她打个电话。

孔玉爱晚上等成跃山回来后，就把这事跟成跃山说了。成跃山爽快地表示明天上班就跟冰总汇报。

第二天，成跃山一早就到冰岩办公室，跟冰岩汇报了钟老师的意见。

冰岩听完说："钟老师的意见，我当然赞成。我也正想给你卸卸身上的重担呢，每天看你那么辛苦，我很心疼。"

"感谢冰总关心。"成跃山客气地说。

"我理解你是心疼我，总想替我多干些是吗？"

"我是这样想的，冰总。"

"我知道你体贴爱惜我，但酒店不是只有我们两个人，还有很多人，你要把工作多往下分配，自己多休息。自从你给我当了副手，我过得很舒心，工作不累却成绩满满。有你在我身边，我觉得很幸福。"冰岩说着起身走到成跃山身边，成跃山赶紧也站了起来，心里有些紧张。

冰岩示意他坐下，关心地问："在汶川时受的伤都好了吗？"

"都好了，请冰总放心。"

冰岩拉起他的两只手，仔细地看了看，接着又轻抚他头上和肩上的伤痕。成跃山感到冰岩的手又滑润，又温暖，不由得心跳加速，周身火热。

冰岩轻抚着成跃山，轻声说："我真不知道你成跃山，是什么样的肌肉，什么样的筋骨，怎么总有使不完的劲，总是那么精神不知疲劳呢？"冰岩的气息变粗，身体靠向成跃山怀里。

成跃山咬紧牙关，尽全力在控制着自己。

正在这时，郭晓岚突然推门进来了。

钟老师是昨天晚上给郭晓岚打的电话，她把电话打到郭晓岚家里，电话是刘幼诚接的，钟老师让他叫郭晓岚接电话。

郭晓岚正烦闷，听到刘幼诚叫她接电话，就问是谁，什么事。刘幼诚说是妈的电话。

郭晓岚一听是她妈，心里更烦，可她又不能不接。接过电话后钟老师说了崔小蕊和王德回酒店的事，郭晓岚因为心里烦躁，忍不住说，这样的事刚才跟刘幼诚说就行，没必要非跟她说。

钟老师听了很不高兴地说："我跟幼诚说，幼诚不还得跟你说吗，我直接跟你说不是更省事吗？你是怎么了，不愿意和我说话吗？"

郭晓岚无奈地摇摇头，强忍住气，向钟老师检讨说她不是那个意思，钟老师不高兴地挂了电话。

郭晓岚本就烦躁，这下更生气了，她在心里怨恨她妈，知道自己的儿子不顶事，却要塞给她，什么事都找她。

郭晓岚本可以给冰岩打个电话安排一下就行，但她心里太烦闷了，就开车到酒店找冰岩倾诉。

当郭晓岚推开冰岩办公室门的时候，正看到冰岩靠在成跃山怀里。

成跃山和冰岩也被突然闯进来的郭晓岚吓了一跳，成跃山慌张地夺门而逃。

郭晓岚尴尬地看着冰岩说："我今天干了件最蠢的事，千不该万不该，这个时候来你这里，是我冲了你们的好事啊。"

冰岩哭笑不得地说："没有，离那一步还远着呢。"

冰岩边招呼郭晓岚坐下，边跟她把事情的经过说了一遍。

郭晓岚听完说："我们可以利用今天这事儿，给成跃山施压，让他和孔玉爱离婚，跟你结合。"

冰岩也觉得是个机会，点头说："对呀，您也该出手了。"

于是俩人就怎么办商讨起来。

孔玉爱陪着钟老师去看望王德，钟老师询问了一下王德的近况后，关心地对他说："华兴还是想请你和小蕊回酒店工作，你不要有什么顾虑，这不是因为照顾你们，你们在地震灾区的表现我们都看在眼里，我们相信你们一定能干好酒店的工作。你回去还任餐饮部的经理，我今天来主要是为了跟你商量这件事。"

王德听后感谢钟老师一家看重他和崔小蕊。王德说："我还是想做点自己喜欢的事，在医院陪小蕊养伤期间，我自学了些中医知识，对中医按摩保健很感兴趣。我和小蕊商量好了，我们打算先结婚，婚后一起开个按摩店，既能养活自己也能服务民众。"

钟老师听了王德的打算，便不再勉强，鼓励王德尽快把按摩店开起来。

五十七

成跃山自那天被郭晓岚撞见后，便背上了沉重的思想包袱。当时的情景，反复在他脑海中出现。

郭晓岚是集团的领导，向来以严厉出名，她会怎么处理自己，自己又该怎么办呢？

成跃山回想当时的场景，觉得完全怪自己，冰总依偎在自己怀里时，就应该赶紧离开，可自己不但没有走，还很享受。如果不是郭总推门进来，后面会发生什么呢？每每想到这儿，他就不寒而栗。

几天后，冰岩打电话让他来办公室一趟，成跃山忐忑不安地敲开冰岩办公室的门，进屋后他惊讶地发现，坐在办公桌后的竟是郭晓岚。

郭晓岚开门见山地说："知道我为什么找你吗？"

成跃山低头答道："知道。"

"知道就好，几天时间也够你冷静反思的了，说说吧，你是怎么想的？这事该怎么办？"

成跃山低头沉默不语。

郭晓岚见成跃山不说话，接着说："不知道怎么说是吗？那你可以用是或不是回答我的问题，我问你，冰岩是不是很优秀，很漂亮？"

"是。"

"冰岩是不是很爱你？"

成跃山犹豫了片刻答道："是。"

"你觉得冰岩是个值得爱的女人吗？"

"是。"

"你爱冰岩是吗？"

成跃山想说他对冰岩有感情，但不是爱情，还没等他说出口，郭晓岚就说："我和冰岩是好朋友，你们的事既然我已经知道了，就要想办法成全你们。"

成跃山被吓出一身冷汗来，赶紧说："郭总，我犯了大错，都是我的错，请您严厉地处罚我吧。"

郭晓岚摇头说："我没有处罚你的理由，感情没有对错，冰岩爱你，我想成全你们。"

"可我，我有妻子啊，这不可能！"

"怎么不可能呢？你可以离婚。你已经做出了背叛妻子的事，还要辜负冰岩吗？你以为你们的事别人不知道吗？这样下去你和冰岩的名誉都毁了。而且，据我所知，孔玉爱也有相好的人了，你和她离婚，对大家都是好事。"

冰岩躲在里屋听着郭晓岚和成跃山的谈话，心怦怦直跳。

成跃山听完郭晓岚的话，一脸震惊地看着她。郭晓岚轻笑道："想知道孔玉爱跟谁相好吗？"

成跃山沉默了片刻，坚定地说："我不想知道。和冰总的事是我错了，您想怎么处罚我，我都认。"

郭晓岚怔住了，无奈地挥挥手："你先回去再好好想想，别伤了冰岩的心。"

成跃山思前想后决定要跟孔玉爱坦白。

晚上回到家，孔玉爱见成跃山脸色不好，就问他发生了什么事。成跃山内疚地把整件事情原原本本地跟孔玉爱说了。

孔玉爱看着成跃山羞愧的表情，平静地说："我们做人做事都要有底线，感情更是如此。这次你没能及时走开，记着下次及时走开，避免再出现类似的情况。"

成跃山连连点头，心里踏实了一些。成跃山决定要和冰岩把话说清楚。

第二天一上班，成跃山就主动去了冰岩办公室，冰岩看到他很惊喜，成跃山开门见山地说："感谢冰总看重我，提携我，爱我。但我没有资格接受您的感情，我是有家室的人，我配不上您。有些事我想我们还是当面说清楚比较好。"说完就转身快步离开。

冰岩怎么也没有想到会是这样的结果，她想开口叫成跃山回来，张了张嘴却没有叫出声，颓然地坐下。

杏花和立业如愿考上了北京师范大学和中国政法大学。

孔玉爱和白文侠他们为了庆贺这一喜事，周日的晚上在一家小饭店里订了桌饭菜，办了个庆祝宴会，原来在筒子楼里住过的几家人都参加了。

成家山村的四个孩子今天在北京坐到了一起，既高兴，又自豪。他们的父母也都感到兴奋和骄傲。在饭桌上，大人和孩子都说了好多话，抒发内心里的喜悦和激动。白文侠说的话最多，她在赞扬儿子立业的同时，又损了好一阵子王虎驯。

成跃山在席上回顾了他们离开成家山以后，孩子们所遇到的种种困难，赞扬孩子们克服困难，努力学习，考上了理想的大学。成跃山又忆起自己刚来北京时的种种艰难，说着说着，就流下了眼泪。

成富山、王虎驯和柴永感同身受，忍不住也哭了。

都说男儿有泪不轻弹，四个大男人在这个欢庆的时刻流泪，让孩子们一时不知所措，很快他们便理解了父辈们的不容易。

孔玉爱、杨桂淑、白文侠和赵玉华也眼泛泪光。

孔玉爱含着泪说："大家这都是高兴的，娃娃们走到今天不容易。"

王虎驯说："大嫂说得不全对，我们是高兴，也是想到了自己当年的艰难。我刚来北京时，替人洗两辆车，才能得到一个盒饭充饥。后来拜师学习修汽车，天天一身泥水，一身油。现在虽然好多了，可连个懒觉都没有睡过，还得不到家人的尊重，白文侠每天都骂我。"

听了王虎驯这话，白文侠立刻就跟王虎驯斗上了嘴，惹得大家又全笑了。

改庭、麦霞紧挨着坐在一起。麦霞鼓动改庭代表他们四个小辈说几句，改庭想了想说："长辈们以前从没和我们说过这些，我们虽然知道你们在外面很辛苦，不容易，但知道得不具体，今天听长辈们谈起过往，我们既心疼又骄傲，我们要好好向长辈们学习，不怕艰难困苦，认真读书，将来好好建设国家，不辜负长辈们对我们的期望。"

孔玉爱看着改庭、麦霞坐在一起的样子十分般配，就又萌生了把他们俩撮合在一起的想法。

闲聊中，孔玉爱低声问杨桂淑："你家麦霞有对象了没有？"

杨桂淑也低声说："麦霞没有跟我说过，可能没有。你家改庭有了没有？"

"没有。你看这俩孩子坐在一起多般配。"

"我明白大嫂的意思了，麦霞要是和改庭能成，我和她爸都特别高兴。我回去先问问麦霞，两个孩子要是都愿意，这事就可以定下来。"

孔玉爱连连点头。

晚上回到家，杨桂淑就问麦霞："麦霞，娘问你个事，你有没有看上哪个男孩子？"

"妈，您这是啥意思？怎么突然问这个？"

"你大妈刚才问我。"

"我大妈为啥问这个呢？"

"这你还不明白吗？她觉得你和改庭很般配，我也觉得你们两个很合适。"

麦霞有点不悦地说:"你们净瞎想,改庭哥很优秀很好,但我一直把他当哥哥看。"

杨桂淑见女儿态度很明确,便没有再说什么。

孔玉爱知道麦霞的态度后,便放下了这个心思。

改庭自从给彩虹写了那封信,没有得到彩虹的回应以后,便把精力都投入到学习中。

彩虹自读完信后,再也没理过改庭。但她发现改庭每次见到她,都露出友好的神色。改庭优异的学习成绩让她刮目相看。

五十八

自杏花来北京上学后,周末兄妹两人都回家住,家里地方小,孔玉爱就让成跃山吃完晚饭后回酒店住。

孩子们来到了自己身边,孔玉爱觉得自己要好好地补偿多年不在孩子身边的愧疚。每到周六孔玉爱都要为孩子们精心准备家乡美味,臊子面、扯面、羊肉泡馍、胡辣汤、凉皮等等。

吃完饭,一家人就坐下来聊聊家常。通常孔玉爱都会问问孩子们的学习情况以及在学校的生活。

这个周六的晚上,杏花因学校有活动没有回家,改庭前思后想决定跟妈妈说说他给彩虹写信的事。

改庭有些不好意思地跟孔玉爱说:"刚来北京时,觉得彩虹瞧不起我,不敢跟她说话。您教导我要放下自己的思想包袄和她搞好关系，我后来给彩虹写了封信，说了些心里话，有些话写得不妥当，她可能误会了，想到搞对象上去了，后来就一直不理我。这事让我感到很丢人，一直没好意思跟妈说。"

孔玉爱为儿子信任自己感到欣慰，关心地问改庭信里都写了些什么。改庭把信的内容跟她大概说了一遍。

孔玉爱听了说："信写得很好嘛，很坦诚。有些话也许彩虹多心想偏了，故意冷淡你。但你不要改变初衷，该怎么对她还怎么对她。"

改庭听了他妈的话，心情放松了很多，聊天时无意中说了彩虹和大发关系很亲密，改庭说完就有些后悔，担心妈妈把这件事告诉彩虹的爷爷奶奶，彩虹知道了会让两个人的误会更深，便央求妈妈一定不要跟彩虹的爷爷奶奶说。

孔玉爱听完面上很从容，内心却很震惊，她知道钟老师一家对任家的想法，非常担心彩虹和大发发展成情侣。

周日改庭回学校后，孔玉爱一直在想，该怎么跟钟老师说彩虹和大发的事呢？她答应儿子，不把这件事告诉彩虹的爷爷奶奶，可这是刘老师夫妇最看重的事，她怎么能假装不知道呢？

孔玉爱翻来覆去睡不着，最后决定还是要跟钟老师说。

周一孔玉爱到了钟老师家，趁钟老师弹完琴到客厅和刘老师喝茶时，孔玉爱跟他们说了通过改庭知道的彩虹和大发的事。

老两口听后十分惊讶，看到孔玉爱为难的样子，安慰道："玉爱你放心，我们不会追问彩虹这事，不让改庭为难。"

晚上，孔玉爱离开以后，老两口一筹莫展地坐在客厅里。

钟老师问刘老师该怎么办？

刘老师说:"还能怎么办,彩虹已经长大了,还能管得住她吗?"

"那就放任不管了吗?"

"当然不是放任不管,你还是要找机会和她谈谈,但别暴露改庭。改庭是个好孩子,要是他能成大发的竞争者,就好了。"

"我也曾这样想过,但彩虹这丫头的眼光高,很难看上从农村出来的孩子。"

"农村出来的孩子怎么了,有好多强于城里长大的孩子。看看成跃山和孔玉爱,就能知道改庭这孩子错不了。"

"那倒是。"

孔玉爱从钟老师家出来以后,心想有些日子没有见杨桂淑他们了,就往他们住的地方去。路上碰到图师傅送王虎驯回家,就把孔玉爱叫上了车。

在车上王虎驯说到早上路过郭晓岚老宅,看到那里的房子几乎都拆了,只剩老宅孤零零的没拆。

孔玉爱听了,就让图师傅开车带她过去看看。

到了地方一看,果然如王虎驯所说。图师傅不解地说:"郭总为什么非要留着老宅呢?又不是文物古迹。"

王虎驯说:"可能是想纪念父母吧。"

图师傅听了直摇头。

孔玉爱说:"据我所知,郭总没有要留下老宅的意思。"

图师傅和王虎驯都不理解,不想留为什么还不拆。

孔玉爱也没法跟他们解释,她不能说雇主家的内情,她心里为郭晓岚叫屈,心想这任俊杰到底是要干什么呢?

到了杨桂淑家,孔玉爱和他们拉了拉家常之后,就问杨桂淑和赵玉华知道不知道,任俊杰为什么要留下郭家的老宅。

杨桂淑说:"这事公司里也有人问过,我听他们说,任总说老宅是华兴投资控股集团公司郭总家的房子,华兴是我们公司的大恩人,要做些实事报答恩人,一定要千方百计留下来。任总还说,为了留下老宅,他已经想尽了办法,最后能不能如愿,还不知道,不过他一定会坚持到最后。"

赵玉华说:"我曾亲自跟我们任总说过,我说,听我大嫂说,郭总没有要留下老宅的意思。任总听了我的话,笑着说郭总可一直没有跟他说过不想留,还说我不知道具体情况,不要随便说话。"

接着,杨桂淑、赵玉华、白文侠和王虎驯就七嘴八舌地说,郭晓岚太自私了,有点过分了,那样一所老宅,留下来能有什么价值呢?给任总、给拆迁都添了大麻烦。

孔玉爱心里很不高兴,但又无从辩解。

孔玉爱回到自己家,大半夜没有睡着觉。她想,任俊杰这是不怀好意啊,打着报答晓岚姐的幌子,实际是要毁了她的名誉啊。现在连杨桂淑他们都认为是晓岚姐的不是,外边的人会怎么说是不言而喻的。她决定这事必须跟刘老师夫妇汇报。

第二天上了班,孔玉爱就把老宅的情况跟钟老师说了。

钟老师听完气愤地说:"任俊杰是借机毁晓岚,也在毁华兴啊。"

孔玉爱说:"听任俊杰传出的话,好像老宅留下留不下,还不一定呢,那意思,是在等我晓岚姐去找他吧?"

钟老师说:"任俊杰是这意思。他这样,一是向人们表示他记着华兴的恩,二是要人们骂晓岚骂华兴自私自大,非要把老宅留下来。他想晓岚去找他,在他面前低头承他的情。"

孔玉爱着急说:"要不低回头,跟任俊杰说把老宅拆了吧,现在已经有很多人在非议晓岚姐了。"

"晓岚说过她家老宅的事，不让我们管，我和她爸都不好跟她说。"

"如果老师不介意，我去跟晓岚姐说说，好不好？"

"也好，晓岚没准还不知道这些情况，你跟她说说，听听她是什么意见。"

实际上郭晓岚已经知道了老宅的现状，她跟任俊杰较着劲，就想看任俊杰还能怎么样。

就在孔玉爱跟钟老师说老宅的事的时候，郭晓岚接到汇报，他们支援建设的汶川灾区住房建设工程已经完工，请他们去参观验收。

黎百度已经很长时间没有主动跟郭晓岚打过电话见过面了，郭晓岚心里有气，直接安排下属打电话通知黎百度。

黎百度接到电话，很快就来找郭晓岚。他见面先向郭晓岚道歉，说自己这段时间工作太忙，一直也没有联系她，很对不起。

郭晓岚心想，你心里没有我又何必说这些虚伪的话呢？便很冷淡地说没关系，大家都挺忙的，理解。

黎百度心里一直惦念着郭晓岚，忍着不联系她，是在刻意地约束自己。他对郭晓岚的感情，让他倍受道德和良心的折磨。他也知道郭晓岚会想他，他觉得不联系不见面会减少两个人的痛苦。今天看到郭晓岚冷淡的样子，内心痛苦不安。

郭晓岚看着黎百度，忍不住又心软下来。没一会儿，明明也来了，三人共同商定明天就带上工程监理人员去汶川参观验收。

汶川之行很顺利，工程验收合格后，办理完相关移交手续，在返回北京的头天晚上，黎百度在宾馆里反复考虑后，决定去见见郭晓岚。在整个行程中，郭晓岚对他一直不冷不热，让他觉得有些话两人还是说开了好。

郭晓岚听到敲门声，开门见是黎百度，就问他："你有事吗？"

黎百度说："我想跟您坐会儿，说说话。"

郭晓岚请黎百度进屋坐下，两人都没有说话，屋内安静得让人尴尬。郭晓岚想起他们第一次在五洲大酒店见面的情景，眼泪就要下来，赶紧去了卫生间。

黎百度知道郭晓岚是去卫生间躲心酸的。他何尝不心酸呢？

郭晓岚在卫生间拭了拭眼角的泪，调整好心情走了出来。

黎百度看着郭晓岚轻声说："都是我不好，如果晓岚姐心里有气，就放开来痛痛快快地骂我一顿好了。您开心了，我也才能高兴。"

郭晓岚看着黎百度温柔真诚的眼神，觉得两人之间的关系又拉近了，轻叹道："你没什么不好，终归是我的原因，我没有资格要求你什么。"这完这句又忍不住试探黎百度，"算了，不说这些了。说说你自己吧，你另一半有眉目了吗？"

黎百度心里很矛盾，他既想说出对郭晓岚的爱，又觉得那样不合适，只能顺着郭晓岚的问题答道："我还没有对象。"

"是没有遇到合适的，还是眼光太高了？"

"是没有遇到合适的，不是我眼光高。"说完他忍不住深情地看了郭晓岚一眼。

这眼神让郭晓岚怦然心动，黎百度心里有她。

她继续试探："你父母没有催你吗？"

"催了，催得还很紧呢。但没有合适的，他们再催，我也不会凑合的。"他看了一眼郭晓岚接着说，"我们家兄弟俩，我哥已经结婚生子了,所以我的压力不是那么大。"

黎百度只是实说了家里的情况,但这句话却让郭晓岚解读出了更深的含义,她认为这是黎百度在暗示她,他不但可以等她,他还不在乎她不能生育。这让她对黎百度的感情更加浓烈。

看着郭晓岚炽热的眼神,黎百度有些不安,再这样下去,万一他把持不住自己,发生了不应该的事,他怎么对得起刘幼诚。他按下内心的躁动,说了几句工作上的话后,就起身告辞了。

这次郭晓岚没有怪黎百度,觉得他做的是对的。黎百度是个正人君子,自己要想和他在一起,必须先处理好自己的婚姻,在此之前她不应该对黎百度有任何的抱怨情绪。

郭晓岚从汶川回来正好是周日,她直接回了爸妈家。

孔玉爱抓住机会跟郭晓岚说了老宅的事,并提出可以由她代替郭晓岚去跟任俊杰见面转达郭晓岚的想法。

郭晓岚听后说:"玉爱妹子真要想帮姐姐,就答应姐姐,和刘幼诚好,任俊杰那里的事用不着妹子操心。"

孔玉爱听了,以为郭晓岚生气了,吓得没再说话。

五十九

时间过得很快,一转眼改庭、彩虹要大学毕业了。

如今,改庭跟彩虹之间的关系已经比较正常了。改庭在孔玉爱的教育下,不断改进自己,主动跟彩虹交谈,礼貌谦和地和彩虹交往。随着改庭的改变,彩虹也在慢慢转变,四年同窗，两人虽谈不上亲密，但也亲和友善。改庭的用功和优异的成绩，让彩虹心生敬佩。

彩虹和大发的关系一直很好，大发在他妈的指导下，把讨好彩虹的功夫发挥得淋漓尽致，整天围在彩虹身边转，以至同学都认为两人是恋人关系。但彩虹从没有承认过。

彩虹马上就要大学毕业了，刘老师夫妇决定和她好好聊聊对未来的打算。

周六彩虹刚到奶奶家，就被爷爷奶奶拉到客厅里聊天。钟老师笑着说："彩虹就要大学毕业了，你爸妈工作忙，顾不上管你，这几年爷爷奶奶照顾你多些，你是我们唯一的孙女，我们非常关心你未来的打算。"

刘老师也含笑点头。

彩虹轻松地说："我想继续深造，去国外留学，主修经济，同时还想选修机械工程专业。"

刘老师关切地问："想去哪个国家留学？"

"美国，班里好几个同学都准备去美国留学，大发也想去。"

老两口听到大发的名字，不由相互看了一眼。

钟老师问："选好学校了吗？"

"具体去哪个学校，还没最后确定，我也希望听听爷爷奶奶的建议。"

爷孙三人讨论一番后，圈定了几所备选大学。

钟老师感慨地说："彩虹已经是大人了，要离开家去国外了，在这个时候，我不能不问你一个重要的个人问题，你现在有男朋友吗？"

"没有。我目前的心思还都在学习深造上。"彩虹坦然地说。

刘老师听了说："学习深造是第一位的，但个人的事也要考虑了，以后还是要留心，遇到合适的人，不要错过了。"

钟老师连连点头说："对，今后在搞好学习的同时，把这件事装到心里，遇到合适的，要珍惜，不能错过了。爷爷和奶奶一天天地老了，你这一走就不是想见就能见了，别怪奶奶啰唆，我们的彩虹一定要幸福啊。"说到这里，钟老师哽咽了，刘老师的眼睛也湿了。

彩虹面对哽咽流泪的爷爷奶奶，很是感动，一时不知道该说什么。

孔玉爱几人正聚在饭店里，庆祝成富山被提拔为副所长。因为是周六，三家的孩子也都在。

席上成富山很高兴，说能有今天的成绩要感谢在座的所有人。

白文侠插话："这四个孩子也用谢？"

成富山说："当然。当年孩子们在家乡听爷爷奶奶话，好好学习，少让我们操多少心，这才使我们能安心在北京打拼，当然要感谢他们。"

大家听完都点头赞成。

菜上来了，要开席了。成富山和杨桂淑请成跃山和孔玉爱说开席话。成跃山夫妻谦让着让东道主成富山夫妻先说，成富山不肯，说没有大嫂和大哥就没有他们的今天，一定要大哥大嫂先说。

成跃山推托不过只好说："今天是个大喜的日子，富山被提拔成副所长，用我们农村人的话说，富山是国家干部了，是个官了，这是我们大家的光荣。希望富山不辜负大家的信任，一定要当好副所长这个官。"

大家纷纷为成富山鼓掌祝贺。

宴席在喜庆的氛围中开始了,大家边吃边聊,很快就说到了改庭、麦霞大学毕业的事。

孔玉爱告诉大家,她和成跃山原想让改庭继续深造,读研或者去国外留学,但改庭坚持大学毕业就要找工作,不愿再给两人增加负担。改庭还说要努力工作,多挣钱将来在北京买房子,把爷爷奶奶也接来。

大家听了,都夸改庭是个孝顺的好孩子,但也纷纷劝改庭考研或出国留学。

改庭摇了摇头,笑着说:"我已经想好了,打算一边工作一边在职读研。"

孔玉爱有些无奈地说:"我们也劝过改庭多次了,他坚持自己的想法,我们也只能依他了。"

白文侠问麦霞有什么打算。

麦霞说:"我和改庭哥的选择一样,毕了业就参加工作,在职读研。"

杨桂淑说:"我和她爸原来的意见也是要麦霞读研,麦霞坚持自己的想法,我们也就同意了。"

麦霞问:"改庭哥,你毕了业去哪里工作,想好了吗?"

"还没有。"改庭说。

"我已经找好地方了,去天网公司。"麦霞说。

白文侠突然郑重地说:"立业明年大学毕业后,必须要考研。我们立业的奋斗目标是当大法官,没有高学历是当不了大法官的。我不管王虎驯和立业是什么意见,这事得听我的。否则立业就不是我的儿子,王虎驯也得从家里滚出去。"

大家听了白文侠的话,看向王虎驯和立业,两人都笑了。

白文侠又问杏花:"你毕了业要回凤翔,不用读研了吧?"

杏花有些不满地说:"二婶咋那样看不起自己的家乡呢?"

听了杏花这话,白文侠马上作势打了一下自己的嘴:"二婶错了,二婶这嘴该打。"

王虎驯乐不可支地说:"这是你二婶第一次承认错误。"

白文侠瞪了他一眼:"胡说!这是第二次,你忘了被胡东骗了后我是怎么说的,怎么做的了吗?"

这天晚上还发生了一件事,那就是冰岩强拉硬扯地把郭晓岚接到了五洲大酒店。

郭晓岚很长一段时间总是郁郁寡欢,孤独少语,经常一个人呆坐在办公室里,对什么事都提不起兴趣。

两天前,冰岩去找郭晓岚时发现了她的异样,冰岩感到不对劲,劝郭晓岚去医院看看,郭晓岚坚决不去,还冲冰岩大发雷霆。

冰岩从她办公室出来,便去医院找了医生,把郭晓岚的状态跟医生说了,医生听完说,很可能是抑郁症。冰岩听完更不放心,决定要多陪在郭晓岚身边照顾她。

冰岩把郭晓岚拉到酒店后,陪她吃饭聊天,吃饭时喝了点酒,郭晓岚开朗了一些,但很快就又闷闷不乐地发起呆来。

冰岩想也许夜总会的欢快氛围能让郭晓岚高兴起来,就让郭晓岚跟她到夜总会去转转。郭晓岚不愿意去,冰岩反复劝说,郭晓岚才勉强同意。

夜总会里人很多,郭晓岚到场的时候,娜仁托雅正在演唱《呼伦贝尔大草原》。郭晓岚听到这支熟悉的歌曲,心情好了很多。

冰岩安排郭晓岚在贵宾区坐下,听着娜仁托雅高亢悠扬的歌声,郭晓岚的心情明朗了很多。郭晓岚在夜总会待到很晚，冰岩准备安排她在酒店过夜，她不肯，嘟囔着："我可不能让他们说我夜不归宿。"

冰岩听她这样说，便不再坚持，开车送她回家。

第二天是周日，冰岩想约郭晓岚出来散心，打手机她不接，冰岩便把电话打到郭晓岚家里，接电话的是刘幼诚，刘幼诚告诉冰岩，郭晓岚一早就出去了。冰岩问郭晓岚去哪了，刘幼诚说不知道。

郭晓岚昨天晚上一夜没有睡着，一早起来，就去了公司。到公司后才发现今天是周日，一个人坐在办公室里发呆。

冰岩不放心郭晓岚，不停地打她的手机，郭晓岚无奈地接了电话，告诉冰岩她在公司，冰岩赶到公司，看着面色憔悴的郭晓岚，再次劝她去医院看看，郭晓岚依然不肯。冰岩硬拉她出门散心，郭晓岚郁郁地问去哪里，冰岩说，随她，她想去哪里就去哪里。如果实在没有想去的地方，那就去颐和园。郭晓岚不忍拂了冰岩的好意，点头同意了。

两人来到颐和园，随意地边走边说着闲话，就在走到长廊时，意外地碰上了彩虹跟大发、季月琴在一起。这让郭晓岚非常震惊和生气。彩虹看到郭晓岚笑着迎过去，郭晓岚却转身就走，彩虹在她身后叫着妈妈，郭晓岚就跟没听见一样，根本不理睬彩虹。冰岩见状赶紧示意彩虹不要追了，她紧跟着一言不发的郭晓岚来到停车场，上了车，冰岩才问："为什么那么对彩虹？"

郭晓岚说："她和谁在一起不行，非和那家人在一起。这孩子真是我的冤家对头，这些年她爷爷奶奶照顾她多些，渐渐地跟我也不亲了。你说我这辈子，婚姻不幸福，唯一的孩子非得跟我最讨厌的人家在一起，我这辈子冤透了，活着还有什么意思。"说到这里郭晓岚忍不住号啕大哭起来。

冰岩不知如何安慰她，默默地陪着她流泪。郭晓岚哭了一会儿，让冰岩送她回公司。到了公司，冰岩陪着郭晓岚，不想离开，但郭晓岚硬把她赶走了。

六十

冰岩回到酒店越想越不放心，打电话给彩虹让她来酒店见面。

彩虹赶到酒店时，明显也还在生气。冰岩对彩虹说："你妈可能得了抑郁症，你不要计较，你要多关心她。"

彩虹听完不能置信地说："怎么可能。"

冰岩说："我让她去医院看看，她不肯，我只能找医生把她的状态说了说，医生判断可能是抑郁症。今天陪她去颐和园，也是为了让她散散心，没想到碰上你，倒让她受了刺激。你去跟你妈道个歉，宽慰宽慰她。"

"我没有什么错，道什么歉呢？"

冰岩盯着彩虹说："你妈那么生气，你不知道为什么吗？"

"我妈不愿意看到我和大发以及季阿姨在一起，但这太可笑了，难道我连跟谁在一起的权利都没有吗？"

"你妈不认同那家人，担心你跟大发搞对象。"

"我没有跟大发搞对象。就是搞了，我妈也不能武断地干涉我的自由。退一步说，我妈和大发父母有龃龉，跟大发又有什么关系？"

冰岩有些不悦地说："据我所知，大发他爸任俊杰在人品上是有问题的。比方，他不问你妈的意见，就把郭家老宅留下，影响了拆迁工程，让许多人误会，把账算到你妈头上，骂你妈，骂华兴。"

彩虹一听是这事，反驳说："我觉得主要责任在我妈，大发说过他爸留下郭家老宅是出于对华兴的感恩，我妈既然不愿留，就应该跟任俊杰说清楚。可她一直不说话，人家当然觉得是她想留下，任俊杰为此还想了不少办法。"

冰岩叹了口气，感觉说服不了彩虹。只得跟彩虹说："你妈妈现在可能有抑郁症，你要多迁就她，哪怕你现在不认同她的想法，也先跟她服个软，让她过了这个坎。"

彩虹犹豫了一下，还是心疼她妈，点头同意了。

冰岩打电话给郭晓岚，说彩虹已经认识到自己的错误了，想跟她道歉。郭晓岚起先不相信，因为她知道彩虹是个很拗的孩子，但架不住冰岩反复保证，还是相信了。冰岩接着说彩虹就在自己这儿，她马上带彩虹去公司见郭晓岚。

冰岩开车把彩虹送到公司，彩虹见到郭晓岚就说："妈妈我错了，对不起妈妈。"

"你错在哪儿了？打算怎么办？"郭晓岚的气还没消。

"我错在不该跟大发、季阿姨走得那样近。妈妈您放心，我真没有和大发搞对象，以后我听您话，不再搭理大发，您别再生气难过了好吗？"

郭晓岚看到女儿如此体贴懂事，一下子泪流满面，忍不住将彩虹搂进怀里。

这次事件后，郭晓岚开始想，她以后该怎么管好彩虹，让她有个幸福的未来呢？她想，彩虹和大发青梅竹马，又有季月琴在后边为大发出谋划策，虽然女儿说以后不再理大发了，但不一定能做到，要割断彩虹和大发之间的感情，必须得有切实可靠的措施。

郭晓岚想到彩虹马上就要出国留学了，万一大发再跟到国外，异国他乡，相伴相偎，这太危险了。必须避免这种局面。目前郭晓岚能想到的唯一办法，就是她陪着彩虹一起出国读书。

郭晓岚想索性借此机会扔下所有重负和女儿一走了之。她走了，爸妈自然会想办法找人接手华兴，刘幼诚没有了倚靠想必也会成长起来。也许，还会因此解决她的婚姻问题，这让她看到了能和黎百度在一起的一线希望。

把一切想妥之后，郭晓岚面临的唯一问题是说服彩虹。

这天，郭晓岚开车带彩虹到了郊外，在安全处停好车后，郭晓岚便一股脑把这么多年来压在心里的话都跟彩虹说了。她告诉彩虹，自己在生她时难产，从此失去了生育能力。这对刘家对华兴影响巨大，爷爷一直希望能有男丁继承家产，为此非常痛苦。她完全理解彩虹的爷爷，这么多年她多次提出离婚，好让彩虹的爸爸能再娶妻生子，可爷爷和奶奶舍不得她，不同意她这样做。

彩虹十分震惊，这些事她居然一点都不知道。

郭晓岚接着说，通过她这么多年的观察，爷爷奶奶，特别是爷爷，并不是很愿意就这样算了，爷爷内心实际很痛苦，但碍于对她对彩虹的爱，硬是这样坚持着。她认为，该是她们母女下决心的时候了。

彩虹听到这里，明白了，妈妈是要和她一起离开爷爷奶奶和爸爸，可他们是她最亲近的人，她怎么舍得离开呢？她不由得皱起了眉头。

郭晓岚继续劝女儿："不能只顾自己，也要多为爷爷奶奶和爸爸考虑。如果我们现在还不下定决心，可能真就晚了，你爸爸的年纪也不小了。"

郭晓岚看出女儿犹豫不决，问她顾虑什么。

彩虹舍不得丢下爷爷奶奶和爸爸。而且，虽然妈妈一直强调，爷爷因为家里没有男丁而痛苦，可是这么多年她从来也没有感受到爷爷有这样的痛苦。还有爸爸，彩虹觉得爸爸很好，不仅爱她，也一直让着妈妈。爸爸是最值得信赖的人。

这些想法彩虹知道不能跟妈妈说，妈妈可能病了，她不能再刺激她。

见彩虹一直不说话，郭晓岚有些焦躁地说："我说了这半天，你到底听进去了没有？你是什么意见，同意不同意跟我一起走，说句痛快的话。"

在郭晓岚的催促下，彩虹只好说："妈妈说的我都听懂了，我同意妈妈的观点。但这事太大了，我一点思想准备都没有，容我考虑考虑好吗？"

郭晓岚没有得到想要的答复，有些不高兴地说："考虑考虑可以，就给你两天时间。这事你不能跟任何人说。"

彩虹回到学校，思来想去不知道该怎么办。纠结了半天，最后决定要先见下爷爷奶奶，想办法证实她妈跟她说的话，是不是爷爷奶奶的真意。等她心里有了底，就知道该怎么处理了。

孔玉爱正在做家务，听到门铃声，赶快跑过去开门，看到是彩虹，她很惊喜，一边赶紧让彩虹坐，一边忙着给彩虹拿水果。

钟老师看到彩虹回来，很惊讶地问她怎么这个时间回来了。

彩虹说："今天没课，我想爷爷奶奶就回来了。"她看了孔玉爱一眼后,对奶奶说,"您到我屋里来吧,我想跟您和爷爷说点事。"

钟老师明白彩虹是有重要的事要说,让孔玉爱去书房请刘老师到彩虹的房间。

老两口到彩虹的房间坐下,钟老师笑呵呵地对彩虹说:"特地跑回来,有什么重要的事要聊?"

彩虹说:"也没什么重要的事要聊。就是那天和同学们聊天,大家说到中外文化差异,谈到中国人最重视传宗接代,家族继承,尤其是拥有巨额财富的人家,没有男丁就会担心财富不保。"

钟老师马上敏感地说:"是不是你妈跟你说了什么?"

彩虹连忙否认:"不是不是,真是同学闲聊谈起的。"

钟老师说:"要不是你妈说的才怪了呢!"

刘老师说:"谁说的不重要,重要的是要把这件事跟彩虹说清楚。说中国人重视传宗接代,这没有错。几千年来,中国人一直有强烈的传宗接代思想,这是客观存在的。但时代在变化,这种思想现在已经没有多少人保留了。比如说咱家,爷爷奶奶都没有这种思想,你妈妈却总想不通,一直纠结。彩虹你已经长大了,读了那么多的书,应当知道,财富不都是个人的,它最终是国家的,人类的。"

彩虹听完心里全然明白,知道她妈的担心并不存在,一下子放松下来。和爷爷奶奶又聊了些留学的事后,就回学校了。

郭晓岚给彩虹限定的两天时间到了,彩虹还没有想好怎么跟她说。跟爷爷奶奶谈完后,彩虹已经决定不会跟她走,但她又不能直说,妈妈现在生病了,她不能刺激她。

彩虹反复思考,灵机一动,决定索性搞回试验,假装同意和妈妈走，确定出走时间后，她再告诉爷爷奶奶和爸爸，如果他们想方设法阻拦妈妈，就说明妈妈的判断是错误的，如果他们知道妈妈出走的消息后，无动于衷，就说明妈妈的想法是正确的，不如就放妈妈走。想好以后，彩虹打电话告诉郭晓岚她同意和她一起走，郭晓岚非常高兴，让彩虹等她电话。

几天后，郭晓岚打电话告诉彩虹，她已经把该办的都办好了，让彩虹当天晚上九点钟到首都机场跟她会合。

彩虹马上赶到奶奶家，跟爷爷奶奶说："我妈决定要离开家离开华兴公司到国外去，该怎么办呢？"

刘老师一听彩虹这话就急了，脸色苍白，手也不住地哆嗦，钟老师更是险些晕倒，幸亏被一旁的孔玉爱扶住。彩虹看到爷爷奶奶这样有些害怕了，知道他们是真的关心爱护妈妈，也知道自己做错事了，赶紧让爷爷奶奶别着急，她知道妈妈这会儿应该还在机场。刘老师声音颤抖地让孔玉爱打电话叫刘幼诚赶紧回来，一家人开车赶到了首都机场。

郭晓岚正在出境大厅东张西望地等候着彩虹，忽然看到彩虹朝她跑过来，她满心欢喜地迎过去，猛然愣住了，她看到了彩虹身后的人。她的心一沉，彩虹出卖了她，她完了。

六十一

钟老师走到郭晓岚跟前，什么话都没有说，拉起她的手就往外走，彩虹、刘老师和刘幼诚紧跟在她的身后。一家人出了航站楼，一路无言地回到家。

到家后，刘老师说："时候不早了，都先休息吧，有话明天再说。"

钟老师走到郭晓岚面前,眼里泛着泪光,轻声说:"去睡吧,走,妈陪你上去。"

郭晓岚苦涩地说:"别了妈,您快去休息,我自己上去。"钟老师还是坚持送郭晓岚去了楼上房间。

刘老师夫妇回到自己的卧室后,刘老师后怕地说:"真是惊心动魄啊,总算一家人没有散。"

"是啊,多亏彩虹这丫头,关键时候起了作用。"

"彩虹没有把实情都说出来。"

"什么?"

"你在机场时没有发现吗,晓岚看到彩虹时的表情,她是在等彩虹。"

钟老师回忆了一下,惊呼道:"对对对,你一说我想起来了,确实是。"

"如果不是彩虹觉悟,离开的就是两个人了。我们这个家真要散了。"

"这个晓岚,怎么会动这样的心思!"

"唉,她是偏执了,满脑子刘家的香火。"

郭晓岚和衣躺在床上,刘幼诚想叫她脱了衣服睡,但几次想说,都没有说出口。

他知道郭晓岚并没有入睡,一定正在心里怄气,这让他很是不安。

郭晓岚怎么能睡得着呢?本来计划得很好的事,被彩虹毁掉了。她又是怨彩虹,又是怪自己太轻信她的话了。彩虹是一开始就在骗她,还是中间变了卦呢?

彩虹躺在床上,也辗转反侧难以入睡。她在想,妈妈一定恨透了她。她该怎么跟妈妈解释，重新获得她的信任呢？这事搞成这样，彩虹觉得责任在自己。如果自己一开始就拒绝妈妈的提议，就不会有这档子事了。还有，自己为什么会想到要试验爷爷奶奶呢，这么多年难道他们还不值得信任吗？真是太愚蠢了。

第二天，孔玉爱早早地来到钟老师家，轻手轻脚地准备好丰盛的早餐。

刘老师夫妇最先从卧室里出来，孔玉爱一边问候他们，一边小心察看他们的神情。

彩虹和刘幼诚也从楼上下来去了餐厅。孔玉爱关切地问刘幼诚，晓岚姐起了没有，刘幼诚说起了。

孔玉爱便上楼敲开了郭晓岚的屋门，郭晓岚看了她一眼没有说话，孔玉爱笑着说："姐今天穿的这身衣服真好看。"

郭晓岚话中有话地说："你喜欢就送给你穿吧。"

"我可穿不了，我哪里有姐这样的气质呢。"孔玉爱见郭晓岚要说什么，赶紧抢在前边说，"大家都在餐厅等着呢，快走吧姐。"

郭晓岚没再说话，下楼去了餐厅。

一家人默默地吃完早饭。刘老师才开口说："也没什么要说的了，事情过去了，都不要往心里存什么，该干什么还干什么。我昨天也反复想了，之所以会发生这事，是因为我们这个家，具有很强的凝聚力和向心力，这力是爱，是晓岚无时无刻不在为这个家着想。"

郭晓岚说："爸不要那样说，我……"

钟老师打断郭晓岚的话："晓岚，你是怎么想的，家里人都知道，你是这家里最懂理，最孝顺的一个，妈谢谢你，妈有你这样的女儿，知足了。"

郭晓岚被钟老师的话噎住了，她本想说不该找她回来，放了她是最好的。

刘老师说："晓岚的好，不用谁说，多少年来，无数的大事小事都在那里摆着呢。昨天这事，就是彩虹奶奶想多了。"

钟老师听了这话，不由一愣。

刘老师看了钟老师一眼，继续说："本来晓岚就是要带彩虹去国外旅游旅游嘛，彩虹临走时告诉爷爷奶奶一声是应该的，结果奶奶一听要走就想多了，弄得我也一时手忙脚乱，就是一场误会嘛。"

郭晓岚和彩虹听了刘老师这话，都不由一惊。郭晓岚惊的是，没有想到，彩虹是这样跟爷爷奶奶说的。彩虹惊的是，爷爷居然会这样说，这是在维护她和妈妈的关系啊。母女俩不由对视了一眼，郭晓岚心中对女儿的怨恨，消去了一大半。

刘老师看了郭晓岚一眼继续说："有个事我早就想说，正好借今天大家都在的机会说一下吧，以后晓岚、幼诚不要各自开车了，上下班一起走，又节约又和睦。另外，晓岚外出办事多，自己开车太辛苦。幼诚，你在公司给晓岚挑个专职司机，让晓岚轻松点。"

郭晓岚心里一沉，这不是要让人看住她吗？可一时又想不出拒绝的理由。

第二天一早，刘幼诚就开始执行他爸的安排，坚持和郭晓岚一起上班。郭晓岚心中实在气恼，一路上一言不发。

郭晓岚在办公室坐下没多久，就有人敲门，进来的是个年轻男子，男子毕恭毕敬地跟郭晓岚说他叫郭宗孝，刘董事长安排他做郭总的专职司机，他来向郭总报到。

郭晓岚愣了愣，刘幼诚平时磨叽，这会儿办事却这么利落，这就把人找好了。刘家父子这是在胁迫她，她心中十分恼火，可又不能当着司机的面表现出什么。只平静地说："知道了，你出去吧。"

从这天起，郭晓岚上下班有刘幼诚盯着，外出有郭宗孝跟着，压抑得几乎要疯了。她想爆发，却不知道该怎么爆发，公司的人看到他们夫妻同进同出，交口称赞两人恩爱。刘幼诚耐心体贴，不管郭晓岚怎么甩脸子发脾气，他都笑脸相迎，逆来顺受。司机郭宗孝更是小心谨慎毕恭毕敬地侍候着，让郭晓岚无从发泄怒火。

冰岩来看郭晓岚，看到她的状态特别不好，小心地建议她去医院看看，郭晓岚坚称自己没有病。看着冰岩关切的眼神，郭晓岚流着泪把自己被监控的事，告诉了冰岩。

冰岩听完，震惊地问刘老师为什么要这样做？

郭晓岚不便把实情告诉冰岩，毕竟此前她想出国的事也对冰岩隐瞒了，此时说出来难免让冰岩寒心。便把刘老师的说辞跟冰岩说了。

冰岩十分不解地说："他们怎么能这样呢？出国旅游您没跟他们说也不是什么大事，难道他们怀疑您会不回来？现在这是限制您的自由啊，您怎么能忍呢？"

"他们的理由很充分，说这样一是可以节约，二是可以体现夫妻和睦家庭和谐，三是能让我少些辛苦安心工作。"

冰岩不以为然，心里为郭晓岚叫苦。看着郭晓岚无助的样子，想了想说："要不我去找刘老师说说。我可以这样跟他们说，现在的安排听起来是为您好，但实际上是对您的不信任。这让您难过委屈，让您得了抑郁症。这样说，行不行？"

郭晓岚摇头说:"不要说我得了抑郁症,我没得病,为什么非说我有抑郁症呢?"

冰岩解释说:"得了抑郁症是目前最好的借口。"

郭晓岚很想摆脱现在的状况,犹豫了一会儿说:"可以说我有病了,但不能说抑郁症,我不喜欢这个词。"

冰岩点头同意。

郭晓岚想了想又改了主意,她让冰岩不要直接去找她爸妈,让冰岩通过成跃山和孔玉爱,了解一下她爸妈的真实用意,她好再想适合的对策。冰岩答应了她。

冰岩回到酒店,就把成跃山叫到办公室,直截了当地问他知不知道郭总家里最近发生了什么事,成跃山不明所以,说不知道。

冰岩用怀疑的眼光盯着他问:"就没有从你老婆那里听到什么吗?郭总最近身体不好,我担心是不是家里有什么事,关心领导也是我们该做的。"

成跃山说:"我每天回去得晚,和老婆说话很少,要不我今天回去问问。"

成跃山这天回到家,就把冰岩的话跟孔玉爱说了。

孔玉爱想了想,说:"你就跟冰总说,你问过我了,我的回答是,老师家里的私事,我从不参与从不过问,他们谈私事时,我都会躲开。"

"好。"

"你有没有想过,冰总为什么会突然问你这个?"

"冰总只说郭总最近身体不好,是不是家里出了什么事。"

"这说明冰总见过晓岚姐,她们两个关系很好,如果晓岚姐没有跟冰总说起她家里的事,我们怎么能说呢?"

成跃山点头，佩服孔玉爱心思缜密，孔玉爱接着说："晓岚姐身体不好这事，不能马虎，我得多关心。"

六十二

孔玉爱第二天一到钟老师家里，就把冰岩问成跃山的话跟钟老师说了，也说了她怎么让成跃山回复冰岩的。孔玉爱讲完，有些担心地说："晓岚姐是不是真的生病了，我想去看看她。"

钟老师听完孔玉爱的话，称赞她处理得好，她赞成孔玉爱去看晓岚，叮嘱孔玉爱说是代表她去看的。

孔玉爱赶到郭晓岚办公室时，郭晓岚正在发呆。半小时前她接到冰岩的电话，冰岩向她报告没有从成跃山那里问出任何内情。挂了电话，郭晓岚的心情更加郁闷。

这时，孔玉爱敲门进了郭晓岚的办公室，一进门就看到郭晓岚面色憔悴，眼圈发黑，孔玉爱热情地打过招呼后，就关心地问她是不是身体不舒服。

听了孔玉爱这话，郭晓岚就想，一定是冰岩问成跃山，成跃山通过孔玉爱把信息传到了她爸妈那里，她爸妈以为她病了，所以就派孔玉爱来了。她不高兴地回答说："我没有不舒服，身体好着呢。"

孔玉爱说："是老师让我来看晓岚姐的，他们担心您工作压力大，怕把您累坏了。"

郭晓岚话里有话地说："工作再多我也不怕，压不倒我。我就怕不信任我，给我的精神上施加压力。"她想把这话通过孔玉爱传给她爸妈，他们的举措是对她的不信任。

孔玉爱明白郭晓岚的意思。她开导郭晓岚说："没有人不信任晓岚姐，家里人是关心爱护您，您千万不要想多了。"

郭晓岚心想，她应当和孔玉爱亲热一些，拉近俩人的关系，让孔玉爱能够在她爸妈那里为她说说话。所以她就放软了语气说："我和你姐妹相称，是拿你当亲妹妹，希望你能多为我的处境考虑，做些让我感到轻松的事。"

孔玉爱答应回去就跟老师们说。

回到钟老师家里，孔玉爱向钟老师汇报了去看郭晓岚的情况。她坦诚地说："据我看，晓岚姐是生病了，但她自己不承认有病。听她的意思，是家里不信任她给她带来了很大的压力，我觉得指的可能是给她配司机的事，您能不能跟刘老师说撤了专职司机呢？"

钟老师无奈地说："她爸那样做，是有防她的意思。我去和她爸商量商量。"

刘老师听完钟老师的讲述，在不以为然的同时又警惕地说："哪能刚配司机就撤了。说不信任她，那只是她自己的想法。这么多年了，这个家的大事都由她做主，这是不信任她吗？她因为这事闹情绪，引起身体不适，是不应该的。但要引起重视。你亲自去看看，最好陪晓岚到医院检查一下，有什么病抓紧时间治疗，千万不能耽误了。"

钟老师觉得刘老师说得有道理，出来和孔玉爱商量，一起去郭晓岚家看望她。

刘幼诚和郭晓岚下班到家，看到等候在门外的钟老师和孔玉爱，赶紧请二人进屋，孔玉爱对钟老师说："我就在门口等您吧。"

钟老师摆摆手说："不用，没有对你保密的事，一起进去坐吧。"

进屋后，钟老师开门见山地说："我今天晚上过来，也有你们爸爸的意思。我们听说晓岚身体不适，很担心。晓岚，你身体到底怎么样呀？"

郭晓岚看了孔玉爱一眼，心想这肯定是她回去说的。略带不悦地说："谁说我身体不适了？我身体好着呢，没有什么不适。"

钟老师盯着她的脸说："我看你有些憔悴呢。"

郭晓岚不耐烦地说："妈是晚上看不清。白天看清了的人，没有跟妈传达真情况。妈就是为这事过来的吗？还有别的事情吗？"

钟老师不高兴地说："我看你是心里有毛病了，和妈说话都这么不耐烦。玉爱白天去公司看你，是我的意思。玉爱回来说，你好像生病了，这是她负责任，是好心。玉爱分析你身体不好可能与给你配了专职司机有关系，她还跟我建议取消专职司机呢。"

听了钟老师的话，郭晓岚知道自己错怪了孔玉爱，同时也似乎听到了一丝希望，她马上冲孔玉爱说："对不起玉爱，是我错怪你了。"

孔玉爱笑着摆手说："没事的，晓岚姐。"

钟老师接着说："我听了玉爱的建议后，也跟你爸提了，可你爸不同意。"

郭晓岚一听，立刻又沉下了脸。

钟老师再次跟郭晓岚强调这么做不是不信任她，以及这么做的好处，等等。郭晓岚根本听不进去，为了让钟老师早点走，她也不顶嘴只敷衍地听着。

回去的路上，孔玉爱跟钟老师说："我看晓岚姐不一定听进去了老师的话。"

钟老师也看出来了，无奈地点点头。

这天，冰岩又来看望郭晓岚，郭晓岚跟她说了下情况，苦闷得直摇头叹气。

冰岩摊摊手说："要想让你爸改变主意，只有让他知道，你得抑郁症就是因为他的举措。"

郭晓岚对这样说能让她爸改变主意表示疑惑。

冰岩耐心劝说道："这是最好的办法，我可以跟你爸说，你以前都好好的，就是因为车和司机的事，才让你得病的。要想让你好起来，就让一切都恢复原样。"

郭晓岚觉得冰岩说得有道理，想去医院，请医生开个证明。

冰岩提议："最好叫你妈或孔玉爱陪你去医院，就找我上次找过的医生，准能开出证明来。"

两天后，郭晓岚打电话请钟老师陪她去看病。钟老师带着孔玉爱陪郭晓岚一起去了医院。经医生询问检查，确诊郭晓岚得了抑郁症。

郭晓岚一直觉得自己没病，她猜想这可能是冰岩事先跟医生沟通好了，有意当着她妈和孔玉爱的面这样说。钟老师和孔玉爱一听郭晓岚得了抑郁症，又着急又紧张。

刘老师听钟老师说郭晓岚得了抑郁症，十分震惊。焦急地说："怎么会得这样的病呢？一定是工作压力太大了吧？医生说没说，怎样治疗？"

钟老师说："医生开了些药，说了些调理的办法。"

刘老师想了想说："治好晓岚的病，是当前的头等大事，晚上我们去晓岚家，大家一起筹划筹划。"

晚上,刘老师夫妇和孔玉爱都到了郭晓岚家,在刘老师的主持下开了个家庭会议,大家商量着怎么帮助郭晓岚治病。唯独郭晓岚一直歪在沙发上,什么话都没说。

讨论了半天,最后定了十几条具体方法,其中包括确定刘幼诚为第一责任人,在家里要非常周到耐心地侍候好郭晓岚。要在公司找一个勤奋有责任心且对郭晓岚有感情的女职员,担任郭晓岚的生活秘书,上班时间负责照顾郭晓岚,提醒她按时服药、保证午间休息,等等。

几天后,冰岩再去看望郭晓岚时,发现她的办公室里又多了位秘书。

郭晓岚一脸苦相,把秘书支出去后,痛骂冰岩出了馊主意,现在除了司机又多了个不离左右的秘书,刘幼诚更是没完没了地烦她,她简直没法活了。

冰岩完全没想到会是这样的局面,愕然道:"怎么会这样呢?我去找刘老师和钟老师说。"

郭晓岚郁闷地说:"没用的。你说你也是,为什么非想出抑郁症这个主意?"

冰岩无奈地说:"抑郁症这事真不是我想出来的,您真是得了抑郁症,得及时治疗啊……"

郭晓岚不耐烦地摆手不让冰岩再说下去。

六十三

郭晓岚的病情严重起来,经常会想到去死。

这天晚上,她又睡不着觉了,趁刘幼诚睡熟,她偷偷溜出家开车去了老宅。

老宅孤独破败地被留在工地上,四周楼房的地基都已打好了。

郭晓岚看后,气得发疯。她又想到了死,这世上已经没有什么值得留恋的了。她一边开车一边流泪,这时她又想到了黎百度,既然决定离开,就和他告个别吧,她拨通了黎百度的电话,电话一直没有人接,她不甘心,再次拨通电话,此时她的注意力都在电话上,完全没有注意迎面开来的卡车,车祸就在一瞬间发生。

黎百度睡得迷迷糊糊,听到电话响摸索着从床头拿起电话,电话已经挂断,他一看是郭晓岚的电话,赶紧回拨过去。

电话里传出陌生男人的声音:"你是郭晓岚的家人吗?"

黎百度马上紧张起来:"我不是她家人,她怎么了?"

陌生男人说,他是交警,郭晓岚出了车祸,如果黎百度认识郭晓岚的家人,请帮忙通知一下家属。

晴天霹雳般的消息让黎百度手足无措,他一边问伤者情况,一边慌张地穿衣出门。挂了交警的电话,黎百度赶紧给刘幼诚打了电话。

刘幼诚接到黎百度电话时,正焦急地寻找着郭晓岚,一觉醒来他发现郭晓岚不见了。得知郭晓岚出了车祸,惊吓得几乎昏厥过去。

黎百度赶往医院的途中,自责不已,如果他能及时接到郭晓岚的电话,也许她就不会发生车祸。

刘幼诚也在慌忙赶往医院途中,他没敢通知父母,他们年纪大了,深更半夜受不得惊吓。自己先到医院看看具体情况后,再跟他们说。

黎百度赶到医院时,郭晓岚正在抢救室里抢救。很快,刘幼诚也赶到了医院。医生告诉他们，郭晓岚伤势严重，情况不乐观。

刘幼诚慌了神，赶紧给爸妈打了电话，让他们赶来医院。

刘幼诚和黎百度坐在抢救室门外，黎百度内疚地说，出事前，郭总给他打过电话，他睡着了没有接到，要是他能及时接到电话，也许就不会出事了。

刘幼诚目光呆滞地听着。

孔玉爱搀扶着刘老师夫妇来到了抢救室门口，老两口都是泪流满面。

这时，抢救室里出来了一位医生，问清刘幼诚是家属后，告诉他病人脑内有出血，情况危急，需要家属签字同意手术，刘幼诚哆哆嗦嗦地签了字。

几个人焦虑不安地等候着手术结果。

手术从黎明开始，进行了六个多小时。当抢救室的门打开的时候，所有人都拥上前询问郭晓岚的情况。医生说手术很成功，但伤者尚未脱离危险，还在昏迷之中，大家要保持安静。

看着头上裹满纱布，只露出半张灰白的脸的郭晓岚，钟老师一下晕了过去。众人又七手八脚地赶紧找医生救治钟老师。

任俊杰这天出差返回北京，一进家门他就高兴地对季月琴说："刚到北京就听到了一个好消息。"

季月琴问："你是不是指郭晓岚的车祸？"

"你真聪明，听说郭晓岚伤势严重，没准挺不过来了。"

"大发说过郭晓岚反对彩虹和他在一起，郭晓岚要是死了，对大发倒是好事。不过她一死，刘幼诚就可能再娶，如果有了儿子，我的谋划没准就落空了。"

"你那谋划本来就是空想，没什么值得惋惜的。郭晓岚是我最恨的人，一直跟我摽着劲儿，她死了，我心里就痛快了。没有了她，华兴也会走下坡路，早晚被我收购。不过，即便是装装样子，我明天也要去医院看看她。"

第二天，任俊杰带着好几个人，前呼后拥地拿着鲜花和滋补品来到医院看望郭晓岚。

刘老师一家虽然厌烦任俊杰，但也礼貌客气地接待了他。任俊杰一副十分关心郭晓岚的样子，打听着郭晓岚的伤情和现状。刘幼诚客气地敷衍着他。

王德和崔小蕊是两天后得知郭晓岚出车祸住进了医院的。他们一起来看望了郭晓岚。成跃山、成富山、王虎驯、柴永、杨桂淑、赵玉华和白文侠等许多人以及公司里的人都先后来医院看望了郭晓岚。

郭晓岚手术后一直没有苏醒。十天后，医院对她进行了全面的检查，并进行了会诊，会诊的结论是患者因脑部受伤严重，意识恢复时间不能确定，有可能醒来，也有可能永远醒不过来，也就是老百姓俗称的植物人。

刘老师一家和孔玉爱听到这个结论，全哭了。彩虹更是号啕大哭。孔玉爱抱住彩虹说："彩虹，你不要太难过，你妈会醒过来的。医生说过有可能醒过来的，我们要有信心，你妈准能治好了，一定会醒过来的！"

彩虹泪流满面地问："孔阿姨，您说的是真的吗？"

"是真的。请你相信孔阿姨。"

彩虹把目光从孔玉爱移向爷爷、奶奶和爸爸，他们面对彩虹期待的目光，都忍着心痛，向她默默地点了下头。这让彩虹似乎看到了一线的希望。

几天以后，刘老师再次召开了家庭会议，并且让孔玉爱一定参加。

刘老师语气沉重地说："不能总是伤心了，这么多天了，工作生活都该走上正轨了。公司现在不是刘家一家的了，我们要为股东负责，公司的工作不能停摆，要赶快抓起来。我的意见是，由幼诚先把总经理的工作兼起来。幼诚，你明天召开个董事会议，征求征求大家的意见。如果大家同意，就抓紧把各项工作做起来。"刘幼诚点头，答应按父亲的意见办。

刘老师接着说："今天要说的第二件事，就是彩虹的事。彩虹还是按计划去留学，这也是晓岚的愿望，彩虹不用担心你妈妈，我们会照顾好她的。"彩虹含泪点头。

"第三件事就是晓岚的治疗问题，我们要想尽一切办法给她治病，大家要有信心，我们不能放弃。"

家庭会议开完后，大家分头行动。刘幼诚临危受命，鼓足精神打理公司的事情，彩虹有条有理地准备着留学的事。

孔玉爱每天在钟老师家和医院两头奔波。

数天后，刘老师一家去机场送彩虹出国留学。在机场碰到同样送机的季月琴，季月琴殷勤地问候了刘老师夫妇，得意地说，彩虹和大发同机，大发已经登机了，两人路上能做个伴儿，叫刘老师夫妇放心。还客气地说郭总在医院有什么事需要帮忙，一定别客气。

刘老师夫妇客气地应酬着。

大发在飞机上坐等彩虹，看到彩虹上了机，高兴地迎过去，想和彩虹拥抱，彩虹冷淡地推开了他。

六十四

刘老师夫妇送走彩虹就赶往医院,路上,钟老师问孔玉爱:"改庭找好单位了没有?"

"找好了,去一家国企上班。"

钟老师说:"我们一直想让改庭来华兴工作,尤其现在晓岚这种状况,公司里需要信得过的得力人手。玉爱你和改庭好好商量商量,能不能让他来华兴工作。"

孔玉爱笑着说:"老师要愿意让改庭去华兴,那就太好了,让他就去华兴吧。"

刘老师说:"还是要看改庭的意愿,你好好和他商量一下,不要勉强他。"

孔玉爱点头答应。

三人到了医院后,先去找了院长,刘老师跟院长说:"希望医院想尽一切办法救治郭晓岚,用最好的药,上最好的护理,我们不在乎花多少钱,只想把郭晓岚的病治好了。"院长明白家属的意愿,痛快地答应了。

孔玉爱下班回家跟改庭说了去华兴上班的事。改庭先是不同意,说自己找的单位很好,不想去华兴。孔玉爱跟儿子讲了一番道理,说华兴对自家有恩,现在华兴遇到了难处,需要可信任的自己人,他不能不去,做人不能忘恩负义。

改庭想妈妈说得有道理,华兴也是很好的公司,就同意了。

孔玉爱除了照顾刘老师夫妇外,把全部的精力都投入到照顾郭晓岚中。针对郭晓岚的病症，她到处寻医问药，虽然得到的答复绝大部分都是悲观的，但她一直不肯放弃。当听有人说中医有治这病的方法时，她又遍寻中医，从各处搜寻来六十多个治病药方。她把这些情况都及时地跟刘老师夫妇汇报了，兴奋地建议采用中西医结合的方法治疗晓岚姐。

刘老师夫妇心里知道郭晓岚的病是没法治好的，但孔玉爱的执着和热情令他们感动，亲自出面和主治医生沟通，医院方面也很重视，最终确定了中西医结合治疗方案。

孔玉爱征得两位老师的同意，从那天开始，住进了郭晓岚的病房。

老师家里的活儿，孔玉爱也没有放下。她每天照旧到老师家里，打扫卫生，给他们做饭。

刘老师夫妇不让她再干家里的活儿，说她在医院里已经够累了。孔玉爱说，医院里的活儿不多，她不累。她说一天不见两个老师，就心里不踏实。刘老师夫妇说，以后他们每天去医院，让孔玉爱不要来回跑了。

孔玉爱劝他们不要太操心，来回跑医院太劳累，老师们年纪大了，要多照顾自己的身体，医院里有她，请他们尽管放心。

刘老师夫妇听完内心十分感动。

这天，孔玉爱听医生说按摩对郭晓岚的康复有帮助，可以防止她因长时间不动肌肉萎缩。孔玉爱听完十分上心，她想起王德和崔小蕊不正经营着按摩店嘛，可以找他们学习些相关知识。医生同时建议，很多植物人依然有听觉方面的反应，可以经常跟郭晓岚说说话，尤其是她的亲朋至交，这些情感上的交流，有助于唤醒她。

孔玉爱赶紧把这个消息跟刘老师夫妇汇报了，同时提出了自己想亲自给晓岚姐按摩的想法，两位老师看到孔玉爱这段时间既要照顾他们，又要到医院照顾郭晓岚，来回奔波，人累得瘦了一圈，心里很是不忍。

钟老师感慨地说："玉爱，你这两头跑就已经够辛苦了，按摩的事就请医院的护工来干吧，别把你累倒了。"

孔玉爱赶紧说："我还年轻，身体好，累不倒的，让别人按摩我不放心。"

刘老师想了想说："既然这样，那你就试试吧。但以后家里的事，你就不要再管了，专心在医院照顾晓岚吧。"

孔玉爱说："没事，家里的事我干得过来，不耽误，请老师们放心。"

钟老师坚决地说："那不行，你要听我们的话。"

孔玉爱见两位老师态度坚决，只好说："那好，我听老师们的话。家里就再请一个人照顾吧。"

钟老师说："家里的事有我呢，你不用担心。"

孔玉爱得到两位老师的同意后，就去找王德和崔小蕊，想跟他们学习按摩方面的知识。

王德和崔小蕊见孔玉爱来了，热情地接待，并询问郭晓岚的病情。

孔玉爱说："我今天来找你们俩，就是为帮晓岚姐治病来的。"她随即把情况大概说了一下。

王德和崔小蕊马上说，他们可以去给郭总按摩。孔玉爱说你们现在经营着按摩店，小蕊身体又不方便，天天去也不现实，自己学会了照顾晓岚姐更方便。

王德和崔小蕊互相看了一眼，同意了孔玉爱的想法。为了让孔玉爱更快更有针对性地学习，王德和孔玉爱去了医院，由他先为郭晓岚按摩，边示范边教导孔玉爱学习。孔玉爱学得很快，一个月左右就能有模有样地为郭晓岚按摩了。

孔玉爱白天悉心照顾，为郭晓岚按摩、擦身体、换衣服这些事，从不假他人之手。她还会经常放些轻柔的音乐，伴着音乐，温柔地跟郭晓岚说话。晚上睡觉时候，隔一段时间孔玉爱就会起来查看一下郭晓岚的情况。值夜班的护士巡房时经常发现，孔玉爱还没有睡，还在照看着郭晓岚。

黎百度经常过来探望郭晓岚，渐渐和孔玉爱熟悉起来。看到孔玉爱对郭晓岚无微不至地照顾，内心十分感动。

这天，孔玉爱正为郭晓岚按摩时，刘老师夫妇来了。孔玉爱边按摩，边问候两位老师。她见老两口带来好多水果，问他们带那么多水果干什么，晓岚姐现在又不能吃。

钟老师说："水果是给你吃的。你在医院不分昼夜地照顾晓岚，太辛苦了，一定要注意身体，补充营养，我已经跟医院餐厅沟通过了，以后你的伙食要更丰富。"

孔玉爱笑着说："不用的老师，医院的伙食已经很好了。"

钟老师说："我们没有别的能做的，你一定要听我们在生活上对你的安排。"

孔玉爱见钟老师认真的样子，赶快说："行行老师，我听从你们的安排。"

老两口看孔玉爱为郭晓岚按摩累得满头都是汗，就让她歇会儿。

孔玉爱说："老师，我不累不用歇。时间也不允许我歇下来。第一轮按摩选定了六十六个穴位，每天要把这些穴位都按摩一遍，每个穴位按摩三到五分钟，需要五六个小时，我是想让我晓岚姐和以前在公司上班一样，上午八点多钟按摩，中午休息，下午两点钟接着按摩。也是想通过这样的规律唤醒晓岚姐。"

孔玉爱细腻体贴的心思，感动得老两口热泪盈眶。

孔玉爱一边按摩一边安慰老两口："老师们放心吧，我们和晓岚姐一起努力，一定能战胜病魔，唤醒晓岚姐。"

老两口从医院出来后，钟老师感慨地说："玉爱这么努力，没准真能创造奇迹。"

刘老师默默点了点头。

下午六点多钟，刘幼诚来了。他几乎每天都会在下班后来看郭晓岚。孔玉爱照例把郭晓岚这一天的情况，向刘幼诚汇报了一遍。

刘幼诚看着日渐消瘦的孔玉爱说："不要那么劳累，差不多就行了。"刘幼诚说完便觉得不妥。

孔玉爱明白他一是有些灰心，二是关心自己。她诚恳地说："您关心我，我明白。你们一家对我的关爱，让我一定要尽心尽力。您相信我，晓岚姐一定能醒过来，我们要有信心。我们有了信心，晓岚姐才能有信心，才会很好地配合。"她说到这里，示意刘幼诚看郭晓岚。

刘幼诚明白了，孔玉爱认为郭晓岚是能听到他们说话的，他们的念想她能感受到。刘幼诚伏在郭晓岚耳边，柔声说："我有信心，晓岚，你一定会好起来，我们一起等你好起来。"

孔玉爱笑着说："晓岚姐，听到了吧，姐夫对您恢复健康充满了信心。您知道吗，自您躺在医院里以后，可把姐夫忙坏了，那样大的公司，现在就他一个人顶着。他特别希望您能快些好起来，两个人一起管公司，才更有干劲啊。"

到了七点钟，孔玉爱打开电视，播放《新闻联播》给郭晓岚听。

这时，孔玉爱才小声问刘幼诚，改庭到公司后的表现。

刘幼诚欣慰地告诉孔玉爱，改庭工作认真负责，现在已经是他的得力助手了。

孔玉爱听了心中十分高兴。

这天晚上，孔玉爱反思这一段时间郭晓岚的状态，虽然自己每天都在跟她说话，进行"话疗"，但似乎效果不佳，医生说过的亲朋至交多跟她说话，对唤醒她有帮助，是不是应该扩大"话疗"的范围呢。

孔玉爱想，刘老师夫妇、刘幼诚每天来看晓岚姐，以后可以让他们多和晓岚姐说说话。冰岩是晓岚姐的闺蜜，黎百度受过晓岚姐的恩惠，他们都对晓岚姐有深厚的感情，要是都能参加"话疗"，肯定对帮助晓岚姐的治疗有好处。

接着，孔玉爱就想该怎么跟他们说"话疗"的事呢？用了好几个晚上，她才把这一切都想好。她不愿意在病房里当着郭晓岚的面打电话跟这些人说，她认为，那样晓岚姐会感受到。午休时，孔玉爱安顿好郭晓岚后，下楼找了个安静的地方开始打电话。

她首先打给钟老师，钟老师一接电话便紧张地问是不是医院里有什么事。

孔玉爱说："老师别担心，医院里没什么事，一切正常。给您打电话，是想跟您说说，关于给我晓岚姐'话疗'的事。"

钟老师一时没反应过来，没有出声，孔玉爱赶紧解释："我想请两位老师参加，不是自己坚持不了了，是想着有晓岚姐的亲人参加，效果会好……"

"知道了玉爱，你这个想法很好，我们参加。"钟老师打断了孔玉爱的话，"我人老了，脑子反应慢，我们早该想到，我们和晓岚是一家人，早该这么做，谢谢你玉爱，你想得好，提醒了我们。"

孔玉爱接着又给刘幼诚打了电话，刘幼诚十分赞成，说这是他做丈夫的责任。

第三个电话孔玉爱打给了冰岩。冰岩一开始有些疑惑，反复地问她这样管用吗？孔玉爱充满了信心地说，她通过这段时间的照顾和观察，以及医生的建议，认为一定有用。她的信心打动了冰岩，冰岩感受到她是真心希望郭晓岚康复，颇受感动。挂了电话后，冰岩沉思良久，她和郭晓岚是闺蜜，可是论起对郭晓岚的关心和照顾，她比孔玉爱差远了，甚至，她还曾想借孔玉爱照顾郭晓岚顾不上成跃山之际，自己乘虚而入，拿下成跃山。和孔玉爱相比自己太渺小太卑鄙。

孔玉爱最后打给黎百度，黎百度一听就答应了，说他一直想为郭晓岚做点什么，感谢孔玉爱想到了这个办法。

孔玉爱挂了电话很高兴，事情进展顺利。当她返回病房时，发现季月琴在病房里，立时吓出一身冷汗。她赶紧走到郭晓岚床边，警惕地问："你是怎么进来的？"

季月琴对孔玉爱的态度很反感，冷着脸问："你什么意思？"

"晓岚姐在午休，你不该进来打扰的。"

"可笑，她一个植物人还需要午休吗？"

"你不要乱说话，你快出去。"

"你一个保姆，有什么资格命令我？"

两人的争执声，引来了护士，护士连拉带劝地把季月琴送出了病房。

孔玉爱忍不住地跟护士发了脾气，问她为什么放陌生人进来，护士说刚才去别的病房换药，没有注意到有人进来。孔玉爱不依不饶地说病人要是出了什么意外，她负得起责任吗？护士第一次看到孔玉爱如此生气发怒，十分惊讶。

第二天，黎百度一早就来了。他和孔玉爱打过招呼之后，走到郭晓岚床前，轻声说："其实我有好多话，一直憋在心里没有说，孔大姐说虽然您现在没有醒来，但您一定能听到我们的话。您不知道我有多么自责，您遭遇车祸我有很大的责任，我要是那晚能及时接到电话，也许这一切都不会发生。"停了片刻后，黎百度接着说，"如果有可能我宁愿替您躺在这里。您一定要醒过来，有些话我要当面和您说。还有很多工作上的事，我想跟您商量。"接着絮絮地说起公司近期的一些事，说完后，看了看表轻声道："今天就先说到这儿吧，我先去上班了，明天再来看您。"

　　下午，刘老师夫妇来了。钟老师坐到郭晓岚床前，用手轻抚着郭晓岚的头发，柔声说："晓岚，妈心里特别地难过。你还要睡到多会儿才能醒呢？妈真是要急死了呀。昨天晚上，妈梦见小时候的你了，红扑扑的脸上满是笑容，你梳着两条翘起来的小辫子，很像小鸟儿的翅膀，向我跑来，就像要飞起来似的。醒来以后，妈心里难过啊。"说着眼泪就流了出来，在一旁按摩的孔玉爱赶紧安慰钟老师："老师，您要注意身体，不要太难过。晓岚姐听到您哭了，她会很伤心的，晓岚姐正和我们一起努力呢，她一定会好起来的。"

　　钟老师点点头，擦了把眼泪，接着说："晓岚，这些天妈总想起你和幼诚小时候的事，从小到大，一直都是你给幼诚做榜样，幼诚依赖你，信任你，你如今这个样子，幼诚心里难过得要死，你一定要快点好起来啊。"

　　刘老师这时接话说："晓岚，玉爱说你能听到我们跟你说的话，我相信。今天爸爸要跟你说声对不起，爸爸错了，不该把你限制得太死。我本意是为你好，但用错了方法……"说到这里，刘老师哽咽了。

钟老师轻轻拍了拍老伴的手背，安抚着。对孔玉爱说："昨天晚上彩虹给家里打电话了，询问了她妈的病情，我跟她说起你的建议，她说她也要加入，以后会常跟她妈通话，这事还得麻烦你啊。"

孔玉爱听了很高兴地说："太好了老师，一点都不麻烦，我把电话开成免提，晓岚姐一定很想听到彩虹的声音。"

老两口走了没多久，冰岩来了，坐在病床前对着郭晓岚说起两人以前的趣事，哭一阵笑一阵，又跟郭晓岚念叨着酒店的工作，催她别偷懒，快点醒来。

傍晚时分，刘幼诚来了，他一进病房，孔玉爱就说："您先陪陪晓岚姐，我出去打个电话。"

刘幼诚明白孔玉爱的意思，担心有她在旁边，他不好意思多说，便点点头示意她去忙。孔玉爱出去后，他便坐在病床旁，拉着郭晓岚的手，轻声说："今天一天你过得好吗？"看着毫无反应的郭晓岚，刘幼诚轻叹一声，接着说，"公司一堆事，我不能天天陪在你身边，我很内疚。现在我管理公司，才知道你以前有多辛苦，这些年多亏了你。我对不起你，以后你醒了，我一定不再让你这么辛苦，我会承担起应该承担的责任。"

孔玉爱离开病房以后，到院子里给儿子改庭打电话。她问了问儿子的工作生活情况后，对儿子说："你有时间也来医院跟郭总说说话。"

改庭疑惑地说："我能说些什么呢？"

"可以说说工作上的事，也可以说些鼓励她的话，还可以说些感恩的话。"

"行，您如果认为这样对郭总的治疗有好处，我就按您说的办。"改庭痛快地答应了。

第二天一早，孔玉爱刚给郭晓岚洗漱完毕，正吃力地想帮她翻身时，改庭来了。看到妈妈费力的样子，改庭赶紧要上前帮忙，孔玉爱不让儿子搭手，说："我照顾习惯了，知道怎么用劲，你别用蛮力伤了郭总。"

改庭一边心疼妈妈，一边为妈妈的细致感动。

孔玉爱示意儿子跟郭晓岚说话，改庭想了想有些拘谨地说："郭总您好，我以前来看过您，就是没有跟您说过话。我是成改庭，我妈说她跟您说过我，我现在在华兴上班。我到公司上班后，听大家说，您是位很有前瞻思想的人，看事看得准，决策能力强，跟着您工作，特别受益。可惜我去得晚，没能得到您的言传身教。希望您早日恢复健康，重返公司，让我有机会跟您学习。"

当天下午，孔玉爱接到了彩虹的电话，一听是彩虹的声音，孔玉爱连忙把手机调成免提："是彩虹啊，你要跟妈妈说话是吗？你说吧，你妈妈听着呢。"

"妈！我是彩虹！我想您！妈！"彩虹大声说着，声音很快就哽咽了。

"晓岚姐，您听到了吗，彩虹想您了。"孔玉爱接着又说，"彩虹你别难过，你放心，你妈会好的。"

电话那头的彩虹嗯了一声，接着说："妈，我对不起您，以前经常不听您的话，惹您生气，以后再也不会了，您能再跟我说说话吗？"说完忍不住哭出声来。

孔玉爱忙安慰说："别哭了，彩虹。你妈听到你哭会伤心的。"

彩虹止住哭声说："妈，我们大家都非常爱您，您一定要醒过来，我以后会经常给您打电话。希望有一天，我能接到您的电话，您一定要好起来。"

孔玉爱抹着泪说:"彩虹,你妈肯定听到了,她一定会好,一定会给你回电话的。"

六十五

一天一天过去了,一个月一个月过去了,就这样整整一年过去了。

在这一年当中,医生们不断调整治疗方案,采用中西医结合的疗法,但郭晓岚的病情似乎并没有什么好转。但大家没有灰心,相互鼓励着、坚持着。

然而,一年过去了,又一年过去了,都三年了,郭晓岚还是没有醒来的迹象。

包括刘老师一家大家渐渐都失去了信心。只有孔玉爱信心不减,每天坚持给郭晓岚按摩、聊天,细致入微地照顾着她。

三年来,躺在病床上的郭晓岚没有长一点褥疮,白皙的肤色透出隐隐的红润。而孔玉爱却变得消瘦憔悴,十分显老了。

工作的压力和家庭的不幸,让刘幼诚长了不少白发。为了管理好公司,他殚精竭虑,稳住了华兴的大盘。一年前,他提拔改庭担任了总经理助理。

刘老师夫妇这天从医院回到家里,在客厅里坐了很长时间,谁都没有说一句话。这几年,老两口的日子没有一天过得舒心。孔玉爱十几年来跟他们在一起所带来的幸福生活,再也没有出现在这个家里。孔玉爱多次劝他们再请个保姆,他们却不肯，一直寄希望于郭晓岚能够醒来，孔玉爱再回到这个家。

三年了，郭晓岚毫无醒转的迹象，希望越来越渺茫。

沉默了好一阵儿，钟老师说："玉爱再这样下去，也会累垮了的。"

"是啊，虽然玉爱一直都很有信心，但看她的状态也是累坏了。"

"我想劝玉爱停下来，可这么说就好像我们放弃了晓岚一样。我曾经委婉地跟玉爱提过，可话还没有说完，玉爱就说她不累，她有信心。"

"玉爱越是这样，越是让人心里不好受。想用钱补偿她又不知道怎么开口。"

"千万别跟玉爱说钱的事，多少钱也买不来玉爱这样的付出。"

"可不用钱补偿，还能怎么样呢？光说赞扬玉爱的话，总归是很虚啊。"

"是啊，可给钱就能感到不虚吗？玉爱肯定是不会要的，那样做倒显得更虚了。"

老两口又陷入沉默。

这个时间，要是从前，钟老师正在琴房里弹琴，刘老师正在书房里写字画画，孔玉爱听着琴声，麻利地干着家务，家里充满温馨的气氛。如今，冷清的家里，两个老人苦闷地坐着。

黎百度和往常一样来看望郭晓岚了，说了些鼓励她的话后，静静地看着她。

孔玉爱对郭晓岚说："姐姐，您听到黎总的话了吧，您要对自己恢复健康充满信心。"

黎百度从孔玉爱的话音里听出来了，孔玉爱虽然是对郭晓岚说的，但实际也是要他有信心。黎百度看望完郭晓岚，又去找主治医生询问情况。

黎百度开门见山地问主治医生："晓岚还有没有醒过来的希望？"

主治医生说："这问题好多人问过我好多次了，虽然很遗憾，但我认为希望渺茫。"

已经有三天没有来看郭晓岚的冰岩，今天来了。

她一进病房的门，正给郭晓岚按摩的孔玉爱就跟郭晓岚说："姐姐，冰总来看您了。这几天她工作特别忙，没有来成，打电话让我告诉您了的，她今天来了。"

听了孔玉爱这话，冰岩便知道，她三天没有来，孔玉爱都编话替她跟郭晓岚说过了。她感激地看了孔玉爱一眼，坐在郭晓岚床边跟她聊起这几天的一些事情。

晚上，刘幼诚来了，孔玉爱如往常一样借机躲了出去。刘幼诚默默地看了郭晓岚好大一会儿，忍不住将这段时间心里的苦闷和怨恨，说了出来："你高兴了吧？你总想把公司扔给我看我的笑话，你还没有看够吗？你不把我累垮就不甘心，是不是？"说完又愧疚地轻抚郭晓岚的脸颊。

杏花从北京师范大学读研毕业了，她要回老家凤翔中学任教，定了离京回凤翔的时间，这天她来跟妈妈告别。

孔玉爱当时正在给郭晓岚按摩，马上就要结束了，就让杏花先坐在一边等会儿。杏花看着妈妈按摩，看着看着就哭了。

孔玉爱发现女儿哭了，不愿当着郭晓岚的面问为什么，完成按摩,把女儿带到院子里,问她怎么了,为什么哭。

杏花哭着说:"妈,您不要再给她卖命了好吗。"

孔玉爱听了女儿这话,一下子生气了:"杏花,你这说的什么话?这是你该说的话吗?她是谁?她是华兴控股集团公司的总经理,是你妈老师家里的人,是我们家的大恩人。我不是给她卖命,就是给她卖命,也是应该的!没有她,没有他们家对我和你爸的支持、教育和帮助,就不会有我们现在的生活,你就不一定能到北京上大学读研究生。你今天说出这话真让我寒心。"

杏花没有想到她的话会让妈妈这样生气,赶紧说:"妈,我不懂事,我错了,请您别再生气了。"

孔玉爱是了解女儿的脾气秉性的,闻言稍微平静了些,想到女儿就要回老家了,母女俩不能这样不愉快,于是缓和了语气:"孩子,原谅妈妈跟你发脾气,妈心里也存着火呢,晓岚阿姨一直醒不过来,时间长了不少人失去信心了,妈心里着急,你别往心里去。你回老家后,代妈问爷爷奶奶好,爷爷奶奶岁数大了,你多照顾着点他们。另外,你抽空儿去你姥爷姥姥坟上烧点纸钱,替妈祷念祷念。工作上你要服从学校的安排,踏踏实实地认真工作。"

杏花点头说:"我记住了妈,我刚才说错话了,您别再生气了。"

孔玉爱送女儿走到医院门口,转身回了病房。

郭晓岚老宅周围的拆迁改造完成了,被任俊杰留下的老宅破败地立在新建的楼宇内,极不协调,小区住户议论纷纷,都觉得这破房子实在破坏小区环境,太讨厌。有人知道这是郭晓岚的老宅,也知道郭晓岚成了植物人,就说这是老天对她的惩罚。

刘老师老两口听到了人们的议论，到那里看了以后，气得回到家里半天说不出话。他们不明白任俊杰为什么要这样做，华兴、刘家和郭晓岚在哪里得罪了他，他要用这样的方法毁华兴，毁刘家，毁郭晓岚？

此时，任俊杰正对自己的杰作感到满意，他得意地跟季月琴说："我已经放出风说是郭晓岚让我留下她家老宅的，我为了报答当年华兴的恩情不能不留，为了留下她家的老宅，我花了大价钱，费了大功夫呢。"

季月琴撇着嘴说："现在是不用担心郭晓岚能怎么着，但我担心彩虹的爷爷和奶奶会不高兴，影响到大发和彩虹的关系。"

任俊杰满不在乎地说："那就叫彩虹的爷爷奶奶代表郭晓岚来跟我说呀，他们开口我可以把老宅拆了。"

"那两个老家伙，不会跟你开口。"

关于郭晓岚老宅的议论，让孔玉爱很不安。这天趁成跃山来医院探望她和郭晓岚之机，孔玉爱对成跃山说："任俊杰肯定是个恶人，我们不能再袖手旁观了。"

成跃山为难地说："我们能把任俊杰怎么样？钟老师和刘老师都没有说什么呢。"

孔玉爱说："两位老师是心里有苦说不出，对任俊杰一忍再忍，也是没办法。昨天他们来看晓岚姐，我看到他们的样子就很心疼。"

成跃山为难地说："我们就是想帮忙又能做什么呢？"

孔玉爱说："我想让改庭和彩虹搞对象，不能让任俊杰的儿子和彩虹在一起，这一家人都心术不正，他们在算计刘家，想谋刘家的家产。况且,我知道两位老师和晓岚姐都不同意彩虹和大发好。"

成跃山挠挠头说:"这事不好办,搞对象是两个人的事,得两个人都愿意。再说,我们家怎么能那样攀高枝呢?你怀疑任家想谋刘家的家产,改庭要和彩虹搞对象,别人不也怀疑我们成家想谋刘家的家产吗?"

孔玉爱从容地说:"这个事我想了,要是彩虹能和改庭结婚,将来有了孩子就姓刘,现在国家放开了二胎,另一个孩子可以姓成。我还想,就算改庭和彩虹成不了,也要想办法让彩虹看清任家的目的,这事可以跟改庭明说,改庭是个有正义感的孩子,就算他不愿和彩虹搞对象,也会想办法帮忙的。"

成跃山想了想,点头同意了。

六十六

彩虹毕业之前趁着春节回到了北京,下了飞机,她直奔医院。

彩虹看到病床上的妈妈,顿时泪流满面。

孔玉爱安抚鼓励彩虹,让她相信妈妈一定会醒过来。

彩虹回来之前,钟老师和刘老师就商量好,不跟她说郭家老宅的事,不让孩子烦心,影响她的学业,也不再过问她和大发的关系,尊重她的选择。

彩虹从医院回到爷爷奶奶家里,奶奶早给她做好了饭等着,彩虹一点胃口也没有,但不愿拂了奶奶的好意,勉强吃了一点。

任俊杰和季月琴此时正围着和彩虹一起回京的儿子大发，追问他和彩虹的关系怎么样。

大发不以为意地说："还是老样子。"

任俊杰不满地说："真是个废物，在国内没有搞定，到了国外的花花世界，还没有搞定，你真他妈的给男人丢脸！"

季月琴插话说："你爸话说得难听，但道理是对的。你光用嘴说爱彩虹，能有个屁用！"

大发说他爸妈庸俗，又被他爸妈骂了一通。

成跃山春节回到了老家，他跟父母说了孔玉爱的近况，转达了孔玉爱对他们的问候。

两位老人几年没有见儿媳了，既思念又怜惜，都让成跃山劝孔玉爱，别那么辛苦了，要是没有希望，就放弃了吧。成跃山摇了摇头说，孔玉爱一直坚信郭晓岚会醒过来，她是不会放弃的。

彩虹回家的第二天，去华兴公司找刘幼诚，意外地碰到了改庭。

改庭见到彩虹很惊喜，请她到办公室里坐，告诉她刘总出去办事，很快就回来了。

几年不见，彩虹发现改庭出息多了，不像在学校时那样拘谨，落落大方风度翩翩。

改庭给彩虹沏上茶以后，就问她什么时间回来的，在国外留学的学业如何等等，彩虹一一作答。改庭又问起大发的情况，彩虹也简单说了一下。彩虹随即问改庭，这些年都做了些什么。

改庭对这次与彩虹见面，有所准备。自他爸跟他谈了希望他和彩虹谈恋爱的原因，他就被其中的正义感所驱使，他想即便彩虹不爱自己，他也要帮助彩虹不落入任家的陷阱。所以现在改庭面对彩虹时能够侃侃而谈，谈及自己的工作更是游刃有余，整个人都极富魅力。

彩虹看到他神采飞扬的样子，既吃惊又心动。

彩虹假装随意地问他除了工作，还有什么个人的乐趣和追求吗？

改庭知道，彩虹在探他有没有谈女朋友。他说："我的个人乐趣和追求是机器人，我对机器人研究特别有兴趣，参加了清华的机器人研发团队。"

这时，刘幼诚回到了公司，改庭把彩虹送到了他办公室。晚上彩虹回到家，打开邮箱看到了改庭的电子邮件，改庭将自己写的小说《机器恋人》的第一章发给彩虹，请她审阅，彩虹迫不及待地打开文档。

此后，改庭隔两三天就给彩虹发一章小说，等着看改庭的小说，成了彩虹最期待的一件事。彩虹看了几章以后，就看出来了，小说中几个性格迥异的科研者中，有改庭和她的化身，随着你来我往的邮件沟通，两人之间的情感互动越来越多。从那以后，彩虹渐渐疏远了大发。

时光如梭，又是两度春秋过去了。

这天，孔玉爱正给郭晓岚按摩，杨桂淑来了。杨桂淑一脸喜色地跟孔玉爱说："我家麦霞要结婚了。"

"是吗？"孔玉爱又惊又喜，"对象是哪里的，干什么的？"

"是麦霞公司的总经理黎百度。"

"是黎总呀，太好了！我和他也很熟呢，那可是一个不一般的人，又有知识又有能力。"

"是呀，所以虽然他比麦霞大了十几岁，我们也同意了。我就是来跟大嫂报个喜讯，他们过几天就去国外旅行结婚了。"

三天后的一个早晨，黎百度和麦霞一起来到郭晓岚的病房，向郭晓岚和孔玉爱辞行。孔玉爱真诚地祝福了他们。

黎百度对着病床上的郭晓岚说："郭总，我亲爱的学姐，我一生难忘的大恩人，我要结婚了，我的妻子就是站在我旁边的这位，她叫麦霞，也是我们的学妹。我想您会祝福我们的，我们也忠心地希望您能早日康复。"

黎百度和麦霞刚走，索萌和包慧敏就来了。他们也是来向孔玉爱报喜讯的，他们决定要结婚了。

连着来了两件喜事，让孔玉爱十分开心。她一边给郭晓岚按摩，一边说："晓岚姐，喜事连连，好兆头啊，晓岚姐也要努力快点醒来啊。"

下午，高大突然来了，他的到来让孔玉爱很吃惊。自从高大当了任俊杰的司机，孔玉爱几乎就没怎么见过他。

高大脸色并不好，见到孔玉爱就说："我现在不给任俊杰开车了，已经辞职了。"

"为什么？"孔玉爱很惊讶。

"任俊杰送钱争地皮，我害怕，不敢跟着他干了。"

"他行贿？"

"我估计是。"

孔玉爱觉得问题很严重，试图从高大嘴里打探更多的消息。

高大却面有难色不愿再说，半晌后，高大鼓起勇气说："大嫂，我今天来找您，是要问大嫂个事。我想把郭总家的老宅给推倒清理了，省得大家总是骂华兴骂郭总。我现在既不是新潮房地产开发公司的人，也不是华兴投资公司的人，我是个自由人了，我干这事最合适。以后要是有人找麻烦，我一个人顶着。我就想问问大嫂，您同意不同意我干这事？"

孔玉爱听完，对高大刮目相看，赞叹着："好啊高大，你能想到这儿，愿意干这件事，我替郭总，替华兴，替两位老师谢谢你！你干了这事，是给他们帮了大忙了，我同意。"

她随即转向郭晓岚说："晓岚姐，您听到了吗？高大愿意去清理这个烂摊子，就让高大去干吧。"

当天晚上，高大就雇人推倒了老宅，清理了现场。

第二天一早，孔玉爱刚给郭晓岚洗漱完毕，高大的老婆孙丽就慌慌张张地来到了病房。

孙丽一脸无助地问孔玉爱："大嫂，您知道高大他、他在哪里吗？"

孔玉爱听了孙丽这话，吓得心里一沉，忙问："高大怎么了？"

孙丽说："他昨天出门时说要来您这里跟您商量郭总老宅的事，然后就一晚上没回家，我联系不上他，我是担心。他会不会出事啊？"说着忍不住哭了起来。

孔玉爱心里异常着急，但她为了稳定孙丽的情绪，故作镇定地说："孙丽你别哭，我来想办法。"

她随即转向郭晓岚："晓岚姐，您听到了吧，高大那里有点事，我出去安排一下，很快就回来了。"她接着叫来护士，跟护士交代了一下，便和孙丽出了病房。

到了外边，孔玉爱先给成富山打电话，把高大的事大概说了一遍，接着，孔玉爱有些担心地说："我和孙丽在一起，她说她去老宅找过高大，没找到，电话也联系不上，我们担心高大出事了,你赶紧想想办法。"

成富山说:"知道了大嫂,我马上就处理。"

孔玉爱接着给成跃山打电话,让他赶快组织人寻找高大。

安排完以后,孔玉爱对孙丽说:"公安上和咱们的人,都已经通知了,大家会马上一起寻找高大,你别着急。"

孙丽擦了擦眼泪,说:"谢谢大嫂,您这边有什么消息及时通知我,我现在回家看看,看他回来没有。"

孔玉爱送走孙丽,回到郭晓岚的病房。

成富山、成跃山等人没有找到高大的踪迹。

五天时间,高大一直没有消息。

在这段时间里,孔玉爱一直担心高大出事,心神不宁,整晚睡不着觉,人憔悴了许多。孔玉爱明白,自己这样下去不行,会没有精力照顾晓岚姐,必须要睡会儿觉,这天晚上她吃了安眠药,沉沉睡去。

第二天,孔玉爱一觉醒来,发现郭晓岚不见了。

六十七

孔玉爱一下从床上跳起来,心里既惊又喜,先冲到卫生间看,里面没人;又冲到走廊大声呼叫着医生和护士,大家都很惊讶,难道郭晓岚突然醒了,那她人呢?调了医院的监控录像发现,郭晓岚独自一人出了医院。

孔玉爱一边打电话通知刘幼诚和刘老师夫妇,一边喜极而泣,晓岚姐终于醒了,她又突然意识到,晓岚姐一个人出门,太危险了。

刘幼诚接到电话很快赶到医院，孔玉爱上了他的车，两人顺着监控录像显示郭晓岚离开的方向一路寻找。冰岩、成跃山等人知道了消息，也都纷纷四处寻找郭晓岚。

孔玉爱和刘幼诚一边开车寻找，一边判断郭晓岚会去哪里，会不会去老宅了呢？会不会回家了呢？刘幼诚先将车开到郭晓岚老宅，没有找到，又开车往家赶，家里也没有，慌慌张张下楼时，一脚踩空，摔得满脸是血，昏迷不醒。

孔玉爱吓坏了，赶紧拨打了120。自己开车跟着救护车赶到医院，医生判断刘幼诚是急性脑梗，把他推进了抢救室进行抢救。

孔玉爱赶紧打电话通知了钟老师，老两口也吓得不轻，急急赶到医院。

孔玉爱又急又怕，只觉得胸前一阵阵剧痛。但她顾不上，看到刘老师夫妇赶到医院，她压下所有焦虑，安慰着两位老人："老师们，别着急，医生说刘董事长抢救及时，已经脱离危险了，你们先在这里等一会儿，他很快就出来了。我不放心晓岚姐，我接着去找她吧？"

"好，你去，这里有我们。"钟老师说。

孔玉爱一路小跑着来到门口停车处，上车后胸部一阵剧痛让她无力地伏在了方向盘上。

郭晓岚黎明时分醒了，看着周围陌生的环境，以及床边不远处躺着的孔玉爱，半天想不明白发生了什么，她努力回忆着，对，她想起来了，她要离家出走，他们说她生病了，是不是因为这样才把自己送进医院了呢？孔玉爱一定是来监视她的，她一定要逃走。她悄悄地起身，几年来因为孔玉爱坚持不懈地按摩，她的肌肉没有太多萎缩，起身时虽然费了点力气，但依然能行动自主，她的思路清晰了些，翻出孔玉爱的衣服换上，轻手轻脚地离开了医院。

这天正是彩虹毕业回国的日子，原本说好要去接她的钟老师，因为刘幼诚的病情守在抢救室外去不成了，赶紧给彩虹打了电话。

彩虹和大发下了飞机，正在往航站楼外边走，彩虹接到奶奶的电话很开心，高兴地问着："奶奶，你在哪儿？"

钟老师说："你爸爸病了，我不能去接你了，你直接打车来医院吧。"

彩虹听完十分紧张，连连追问爸爸怎么了，钟老师安慰道："没什么大事，不用紧张。另外，告诉你一个好消息，你妈妈醒了。不过，她醒后就自己离开了医院，到现在还没找到。"

彩虹一听妈妈醒了，忍不住喜悦地大喊："太好了，妈妈终于醒了！"

"你妈还能醒过来？"走在彩虹身边的大发惊讶地问。

他的语气让彩虹十分不悦，冷着脸说："你离我远点。"随即快步甩开大发就往航站楼外走去。

出了航站楼，彩虹猛然看见妈妈站在不远处，她不相信地怔住了，片刻后，她确定那就是自己的妈妈。彩虹万分惊喜，高声喊叫着妈妈，向郭晓岚奔去，把她抱在怀里。

郭晓岚认出了女儿，问女儿为什么会在这里。彩虹便细细跟妈妈说了这些年所发生的事。郭晓岚似信非信，跟着女儿上了车。

彩虹到了车上，赶紧给奶奶打电话，告诉她自己在机场碰见了妈妈，现在正带着妈妈赶往医院。钟老师老两口听到这个消息十分惊喜，一时老泪纵横。

到了医院，彩虹看到自家的车停在路边，车窗没有关，便走上前查看，走到跟前发现孔玉爱趴在方向盘上似乎睡着了，她叫了一声孔阿姨，孔玉爱一点反应也没有，彩虹用手轻轻推了她一下，还是毫无反应，彩虹觉出不对劲，大声呼叫着孔玉爱。

郭晓岚刚刚从女儿那里得知，自己在病床上躺了六年，这六年都是孔玉爱在悉心照料她，从来没有放弃她，一直鼓励大家要有信心等她醒来。看到女儿惊恐的表情，她意识到出事了，跑进医院呼叫医生。

医生和护士跑到医院门口，快速检查后，遗憾地摇了摇头。

郭晓岚崩溃地大哭大闹："不可能，我像死人一样躺了六年多都能醒过来，她早晨还好好的，怎么会死，你们一定要把她救活！"

医护人员把孔玉爱移到抢救室，然而并没有出现奇迹。郭晓岚、彩虹、刘老师老两口哭成一团。

刘老师最先冷静下来，哽咽地对钟老师说："该告诉成跃山了。"

"怎么告诉，怎么说啊！"

"先让他到医院来吧，见面再说。"

钟老师平复了十几分钟，擦干眼泪，拨通电话后，用尽可能平静的语气说："跃山，你来下医院。"

成跃山感到钟老师的这个电话非同寻常，虽然声音很平静，却让人有一种不祥的预感。

成跃山挂了电话赶紧就去了医院。

令成跃山意外的是，他到医院的时候，发现刘老师夫妇、郭晓岚和彩虹都在医院门口等着他。看到郭晓岚，他十分惊喜,可刘家人的表情让他的心沉了下去。

看到成跃山,郭晓岚的情绪瞬间崩溃了,哭喊着:"跃山兄弟,我不该醒过来啊,都是我的错。"

成跃山一听这话,就猜到孔玉爱出大事了,腿一下子就软了,身子不由摇晃起来:"郭总,出了什么事?"

"玉爱用她的命换回了我的命,我还怎么活啊!我,我……"她悲痛得说不出话来了。

刘老师夫妻和彩虹也全都哭了起来。

成跃山心里明白了,但他依然不肯相信,整个人都是蒙的。刘老师轻拍他的背,带他去了医院停尸间。看到孔玉爱的遗体,成跃山泪如泉涌,跪地不起。

彩虹通知了改庭,改庭失魂落魄地赶到医院,父子见面后抱头痛哭。

成富山、王虎驯和白文侠得知孔玉爱的死讯,纷纷赶到医院,大家都悲痛欲绝。

第二天,灵堂前,来祭拜孔玉爱的人络绎不绝,改庭跪在灵堂前,哭着回礼。成跃山强撑精神,感谢每一个来看望孔玉爱的人。

不久后,警察在一个建筑工地的化粪池里,找到了高大的尸体。根据现场留下来的痕迹,很快锁定了嫌疑人。嫌疑人就是十八年前伙同任俊杰在机场上演彩虹车祸的司机。被捕后,他很快供认受任俊杰指使杀害了高大。

警察很快逮捕了任俊杰,掌握了很多他的犯罪证据。一星期后,牛秘书也被抓了。

成跃山决定把孔玉爱安葬在老家。除了尚在医院没有康复的刘幼诚,刘老师夫妇、郭晓岚、彩虹、冰岩、成富山、杨桂淑、白文侠、王虎驯、图师傅等人都一起坐火车去孔玉爱老家送她最后一程。一行人在虢镇火车站下车，早有成家山村的人在那里迎接，还有村、乡和县里的领导。众人坐上大巴车离开虢镇，上了虢凤坡，穿过凤翔县城，一直往北，到了成家山村。

杏花和成氏家族的晚辈身穿孝服，戴着孝帽，拄着柳棍，哭跪在村口处迎接。杏花看到哥哥怀里抱着的骨灰盒，扑上去把骨灰盒抱到怀里，与哥哥大哭不止。他们的哭声，让迎送的人亦泣不成声了。

成跃山家的院子里搭起了孝棚，孝棚上挂着白纸和麻纱，孝棚里放着为孔玉爱准备的棺材。院里院外的树上，也都挂着白纸和麻纱。

把孔玉爱的骨灰迎进家门后，成跃山亲自为孔玉爱入殓，他把孔玉爱的骨灰盒放进棺材，又放上她平日喜爱的衣物、书籍、梳妆用品等，然后封棺。接着就开始了吊唁祭奠。

吹鼓手们吹起了唢呐和长号。孝子们围着棺材跪在周围和灵堂的两侧，哭诉着对亡者的怀念。在唢呐声、孝子的哭诉声中，亲戚朋友、街坊邻居等来宾，按顺序到灵堂前献礼，作揖，跪拜磕头，化烧纸钱。

刘老师向记账先生要了白纸和笔，当场洒泪挥笔写下了他们对孔玉爱无限的怀念和称颂：

> 玉爱啊玉爱，
> 无法割舍的玉爱！
> 似刀割去心头的肉，
> 血泪流成了海。
> 千呼万唤无回应啊，

望眼欲穿昏花飞。

玉爱啊玉爱,
做人做到极致的玉爱!
你是做人的榜样,
你是无穷的力量,
你是善良与美好的化身啊,
你是天使,是神爱。

孝子们为孔玉爱守了两天两夜的灵。第三天清晨,在太阳露出东山顶的时候,送葬开始了。

在哀乐声中,孔玉爱的灵柩起行了。

孔玉爱的墓地在父母墓地的附近,棺材在众亲人的护送下,来到了墓地,缓缓下放到墓室里。成跃山哽咽着说:"玉爱,你在那边等着我,我们下辈子还要做夫妻。"

开始填土了,随着一锨一锨黄土撒向墓穴,改庭、杏花哭得撕心裂肺。在场所有的人,再次无法抑制地大声哭了起来。哭声、哀乐声回荡在成家山周围,令山峦掉泪,河流呜咽。

墓被堆起来了。它像一座高山,像一座丰碑。

当天晚上,成跃山和父母儿女围坐在一起,流着眼泪,沉浸在对孔玉爱的怀念之中,很长时间,谁都没有说一句话。

后来,成跃山擦了擦眼泪说:"她走了,我们在的人,还要好好地干事情,过日子。不能总是悲痛,要化悲痛为力量。改庭和杏花工作时间不长,要向妈妈学习,把各自的工作做好了。"

两位老人和两个孩子,抹着眼泪点头。

成跃山又对父母说:"我打算在县城给爸妈买套房子,你们搬到县城里去住吧。"

老两口不愿到县城里去住,成跃山的父亲说:"我们不能把玉爱丢在这里,我们每天都要去看她。"

成跃山听了父亲的话,不再说什么,低头垂泪。

杏花的奶奶对杏花和改庭说:"你们的娘没有死,她活着,在天上,只要仰头看,就能看得见。"

杏花和改庭轻轻地点头。

彩虹和改庭返回北京后,刘幼诚因脑梗偏瘫无法工作,由彩虹接任华兴控股投资集团公司董事长,改庭升任总经理。

三年后,他们结了婚。结婚一年后,彩虹生下一个男孩。刘老师在成跃山、改庭的建议下,给这男孩起名叫刘成全。

后 记

薄礼送故乡

刘 儒

故乡就像我的魂魄一样，无论我走到哪里，走多远，她都不会离开我，我都不会忘了她。忘不了秦岭和秦川。忘不了西安城、大雁塔和兵马俑。忘不了凤翔城、凤翔中学和东湖。忘不了三秦父老兄弟的顽强和执着。忘不了三秦先人那许多感人泪下催人奋进的故事。忘不了海一般的麦浪、火红的高粱和金灿灿的油菜花。忘不了吼秦腔。忘不了羊肉泡馍、臊子面。也忘不了那曾经的黑暗年月。

我记事时正是那黑暗的年月，家里吃了上顿没下顿，一家人每天早早地起来，各奔东西，为的全是一口吃的。记得我总穿着件打补丁的旧衣服，胸前有个大兜儿，有时穿鞋有时光脚跑出窑洞，看着秦岭，跑过王家沟，跑下棉花坡，跑到陈村镇粮食交易市场外边等候。那里在进行粮食交易的过程中，会有一些粮食撒落在地上，我瞅准机会跑进去，抓起撒落在地上的粮食就往嘴里填。有机会抓起第二把时，会把第二把披到兜口里。听到有人喊赶，赶快跑开，有机会再跑进来。

离开粮食交易市场，我又跑到柴火交易市场，捡拾柴火交易市场上散落的柴火,抱一抱子捡拾的柴火回到家。

那时我是家里弄柴火的主要力量。春天时,我背上背斗,拿上镰刀,到野地里挥镰割各种青草,一背斗一背斗地背回家,晒到窑院里,晒干了做柴烧。到了夏天收麦时节,我先跟着母亲拾麦。等人家的麦子割完了,开始拔麦茬,一背斗一背斗地背回家。到了秋末,高粱和玉米收了,我又拔高粱的根和玉米的根儿,一背斗一背斗地背回家。冬天没有弄柴火的地方,我就自制一把很硬的扫帚,使劲打扫只剩下草根的野地,弄一堆又一堆草根加地皮,背回家,晚上烧炕时放些进去,炕到晚上能多温和一会儿。冬天很冷,我没有袜子穿,鞋又很单薄,有时还露着脚指头,常把脚冻得裂口子。在裂口越来越大,疼得难以走路时,母亲就拿个引火用的取灯儿,放些灯油在上边,然后点着取灯儿,在油被烧开后,将滚烫的油倒进裂口处,疼得我一声惨叫,那裂口处的肉被烧死后就不再往大里裂了,走路会好一点。

记得有一天,我看到村里的老槐树上有个很大的乌鸦窝,就想把它拆下来,做柴烧。看着乌鸦飞走后,我爬到树上,见窝里还有蛋,拿起蛋装进兜里,拆了窝,抱回家。想不到一会儿乌鸦找来了,在我家上空盘旋,尖叫,怒叫。开始是两只乌鸦,后来越来越多,有的还冲下来,要咬我。我躲进了窑里。母亲怨我不该拆了乌鸦窝,要我快拿回去,给乌鸦重新搭好窝。我爸我哥那天都不在家,有乌鸦在头顶上闹,我一个人没法办。后来在邻居的帮助下,我给乌鸦重新搭好了窝,并把蛋放回去,才得到了乌鸦的饶恕。这事留给我很多人生的思考。

是共产党救了我,救了我们全家。在党的领导下,我家有了地,有了饭吃,有了衣穿,我还有了上学的机会。我上小学的时候，村里跟我同龄的有钱人家的孩子，已经初中毕业了。能有学上，我高兴极了。我决心上学不误家里的活，抽空儿拾粪攒粪，决心把家里的地种好。自吃饭有了保证，家里开始了挂面的营生，我决定早起为挂面推磨，使家里做好这营生，好有钱给我买书买文具。从此，我每天半夜里起来推磨，常在磨道里睡着，被拉磨的驴子叫醒。为了防止罗面时打盹睡着，我吼着秦腔罗面。那几年，我天天早晨顾不上拍打身上的面粉，抱起书本就往学校里跑。

我哥刘钊入了党，当了村干部后，常把报纸带回家里。我从报上看到，给报社投稿，不用贴邮票，只要把稿子装到信封里，剪去信封的一角，报社就能收到。我向镇上邮政所证实后，开始给各个报社写稿投稿。每个星期至少要投一次稿子，有的星期投好几次。不记得投过多少稿子，只记得登上的是三个豆腐块，即仅有几百字，我的名字在后边带有括号的那种。

1957年，《陕西青年报》发起暑期征文，我写了篇《在外婆家里》寄了去，想不到得了一等奖，给我寄来三十元稿费，五本书，十沓稿纸。这事轰动了凤翔全县。我由此萌生了当作家的愿望。从此我转写大的、长的稿件。但大的长的一个也没有成功。我不灰心，不松劲，屡败屡战。记得只有一首几十行的长诗，在紫荆中学上初中时给全校师生朗诵过。那长诗是赞颂大炼钢铁的，说大炼钢铁好，人人都应关心支持、做贡献，使我们国家的钢铁越来越多，赶上和超过英美，成为世界上最强大的国家。当时学校里举行普通话比赛，我报名参加了，朗诵的便是那首长诗，获得了最热烈的掌声，被评为第二名。第一名是家在县城的一个同学。很多同学为我鸣不平，说第一名应该是我，我用的稿子是自己写的，内容特别好，不是看着稿子念，是不拿稿子背诵，有充满激情的表演，很打动人。那个被评为第一名的同学，是站在那里念报纸，根本比不上我。我说老师们评得没有错，比的是说普通话的水平，那个同学普通话的水平比我高。

迎来了1963年高考，我决心要考到北京，去看天安门，去看毛主席。报的志愿是北京大学和北京政法学院，被北京政法学院录取了。

离开家的前两天，我把过去写的那些短的长的底稿、每一篇的写作提纲、写废了的稿子，以及从报纸杂志书籍上抄下来的好段落、好词句等等，收拾到一起，放到一个大提包里，塞得鼓鼓囊囊的，放到窑的旮旯处，给我母亲说，不要把提包里的东西扔了。多年后，有次我回到老家，想起了它，找，没有找到，问母亲。母亲说，那些我写过字的烂纸，早给我侄子侄女擦屁股用了。

去北京那天，我哥送我到宝鸡。临上火车，吃了碗岐山铡面臊子面。到了火车上，我就把学校寄给我的北京政法学院的校徽拿出来，佩戴在胸前，看着秦岭离开了陕西。一路上豪情满怀，心比天高。

大学毕业后，我被分配到张家口。到张家口后，我很快就发现，张家口有许多地方跟陕西相似，人纯朴善良，精神高尚，干事执着，爱国尚武，是个英雄辈出的地方。我决心在这里干出好成绩做出大贡献。几十年眨眼间过去了，我因没有干出好成绩做出大贡献，心存不安，觉得辜负了党的培养和三秦父老的厚望。唯一欣慰的是，我没有忘本，没有变质，没有贪腐。退休后我多次问自己，能为故乡做点什么吗？能做的大事有很多，但无论做哪一件，我都没有条件。后来就想，我可以给故乡写本书。我离开故乡干得不好，可有许多在外干得很好的陕西人。我想到改革开放使农民获得了第二次解放，大批农民进城是其中最亮丽的风景。农民进城所做出的贡献，是改革开放辉煌成就的组成部分。城乡融合发展，也是民族复兴的必由之路。我决定写陕西农民进城的故事。

工作期间，我到北京的机会比较多。每次去省会石家庄开会，都会路过北京。每次到北京，我都要多停留一会儿。而且每次都要绕道从政法学院门前的那条路上经过，能在车上看到学院里的教学楼和大门口的校牌。我女儿刘爱平在北京上完大学并工作后，我在北京停留得更多了。退休后每年都要在她家住些日子，这使我有机会更多地了解北京。我了解到，陕西来北京的人特别多，各条战线各个行业里都有陕西人，其中有不少成功人士和拔尖的人才。人数最多的是务工人员。了解到陕西农民在北京务工的许多感人故事之后，我便有了《情融北京》这本书的构思。

孔玉爱、成跃山等三家六个人，离开陕西农村，到了首都北京，跟东北的、南方的和内蒙古的几个人相遇，一起加入务工大军。他们把服务对象看成是给了他们工作和立足之地的恩人，像给自家干活一样地为服务对象干活。他们用农民特有的纯朴、善良、智慧和隐忍，化解、克服和战胜了一个个艰难险阻，站稳了脚跟，坚持了下来。他们在诚心为城市人服务的同时，学习城市人的现代文明，也抵制城市里的歪风和邪气，不断地提高自己。他们成就了自己，改变了全家人的命运。他们的故事，是全国亿万农民进入城市、融入城市的一个缩影。

为写好这本书，我下了很大功夫，反复思考，多次修改，想把它打磨得尽可能好，但到出版也没有达到理想的程度。

我知道不是我的功夫下得不够，是我的才情达不到。所以只能把这本不理想的书，作为薄礼送给故乡了。

每次写到和修改到孔玉爱突然离世的地方，我都潸然泪下，心如刀割，伤心难过得失去自控。我不愿意让她死啊！可像她那样超常的体力和心力的付出，突然而去是很难避免的。她的死，换得了另一个人的重生，使刘、成两家融为一体，成了一家人。相信他们的后人刘成全会是个优秀的接班人。